須田悦生 著

幸若舞の展開
―芸能伝承の諸相―

三弥井書店

目　次

序

日本中世の代表的芸能として能（猿楽能）、狂言、幸若舞（曲舞）を挙げることにはあまり異論はないだろう。これに田楽を加えてもよい。能・狂言は演劇であり、幸若舞は語り物である。いずれも中世においては貴族、武士から庶民に至るまで絶大な支持を得ていた。しかし現代もなお内外で広く受容されている能、狂言に比し、幸若舞は今や九州の一隅でわずかに継承されているだけとなっている。そのような「衰微」は既に一七世紀に始まっているというのが文学史の通説である。だが、果たしてそのような認識だけで幸若舞を捉えるのが正しいのかという問題意識から、本書の中心的テーマとして据えたのが近世の幸若舞の実態追求である。論述の進め方は次のようである。

織田信長は幸若舞を好み、特に永禄三年（一五六〇）五月、桶狭間の合戦に向かうとき幸若舞「敦盛」を舞って出立したという伝え（『信長公記』）はよく知られている。だがこのような軍記物に材を採った長編物語が語りのテキストとして制作されたのは一五世紀後半以降である。それ以前、一四世紀ごろに出現した芸能、曲舞は寺社の縁起や海道の景物などを、鼓で拍子をとり、謡いながら舞うものであった。男女の舞い手がおり、座なども組まれていたようである。特に若い女性の舞い手が華麗な衣装をまとって寺社境内で舞うときは「容顔尤も美麗、…舞の拍子言語道断」（『近衛政家記』文正元年〈一四六六〉四月）などと評されて貴賤群集したという。信長はこのような曲舞は既に知るところではなかったはずである。

戦国武将たちは曲舞役者を競って召し抱え、舞を見ながら戦に明け暮れる我が身を源平の武者たちに重ねたり、客人の饗応のために謡わせたりした。ただし、曲舞は「舞う」所作よりも「聴く」ことに重きをおかれた（「舞、聴聞」

と表現された記録が多くある）ようである。謡曲に比し、曲節がシンプルで（楽器は鼓のみ）、表現、用語ともに比較的平易であったということによるだろう。一六世紀になると、諸国に曲舞の座ができるが、なかでも越前の幸若と称する者たちは力量に優れ、組織力もあったので、京都に進出して幸若（の）舞は次第に曲舞を代表する名称となっていったと考えられる。矛盾を含む用語ながら、今や文学史上のテクニカルタームともなった「幸若舞」という呼称を本書でも曲舞の汎称として用いることにする。

戦国の世が終焉し、歌舞伎踊り、説経節、人形劇などと芸能の種類が一気に広がると、中世的装いの曲舞、すなわち幸若舞は人気を失う。ただ早くから徳川氏に近づいていた幸若の三家（弥次郎、八郎九郎、小八郎）は幕臣に取り立てられ、幸若舞を演じて将軍や大名等にのみ鑑賞させることで己のアイデンティティーを保っていった。他に、京都を地盤とした非幸若の集団、大頭《だいがしら》は筑後の戦国大名蒲池《かまち》氏に招聘されて九州に赴いたが、近世以降、その流れを汲む人たちが福岡県みやま市大江でさまざまな仕事に携わりながら、今に大頭の舞を伝える（重要無形民俗文化財「幸若舞」として認定）。また、近年発見された史料に拠ると、一八世紀には甲斐の市川大門の神社でも氏子による非幸若系の舞が演じられていた。これらについては本文でかなり詳しく論じたところである。

このような上演例はそう多くはないが、地方では男性によって非幸若系の舞が行われ、いずれも立烏帽子に中啓を持ち、素襖あるいは直垂のような装束であったかと思われる。現在の「大江の幸若舞」の舞装束・芸態が時代的にどこまで遡れるかは分からないものの、語り物芸能としての全体的スタイルは近世初期のそれとそれほど異なってはいないのではなかろうか。

ところで近世期、江戸や小田原にあった桐座なる歌舞伎劇場（江戸では市村座の控櫓となる）では「女舞」という芸能が上演されていた。例えば天明四年一一月興行の「歌舞伎芝居」告知の図には座長桐長桐は天冠を被り、素襖のような衣装を着し、中啓を持って長刀を佩いて座す女性を描く。老松を描いた背景には「謡物／馬揃」「那須與市／大鼓一挺」と書す。出し物の宣伝である。この演目はまさしく幸若舞に他ならない。歌舞伎上演の前に女性が幸若舞を舞っていたのである。

また、国内外に所蔵される近世初期の風俗画や屏風絵には色鮮やかな装束で舞を舞う女性が描かれているものが少なくないが、これらを子細に観察すれば、歌舞伎踊りではなく幸若舞と考えられる絵柄がある。装束等も彼女たち桐座の女性と同じようなものと見える。楽器としては鼓、場合によっては笛が描かれる。近世の記録には非幸若系の芸能者が江戸のみならず上方でも女舞が幸若舞の曲を演じたことがしばしば見える。時には狂言とのコラボレーションが行われたことも知られる。このような芸態は戦国期、近世における男性の幸若舞とは装束等外見上は全く異なるものである。つまり近世に至って女性たちは幸若舞を時代に合わせて変容させ、「女舞」という形で再生を図ったということができる。

幸若舞という芸能は近世になって、幕府に保護されたもの、九州で農民によって継承されてきたもの、地方の祭礼で不定期に奉納されたもの等があり、これらは男性が舞い手である。一方女舞は男性の装束とは違い、一見幸若舞の役者とは見えない姿形で実は幸若舞を演じ伝承して、近世末、あるいは明治初期に至ったのである。こういう経緯を持つ幸若舞を「衰微」したと簡単に片づけることは正しくないであろう。さらにいえば、幸若舞テキストは絵入り物語草子、あるいは巻子本としてあるいはまた寛永整版本等で三〇数曲がシリーズ刊行されて大量のコピーとして人口に膾炙した事実は、「読む幸若舞」の拡散ということができ、もっと重視されて良いだろう。

語り物芸能の伝承というとき、文学研究の立場からは、芸態だけではなく語られる詞章も重要となる。幸若舞の詞章はどのように組み立てられているのか、典拠との関係はどのようであるのか、制作されたテキストはどう書写されたか、テキストのヴァリアント（異同）と幸若舞上演集団（流派）の違いはいかなるものか、他のジャンルの作品との響き合いはどうであるのか等々、語り物としての伝承のされ方を、例を挙げながら考察した。そして、中世の曲舞が戦国期に長編語り物を主体とする幸若舞として変容し、その一部は近世になって女舞としてさらなる変容を遂げていった—ということを「展開」に込めたつもりである。

第1章　幸若舞の形成

第一節　「曲舞」の時代

1　道の曲舞・声聞師の曲舞

世阿弥は「曲舞は立て舞ふゆへに、拍子が本也……只謡は、節を本にす」（『申楽談儀』）といっている。メロディー主体の謡曲に比し、曲舞はリズムが基本だというのである。されば平安期に発生した白拍子舞の後身が曲舞だとされるのは、素《しら》の拍子で舞われる舞という共通点に着目したものであろう。内容的にも「仏神の本縁を謡ふ」（『徒然草』二二五段）のが白拍子なら、「仏菩薩ノ因縁ヲ唱」うのは曲舞（『旅宿問答』）とされて、類似性が認められる。

同じく、世阿弥『五音』（一四二〇年～三〇年ごろ成る）には「道の曲舞」すなわち曲舞のプロから父・観阿弥が教えをうけたとある。

道ノ曲舞ト申ハ上道・下道・西岳・天竺・加歌女《かがぢよ》也乙鶴、此流ヲ亡父ハ習道アリシ也加歌ハ、南都ニ百万ト云、女節曲舞《をんなくせまひ》ノ末ト云。今ハ皆々曲舞ノ舞手人体絶エテ、女曲舞ノ賀歌ガ末流ナラデハ不残。祇園ノ会ノ車ノ上ノ曲舞、コノ家ナリ。

女曲舞百万・加歌の芸流を受け承ぐ乙鶴から曲舞を学んだ観阿弥は、それを猿楽に取り入れたという。この曲舞芸は京の祇園会で上演されるのみならず、能の廃曲「舞車」に見るように、遠江見付という遠隔の地においても、祝祭の芸能として受容されていた。その内容について、『五音』に「白髭・由良湊・地獄ハ、申楽ノ内ナガラ、押シ出シタル道ノ曲舞ノゴトクナル也」とあって、本格的な曲舞の趣きを色濃く残しているのがこれらの曲だという。

白髭明神の縁起や紀州由良湊にまつわる物語風の曲や地獄のさまを謡う曲が掲出されている。[1]このほかにも「太子クセ舞」や「高野節曲舞《くせまひ》」に「海道下」などの詞章もあり、元来これらは独立した謡い物であった。聖徳太子・弘法大師信仰にまつわる曲、宴曲のような道行の歌謡といったところが観阿弥・世阿弥のころ（一四世紀後半～一五世紀前半）の曲舞の実態であったと考えられる。

笛のようなメロディーを奏する楽器は伴わず、『七十一番職人歌合』の「曲舞」の絵に鼓が見えるように。拍子をとる楽器だけが使われ、烏帽子・水干姿で扇を持って舞い、謡われたのであろう。もっともこの絵では男装の女曲舞の姿を描いているが、必ずしも女性芸能者ばかりであったわけではない。

鎌倉時代末にまで記録が溯る曲舞であったが、世阿弥のころは「皆々曲舞ノ舞手絶エ」てしまったのだという。わずかに「賀歌ガ末流」しか残っていなかった状態であったのに、応永末年ごろ（一五世紀前半）から急に曲舞の記事が記録類に多く出てくる。例えば「近江・河内・美濃（郡上）八幡」から「京上」した「声聞衆」が桟敷を構えて舞い、人々はそれを見物、亭子院・珍皇寺・矢田寺などでも毎日のように「国々の舞々」の上演があったと中原康富は記《し》する（『康富記』応永三〇年〈一四二三〉一〇月一日条）。

曲舞の担い手は、声聞師《しょうもじ》（唱門師）といわれる巫祝卜占を業とし、芸能にも携わっていた下級宗教者に移っていったのである。応永三四年（一四二七）五月に満済准后が妙法院で観たのぱ「摂州野勢郷声聞」の曲舞であった（満済日記）。文正元年（一四六六）四月一六日条の『後法興院記』によれば、千本にて舞勧進があったが、これは美濃国人であって、一九歳の「容顔尤美麗」にて「凡そ諸人に超過」する女性が中心だったとある。「舞拍子、言語道断、奇妙之至」りで、これを見物する者四五千人ばかりに及んだという。往年の「加歌」を彷彿とさせるあでやかな舞であったものか。

　この記事はさらに舞の実態にも触れている。すなわち「先づ男露払を舞ひ、次で十四五計りの児一番、次に女、一番舞ひ了りぬ。児と女と立合て之を舞ふ。座は十余人計り也」とある。美濃では座員男女合わせて一〇人以上を抱える芸能者の集団が既に成立しており、男優の露払い舞、稚児舞、女舞といった登場順番も決まっていたようなのが後世の曲舞の実態を考える上で参考になる。

　京都の声聞師たちは正月には千秋万歳《せんずまんざい》・松拍《まつばやし》などの祝福芸能を演じる一方、舞も猿楽も演じていた。「松拍小犬参る……夜まで猿楽七番仕る」（『看聞御記』永享七年〈一四三五〉正月一八日）とあるかと思うと、「くせ舞小犬党参る。頻りに申すの間、児を舞はしむ。其の芸いたいけ也。三番舞ふ」（同永享一〇年二月一六日条）とみえる。北畠の声聞師も同時期に活躍するが、やはり猿楽も曲舞も演ずるマルチタレントであった。一五世紀中頃までには京都のみならず、諸国で声聞師を主体とする芸能集団が組織され、曲舞を演じていたのである、猿楽と曲舞もそれほど懸隔のある芸能とは考えられておらず、観阿弥の工夫以後「曲舞にも小歌の曲まじり、小歌にも曲舞がかりある」（『音曲口伝』）状態であったことも考えるべきだろう。

２　越前幸若大夫と二人舞

　曲舞芸能者としての「幸若」の名は西園寺公名によって次のように記されているのを初見とする。すなわち「当時（「今」の意）諸人の弄翫ぜしむるくせ舞あり…　二人舞と号す（中略）音曲・舞姿、尤も感激あり（中略）舞了りて酒宴に及ぶ」（『管見記』嘉吉二年〈一四四二〉五月八日条）とあって、その「くせ舞」が、「幸若大夫、先日の礼と称して来たる」（同五月二四日条）というものである。またこの大夫は足利義政第でも舞ったことは「越前田中香若大夫、室町殿に参り久世舞これを舞ふ」（『康富記』宝徳二年〈一四五〇〉二月一八日条）とあることで確認できる。越前田中は

「古来印内村と云」（『越前名蹟考』）う場所で、声聞師なども多く居住する村であった。幸若大夫を称する越前の曲舞もまた洛中洛外、諸国の声聞師たちと同様、貴顕の第宅に推参して曲舞を舞っていたことを語っている。ただ、幸若大夫の場合、最近都で評判をとっていたこと、それは「二人舞」の名で呼ばれていたこと、が注目される。二人は何らかの形で役割分担しながら互唱、掛け合い形式で舞ったものかと思われるが、前掲文正元年の記事の「児と女と立合」というのも、幸若大夫のやり方を真似たものかも知れない。以後一五世紀後半の記録に「二人舞」の名がみうけられる中には、幸若大夫の「弄翫」にあやかった他の曲舞たちの舞も多々含まれていよう。ちなみに小犬党の舞も二人舞とある（『実隆公記』長享二年〈一四八八〉二月五日条）。幸若はこののち、京・南都で勧進曲舞などもしばしば催行し、みずからのプレスティージを高めていくことになるのである。

第二節　質的変化した曲舞―長編語りものの成立―

ところで曲舞の内容であるが、『旅宿問答』にいうように、一五世紀はずっと「仏菩薩の因縁」のごときものであったのかどうか。永享一〇年（一四三八）に小犬党が「三番」舞つだと記されていたのは、何かの演目、プログラムがあったらしいことをうかがわせる。また、宝徳三年（一四五一）三月七日、中原康富が人に誘われて「越前香若太夫」が「千本エン魔堂」で演じた舞を「聞」きに行ったとある（『康富記』）ことからすると、幸若は「音曲舞姿」に「感激」されるのみならず、聞かれるべきものでもあったこととなり、ある種の語り物、ストーリー性のある内容の存在を予想させる。

一休宗純『自戒集』（応仁元年〈一四六七〉までに成る）にいう、「後深草院ノ御代ニ、時人唱門士ニ命シテ史ヲヨマシム。宣旨ナリクタレハ、人コレヲ口宣舞ト云」という曲舞のルーツ伝承を思い起こせば、応仁の乱の前ごろには

声聞師たちの曲舞は武家や公家の興亡に取材したものを語り謡う「演史芸能」となっていたと想定することは可能であろう。(2)

『実隆公記』紙背文書（文明七年〈一四七五〉）に次のような「曲名」が見えている。(3)

□道はたうせいはやるまうの〻物語いひ□などのむかしを申さん。□ちたうには、いつものじやうるり御ぜん・しだ口（とヵ）のなどをかたられ候はゞよく存じ候。（中略）八しま・うぢ川などの合せんきをなとを《□のきさんしな》申候《る》はんずるか、いづく口（にヵ）ても御このみ候。我らはさらば、じやうるり御ぜん・しだの《どの》口口などを申候はん

状況的に明らかでない所もあるが、右の記事は「浄瑠璃姫の物語」や「信田殿の物語」、あるいは軍記物の系統らしい「八島合戦の物語」「宇治川合戦の物語」などの、「たうせい（当世）はやる」物語が、種々既に存在し、「御このみ」次第によってリクエストに応えることができたということを示しているようである。冒頭曲は説経になったし、他は信田小太郎流離譚を中心とする現存「信田」、屋島語りを中心とする「八島軍」にそれぞれ対応するのであろう。「うぢ川」は存在しないが、『拾椎雑話《しゅうすいざつわ》』（若狭小浜・木崎惕窓、宝暦一四年〈一七六四〉成る）に若狭の舞々が「頼政宇治川の舞を舞ひし」とあるから、かつて幸若舞として存したと考えられる。この全てを直ちに曲舞の曲目であったと断定することはできないにしても現存曲に類するもののいくつかは一五世紀中頃以降には成立していた可能性を示すものとしてよいであろう。

よく知られるように、『鹿苑日録』明応七年（一四九八）二月二九日条には「摂州優者両人来り、多田満仲并びに奥州佐藤兄弟の事を演ず」とあるが、これを上演曲名の記録初見とされている。つまり右の記述を現存曲「満仲」と「八島軍」に対応すると考え、そのころまでには現在の幸若舞曲の相当数が成立していただろうとされているのであ

る。これを、日録の性格から、偶々記録された芸能の内容であるから、慎重な扱いが必要との意見もある。[4] 一往は、摂津（能勢郷か）の声聞師が二人舞の形式でこれらの曲を語り聞かせたもの、と考えておきたい。ただ、「満仲」の成立に関してはそれ以前に存在したであろう説草との関係を考えねばならない（本章第四節参照）。

先の『実隆公記』の記事等を勘案するに、大凡一五世紀中葉から末ごろにかけて、「信田」「満仲」などの古伝承的な曲や軍記物語関連の「史」的な曲（曲目の分類は後述）が制作され、語り物として、曲舞は変身を遂げていったのであろう。ちょうどそれは「久世舞を聞く」（『親長卿記』文明一五年〈一四八三〉二月二九日条）などと、曲舞が見物すべき対象から聞（聴）くべき対象として一般的に記録される（女曲舞などは「見物」もされるが）ようになる時期と符号するのである。

後述するように、一六世紀には数十曲の長編の曲がまとまってくるのであるが、この幸若舞詞章（テキスト）制作（作詞作曲）に幸若大夫がどの程度関与したのかは明らかではない。曲舞の徒のうち、京洛や南都で「抜群の『格』を備えていた幸若大夫の演目を、他の曲舞の徒が追随し語る」中で演目共有化が進められたとする川崎説、[5] 曲目と詞章の固定化は幸若大夫のごとき「専業の舞大夫の舞座によって始めてなされること」とし、幸若大夫の「指導と統率の許で節付けを確定して語り台本を策定」したとする麻原説[6]のいずれもが幸若大夫の深いかかわりを述べる。傾聴すべき説と思うが、これについては曲目の所で再び考えたい。

資料1は『鼠の草子絵巻別本』（天理図書館蔵）に載る左手に中啓を持った「こうわか七良たゆふ」である。室町後期頃の曲舞の姿を写すものであろう。また「鼠の草子絵巻」（同館蔵）には「かうわかいきのかみ」が「御しうげんのざしきにて、めてたきところ、一ばんまふて、ほめられ申へく候」、と述べ、後に従う鼓を手にした「はんのてう」に、噺せば「引き出物は思いのまま」と呼びかけている。

これらは祝言の場でその存在を主張しようとする幸若大夫を描写したものといえ、曲舞たちの本来的に活躍すべき場所を示していると考えられる。

第三節　大頭ほかの曲舞

1　三人舞

幸若大夫以外の曲舞専門の芸能者としては天文年間になって現われる大頭《だいかしら》がある。初見は『尊鎮親王御自記』天文一三年〈一五四四〉七月一八日条の四条道場で大頭が舞ったという記事である。翌年六月四日には青蓮院で舞い、「山本号大頭、藤井、彦四郎、三人曲舞、兵庫の築島舞了」とあり、一盞の後「高館」、苞飯の後「十番切」を舞ったという（『言継卿記』）。山本某なる者は大頭と称し、三人で舞う曲舞を青蓮院で披露し、二人舞の幸若に対抗しようとしたのであろう。天文一五年にも大頭山本は禁裏にて「張良」「和田酒盛」「夜討曾我」「所知入（那須与一）」「多田満仲」等を演じているが（同記、三月九日条）、『お湯殿の上の日記』には「大こくまいりてまわせられて」とある。室木弥太郎氏は、「山本は御所近くの大黒の党であり、山本は舞の方が上手だったので、大黒から離れて、舞が専門の大頭に移ったのであろう[7]」と解する。筑後・大江伝来の『大頭舞之系図』には大江の大頭舞の鼻祖は「京町人」で

資料１『鼠の草子絵巻別本』の「こうわか」

あるという。古記録から考えて大頭が京都出自であることは認められよう。『醒睡笑』に「大頭勧進舞のわきに笠屋、つれに池淵といふ者なりしが」とか、『和漢三才図会』に「幸若台頭《だいがしら》笠屋之三流」とかしるされているので、近世までに曲舞プロパーの芸能者として幸若、大頭の他、笠屋、池淵などという者も知られていたようである。もっとも後の二者は大頭傘下だった可能性もある。舞のテキスト大頭本の中に「笠屋但馬写」というものもあり、また『大頭舞之系図』に笠屋三右衛門を載せるからである。なお第2章第二節を参照されたい。

2　地方の曲舞集団

一六世紀から一七世紀、諸国では実に多くの曲舞の舞手が、主に声聞師としての宗教的活動に従事しつつ、新しく作られた語り物芸能にも手を染めていた。早い時期には地域名でしか判らなかった者たちが、時代が降るにつれ、中世末頃になると固有名詞、もしくは芸能者集団（座）名もみえてくる。例えば若狭の幸菊・幸福、越前の幸鶴、相模の大橋四郎次・桐尾上・天十郎・鶴若、能登の三郎大夫、三河の桜井・東条・勘大夫、肥後の松大夫等々である。若狭の曲舞（舞々と称した）の例では宮建立・鳥居供養などで奉納しているから、縁起や短い祝言曲の如きものであったろうか。能登の玉石の場合は「『和田の酒宴《さかもり》』一番ならでは覚えず」（『醒睡笑』）というから、極めてレパートリーの少ない者もいたのだろう。

猿楽と同様、戦国大名に召抱えられる者もいた。鶴松大夫は浅井長政の介錯をして自刃（『信長公記』）したし、舞の弥助は三村元親と運命を共にした（『備中兵乱記』）。徳川家康は幸若与三大夫なる者を浜松城に抱えていた。天正九年（一五八一）、遠江高天神《たかてんじん》域攻めの時、敵武田氏側の城兵の乞いにより「高館」を舞わせて、見せたことはよく知られる（『常山紀談』他）。天正期に上井覚兼《うわいかくけん》の居城宮崎城で、しばしば舞を演じた幸若与十郎・弥左衛門等（与十郎、『家忠日記』にも見えるが、越前幸若との系譜関係不明）は、薩摩に下向した者を日向に連れて行ったものである。

京都の声聞師系曲舞は文禄期、尾張へ移住させられ、三河・尾張の同系の者に影響を与え、三河万歳が成立したとされる(8)。三河の勘大夫は徳川氏に従って江戸に赴き、神事舞大夫を代々務めた。早くに権力にとり入った幸若と比べ、その差は歴然としている。笠屋舞は近世始め、女舞として一世を風靡したことは記録に明らかであるが（第8章末尾掲載の年表参照）、浄瑠璃、歌舞伎に投じた者も少なくなかった。相模の桐尾上や江戸歌舞伎の桐座も(9)、幸若舞との関係を主張している意味は種々の点から注意されるべきだろう。この点については第8章で詳しく述べる。

3　近世の幸若家

織田信長の舞好きは今さらいうまでもあるまいが、越前幸若の大夫やその一統は信長、家康を始めとする権力に積極的に近づき、自からの地歩を固めていったに違いない。観阿弥・世阿弥と足利義満との関係に似るところもあるだろう。近世に入ると、浜松城・駿府城時代のつながりが、より強固となり、越前幸若は周知のとおり桃井氏を称して幕臣となる。越前西田中及び敦賀にて合わせて約千石もの地方《じかた》支配を行うのである。幸若三家（八郎九郎・小八郎・弥次郎）が系図を創るのも近世前期であって、ついには舞を舞うことは昔からなかった、舞々と同一視されるのは「迷惑至極」などと主張するに至る（貞享元年〈一六八四〉幸若書上）。声聞師の系譜を色濃く残存させていた地方の曲舞たちとの差異化を図ろうとしたことは明らかである。多くの曲舞（を舞う舞大夫）たちは近世期、元来の祝福・卜占の宗教的芸能者として生き延びていたのである。

4　大頭の舞と九州

ところで大頭であるが、天正一〇年（一五八二）、「京町人」百足屋《むかでや》善兵衛の弟子大沢次助は築後山下城主蒲池鎮運《しずゆき》に招致されて(10)九州に下った（『大頭舞之系図』）。以後、蒲池氏の家臣が舞を修得していたものの、天正一二年大友氏に降伏し、一五年には城を明け渡す事態になると、弟子系の者が久留米やその周辺で伝承、天明期に至って柳川立花藩領の大江村（現福岡県みやま市内）に伝えられ、現在国指定重要無形民俗財「幸若舞」として上演されている。幾変遷を経て来たものであるから、今の芸態が中世の曲舞(11)をどの程度受け継いでいるかは分からないが、三人舞の大頭の上演形式は保持しており、少なくとも江戸期の面影は残存しているとしていいかと思う。

滝沢馬琴『烹雑《にまぜ》の記』(12)（文化八年〈一八一一〉刊）にいう「烏帽子装束……幕を張り鼓うちならして立（ち）舞（ふ）」のは今もそのままで、両袖を広げて語り謡う（合唱・互唱）のを原形とし、ツメの曲節では反閇を踏み舞台を∞の字型に巡る所作などが加わるものである。詳細は第2章第二節を参照されたい。

第四節　幸若舞の曲目

1　テキストの種類と分類

『東勝寺鼠物語』は美濃・山県郡下にかつて所在した禅寺に蔵されていた書で、天文六年（一五三七）の成立というが、そこに「坊主の求置れし本共」として、三〇曲もの幸若曲名らしきものがあがっている。(13)この書の成立期を前提にするなら、天文年間には既に東海の山寺でも「本」の形で、それもまとまって「求置」かれていたことになる。記録上でも「御三間に於て曲舞之本「八嶋」一番、之を読まる」（『私心記』永禄二年〈一五五九〉三月四日条）など舞の本すなわち幸若舞のテキストが「読」まれたという記事がこの頃散見される。舞は観られ、聴かれるほか、読まれるものともなったのである。ただし読むとはいえ、右の記録者順興寺実従は恐らく朗読されるのを聞いたのであろう。「やいとなぐさみに新曲まいをさうしにて一へんよむ」（『二条宴乗記』永禄一一年〈一五六八〉四月九日条）も草子でもって（声を出して）読んだと解釈される。これらは写本であるが（現存最古の幸若舞写本は永禄三年写の「築島」。揃物では四五曲を収める文禄二年写の上山本）、ほどなく絵入草子（奈良絵本）化され、近世初期には古活字本・版本

（「舞の本」という）さらに絵巻も制作された。

現存幸若舞テキストは五一曲ある。他に、記録にのみ見える曲、中世小説とされているが幸若舞とも考えうる曲等が一五曲前後ある。天文頃からこれらの曲が上演曲として諸記録に見え、その九割以上の曲名が現存曲に重なることから、幸若舞は謡曲のように膨大な曲は作られず、多く見積もっても七〇曲程度であったと考えられる。

［曲目と種類］

曲名分類案は諸説あるが、ここでは北川忠彦によって示された案を掲げる。[14]（※存疑曲・散佚曲等）

平治物　鎌田・伊吹
常盤物　伏見常盤・靡常盤・山中常盤・常盤問答
平曲物　硫黄之島・文覚・木曾願書・那須与市・敦盛・築島・景清・*宇治川
頼朝物　夢合・馬揃・都入・浜出・九穴貝
判官物　笛の巻・未来記・鞍馬出・烏帽子折・腰越・堀河夜討・四国落・静・富樫・笈捜・屋島軍・岡山・清重・和泉が城・高館・含状・*皆鶴・*忠信（芳野落）・*子津《ねづ》ヵ関
曾我物　一満箱王・元服曾我・和田酒盛・小袖乞・剣讃嘆・夜討曾我・十番斬
太平記物　新曲（武文）・*熊野落・*湊川・*資朝最后・*芳野城軍
室町合戦物　*内野合戦・*持氏
太閤記物　三木・本能寺・*金配
非軍記物　日本記・入鹿・大織冠・百合若大臣・信太・満仲・張良
その他　*獄山・*トイタ・*新曲（太平記物トハ別曲）・*楠正成（大江の保存会にテキストあり）・*奥大丸（オク

夕丸とも。近世中期甲斐にて上演記録あり）＊おさだ（『二条宴乗記』永禄13・7・5、「鎌田」の異称か、あるいは字形の類似から右に記した「おくた」の誤記か）（注）

右の※印曲を幸若舞曲と認めるにはさらなる検証が要るであろう。

2　テキスト成立の伝承

「サウシ」と節付

右の諸曲は軍記物系と非軍記物系とに大きく二分することもできる。一概に後者の方が前者より古層ともいえないことは、先述の『実隆公記』紙背文書に、両系統のそれぞれに属するらしい曲がすでに見えていること、近世にまとめられた幸若三家の系図にも、「満仲」あるいは「八島」が、始祖とされる幸若丸ゆかりの曲として挙がっていることなどからも先後関係の判断は簡単にはできない。

また、長編の語り物は、いつ、誰の手によって制作されたのかという基本的な問題は依然として明らかにはなってない。ただ、幸若庄大夫『幸若系図之事』や幸若三家の「系図」には、比叡山で修行の幸若丸が「禁裏ヨリサウシ三十六冊ヲ下サレ、節ヲツケ、ウタヒ奏スペキヨシ宣下ア」ったとする点は注意される。ここで重要なことは曲舞の舞い手（舞大夫）が「サウシ（草子）」即ちテキストを、禁裏からかどうかはともかく、何らかの手段で得て、それらに、彼らが節付をし語った（謡った）ということであろう。(15) しかしだからといって幸若の舞大夫たちが長編の語り物を演じ始め、それを大頭など他（座）の者たちが追随して語ることにより、曲目の共有化が進んだのだとは一概にいえず、慎重であるべきだろう。大頭系諸本の方に古態がみえることは往々にしてあることの意味も考えねばならない。

比叡山・白山社・日古社が系図では繰り返し曲の成立に関わる重要な場とされているから、天台唱導（僧）との関係は予想しうる。「幸若八郎九郎舞之相談」（『兼見卿記』天正八年〈一五八〇〉・閏三月一三日条）という記録はあるものの舞大夫自身のテキストへの参加は世阿弥が盛んに作能の苦労を説くほどにはなかったのではなかろうか。

もうひとつの軍記

幸若舞の作品は軍記物系諸曲が大部分であって、『義経記』や『曾我物語』『平家物語』『平治物語』『太平記』等と関連を持つと認められるが、これらの軍記をそのまま語るわけではない。しかし軍記物作品を時系列的に順番に聴くと判官北国落ちからその死まで、あるいは曾我兄弟の仇討ちならばそこに至るまでのプロセスをたどれるといった「連作性」が感じられはする。だが軍記の語らぬストーリー、エピソードもまた多く存することから、「舞を聴く」ことは「もうひとつの軍記」に触れることだったようだ。「史ヲ演ズ」（『自戒集』）の「史」は右のような種類のものだったのだろう。北川忠彦はこれを「本篇から外れた後日談・派生談・挿話の類」とし、中世民衆に愛好された「お伽の世界」のものと規定した(16)。されば幸若舞は聴いていて解り、物語を身近に感じ、楽しめる工夫が随所に施されている語りもの芸能であるといえるのではないだろうか。

まとめ

中世後期の芸能世界で共存的競合をしてきた猿楽能との関係をどう捉える大きな問題としてある。能の台本ともいえる謡曲に曲舞（クセ）を摂取したことの意味を始め、演者の交流はどうであったのか、また、音楽的な問題(17)、類似性と異質性、特質他などは未解明な事柄は多い。また、現存幸若作品のうち三分の一前後もある謡曲と重なる曲をどう考えればよいかである。先後関係もさることながら、同じ曾我物であっても描こうとする世界が違う場合があり、能、幸若それぞれのテキストに近い、物語の側の本が異なる（真字本と仮字（仮名）本）こともある。だが、たとえば謡曲作者宮増（室町中期活躍）の曾我物・判官物を中心とする作品群は、幸若舞におけるそれら一連の作品と共通項を多くもつ[18]（詞章まで類似のものもある）点に注目するならば、そのことは幸若作者圏、享受者圏を検討の鍵のひとつとなりうるであろう。宮増・信光・長俊ら「非世阿弥グループ」の謡曲から逆に幸若舞を照射することもできるのではないか。さらに能に準ずるものとして、東北の山伏神楽（番楽）にも幸若流入が考えられるのをどう捉えるかということも、考察すべきであろう。これらは今後の課題である。

注

（1）地獄の曲舞と仮字本曾我物語とは各々独立的に共通の原拠として「貞慶消息」とその増補されたものを用いている、という（松岡心平「『地獄の曲舞』典拠考」〈『観世』一九八〇年四月〉）

（2）川崎剛志「曲舞と幸若大夫」（『幸若舞曲研究』第七巻所収）参照。

（3）徳田和夫「室町期物語の一絵詞資料」（『国文学研究資料館紀要』五号、一九七九年三月）にて紹介（同氏『お伽草子研究』所収）。「語る」「申す」という動詞からはある抑揚をつけて語り聴かせる体のものだったかと想像される。「題目立」は語り物芸能の一種だが、演ずることを「言う」と称しているのは参考となろうか。

（4）注2の論文。

（5）同右参照。

（6）麻原美子『舞の本』解説（一九九四年七月、新古典文学大系、岩波書店）

（7）『近世中世日本芸能史の研究』（一九九二年一二月、風間書房）一七頁以下。

（8）山路興造『翁の座　芸能民たちの中世』（一九九〇年三月、平凡社）一八頁。

（9）笹野堅『幸若舞曲集』（一九四三年一二月、第一書房）序説四一～四四頁。市村座の控櫓桐座の祖を幸若与大夫と

し、小八郎弟子、伊豆大潟（場）村住という。後藤淑『中世的芸能の展開』（一九五九年一〇月、明善堂書店）も参照。なお本書第4章参照。

(10) 蒲池氏は柳川の下蒲池と山下（八女郡立花村）の上蒲池に分かれ、下蒲池家の鎮並は猿楽を好み、京都から役者を呼びよせ常に演じさせていた（九州大学蔵『蒲池物語』）から、これとの対抗上、上蒲池鎮運は舞の者を呼んだのであろうか。第2章第二節に詳述。

(11) 上演時間でいうと、『時慶卿記』によれば女院御所での場合、「夢合」「八島」など六曲を巳刻から未刻までの上演（慶長一〇年一〇月四日条）というが、一曲の通し上演が常態であったとは思えず、普段は好みに応じて抄出して語っていたのだろう。

(12) 馬琴は実見したのではなく、「西原主談ぜらる」のを聞いたのである・西原氏は柳川立花家家臣・西原釣彦晁樹（物頭二百石高）、藩内切っての文化人。酒宴ではよく幸若を舞ったと伝える（柳川史料館蔵『西原釣彦略伝』）。馬琴の長女が藩主立花鑑寿の妻に仕えたり、馬琴のサロンに江戸詰めの晁樹が出入していたりしたことから、柳川周辺の情報は正確である。なお麻原氏は西原主を西原一甫のこととされるが（注6の書）、かれは一族ではあるものの、幸若との関係は不明。なお第2章第二節を参照されたい。
江戸時代、毎年柳川城に大江村から出向いて舞を舞い、藩主や家臣に見せていたという史料は見当たらない。現在、大江では「高館」「日本記」など八曲を伝承、一月二〇日に同所所在天満宮舞堂で演ずる。装束・所作・伝承資料等については『大江の幸若舞』（一九七九年三月、幸若舞保存会、福岡県旧瀬高町教委）に詳しい。

(13) 西脇哲夫「幸若二題」（『幸若舞曲研究』第四巻所収）参照。

(14) 「舞曲の曲目と分類」（『幸若舞曲研究』第八巻所収）

（15）荒木繁氏も幸若舞が曲舞の中で特色を示しえたのはこの双紙舞にあったろうとする（『語り物と近世の劇文学』（一九九三年三月、桜楓社）三四～三五頁。

（16）注14の論文。

（17）蒲生美津子「大江幸若の音楽様式―段と曲節型―」（『幸若舞曲研究』第六巻所収）は初めてこの問題に迫った論。

（18）天野文雄「宮増曾我物攷」（芸能史研究六〇号、一九七八年一月）、北川忠彦『観阿弥の芸流』（一九七八年一〇月三弥井書店）

（付記）

・『幸若舞曲研究』は全一〇巻別巻一が既に完結し、五二曲に注釈が加えられた（最終巻　二〇〇四年六月、三弥井書店刊）。

・「幸若舞の曲目」において「楠正成」を挙げたが、これは大江幸若舞保存会が管理するテキストの中にあるものの、近代に制作され、幸若舞と認定できるかどうか不明であったため、「大江本」には含めなかったといういきさつがある。なお、「奥大丸」については第2章第三節を参照されたい。

・一九九八年一月大江調査時に『小舞集／曲節集』と題する歌謡集が発見された。

第2章　幸若舞芸能集団の活動

第一節　越前の幸若舞

1　越前西田中村の「幸若」を称する者たち

「幸若」なる名が史料に初めて見えるのは「倶奉之日記」（福井県旧朝日町［現越前町］進士正家文書）において、次のような文脈のなかでで使われているのがそれである。文書の途中から関係分を引用すれば、このようにある。すなわち、

一、御天皇（注。「天王」の意）御幸之次第（中略）
一、七郷之氏人は驚（警）固を仕思々鎧、但長太刀鑓持、其外子共附竹之枝を持、千秋楽／万歳楽祝ふ（中略）
一、御獅子者十五日之早朝為礼直貞友江庭ニ而舞、其次ニ元弘・木下・末元・願教六人之家ニ参歩仕、舞納帰宮、
　偖小宮ニ納
一、八乙女者神前ニ而是を行、児之役、但別当衆之児稚也
一、田楽は同所ニ而行、是ハ法師之役
一、十六日之白昼より舞三番、是は幸若役（中略）

　嘉慶元年

六月七日／上使／左衛門
　　同／　左近将監

（『朝日町誌』史料編1、「幸若関係諸家文書」所収の翻刻による）

この「日記」は「天王社御幸供奉日記写」と称されるものであって、福井県丹生郡旧朝日町西田中字天王集落に鎮座する、田中郷の総社たる祇園天王宮（明治初年には阿麻伎美神社、現八坂神社）の神輿渡御の際の氏子たちの役割をしるしたものである。現在も八坂神社は集落の西、天王川にほど近い場所にあって、一の鳥居から二の鳥居を通って本殿まで約五〇メートルほどの参道が続き、森厳な雰囲気をもつ境内である（資料2参照）。創建の伝承では、神功皇后が半島出兵の帰途、天下安泰を祈って当地に牛頭天王を祀ったことに始まるという。神仏習合の神社として存在し、文安二年（一四四五）八月付け東寺文書は当社の神宮寺、応神寺の僧侶三七名が五貫文を東寺に寄進しているから（角川『日本地名大辞典』福井県、八坂神社の項）、中世中期、「総社」の名に相応しい多くの僧侶を擁する大社であったことがわかる。

六月四日に神輿渡御、一〇日に還御し、一五日には獅子舞や神楽、田楽などの芸能が奉納された。当該文書の性格はその解説によるが、さらに、本文書は写し文書ゆえ今後の検討を要するともある。(1)このように若干の問題はなしとはしないものの、記された少ない情報は貴重といえる。なお現在八坂神社神事としては七月七日に「おししさま」と称して、獅子頭と猿田彦面を捧げて一三の氏子集落を経巡る。獅子舞の名残であろうか。田楽は伝わらない。七月一四日は祇園祭が行われ、子どもによる願人坊踊りが奉納される。七月三〇日の「護摩焚き」では巫女舞などがある。「御輿《おこし》渡御」は六年ごとに行われる。

嘉慶元年は南北朝末期の一三八七年。この年、祇園天王宮の氏子やその子どもたちは祝言歌謡を謳い、稚児が八乙女の神楽を舞い、別当寺の僧が田楽を行い、そして「三番」の舞は「幸若」が担当したと読める。「児之役」「法師之役」「幸若役」と並べられているから、役目が当然視されているようにも思える。氏子たちの芸能大会の様相を示しているようである。

第一章で既に述べたように、一五世紀始めごろから近江、美濃、河内、摂津などの「国々の曲舞」が京に出てきて歓迎されたのであった。それよりも半世紀も以前に「幸若」を称する者が越前田中郷にいて、どのような芸能であるかは詳らかではないものの、かれらは「舞」をもって天王宮に勤仕していたということである。その「舞」は「番」という助数詞を使って数えられるものであったようで、神前での舞はいくつかの種類があったことを推測させる。とはいえ、ここではいわゆる「幸若舞」の意であると速断はできない。『福井県の地名』（平凡社）丹生郡八坂神社の項にて、右の文書について「幸若舞の奉納」と解いているのはいかがかと思われる。だが、「幸若」を称する者がある種の舞を奉納したことは示しているのではないか。都では永享一〇年（一四三八）、小犬党の稚児が、内容は不明だが「くせ舞」を「三番」舞ったと記す例（『看聞御記』二月一六日条）が早い。

資料２　八坂神社（福井県越前町西田中所在）

これも既述のとおり、「幸若大夫」「越前田中香若大夫」のことが都の貴顕によって記されるのはそれぞれ嘉吉二年（一四四二）、宝徳二年（一四五〇）であったから、幸若を名乗る芸能集団はそれより半世紀以上前から越前にあって舞の専門集団としての地歩を固めていたということはできよう。天正期に、かれらの後裔、幸若小八郎や幸若八郎九郎が領主丹羽長秀から知行を与えられているが、その場所は田中郷や院内村など祇園天王宮の近隣であった（田中郷と院内村との関係については諸論がある）。所領を得るということは他の曲舞集団にはないことであった。近世に至り、八郎九郎家二三〇石、弥次郎家二五〇石、小八郎家二五〇石などと越前にて地方《じかた》支配地を得て幕府権力に取り込まれ、舞を化石化させてしまう。桃井幸若丸を祖に仰ぐ、各種各様の多くの「系図」制作に励むのも近世前期以降であるが、これらの意味と役割とについては笹野堅を始めとして、麻原美子氏、室木弥太郎氏、服部幸造氏等々、多くの研究者の論説があるが、ここではそのことには立ち入ることをしない。

私は一九七〇年前後、当時『福井県史』監修・編纂に携わっていた小葉田淳から、このようなものがあるがどうなのか、と進士家文書を示されたことがあった。しかし当時まだ院生で、幸若舞にそれほど関心をもっていなかったため、その意味と重要性とを十分に理解し得なかった。今あらためて検討すると、文書が偽文書ではないという前提(1)であるが、右文書は「幸若の舞」成立に関わる情報を含んだ文書だといえるのではないかと評価できるように思うものである。

2　越前敦賀の幸若家

敦賀の「諸鶴大夫」と幸若五郎衛門

「幸若八郎九郎家系図写」（桃井龍一家蔵）にはこのような記述がある。すなわち

> 家綱公御時世、酒井讃岐守恵情ニ因テ、親小八郎ニ命ジテ諸鶴越中遺跡、越前国　鶴賀郡ノ内ニテ百石之ヲ賜フ。故ニ五郎右衛門ハ越中名跡ナリ。然レ共、諸鶴ヲ悪《にく》ンデ幸若五郎右衛門ト呼バス。但シ諸鶴ハ幸若ニ対シ不儀ヲ行フ者ナリ。

（『朝日町誌』［一九九五年一〇月、同町誌編纂委員会］資料編Iに拠る。原文は漢字片仮名交じり、一部漢文。今漢文部分を漢字片仮名交じり文に直す）

『松平家忠日記』には天正年間、越前敦賀から「幸鶴大夫」なる曲舞がやってきて三河深溝《ふこうず》城主であった松平家忠のために岡崎の屋敷や深溝、本光寺等で「和田酒盛」「烏帽子折」「勧進帳」「高館」「大職冠」「夜討曾我」「敦盛」などの舞を披露したことが見え、天正一五年（一五八七）五月には彼の息男も舞っている（天正六年〈一五七八〉七月二〇日以下天正一七年まで散見）。しかし上記の「諸鶴大夫」との関係を証するものはない。「正保郷帳」にはかかる者の存在が確認でき、百石を知行されていることと、諸鶴大夫の息子長次郎が死去したので小浜藩主酒井忠勝の預かりとした」（『敦賀市史』通史編上）などという心遣いぶりからすると、家康恩顧の幕臣の曲舞という認識であったのだろう。

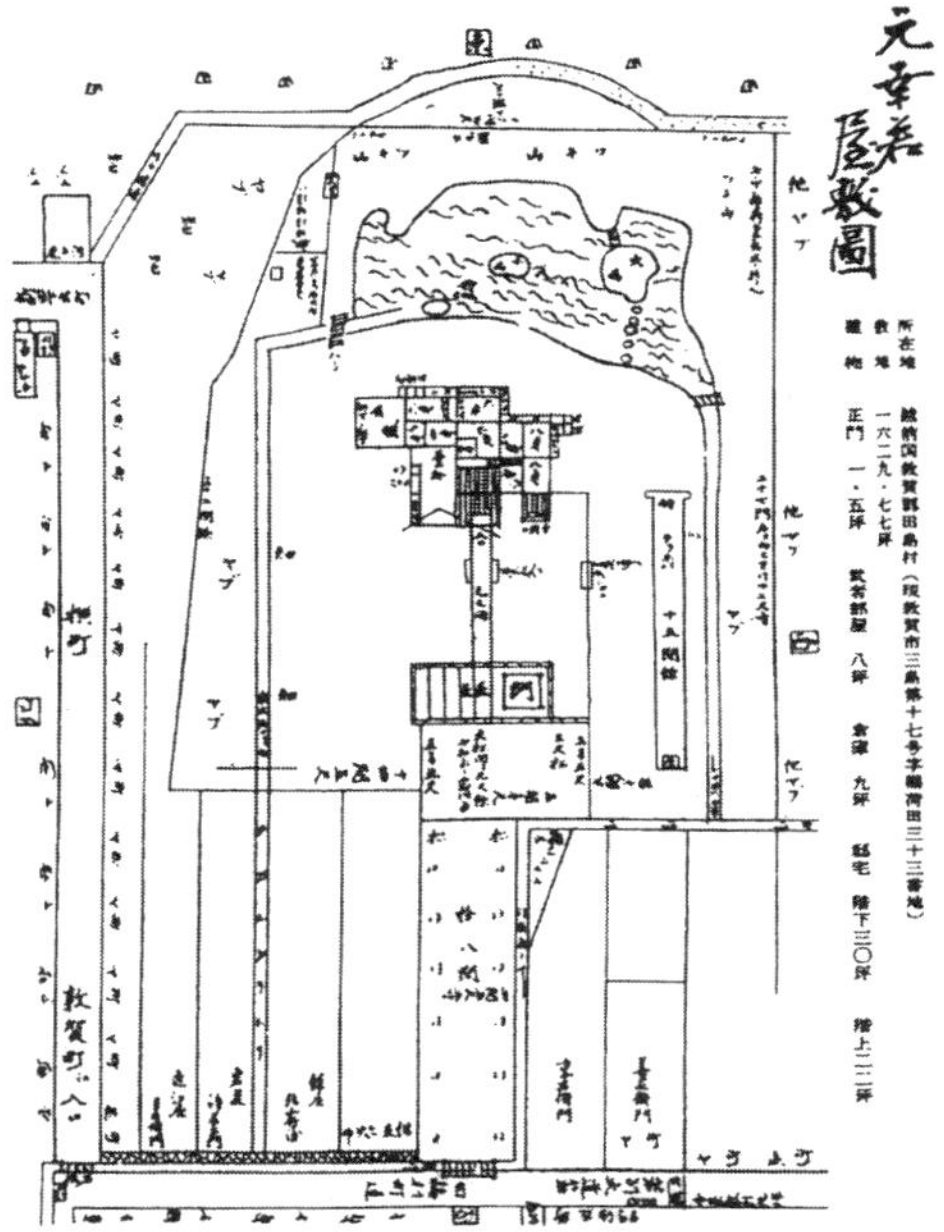

資料3　「敦賀幸若屋敷図」（天理教越乃国大教会蔵）

右の系図にある五郎右衛門は幸若小八郎安林、法名虚白全無（寛文六年〈一六六六〉一二月没）の次男であり、小八郎直林法名桃林全光の弟である。五郎右衛門には子として女子一名と助九郎なる男子がいたとある。一方、桃井雄三家蔵「幸若五郎右衛門家系図」（『朝日町誌』所載）によると、安林の次男は諱を常義とある。

相続の系譜関係のみを引用して示せば次のようにな

る。

常義―常知「寛保二年三月二十九日卒、法号法心院覚円全丁居士」（カギのなか異筆）―直義「天（元カ）文二年六月十八日卒、法号定性院法相全心居士」―安当「明和七年八月二十七日卒、法号桃林院春翁全妙居士」―安信「文化三年三月二十五　日卒、法号観光院普門全照居士」―安則「天保八年八月三日卒、法号雄嶽院傑心　全英居士」―安政　同姓桃井小八郎長女美恵、安政之妻ナリ、「明治七年八月十五日卒、法号安正院仁山全功居士」（なお安政の妹は「敦賀観世屋町医業宮木元剛江嫁ス」と注する）…以下省略に従う。

諸鶴大夫の跡目を相続した五郎右衛門はなぜかこの名前を嫌い（「不儀（義）」があったと記するが）、あくまでも越前幸若の分家たることを主張するのである。自らは地方の曲舞風情とは違うというのであろう。延宝五年（一六七七）から敦賀に居住し、宝暦九年（一七五九）までは旧敦賀城（大谷刑部の居城）の三の丸をその屋敷地としていた（『敦賀市史』通史編）。

若狭徳賞寺との関わり

ところが宝暦九年（一七五九）八月、敦賀幸若家四代目の三五右衛門安当《やすまさ》（右系図傍線部参照）は自分の屋敷地三分の二と領内にある個人の寺「霊山院《りょうぜんいん》」を若狭国佐柿《さがき》村徳賞寺の住持晃巌《こうがん》和尚に寄進したのである（資料3参照）。そしてみずからは支配地に近い田島村に居を構えた。この地は現在の敦賀市三島町にあたり、明治維新までここに住んでいた。現在は天理教越乃国大教会の敷地になっており、池泉を巡る庭は「幸若庭園」として市の名勝に指定されている。主屋の奥まったところに正方形の「蔵」が描かれる。伝承によればこの場所で扉を閉め切って声が外部に漏れないように注意して幸若の稽古をしていたという。

さて次に寄進状を掲出する。

寄附状之事（縦二九・七cm×横五一cm）

一拙者儀只今迄居住致候屋敷、知行所江間遠ク、諸事知／行所江之用向［＊有増勝手ニ付］、此度［相応］之［土地□］（工面力）／致居屋敷替罷越候ニ付、是迄之居　屋敷三ヶ二之所／、幷ニ只今迄之家居ともに貴寺様江為御隠居所令／寄附候間御勝手ニ増立可被成候。末々ニ至、万一［右之］寄／附地、地頭より入用之節者、其節之院主江遂対談ヲ／、右之寄附地ニ不相替屋敷与引替ニ可遣候。尤其節之／御対談ニ順ジ、引料等相添へ、少茂院主江御苦労掛ケ申／間敷候事、猶又右之通り令寄附候上者、無年貢／ニ而諸役免許之地ニ相違無之候事。

一拙者領内ニ前来より天台宗ニ而灵（「霊」の異体字）山院与申、地頭より／之持　庵御座候。古来ハ田嶋村氏神三王宮別当／相務メ候所、其後段々及大破住持人茂無之躰ニ罷成、／祖父時分より持庵ニ致置キ、山林等差置キ地頭祈願／所ニ致候。則彼院地ニ灵山井戸与申池抔茂御座候而、地／頭始林人（「隣人」ノ意力）合壁（「隣どうし」の意）之者共上水ニ相用イ申候御事ニ御座候。／右灵山院之儀、無本寺ニ而開基開山之障り等少茂／無之地ニ而御座候。右灵山院之儀茂此度同時ニ令／寄附候間、時節柄御見合被成、法輪之地ニ茂相成［候儀ニ］／御座候ハ、、何分御建立被下度存候。

尤代々右之願真ニ御／座候。右法輪之地ニ茂成就致候ハ、、其節相残り候三ヶ一之地／面も可令寄附候。法輪於成就ニ候者地頭開基ト申儀ニ被存候。／尤右之居屋敷御引請之上者、地面之竹木等乱ニ御切り取候儀、／堅ク御無用之事候。其外諸法度之趣意、御心得可被［成］／候儀ニ御座候。右之趣、令寄附候事、永代相違無之候。為後／日寄附状仍而如件。

宝暦九己卯年八月

地頭

資料4　敦賀幸若家位牌
（敦賀市霊山院安置）

幸若三五右衛門「黒印」
証人
若州三方郡佐柿村　朗州　「黒印」
徳賞寺晃巌和尚

＊この部分、虫損あり、裏打ち補修。判読しがたい所がある。

以下、本文は刀根道孝氏『霊山院の歴史』（霊山院刊、平成九年に写真とともに　翻字されているが（元敦賀市史編纂委員故岡田孝男氏担当）、今回、それを参考にしつつ原史料に照らして多少の修正を加えた。仮名文字の書き分けすることには国語学的にそれほどの意味を認めないが、他巻とのバランスもあり、それらに準じた。［　］で括ったところは存疑箇所である。

この霊山院は敦賀市三島町に現存し、今も敦賀の西隣、美浜町佐柿に所在する曹洞宗徳賞寺の末寺として同寺とは交流がある。そして本堂には幸若家伝来のものと伝える、高さ二メートルに及ぶ厨子（中に安置されるは十六善神像か）と高さ一五〇センチの多宝塔（中には敦賀幸若家の位牌と二体の仏像）がある。位牌の中央には幸若直詮の法名を記し、その左に「桃林院春翁全妙居士」としるす。寄進した安当の法名である（資料4参照）。

安当の墓は敦賀市内永建寺境内の幸若家墓地の北端に「桃林院口口…（以下解読不能）」とあるものがそれであろう。ただし墓碑は越前町（旧朝日町）の元龍生寺にもあり、それにも「春翁全妙居士／明和七庚寅年八月二十七日」としるされる。敦賀幸若五郎右衛門家のうち安当の墓だけがなぜここにもあるのかは未詳。

そこで幸若安当がなぜ徳賞寺晃巌和尚（正しくは晃巌義燈）に寄進したのかということであるが、晃巌の生地は越前国丹生郡細野村（現越前町、旧織田町）であった。幸若一族の本拠地越前丹生郡西田中から直線距離でわずか五キロメートルしか離れていない。また、細野村所在の曹洞宗興泉寺開山は盛景寺（越前市春日野町所在）八世機山祖全であって、永禄期の佐柿国吉城主粟屋勝久は同地にあった古い寺庵を改修して新たに徳賞寺を開くに当たり、機山祖全を開山として招聘した（『三方郡誌』寺院誌）という繋がりがあった。今も徳賞寺は盛景寺の末寺である。

晃巌は稀に見る傑僧で、越前出身ながら若狭小浜藩主酒井氏からの信任も厚く、「今北国名藍の知識、諦応（寺の晃）巌師に過ぐるもの恐らくはながらん」と賞されるほどの人物であったという（『三方郡誌』人物誌）。かれには『晃巌和尚語録』四巻など著作も多い。享保九年（一七三四）、一九歳で一旦は徳賞寺に入ったが、その後諸方に参禅し修行した。右の評価は安賀里《あがり》（現福井県若狭町）の諦応寺にあったときのものである。その後再び徳賞寺に入り、住持となったのは寛延二年（一七四九）三月であった。

安当は先祖の出身地のこの名僧を慕い、徳賞寺住持一〇年目となっていた宝暦九年（一七五九）、晃巌に自己の旧居地を寄進することにしたと考えられる。晃巌は明和三年（一七六六）に若狭新庄村福寿院（現在廃寺）に移り翌明和四年に示寂した。徳賞寺住持としては一七年間あったことになるが、寄進された地を果たして隠居所に活用したかどうかは分からない。しかし霊山院は約束のとおり寺として盛り立て、安当を開基に据えて、以後徳賞寺とは深いつながりをもたせることにしたのである。晃巌の後を追うようにその四年後幸若安当も没した。

さて話しを返すと、寄進を受けた晃巌は直ちに幸若安当に宛てて請状を発行している。霊山院所蔵文書によれば次のようなものである。

御請申一札之事（縦二八チセン×横六八・五チセン）

一貴殿是迄御代々御住居被成候御屋敷、／御知行處江間遠ク御少分ニ而御不自由ニ付、／則御知行下之内相応之土地へ御屋敷替／被成候ニ付而、右是迄之御屋敷三ヶ二之分、／井ニ只今迄之御居宅共ニ拙僧ニ御寄附／成シ被下之旨、千万不浅忝次第ニ奉存候。／則拙僧儀、若州三方郡佐柿村徳賞寺ニ／致住職罷有、則禅宗ニ而御座候。此度任／御寄附、縷々隠地ニ致可申候。右申請候上者／御寄附状之通、御地頭より之御法度等御／指図之趣、少茂違背申間敷事。

一貴殿御領内ニ前来より持庵ニ被成被置候／處之？山院与申候御代々之持庵、此度／御屋敷同事ニ御寄附被成、末々ニ至／時節柄相見合、法輪之地ニも相取立／可申や之思召入、甚タ御尤ニ奉存候。何分／任拙僧ニ被置候上者、無油断思召入之通／口相心（「得」脱カ）申事ニ御座候。尤法輪於成就ニ者、／御地頭開基ニ可致候。此度右之趣ニとも／御寄附ニ付、拙僧申請候所、実正ニ御座候。／仍而為御請手形如件

若州三方郡佐柿村
徳賞寺

宝暦九巳卯年八月

御地頭
幸若三五右衛門殿

右之通り三五右衛門殿方江遣置候間、後々ニ可相心得者也。尤万事寄附状之請ニ　順而可被取計候。

寄進はこの上なく忝ないことだとして追々隠居所にしていきたいといい、自分に委任されたからにはきちんとした寺

院にして貴殿を開基にすると言っているから、それは実現されたと思われる。宗派も晃巌が言っているように禅宗に変えたのである。そのことは寄進を請けて二年後の宝暦一一年（一七六一）に空印寺（福井県小浜市所在）に宛てて、寄進された霊山院を、以後徳賞寺末寺としたいので、徳賞寺同様、空印寺支配としてほしいと願い状を提出していることで分かる。空印寺は小浜藩主の菩提寺であって、国中の禅宗寺院を監督、統制支配していた大寺院であった。

奉願口上之覚

一　越前国敦賀郡田嶋村ニ、一乗寺・霊山院与申／天台宗之無本寺之地有之、領主幸若三五右衛門／支配被致来候所、一乗寺之儀者、先年、永建寺江／被致寄附、只今者永建寺末寺ニ而御録所／御支配下ニ罷成申候。此度霊山院儀亦復／領主より拙寺江被致寄附、則寄附状取置申候／然上者、自今者拙寺末寺ニ仕、拙僧致初住、末／[之]世[牌]相続之地ニ仕、拙寺同様ニ当山之御支配／下被仰付被下度奉願上候。

御高察之上、願之通／被仰付被下候ハ、忝可奉存候。以上

三方郡佐柿村　徳賞寺（黒印）

晃巌（花押）

宝暦十一辛巳二月

空印寺

御役寮

この文書提出の二ヶ月後、空印寺はこれを裁可したことが裏書きによって知られる（原文略）。霊山院にはこの他、寛政一〇年（一七九八）六月付けの幸若三五右衛門安信（安当息）の空印寺宛て法地載帳の文書があり、同月付関連

文書には住職名とともに、客殿は七間半に五間、庫裏は四間半に三間半、総門、鎮守堂、田畑面積も載る。徳賞寺末寺としては幸若家の継続的な支持があり、それなりの寺庵の経営がなされていたことをうかがわせる。

前掲刀根道孝師編著に掲載されたもの以外に霊山院には数十通の関連文書あるいは書冊があるが、ここでは徳賞寺と幸若家に関するものに限定して論じた。

若狭小浜藩は越前敦賀の町場と周辺の村々及び交易の湊を支配下に置いていたが、敦賀の町外れに屋敷を構え、狭いながらも所領を有していた幕臣幸若氏の屋敷は一種の治外法権の地のようであったという。しかし正月には幸若家からは敦賀町奉行に年礼に来ていたというから（『敦賀市史』通史編上）、小浜藩とは継続的な交流があったようである。

しかし近世の小浜藩領にも舞の専門集団は「舞々」としていくつかみられた。例えば高浜村の幸菊大夫、遠敷村の幸福大夫その他であるが（『稚狭考』）、かれらは祝言歌謡を謳ったり卜占を行ったりする、下級宗教者的芸能者と見做され、幸若舞を演ずることはなく、藩の扶助などは当然ながらなかったものである。

因みに越前の南、近江北部を領した浅井《あざい》氏（小谷城主）は鶴松大夫という舞の上手を抱えていて、落城の折、浅井久政を介錯し、追い腹を切るなど側近としての役も果たしている（『信長公記』）。近江中部神埼郡には国一大夫なる舞大夫の活動も確認されている。(2)

第二節　筑後大江の［舞］と伝来伝承

1　九州への流入とその後

山下城蒲池氏と舞

一九七六年五月、福岡県瀬高町（現在みやま市瀬高町）大江に伝えられてきた「大江の舞《めえ》」は「大江の幸若舞」として「国指定重要無形民俗文化財」となった。「大頭《だいがしら》の舞」を「幸若舞」として国家が認定した、ある意味では「画期的」な出来事だったといえる。

国からは一定の補助があり、地元には「幸若舞保存会」があり、後継者の育成と経済的支援が行われ、技能と芸能資料の継承に努めている。「幸若舞家元」が保存会会長となり、今や町を挙げてのバックアップ体制をとる。全国唯一、現在動態保存されている中世芸能は、地域の重要な文化資源とされているのである[3]。

大江集落で舞を実際に伝える人々の代表者を「家元」という。現家元は二七代目で、保存会後継者育成部長を務める江崎恒隆氏である（二〇〇〇年当時。二〇一八年現在は三〇代目松尾正巳氏）。

家元引継文書類は『大頭舞之系図』を始めとして『曲目目録』（元和七年写）、『音曲切紙』（享保一九年写）、舞の本テキスト（現在三一冊）を始め、装束や道具など少なくないが、右の系図は特に重要視されて、第一に引き継がれるべきものとされる。この系図は明治四〇年（一九〇七）、幸若舞を探し求めていた高野辰之が大江に赴き、研究者として初めて一般に紹介したものであって、以来笹野堅の翻刻をもとにこれを巡って多くの論考が積み重ねられてきた[4]。

本節では、舞に携わる人たち自身が、極めて重視してきた系図のなかで、九州への定着とその後の展開とをどのように語り、伝承しようとしたのかについて、いくつかの論点に絞って考察してみようとするものである。一般史料に照らして矛盾しない記述であるか否かを論ずることは、系図を「史料」としてみた場合、必要な作業ではあるが、一方また伝承資料としてみた場合、なぜそのように伝えられたのか、何を伝えようとしたのかという視点も、常に持っていなければならないだろう。芸能者の遺す系図などの文書には言外の意思が往々にして読みとれるからである。

この『大頭舞之系図』（以下、「系図」という）成立は、記事中に「後小松院御宇太（ママ）頭四郎左衛門従一流立至

資料５　山下城・主郭部（著者撮影）

元禄元年凡三百八年也」などとあることから、元禄初年ごろ（一六八八年ごろ）古伝承・古記録をまとめて系図化したものと考えられる。以後紙を継いで書きつがれ、現代に及ぶ。

「従内裏下給／大頭舞之系図」と冒頭に記す巻子本仕立てのものであって、桃井播磨守義兼を遠祖に戴いていること、幸若弥次郎直茂を芸道上の祖とするなど、問題は多いが、ここではそれを論ずることはしない。まず始めに、九州への伝来をどう記述しているかに注目してみたい。

系図に拠れば「天性異相而大頭／大声故人皆大頭」と呼んだという山本四郎左衛門直義なる者がいて、その弟子に「京町人」の百足屋善兵衛・笠屋三右衛門・大頭国介があり、善兵衛の弟子の、やはり「京町人」である大沢次助幸次が九州に舞をもたらしたのだという。即ち次のように注する。

天正十年壬午筑後山下城／主蒲池兵庫頭鑑運自京／都呼下之志摩頭鑑広子／家中侍習舞為稽古師従／此時大頭舞繁昌者也大／頭舞流布以当国濫觴乎／大沢次助田中直種舞装／束幷多田満中之本則自／筆此系図付属代々是付／属者也

（注）鑑運…別伝本（後述）には「鎮運」とある。以…・笹野氏の翻刻では「此」。しかし他の字体からみていかが

と思われる。満中…笹野氏の翻刻では「満仲」。別本でも同然。翻刻の誤植か。あるいは「第三の系図」に拠るか。

この注記のキーポイントは、天正一〇年（一五八二）に、山下城の蒲池氏が、京都の大頭舞を招聘した、ということである。蒲池氏は柳川城を本拠とする宗家の下蒲池氏と山下城の分家上蒲池《かまち》氏とに分かれる。山下城は人見城ともいい、現在福岡県八女《やめ》市立花町北山字山下にあって、標高一〇五メートルの城山山頂にその跡が残る（資料5及び六三頁資料8地図参照）。戦国期の山城の形態をよく保ち、主郭は東西五〇メートル、南北八〇メートルほどの不等辺三角形をなす。主郭部は石碑（「山下城址」と刻む）があるのみの平坦地である。山麓に高さ二メートル余の墓碑が立ち（笠はあるが一部欠損）、碑面に「林久寺殿前蒲池志摩守鑑広公之廟」とある。この鑑広が、舞を呼び寄せた鎮運の父である（系図の「鑑運」は誤りであって、別伝本のように「鎮運」とするのが正しいことは注4の松田論文に詳しい）。

山下城の鎮運は大友氏に属していたが、肥前竜造寺氏と争い、天正七年（一五七九）に降参した。しかし島津氏北進に伴い、島津に従った。天正一五年（一五八七）、豊臣秀吉が九州に出兵するや秀吉から三池郡内に二百石を宛て行われ、江の浦城主高橋直次の与力を命ぜられ、山下城を離れた。直次は立花家（柳川藩主）を継いだ宗茂の弟であった。

大頭の舞と蒲池鎮運

松田修氏は、天正八年に蒲池氏は竜造寺氏に降ったのではあるが、滅亡したわけではなく、諸史料から天正一〇年（一五八二）に大頭舞を呼び下したという記事は「相当高度の信憑性を保つ」（注4論文）とした。ところで、天正一〇年前後の芸能、特に曲舞と大名・武将との関わりを検するに、岡崎城には越前幸春大夫、幸鶴大夫、三河の舞々勘太夫、東条舞・桜井舞等が頻々と来て舞っているし（『家忠日記』）、遠江高天神城落城の際は徳川家康召抱えの幸若与三大夫の舞を敵方から所望されている（『明良洪範』・『翁物語』他）。また、備中松山城に三村元親とともに籠っていた五〇余騎の中には舞ノ弥助なる者もいた（『備中兵乱記』）。九州島津家には幸若与十郎・松大夫らがいて、戦陣の合間に舞を舞っている（『上井覚兼日記』）。蒲池氏と大頭舞との関係もこのような時代性のなかで理解すべきであろう。

あれほど舞を好んだ織田信長はまさに舞の者が九州に下った、天正一〇年、光秀に討たれるのであったが（六月）、このころは中央、地方を問わず、舞の者などの芸能者は武将たちの楽しみのためという以上の意味、明日をもしれぬ我が身を重ね合わせて舞を「聴聞」し、士気を鼓舞した。さらに文化人でもあることの証明として、時には情報収集のため、他家を供応するため等々の役割と意味とを担って、城内や軍陣に候せしめられていたのである。

さて系図が伝えるように蒲池鎮運が大頭舞を呼んだことは歴史的にもその可能性があり、そのような環境は一般的にもあったとすれば、芸能のなかでも、舞でなければならなかった理由はあるのだろうか。

九州大学蔵『蒲池物語』にはこうある。下蒲池鎮並は竜造寺隆信の娘婿であった。竜造寺は柳川城を奪わんとて蒲池鎮並を自らの居城佐賀へ呼ぶが、用心されて果たさなかった。だが、天正九年（一五八一）五月、猿楽張行にことよせてまんまと呼び寄せることに成功した。鎮並は京都から猿楽の上手を呼び下し、常に愛していたので、隆信は兵を隠し置き、鎮並を促して、そこもとは聞こゆる能の上手、是非ひと指しをと乞うた。鎮並の舞の途中、隆信は陪席の猿楽役者を密かに呼んで。お前を鎮並に代って召し抱えてやろうという。しかし役者は主に恩を報ず、とて舞台に駆け寄り舞っていた鎮並に危急を告げる。乱闘ののち、ついに鎮並は切腹して果てた、いう。

この猿楽者は『近代四座役者目録』によれば太鼓方観世流の観世與左衛門国広（俗称似我）の子與五郎であろう。すなわち、当該書には注して、「若年ノ時、西国ニテ海賊ニ逢ヒ、無比類働ヲ仕、果ル也」とあり、田中異本頭注には「肥前竜造寺ノ為ニ戦死スルト見エタリ。義士也」などとある。武勇伝の持ち主ゆえ、蒲池氏からは重宝されただろう。「拍子方自由自在成ル生付キ也」と評される人物として、九州に下っても名が知られていたものと思われる。鎮並がかように京から呼び下した猿楽の専門家について稽古を積んでいたのであれば、上蒲池鎮運の方は同じ猿楽者ではなくて、武将から愛好される芸能として当時対立的位置にあった曲舞、それも、京都の舞をという本家への対抗意識から自然、大頭の舞となったのではないか。或はまた、宇都宮弥三郎を先祖と仰ぐ蒲池氏としては幸若舞「夜討曾我」に「みつかしらの左ともへ、うつのみやの弥三郎友綱」と謡われるところに、我が身を重ね合わせたこともあったのかも知れぬ（弥三郎の名は他に「那須与一」にも見える）。

2　大江村定着前後

江戸初〜中期の様相

蒲池氏が山下城を離れたのは系図によれば天正一五年（一五八七）であった。舞をもたらした大沢次助の弟子には田中直久・牛嶋善右衛門・牛嶋平右衛門・田中直種がいたのだが、芸を承ぎ、伝えたのは田中直種であった。系図にいう。

天正七年己卯出生下妻郡／溝口村住也天性秀才而／二ツ目ノ而（「而」字、別本ニナシ）文武幷和歌音曲（別本「音曲ノ」）諸／芸故於舞内吟味仮名聞／合穿鑿字音清濁節調子／琢磨四十二番以教人矣承／応元年壬辰四月十二日歳／七十四以天命終焉

彼は初めて山下城を出、そこから二・四キロほど西の溝口村に住んだ人物で、「流浪」はここに始まるといってよかろう。主家を離れて後も天与の才能を生かし、大頭舞の曲四二番を「人ニ教ヘ」て暮らしを立てたようである。この矢部川流域の村々には、江戸初期（承応元年は一六五二年）、舞の需要が多くあったと考えられる。直種の弟子緒方次郎左衛門は溝口の北一・二キロの新庄村に住む、ともある。この辺りは久留米藩領であった（資料8　地図参照）。

さて直種を承いだ田中直俊は再び山下に居を持ったが、その弟子猪口喜兵衛直勝は「久留米住」とある。久留米は元和六年（一六二〇）以来、有馬氏の領するところであったが、何かの事情があって、西北へ一五キロも離れた筑後川沿いの久留米城下へと、系図や装束・テキスト類は移ったものと思える。有馬氏城下の久留米は江戸期を通じて能も盛んな土地であった。

直勝のあとを承けた桜井次左衛門直邦は「柳川領小田村住」と記される。小田村は直種の居た溝口村とは矢部川をはさんで南側に対する。柳川藩立花領である。直邦は同じ小田村住の重富次郎吉直元に系図等を伝え、それを直元の弟子であった、大江村住の松尾平三郎増墺が、天明七年（一七八七）四月に承け継いで、ここに舞と大江との関係が初めて生じたことを記す(5)。ただ、直邦の弟子の中には小田村や草葉（場）村（大江の東三キロ弱の地）の者も見られることから、松尾平三郎に「系図装束直伝正本等付属也」とはいっても、弟子たちはそれぞれの村々で舞を教え、矢部川流域には後述のように直系伝授以外の「分流」が広まっていたと考えられる。

松尾氏と大江村

現在、みやま市瀬高町大江の玉泉寺裏手には松尾氏歴代の墓地と伝えられる、二〇数坪ほどの一画があり、九基の墓碑が存する。七基までが自然石であって、碑面は風化しており判読は困難な状況にある。この中に、大江に舞を定着させた平三郎の墓もあるとされている。しかし、辛うじて読めた文字は「元禄十一／二月十口」、「延享四丙辰天釈香不退（カ）位／十二月十三日」、「宝（安カ）永四年／釈口口」といったところであった。これらの年号解読が、もし正しいとすれば、すべて平三郎が伝授された天明七年（一七八七）より以前のものであって、平三郎の墓碑のそれではない。砂岩の石碑二基のうちのどれかであるかも知れぬが、「釈」以外は不明である。ともあれ、大江では松尾平三郎の名は今も祖として理解され、敬意は表されているものの、墓を特定して祭祀が盛大に行われているという環境におかれてはいない（資料6参照）。

資料6　松尾氏代々の墓所（中央が平三郎か）（大江所在玉泉寺境内）

この後、平三郎の弟子松尾源右衛門秋実が継ぎ、次いで松尾七左衛門実秀、松尾弥左衛門増信、松尾庄助増頼、松尾貞右衛門実房（明治二四年没）と続いて明治に至る。いずれも大江住人である。貞右衛門から松尾源蔵秋広（明治四四年没）、松尾徳蔵広綱へと渡り、明治四五年旧正月二〇日、松尾真太平広実に引き継がれた、と系図には記される。真太平は近代大江の舞の中興の祖とされる人物である。現在大江で伝えているテキスト三一冊中、一一冊（二〇曲）に真太平の奥書がある。

「別伝系図」のこと

ところで、真太平については系図は多くの注記をするのであるが、伝授に関する記事に、「系図装束及八島一／巻ヲ松尾徳蔵ヨリ受ク外ニ、廿七巻自分ニテ／集メタルモノ」とある記事に注目したい。大江に入って以来、平三郎には注されていた「系図装束直伝正本」が伝授されたという表記が全くなくなってしまう。そして真太平の代になって、彼は「自分ニテ集メ」ねばならなかったと記すのであるから、テキスト管理等について、尋常ならざる事態にあったことを語っていると理解される。

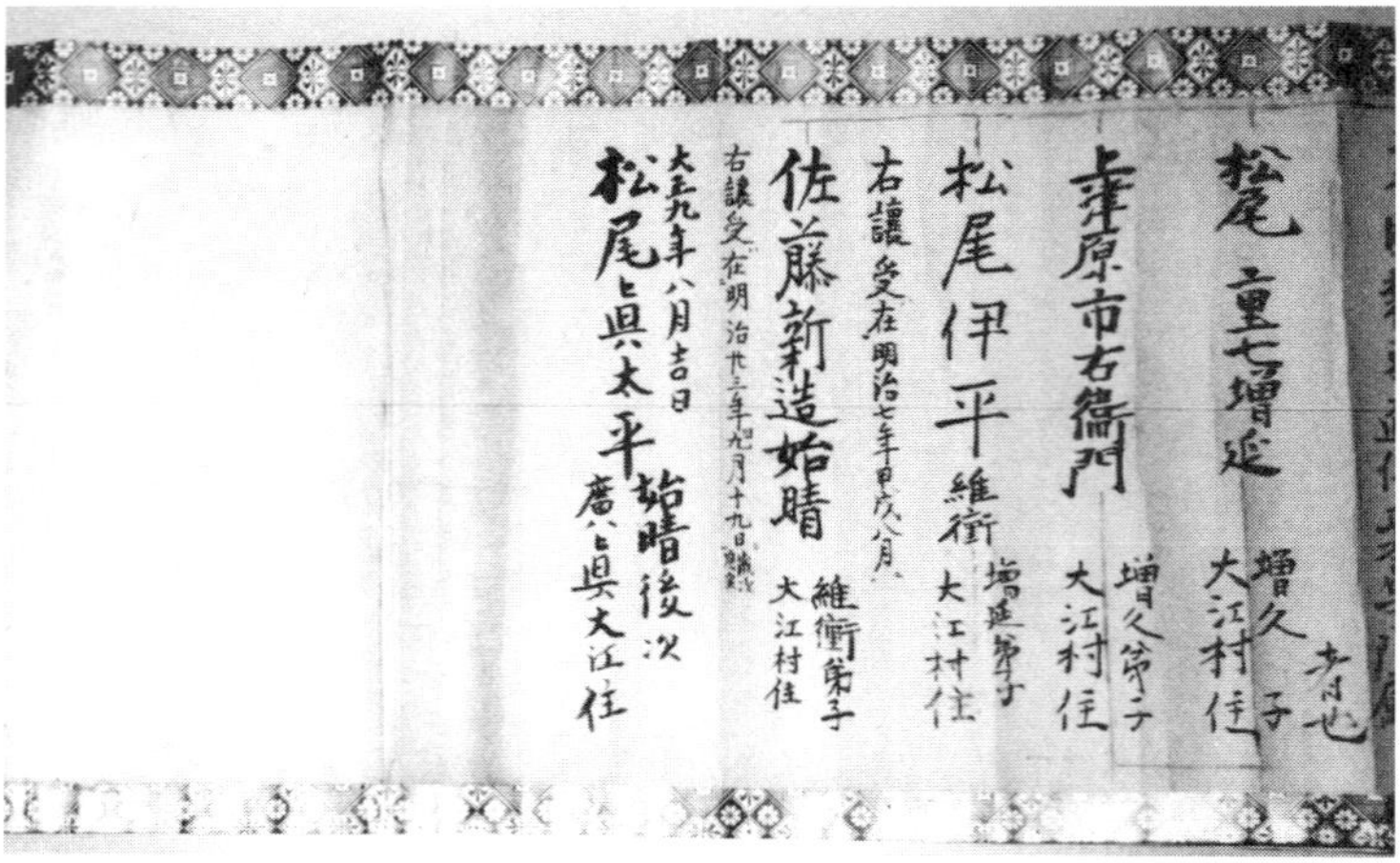

資料7　別伝系図（一部）（大江幸若舞保存会蔵）

松田修の論考（注4）にあるように、大江には他にもう一本の系図が存する。天地二〇・五センチ、長さ三三〇センチに及ぶ巻子本である。（現在大江の練習会館「舞ハウス」にて保管）。巻頭に「従内裏下給大頭舞之系図」と記すなど、いわゆる正伝系図と大きく異なるものではないところもあるが、巻末部分約五分の一ほどが全く違う伝授経路を示す。このことは前掲松田論文にて考察が加えられ、笹野堅は三本を披見したはずと説く（資料7参照）。

ところで、二種の系図のどこが相違するかといえば、桜井次左衛門の後の継承である。「正伝」は前述の如く、重富次郎吉直元↓松尾平三郎と続け、平三郎を注して「直元弟子」とする。一方、別伝では桜井次左衛門は松尾伊平次増久に伝授（系図の線の読み取り方では直邦弟子藤吉源内〈小田村住〉を一代置いて、そのあとかもしれぬが）し、伊平次の項に注して「直元弟子／大江村住／系図装束直伝正本等付属／者也」という。この伊平次は正伝本（別伝本と区別する必要のあるときのみ、かく称す）では平三郎の弟子として名が挙げられてはいるが、相伝は兄弟弟子の松尾源右衛門にされていたところであった。「直元」とは、姓氏を挙げないものの、重富次郎吉直元を指すのであろう。四、五筆がらなるこの系図は、桜井次左衛門までが同筆で、以下何人かずつの異筆である。

相伝系統の分かれ

これをどう解釈すべきか。筆者は以前、平三郎と伊平次は兄弟弟子として次郎吉に舞を習っていたが、平三郎に相伝されてしまったため、実力のある伊平次は師匠に要求して別途正本等を作り与えさせたのではなかったかと考えてみたことがある（注4拙稿）。

あるいは平三郎から取り返したということも考えられる。別伝本系図の方が誤りも少なく、古いと思われるからである。テキストもこの時、相当数が伊平次のもとに渡されたのではなかっただろうか。大江にて今に伝わる「目録」（元和七年八月の奥書）所蔵四二番の曲のうちどれほどが桜井次左衛門にまで伝えられていたかは不明であるが、平三郎、伊平次にさらにそれを分割する形でそれぞれ渡された可能性がある。

すなわち、伊平次の後、別伝本は松尾伊平維衡（明治七年受）、佐藤新造始晴（明治二三年受）と承け継ぎ、最後に筆を変えて「大正九年八月吉日／松尾真太平／始晴後次／広実大江住」と記す。大正九年（一九二〇）に別伝系図その他が真太平に渡され、一本化が成ったという意味であろうか（広実は真太平の諱）。であるなら、真太平がテキストを必死で集めねばならなかった明治末年はまだ佐藤新造から受け取る前であったから、かれの管轄下にある曲のテキストは見ることを得ず、真太平は大江村内や舞が伝えられていたであろう近隣の村々の諸家に蔵されている写本等を写しとる以外には仕方がなかっただろう。「真多（ママ）平氏生前の話に、系図は漸く手に入れたが、本は渡さぬ、某師匠の子が、自分は舞を学ばずして伝来の附属品は渡さず、他に移住したとか」などと平井武夫が記している（『福岡県郷土芸能』）のはそのあたりの事情を述べたものであろう。正伝本に「系図装束八嶋一巻」伝授とあるが、無論テキストが「八嶋」一冊のみということはなかったことではあろう。伝授の形をとる重要曲という意である。並行して存したはずの「満仲」は早くに失われたのか、別伝本とともにあったのかは不明である。現在も伝存しない。

ともあれ、正伝本系図で平三郎の弟子とされる伊平次が、別伝本では直元の弟子となっているだけでなく、そもそも平三郎の名前さえが別伝本には掲出されていないのである。この事実も、平三郎を大江定着の祖と崇めるのは正伝本を奉ずる人々の為すところであって、別伝本に拠って舞を伝える人々はそれを承認せず、伊平次増久をこそ正統を承ぐものと主張する表われであると解することができよう。(6) つまり、大江には天明期以来、明治末年にいたるまで、少なくとも二つの「流れ」が存在し、互いにそれぞれをオーソライズする証拠品を伝えていたということが語られているのである。そしてその「二つの流れ」生みの親が、明和・安永期に活躍したと思われる小田村住の重富次郎吉直元であろうと考えられる。彼の子孫によって、今も「小田の実力者」としてジロキチサンが記憶されている（八女郡立花町重富ヨシ子氏談）ことは、右の推測を補うものではなかろうか。

大頭舞は大江に定着する以前から、矢部川に近い村々で行われていたことは既に述べたが、「嫡流」が大江に来て以後も、その他の人々は「傍流」としてそれらの村々に定着していたことだろう。真太平が「自分ニテ集メ」たテキストは、そういう村々で伝えられてきた本ではなかっただろうか。そして一方大江では二つの「嫡流」が覇を競ってきた—というのが一七世紀から一九世紀までの、筑後地方における舞（後世いうところの「幸若舞」）の状況として把握してよいのではないかと思う。

3　幕末・維新期の舞とその弟子たち

記録された大江の舞

江戸時代の大江の舞の実態を知る資料は今のところ二つあるが、いずれも一九世紀に入ってからのものである。ひとつは注5でも触れた柳川市立図書館立花文庫蔵『用人日記』、他は滝沢馬琴『烹雑《にまぜ》の記』（題簽は「烹襍記」。文化六年〈一八〇九〉序）である。

『用人日記』にはこうある。

一、夕御膳過桜井杢左衛門より進上大江村之者六人罷出舞被為聞候。立舞之節御一統様ニ者此御床之脇御簾之内より被遊御覧、殿様ニハ御床之側南御向ニ御着座被為被遊御覧候。居舞之節ハ南御附ニ御障子立候而御附被為舞右之節殿様始御一統様ニハ二ノ御間より被為聞候。舞之内御餅菓子被召上候。

一、同勤中不残罷出候。（句読点は私意）

これは文政二年（一八一九）六月六日の記事ゆえ、正月の祝いなどとは関わらない。時の藩主立花鑑寿《あきひさ》は餅や菓子を食しながら鑑賞したようである。日記の筆者幸丸勘助の表現なのか「大江村之者」の謂いなのかは不明だが、傍線を付した如く、立舞・居舞という二分法がされていて、時間をずらして別個に演じていたことが注意される。これは大江のみならず、その近隣の村々での上演様式でもあったのだろう。大正のころは祝の席などに呼ばれて行くときは素謡類似のものとして舞の一節を座して謡ったものだ、ということを一九七五年ごろ当時の家元松尾馨氏から聞いたことと符号する。

後者はよく知られている記事である。下之巻七話に「幸稚《こうわか》」と題して五五〇字余の短文が載る。関係分を引いてみる。（傍訓、一部を除き略）

今も筑後山門郡大江村なる農家に、代々幸若の舞を伝たるあり。又その近辺永田といふ所にも、彼派わかれて大夫かゝり、何かゝり（割注）この名を／忘るなどいふありて、酒宴の席、月祭《つきまち》、日祭《ひまち》などいふをりには必招きてもて囃しつゝ興ずる　舞なるに今幸若の舞といへば、扇拍子にてうたふめり。これを舞とこゝろへたるは、僻事

なるべし。（『日本随筆大成』第一期第二十一巻所収本文に拠る）

大江の舞を「幸若」であると記したのは恐らく馬琴が初めてであろう。「彼派わかれて」というように永（長）田村（小田村のすぐ西）その他にも多くの舞を舞う者たちが居住して（某々派とでも称していたか）、酒宴に祭祀に活動の場を得ていた様が読みとれる。

幕臣幸若家が「古へより舞候儀ハ無御座候」（江戸期書上文書）と称し、扇拍子を専らとし曲舞のあり方を一般の者たちに曲解させたことを非難していることは正しいが、前者の資料のとおり、大江は立・居、いずれの舞も存し、臨機応変に使い分けていたとした方が正しいであろう。

武士の弟子（1）―二人の熊本藩士―

系図（正伝本）に、源右衛門秋実から受け継いだ七左衛門実秀と並べて、松尾加平次（増久弟）・松尾重七増延（増久子）の二人の大江村住人と、「西原源左衛門種幸柳川藩士」「尾藤権之助達臣隈本藩士」「本田三郎秋峯隈本藩士」「西原釣彦晃樹」の四名の武士を掲げている。

『肥後細川家分限帳』[7]（明治一二年写「旧藩御家中知行附」）に「一　百五十石　尾藤健之助」とある者と、権之助とは同一人物であろうか。本田は未詳ながら、「一　百石　本田十郎助」と関わりがあるかもしれぬ。本田姓は他にはないからである。いずれも石高五〇万石超の細川家の家臣としては高い禄ではない。いかなる理由で熊本藩士が弟子と記されるに至ったかは判らないが、多和文庫蔵『舞々唱歌肥後国高瀬満願寺村』（内題）なる書が残ることや江戸初期、肥後から筑前須夜郡（現朝倉郡）に定着した石村又太夫なる「幸若伝の舞曲」を専らとする芸能者の伝え（『筑前国風土記附録』、福岡藩『加藤正房日記』等）があることから、舞と肥後との接点はいくつか指摘できる。

また関大本舞曲テキストには昭和一二年五月付けの由来書があり、「これはまゐくとて我が家に伝はれる古写本也云々」という。これは旧蔵者平川清風の記したものだが、平川氏は熊本藩時習館訓導であった。

関大本は麻原美子氏の分類では大頭流第二類乙系統の本として、大江本とともにある。麻原氏のいうように「大沢次助幸次が携行したであろう正本」[8]かそれに近い本が関大本依拠底本であるかどうかは一先ず措くとしても、熊本に舞の実技を習得してみたいと志す者を生む土壌はあったというべきであろう。

武士の弟子（2）—西原氏について—

二名の西原氏について考えてみたい。西原氏が柳川立花家に仕官したのは古く、初代立花宗重の時代の元和八年（一六二二）に三池郡内に二百石を宛行われたことに遡るという。勝右衛門種直を家祖とし、二代種倈の時、その弟種元が分かれ、以後二系統の西原氏が柳川藩に仕えることとなる[9]。

幕末には両家からそれぞれに藩内はもとより、京・江戸にまで聞こえた文化人・学者が輩出した。一人は本家筋の庄右衛門種長（後に種樹、晃樹。川隈漁叟と号し、釣彦と自称）であり、他は分家筋の新左衛門公和であった。彼は諱梭江《さこう》あるいは松蘿館と号し、一甫と称した。

大江の系図にある「源左衛門」の通称は右の二人とは異なる。柳川古文書館蔵『侍帳』の文久二年のものを見ると「四捨石　西原源左衛門」とあるから、当該人物が種幸かと思われる。しかし系譜は未詳である。本家代々が勝右衛門・庄右衛門など、右・左を使い分けているようなので、種長は分家に属するものかもしれない。

西原釣彦には「柳川藩士」の注はない。著名人ゆえ記すまでもないという意識があったのだろう。彼は天明元年（一七八一）生まれ、寛政一一年（一七九九）近習役となり、文政二年（一八一九）家督を父勝右衛門種森から相続、物頭となった。年号不詳の柳川古文書館蔵『侍帳』に「弐百石　西原庄右衛門」とあるのはこの頃のものかと思われる。家格は一〇万石余の藩にあっては上士といえようか。

柳川城で大江の舞が演じられたのは前述のように文政二年六月六日だったから、釣彦晁樹はこの頃既に舞を習っており（松尾源右衛門秋実からか）、その関わりで演じさせたということも考えられる。その時の用人で、日記の筆者幸丸勘助は西原家の隣家に居住し、親交があった。

西原釣彦は文化元年（一八〇四）に江戸藩邸詰となるのを初度として、以後しばしば出府滞在、計一三年にわたり江戸に在った。藩の学問指南、国書待講として重きをなしたが、とりわけ当代文人、学者との交遊が注目される。すなわち伴信友・清水浜臣・平田篤胤・村田春海・荒木田久守・橘守部・高田与清・滝沢馬琴のほか、千種有功・日野資枝らの公家もいた。国学関係の著書は二四種三三冊に及ぶ。安政六年（一八五九）、年七九にて没した。現在、柳川市の高畑公園に同市出身の国文学者藤村　作《つくる》の撰文になる顕彰碑が建てられている。

柳川古文書館蔵『西原釣彦略伝原稿』（渡辺村男稿）には次のような記述がある。

（舞は）大江村ノ老農某ニ伝フ。爾後之ヲ継承ス。釣彦其伝来ノ久クシテ甚タ高尚雅致ナルヲ知ルヤ、入門シテ之ヲ修ム。釣彦酒宴中、興ニ乗ゼバ幸若ノ謡曲、又ハ今様催馬楽ヲ歌ヒ、或ハ立テ幸若ノ舞ヲナス。於是藩士中、之ヲ習フモノアリテ、柳川ノ幸若舞、世ニ知ラル、ニ至レリ（割書。此幸若舞、今尚ホ大江村ニアリテ、天下一品ノ称アリ）。

これによれば釣彦は「大江の舞」が江戸の「幸若舞」と本質的には同じ芸能であって、「伝来乏」しい「高尚雅致ナル」ことをよく認識していたことが分かる。その上で舞を好んだと思われ、「入門シテ」とあるからには実際に稽古に励んだものである。されば系図に名を列ねる資格は十分に備わっていたというべきである。

他にも藩士の中で彼に誘われて「習フモノア」ったものの、「弟子」と認定された者は西原姓の二名だけであったということになる。しかしながらこの「大学者」の入門によって柳川藩内で大江の舞は一挙に「知ラルル」ことになったのである。

馬琴と西原氏

前掲『烹雑の記』の大江村における舞についての情報を馬琴に提供した者は、引用箇所の後に「(大江の舞は) 職人絵尽に載たる舞々の画像《ゑすがた》おもひあはすればよくこれにかなへりとぞ、西原主《にしはらぬし》話談せらる」とあることから、西原を称する人物であることが判る。然らば彼はいずれの西原か。

文政七年(一八二四)五月、西原一甫が主唱して耽奇会が設立され、馬琴は八月に一甫の勧めで入会、会員には山崎美成、屋代弘賢、関思亮、中村景蓮らがおり、珍品奇種を持ち寄って月例会を開き、考証し図録を作成した。これがのちに『耽奇漫録』として集成されることになる。一甫は釣彦より一九歳年長で、留守居役として江戸にあること長く、詩歌・俳諧・茶・華・香道に数奇、好事の道にも早くから入りこんでいた。[10] 山東京伝・柳亭種彦らとも交わった。釣彦の交友関係とは相違があるが、馬琴だけは共通する。つまり、釣彦は兎園会に属し、文政八年の『兎園小説』(正月~一二月)に名を列ねるのである。『烹雑の記』の文化八年ごろは一甫が江戸詰用人として在府していたから(釣彦はこの年在府か否か未詳)、「西原主」を一甫とすることは容易ではあるが、先の『略伝』からすれば、やはり釣彦晁樹が教えたと考えるのが妥当であろう。『馬琴日記』には一甫は梭江・松蘿館とあり(山崎美成『耽奇漫録』第一序には「梭江ぬし」とある)、「西原主」はやや距離を置いた表記のように思える。専門とするところや交友関係の違いから来るものではないだろうか。

先の『兎園小説』一二集(随筆大成二七)に釣彦は「筑後の国にふりうといふ神わざありけり」で始まる「風流祭」の一文(図入り)を寄せているのも、芸能に関心があった証拠とされよう。[11]

明治期の記事をめぐって

近代に入り、明治二四年（一八九一）に松尾貞右衛門実房から系図を承け継いだ、松尾源蔵秋広には大江住の六人の他に「東京ノ人」と記された四人の弟子がいたとされている。すなわち川辺御楯・川辺白鶴・村田竘《ただし》・中村明石である。御楯は天保九年（一八三八）生まれ、柳川出身で、花陵と号する。

画を久留米藩御用絵師の三谷（狩野）直琴に学び、維新後は太政官に出仕して土佐光久に師事、鳥居清忠は彼の門下であった。伊勢神宮、正倉院の宝物調査も行った。青年の頃西原釣彦について有職故実を学んだというから、舞を習ったのはその影響があろう（釣彦は安政六年（一八五九）没）。白鶴は御楯の長男、官女図などの絵を残すが、二一歳で没した。村田も伝未詳ながら、大江本「浜出」の一本の奥書に「明治参拾参年／子秋旧九月／松尾真太平／所物村田竘書写」とある人物のことかと思われる。テキストの作成に協力したもののようであるが、真太平が持参した本を写させたのかどうかは判らない。伝授したのであれば村田自身の有に帰すべきであるのに、真太平のものとなっている理由も不明である。

中村は江戸歌舞伎中村勘三郎の血縁に連なる、五世中村明石（明治六年生まれ）なる歌舞伎役者である。明治一七年猿若座で初舞台を踏むも、小屋が消失するなど困難に直面し、画家を志して一時期舞台を下り、画を川辺御楯に師事したという。この頃川辺に誘われて舞を習ったのではなかろうか。これらの系図の記事は、武家から学者、画家、役者へと次第に大江の舞の世界が広がっていったことを示そうとしたものと考えられる。「秋広弟子」の項に、系図は誇らし気にこう記している。

明治廿四年六月到東京曾我子爵邸ニ於テ／大頭舞ヲ為ス大ニ繁昌シテ弟子四人ヲ得

「弟子四人」が右の者たちであった。九州の「大頭舞」が関東で初めて演じられた記念すべき年だったといえる。

村田が書写したのもこの年であっただろう。中村が歌舞伎役者だとすれば、江戸初期には歌舞伎に投ずる舞の者は多かったから（笠屋舞など。第4章参照）、近代になっての逆修習という趣を呈したことになる。

上演会場となった曾我子爵邸とは柳川出身の曾我祐準《すけのり》の屋敷である。西原釣彦の娘民子が祐準・祐正兄弟の母であり、彼女の姪の歌子は祐正の妻となるなど、西原家とは縁が深い・祐準は天保一四年（一八四三）生まれだから、少年期、大頭舞を聞いたことはあったのだろう。その記憶が会場提供を承諾したのではなかったか。曾我は元柳川藩士、例の曾我兄弟の養父曾我太郎祐信の末裔を称し、維新の功により華族に列せられ、宮中顧問官、皇太子教養主任となった。いわば曾我氏は柳川の誇りであった。(12)

真太平の代になった大正三年（一九一四）六月、伝来の「大江幸若舞八島絵巻物」一巻が宮中に献上されたが（明治四五年にも手続きを始めたものの明治天皇の崩御にて中断）、その仲介の労をとったのは曾我祐準であった。因みにこの「八島」は現存する享保七年写のテキストではなくて、詞章はそれに拠ったのであろうが、柳川の文人樺島涛来が新たに写し、中野春翠が絵を添えたものだった、と系図の徳蔵の項にある。ともあれこれで「大江の舞」は「大江の幸若舞」として天下の東京で披露され、高野辰之ら一流学者によって正統性を保証され、ついには禁中にまで大いなる飛翔を遂げたというべきである。系図（「大頭舞之系図」）の直信の項にある「内裏有雲上双紙壱部三十六番即今所謂舞本是也」という「舞本」が、一部とはいえ、下されしところ、すなわち内裏に還ったのだ、とこの「系図」の主張を読解すべきなのかもしれない。

4　『大頭舞之系図』に見える人々と相承経路

京の大頭舞の師大沢次助幸次は筑後山下城主蒲池鎮運に招かれて天正一〇年（一五八二）九州へ下向、蒲池氏の臣田中直種に「舞装束」「多田満仲之自筆本」「系図」を「代々是ヲ付属スヘキ者」として伝授した。直種は音曲諸芸に達した人物で前述のとおりよく道を究め、四二番の舞を琢磨したなどとある。今、大江には元和七年（一六二一）八月に大沢次助他四名の判をもって「大頭田中儀助」（田中直種と同一人か否か不明）に与えられた四二番の舞の「目録」がある。天正一〇年から四〇年ほど後の年紀であるから、ほぼこの曲目と同じものが伝えられたのであろう。先の「満仲」の他、「山中常盤」「含状」などの注目すべき曲名も見える。だが三曲とも現在大江には伝存しない。

こののち子の直俊が継ぐも、「脱舞装束以與直次譲家督隠居」という。「直次」は系図に見えぬが、通り字から、息子の可能性があるか。ところが次の継承者、久留米の住人猪口喜右衛門直勝は直俊の弟子田本幸次の弟子となり、「系図装束相伝」されたと記す。思うにこれは、直次は斯道を放棄した（或はさせられた）ため、弟子系の者に芸が受け継がれていったことを語るものではあるまいか。そういえば大江にある「口中開合之事」と称する発声に関する文書（享保一九年の奥書）には「雖為（子）子々孫々於無器用者不可有相伝者也」とあって、大江の舞は芸の達者なるをもって継承さるべきことを宣言している。大沢次助から田中氏三代、血縁相続されたものの、「無器用者」の出現をみて、大頭舞の師資相承の原則にたちかえったのであろう。猪口直勝は享保一〇年（一七二五）に八七歳で没したが、系図には元禄元年（一六八八）より何年という表現のあることから、この年は直勝にとって何らかの特筆すべき年であったようだ（佐々木哲哉氏は相伝の年とする）。

ところで直勝は「後藤兵衛弟子」といい、師の田本幸次は「号後藤兵衛」と記す。田中直種は「後藤兵衛直久子」であり、直久は「後藤兵衛蒲池家来／（大沢）次介弟子」とされる。かつて北川忠彦氏も「気になる名前である」と話されていたのだが、いったいこれはどんな意味をもつのだろうか。

『平家物語』に登場する後藤兵衛実基は扇の的を射る者として那須与一を、仁井紀四郎親清の矢を射返す者として阿佐里与一をそれぞれ推挙する役割を担う。あるいはかような性格――大勢の中から適任者を選定するといった――をもつ者と何らかの関わりがあるのかもしれないが詳細は未詳。

大江には最古のテキストとして、直勝生存中の享保七年（一七二二）五月写の「八嶋」が伝わるが、それに「右者大頭後藤兵衛正本写之者也」なる識語がある。これより三〇年のち、宝暦年間の写本は四冊ほど存するものの、もはやこれらの本には後藤兵衛は現れない。どうやらこの名はある種の正統性を主張するもののようではある。

以前、松田修氏が明らかにしたように（「筑後大江幸若舞について」）、大江には標記系図（以下「正伝」という）以外にもう一本、別伝系図がある。正伝では前項で述べたごとく、直勝の弟子・小田村（現みやま市瀬高町内）の桜井次左衛門直邦が「系図装束直伝之正本等伝授」され、次でその弟子・同村重富次郎吉直元がそれらを継承、天明七年（一七八七）にその弟子・大江村の松尾平三郎増墺に「系図装束直伝之正本等附属」され、以降代々大江にて引き継がれていったとなっている。

しかし別伝では桜井直邦まではほとんど同一だが、ここから紙を改め、途中で筆も変って、異なる相承を掲げる。即ち直邦のあと、「直元弟子」たる大江村の松尾伊平次増久に「系図装束直伝正本等附属」されたとあり、以下明治二〇年代までの芸系を記すのである。つまり大江に入って二つの「流れ」が出来し、それぞれが「系図装束直伝正本」を保持していたということになる。合流するのは、明治末頃、松尾真太平に至ってからのことであった。増久の名は正伝にも見えるが、増墺の三人の弟子の一人として挙げているのみである。また、別伝は正伝が大江定着の祖とする増墺を故意に無視しているようである。これはどういうことであろうか。

別伝は重富次郎吉直元を相承のルートには載せないものの、「直元」の名は挙げる。どうもこの人物が文字どおりのキーマンらしく思われる。二つの系図を重ねて想像するに、松尾増墺・松尾増久はともに重富直元の兄弟弟子であって、何らかの理由で直元が増墺の方に一切を伝授したため、実力ある増久はこれを潔しとせず、直元に要求して別途「系図装束直伝正本等附属」せしめたのではなかったか。それゆえ別伝は直元を副次的な形でしか載せず、増墺は当然記載されることはない。また、正伝では増久を被伝授者とすることはなく、増墺の弟子として処理されてしまったのではないか。

一九八四年一月であったが、私は当時の家元三小田《さんこだ》隆憲氏のご厚意で系図所載の矢部川両岸の村々を車でご案内いただいたことがあった（資料8参照）。その時、もと小田集落の人で当時八女郡立花町に住む重富ヨシ子氏（七〇代）に話しを聞いた。ジロキチサンという先祖がいることは伯父から聞いている、舞のことは知らないが、昔は家にタイコ（鼓か）や中啓があった、下長田村からは重富の家に麦を持参していたがこれは庄屋で世話をしていたからだと聞いたなどということだった。氏は次郎吉直元の子孫である可能性はあるだろう。下長田村云々というのは、馬琴『烹雑の記』にいう「永（長）田といふ所にも彼派（幸若）わかれて大夫かゝり何かゝりなどいふありて酒宴の序月祭日祭などいふをりには必招きてもて囃しつゝ興する舞」が舞われたというその村を指すものかと推測される。

正伝別伝の分岐点にある桜井次左衛門のことを調べたいと思い、小田地区の桜井政人氏宅にもうかがった。同家は江戸期、小田七社宮（永正三年建立）神官だったという（鳥居に「桜井勇左衛門」銘あり）。舞太夫の伝承はここにもなかったが、立烏帽子や小刀は昔あったと聞いた。もしこれが舞のものであったとすれば、という前提であるが、同家過去帳にみえる宝暦五年（一七五五）一〇月没の釈浄信を次左衛門に比定することも、年代的には不合理ではない。同家は柳川立花氏二代忠茂の室鍋子（仙台伊達忠宗女）の正保元年の輿入れ時、供として筑後に来て土着した武士とされる。されば久留米藩から柳川藩に舞を取り返した人として桜井次左衛門の項に「柳川領小田村住」と注記したとも考えられる。が、いずれも仮定と想像の域を出るものではない。

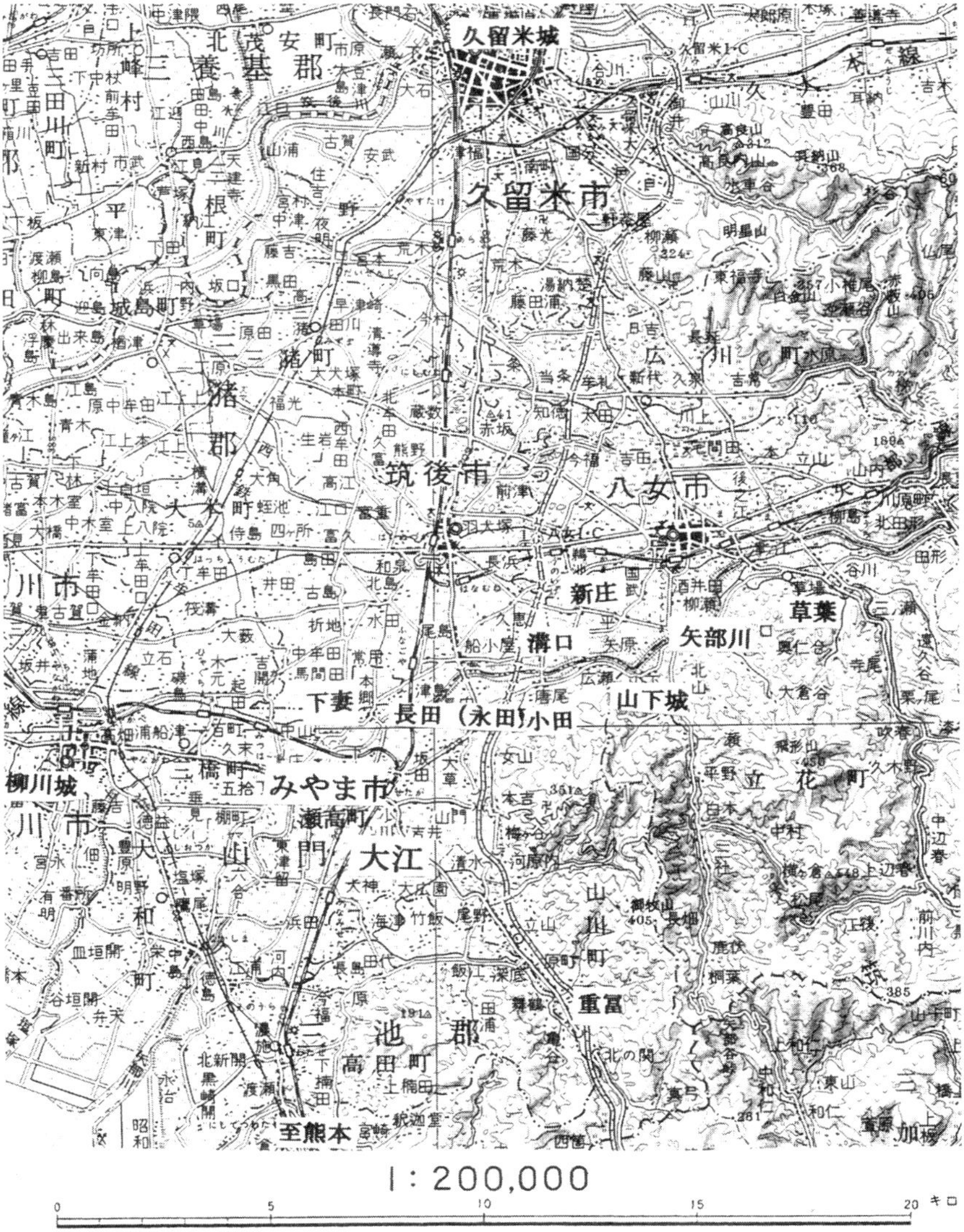

国土地理院20万分の1地形図「熊本」130％拡大図

資料8　福岡県みやま市大江とその周辺図

第三節　甲斐の幸若舞—一宮浅間社の芸能環境—

1　一宮浅間社と宮司青嶋墓清

甲斐国八代郡高田村（山梨県旧市川大門町、現市川三郷町）に鎮座する一宮浅間神社とその周辺の地域（資料９参照）で、近世初中期に、幸若舞を始めとしていかに多様かつ多彩な芸能が行われていたかを、神社所蔵資料に拠って具体的に紹介しつつ、芸能史的観点から論じてみたい。第九章では、主にテキストに関して述べているが、[13]記述内容には若干重複する部分がある。

この神社の由緒は『甲斐国志』（巻之六八）によれば「貞観六年甲申五月富士山火ノ翌年十二月勅命アリテ浅間大神ヲ此地ニ祀リ官社ニ列セラル（中略）最初勧請ノ地ヲ御正体山ト云（中略）祭礼ハ四月辰日九月中ノ九日霜月辰日ヲ大神事トス四月ノ祭ニハ神幸アリ」とされる。初めは火神木花咲耶姫が現れた御正体山《みしょうたいさん》（高田村の南。数百メートルにあるいくつかの峰から成る）に祀ったが、後には山を下り、高田村（笛吹川の西岸約一キロ）に里宮として祀られるようになったのである。また、摂末社として御崎《けさき》明神、花開明神、天王社、巣鷹明神、山王権現、志尾連《しびれ》明神等を挙げている（『甲斐国社記・寺記』には「大小末社今ニ六十余社有之」とある）。

四月の神幸祭には、かつては中巨摩郡古市場（現南アルプス市）の若宮八幡宮まで神輿渡御や騎馬武者の馬揃えなどが催されて大いに賑わった。神輿渡御は一一月辰の日にも御正体山から本社まで行われた。この他年間七二の神事が挙行されていたというものの、現在は多くの神事が絶えている。ともあれ中世近世にはこの地域では尊崇を集めていた大きな神社であった（資料10）。

この神社には、『一宮浅間宮帳』と称される文献が秘蔵されている（通称『宮帳《みやちょう》』）。全七冊、計三六〇余丁からな

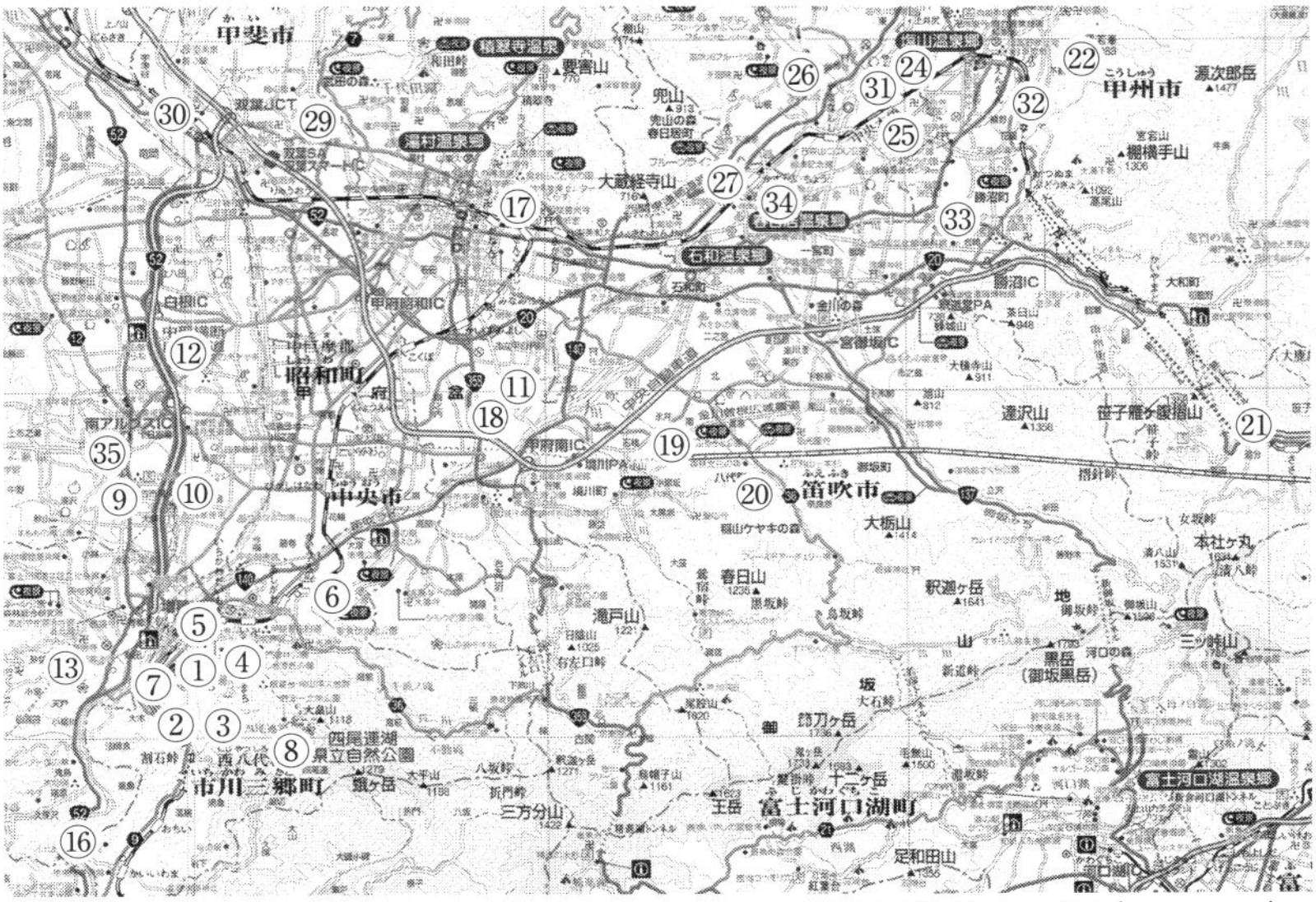

山梨県中部地図(1:160,000)　0　4km

①一宮浅朗神社　②天王神社　③鷹巣神社　④高田　⑤印沢　⑥歌舞伎史料館　⑦大鳥居　⑧八の尻　⑨古市場　⑩南湖　⑪小笠原　⑫吉田　⑬鰍沢　⑭十谷　⑮茂倉　⑯楠甫　⑰東光寺　⑱小瀬　⑲米倉　⑳竹居　㉑笹子　㉒下萩原　㉓徳和　㉔下井尻　㉕西後屋敷　㉖窪八幡社　㉗山梨岡神社　㉘黒平　㉙千塚　㉚志田　㉛下井尻　㉜赤尾　㉝等々力　㉞　桑戸　㉟小笠原

資料9　山梨県市川三郷町周辺図

る。書誌は第九章でも述べるように、巻一～巻四の題簽は後補で、破損しているものの、「□（一カ）宮浅間□□」と読める。五、六、七は「年中行事帳第五」、「年中行事六之巻」「年中行事巻七」などと記るされる。巻一巻頭には「一宮伝記」とある。これによって、神社の年中行事などを中心に編年的に記録したものであることは明らかである。漢字片仮名交じりで、癖のある文字遣いで書かれる。ほぼ一筆。しかし巻七には異筆も見える。

この文書の筆者は、奥書などはないが、記述内容から、宮司の青嶋臺清（臺は臺の異体字。タカキヨと読むヵ）とわかる。記事には貞享四年（一六八七）一一月に宮司が京都に行き、一二月には吉田家にて諸行事相伝裁許状を受け、「浅間大明神掛物」もいただいたことが記され、この年末に正式

資料10　一宮浅間神社拝殿

に宮司職に就いたという。当神社所蔵「一宮浅間神社伴家系図」(14)によればこのときの宮司は青嶋権守伴臺清である。代数は三〇数代目であったというが、彼は注に記したように実は親類筋の八兵衛の息子で、養子に来て臺光の女と結婚している。したがって由緒ある神社の相続人となったからには何らかの事績を残そうとしたのではないかということは十分考えられる。冒頭にいわく。旧記は乱世に失せてしまったので、近い時代の書承伝承を集めてこれを記したと。確かに、巻一は武田信玄時代の天文年間から始まってはいるが、宮司の簡単な事績、エピソードや催事祭礼、災害、出来事などの摘記である。なかには芸能記事も見られる。これらは筆者の生まれる以前あるいは幼少のころの事項（系図によれば父臺光、祖父臺定、曽祖父臺定（ママ）の時代）ゆえ、当時神社にあった何らかの記録に拠ったものであろう。

巻二は天和二年（一六八二）から始まる。この巻からが臺清がカバーする記録となる。そして巻七の寛延二年（一七四九）八月に、突如記録が終わっている。臺清が死去したのは宝暦三年（一七五三）であるから、存命中に何かの理由で続けられなくなったのであろう。かれの後を継いだ臺延が記録を継続したという形跡はない。後に詳しく述べるように、この臺清が大頭流舞のテキスト（「敦盛」を含む）を、一宮文庫として神社に所蔵していたのでる。

2　甲斐の舞大夫

この『宮帳』は芸能資料としても豊富な内容をもっている。この資料は既に翻刻されており、西田かほる氏によって近世宗教史学の立場からこの神社で行われた神事芸能の概略が示されている(15)。記事には神事として太々神楽、湯立神楽、獅子舞、反閇など芸能的なものも多く見られるが、本項では幸若舞を中心に述べるが、能、狂言、歌舞伎、人形劇などについても、その上演（奉納）の形態、演目、演者などについて芸能史的観点から論じる。

武田氏と幸若舞といえば天正九年三月、遠州高天神城の合戦で城を守っていた武田勝頼の臣栗田刑部丞寛久から最後に幸若舞をみたいと所望されて、徳川家康は幸若与三大夫に「高館」を舞わせたということが知られている（『常山紀談』ほか）。このことは当時武田氏の膝下にも舞の者が居て、栗田もそれを見ていたであろうことを示している。また、久保田豊後大夫という舞大夫は「信玄の御朱印所持にて総て当国にて芝居興行の者は先此豊後大夫に拠って幕を借るを例とす」（野田成方『裏見寒話《うらみかんわ》』宝暦二年序・伝説）というから信玄お抱えの舞大夫は近世の芸能興行に当たっても力を持っていたのであろう。また相模の天十郎大夫は天文二一年（一五五二）七月、武田氏から伝馬三頭を賜ったという文書もある(16)。

『甲陽軍鑑』にも、「幸若八郎九郎、天下一番すぐれたる名をとり申候」（末書上巻）としたり、「うたい、まい、或幸若舞にハ物をよむに請取のはやき人をりこんなといふ」（巻一四）とか、「世間にまひやうたひと云も、人間の善悪をたゞして異見にかきておきたるを…めひじんがふしをつけ様子をまなぶを…」（巻一八）などとあるのは、舞（曲舞）に大いなる関心を示しているといえる。また天文一九年（一五五〇）一二月付けの武田晴信朱印状が舞大夫の家に残されていて、「千代牆《ちよかき》大夫・同脇大夫三人トアリ、例年正月元旦、躑躅ヶ崎ノ館ニ登リ目出度事ヲ舞囃」ていたという（『甲斐国志』を引いた『山梨県史』通史編4、近世2による）。三人とあるからといって大頭舞の大夫とは限らないだろうが、かれらは正月には千秋万歳や幸若祝言歌謡、舞「浜出」などを演じていたのではなかったか。このように甲府では一六世紀半ばから舞の者の活動が知られるのである。

そのような者は、甲斐が江戸期に入って尾張・駿河・甲府の各徳川家、柳沢家による甲府藩を経て享保九年（一七二四）からの幕府直轄地化（甲府勤番）に至るころまで、おのれの芸能を保持し、伝承し得たかは不明である。『宮帳』に舞の上演の記事初見は宝永四年（一七〇七）六月一九日、浅間宮末社の黒沢村鎮座巣鷹神社例祭で「金大夫如例、此舞ハ明暦三年ニ始ル」とされるものである。この大夫は翌々六年にも来ているが、同七年には「身上不叶ユヱニ不参」という。正徳三年（一七一三）六月二〇日の記事にも出てくるが、「金大夫大破シテ」来られなくなったとある。「大破」「身上不叶」とは何か。

この金大夫は前掲西田論文に拠れば武田氏の館で舞を舞い、朱印状を受けた者で、江戸時代には売卜《ぼく》や祈祷を行っていたという。この記事ではどのような舞を演じたかは分からないが、延享二年（一七四五）六月二〇日黒沢村山王祭の記事に、「金大夫舞日本ノ代々上手ニテ舞来ル所ニ府中八幡ノ大夫トナリ舞ヲ次ニシテ証言（ママ、「狂言」であろう）好ム是ヨリ舞ノ家衰イ金大夫家断絶ス」とある。寛保元年（一七四一）六月二〇日の記事に「狂言」にカブキと付訓しているから、かれは幸若舞の「日本ノ代々上手」の名誉を捨てて歌舞伎に身を投じたので、舞の家としては存続できなくなったのであろう。これが「大破」ではないかと考えられる。このことは大頭流の舞の者たちが江戸初期に歌舞伎に多く流入したことを思い起こさせる。因みに正徳四年（一七一四）六月二〇日には千塚村（現甲府市千塚）の野大夫が二日間に亘って「狂言」をしたとあるのも、歌舞伎であったかとおもわれる。山王祭には、宝永七年以降、豊後大夫及び中大夫（正徳五年六月初見）が参上したとあるものの、舞の内容を知ることはできない。先述の信玄の御朱印状を保持しているという久保田豊後大夫は浅間宮の末社の祭にも出勤していたことになる。

中大夫についてはかなり詳細な記事がある。まず、享保八年（一七二三）七月五日、六日に、山王社の鳥居竣工「祝義（ママ）ノ舞」を行うに、「大夫役者《トモ》ニ七人、中大夫」とある。大夫を入れて七人が千秋万歳や祝言歌謡を謳い、舞ったのであろう。次に享保一四年（一七二九）、一五年に「舞狂言」を行ったとある。一五年七月の神社の庭では「舞狂言」として「ときわ問答」他が演じられたというから（後述）、「舞狂言」は幸若舞のこととしてよいだろう。するとこの中大夫も幸若舞を演じたと考えられる。

中大夫に関しての注目すべき記事を以下に引用する。享保一八年二月二三日の鎮火祭の記事である。

中大夫千（秋）万歳ヲ祝フ。并舞ヲ舞フ。家ノ祝《イワキ》ニ吉田《タ》村ノ大夫、昔ヨリ祝来ル所ニ、寛文年中ヨリ断絶、元禄十年ヨリ中大夫参リテ祝。中大夫ハ西後（補筆）五屋敷村ニ生レ、兄ヲ才兵衛ト名。日本一ノ舞ノ上手ナリ。三十六番ヲ極テ、番外不残舞。弟ヲ七郎右門（ママ）ト名ク。（以下略）」（句読点、カッコは私意。原文、助詞は小さく、送り仮名は大きく書かれているが、引用に際してはその区別をしていない。以下同様。）（付訓は原文のまま）

西後屋敷《にしごやしき》村は現山梨市内にあり、西田論文に拠ればこの地域には宗教的芸能者が居住していたとされる。されば中大夫が祝言を述べたり千秋万歳の芸能を行ったりするのは当然の職掌であるが、中大夫兄弟は「日本一ノ舞ノ上手」と称えられたり、「三十六番ヲ極」めているとされたりするのは、まさしく幸若系図にいう「禁裏ヨリサウシ三十六冊ヲ下サレ」たとされる幸若舞根本の曲数を指すもので、中大夫は幸若を舞う大夫として、むしろ名声を博していたのである。曲名は記されていないが、享保一八年六月二〇日の山王社祭では「中大夫舞狂言」とあるから、おそらく幸若舞を舞ったのであろう。

宝永四年（一七〇七）から延享四年（一七四七）までの間に舞大夫の舞上演の記事は二四回ほど見えるものの、彼ら舞大夫の記事には幸若舞の曲名がほとんど出てこない。唯一の例外は豊後大夫である。延享二年（一七四六）六月二〇日の山王祭にこうある。「（金大夫の後を継いだ）豊後大夫、代々証（ママ、「狂」であろう）言ハ上手ナレトモ舞ハ下手ナリ。殊ニ今年ハ『トカシ』ヲ一《ひと》トサシ舞テ、証（狂）言モ下手ナリ。氏子、今年キリト嫌。」豊後大夫は金大夫と同じく歌舞伎に身を入れて、本来の家芸である舞の実力が落ちたと評されているなか、やっと幸若「富樫」（安宅）一曲を舞ったものの、その後に演じた、「上手」なはずの歌舞伎もへたで、氏子たちは来年は呼ばないと怒ったというのであろう（確かに、翌延享三年の山王祭では「府中ノ若イ衆ヲ頼ミ、狂言有リ」としていて、甲府から若者の地芝居を呼んでやらせている。甲府の歌舞伎については後述）。文脈からすると、歌舞伎の安宅ものを演じたようにも読めるが、歌舞伎十八番のそれは天保初演であり、その前身「隈取安宅松」や「御摂勧進帳」にしても明和・安永の成立だからそういうものではあるまい。舞踊の類いであったか。

舞大夫が歌舞伎を演じた記事が一件ある。延享四年（一七四八）六月二〇日の巣鷹社（黒沢村所在の末社）祭に「古《ふる》市場《いちば》ノ俵大夫狂言有リ」がそれである。古市場村は旧巨摩郡、現南アルプス市内。浅間社のご神体が動座する場所である。彼の地の若宮八幡に拠っていた舞大夫であろうか。「狂言」を歌舞伎と解する限り、その例ということができる。

後に記すように、幸若舞の曲名はもっぱら氏子たちの配役とともに出てくるのである。舞大夫が幸若舞を演じたとすれば、なぜ上演曲目を記載しなかったのか、このことをいかに解釈するかが今後の課題として残る。なお、彼ら甲斐の舞大夫たちが相模に多数いた舞大夫（天十郎大夫、小田原金大夫ほか）や江戸の舞大夫（勘大夫など）と何らかの関わりを持っていたのか、いなかったのかについては、今のところ不明である。

3　氏子による幸若舞の奉納上演

問題のある上演曲

幸若舞の曲名が最初に出てくるのは享保一五年（一七三〇）七月一五、一六日である。すなわち、「十四日火祭、十五日十六日、氏子御宮ニテ舞狂言ヲ奉納ス。舞ハ「常磐問答」「奥大丸」。両日トモニ。シテ依田清八郎／ワキ依田孫四郎（役と姓名は割り注、以下便宜このように記す）狂言、若イ者壱五人」とある。この記事には三つの注意点がある。まず、舞大夫ではなくて、依田清八郎・同孫四郎なる「氏子」（農民や商工業者）が奉納したこと。そして奉納した芸能は「舞狂言」とされていることである。曲目をみれば「常磐問答」は幸若舞であるから、ここもやはり幸若舞の別称と理解してよいかと思う。三つ目に「奥大丸」という曲名は文脈上は幸若舞と考えられるものの、どんな素姓の曲か全く分からない(17)。元文五年（一七四〇）四月一〇日の神幸祭での「舞狂言」に、「ヲクタ丸」という演目が見えるから（演者は平蔵）、同じ曲かと思われる。地域で演じられていた曲かも知れない。かれらはこのような曲をだれから習い、どのように演じていたかなどは一切分からない。第9章で述べる、宮司青嶋氏が習得した幸若舞「敦盛」と、氏子の幸若舞習得とはどのような関係があるのか、これも今は未詳とするほかはない。

さらに、「狂言」、おそらく歌舞伎を、名題等は不明ながら「若イ者」が一五人も出て演じたことにも注目したい。享保のころには甲斐の甲府以外の地方でも歌舞伎を演じることが一般化しており、役者も大夫、下座も揃っていたものであろう。神幸祭は芸能の奉納とは名目であって、ほとんど芸能を楽しむ空間であったといえる。

翌一六年四月一一日一二日の神幸祭でも、注目すべき曲が演じられている。原文はこうである。

十二日神幸如例、十一日ヨリ舞狂言両日アリ。舞「夜ウチソカ」一サシ 十一日 シテ孫四郎／ワキ市四郎　中シテ弥助／ワキ林平　下シテ市四郎／ワキ弥助　十一日十二日モ同舞ナリ。シテ・ワキモ十一日ニ同シ。同日シテ依田勘助／ワキ青柳市四郎「碁盤忠信」

「夜討曾我」は「一差し」とあるから一曲を上中下と分割して演じたのではないか。因みに現在の大江の幸若舞でも

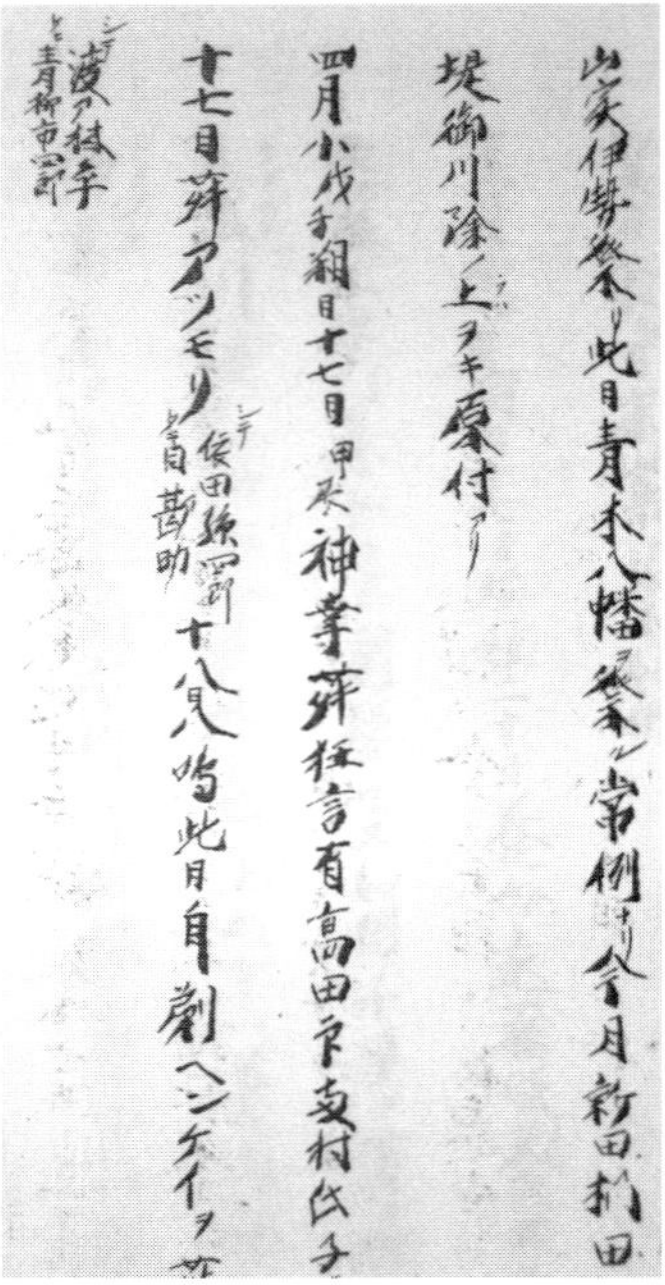

四月小戊午朔日十七日甲辰神幸舞狂言有高田印両村氏子
十七日舞アツモリ　シテ依田孫四郎　ワキ同勘助　十八日八嶋此日自剃ヘンケイヲ舞
シテ渡部林平　ワキ青柳市四郎

資料11　一宮浅間宮帳（部分）「敦盛」「自剃弁慶」の曲名（享保17年4月17日条）

狩り場の紋尽くしなどは分けて舞われる。「碁盤忠信」は幸若にはなく、これは金平浄瑠璃である。テキストとしては延宝四年（一六七六）八文字屋八左衛門板がある。これをそのまま幸若として用いたか幸若の曲節を付して使用したかであろう。島津久基によれば「この曲の刊行された年から二三十年後には、所謂碁盤忠信伝説として甚だ有名になってゐた(18)」という。古浄瑠璃が幸若の詞章をしばしば採用していたことはよく知られているが、これはそれの逆バージョンとでもいうべきものである。なおこの曲は寛延二年（一七四九）四月の神幸祭においても演じられている。

このようないわば非幸若曲の上演はまだ他にも見える。享保一七年（一七三二）四月一七日一八日の神幸祭でも「舞狂言」が行われたのを次のように記す。

高田・印（「沢」、脱字カ）両村氏子ニテ、十七日舞「アツモリ」シテ依田孫四郎／ワキ同　勘助、十八日「八嶋」、此日、「自剃ヘンケイ」ヲ舞。シテ渡部林平／ワキ青柳市四郎。（資料11参照）

一宮浅間社が所在する高田村と隣の印沢《おしてざわ》村の氏子が演じたのであるが、幸若舞の代表的な曲二曲の他に、「自剃弁慶」を演じたという。これは幸若舞にはなく、一連の弁慶物語のなかに位置づけられるお伽草子作品を指すものと思われる。これをどのように「舞」ったのかは不明ながら、物語作品も芸能テキスト化してしまう実態に、驚きをもって関心を寄せざるをえない。この曲は、翌享保一八年七月一四日、一五日に同社宮司青嶋氏邸の庭で「踊舞」が行われた際、「堀川（夜討）」や「八嶌」とともに演じられている（弥助・林平のコンビ）。複数回出てくることをみれば当地の「舞狂言」のレパートリーであったといえるのではないか。

さらに注意したい曲名がある。元文四年（一七三七）四月の神幸祭の「舞狂言」では、「ヱボシオリ」「四国落」および「吉ノ落」（シテ勘助／ワキ久太郎）が演じられたとあり、翌元文五年の神幸祭においても、「四国ヲチ」とともに「吉野ヲチ」が演じられている（シテ立川喜助・ワキ渡部平蔵）。そして延享三年（一七四六）四月の神幸祭でも、この曲は「四国落」（一四日）「百合若大臣」（一五日）とともに演じられている（シテ岸本五郎・ワキ渡部平蔵・ツ、ミ一瀬源助。鼓の役名が掲出されるのは希）。「吉野落」は現在残る曲目にはないものである。しかし『家忠日記』文禄二年（一五九三）閏九月一五日条に、下総上代《かじろ》に移った家忠邸へ江戸の「女舞々こし候て舞候。伏見常盤・芳野落・持氏、三番」などとあるから、一六世紀には存在していた曲であった。室木弥太郎は「芳野落・持氏は本来の舞曲にないものである。これも前の二曲（注。みなつる・裏野合戦）と同様、当時の語り物をかりて舞の曲節で語ったのではなかろうか[19]」と述べる。また、笹野堅は「太平記に取材したもののやうに想はれる」としている[20]。「四国落」に続く、義経が静らと吉野へ逃避する内容であった可能性もある。『家忠日記』に、江戸の女舞々とあるのに注目すればこの曲は関東にいた舞の者の保有曲かと憶測したくもなるが伝来の経路など、詳細は不明である。ともあれ、一宮浅間社で三度も上演されているのをみればこれも当地では舞の立派なレパートリーになっていたに違いない。

一宮浅間社における幸若舞上演については、演目一覧は後掲のとおりである。演目を見れば、「おくた丸」「碁盤忠信」「自剃弁慶」「芳野落」などといった現在伝来していない曲、幸若舞テキストではないような曲がある一方、「北国落」「伏見落」のように、伝来していても別称の古い名で上演されている曲がある。すなわち、元文二年（一七三七）四月の神幸祭で、九日は「フシミ落孫四郎／勘助」、一〇日は「トカシ・北国落シテ孫四郎／ワキ勘助」が演じられたとする記事がそれである。「北国落」は一般には「笈探」という。この曲はロドリゲス『日本大文典』に「Foccocuvochi」として「笈探」の一節が二例掲出されている。「伏見落」は現存テキストにもその名を持つものがあるが（打波本、秋月本、直熊本等）、既に一六世紀の『東勝寺鼠物語』にその名を見ることができるから、古い曲名といえるのではなかろうか。これらをかんがみるに、甲斐地方で演じられていた幸若舞は江戸あるいは京都、九州大江で命脈を保っていたそれとは同じ幸若舞とはいえ、異風なところのある芸能であったのかも知れない。これは伝承者の問題なのか、所有するに至ったテキストの問題なのか、他のジャンルの作品との混成（コンタミネーション）もあるのか、その解釈については課題として今後考えてみたい。

芸能の担い手、「若イ者」

ところで、「若イ者」は先述のように「狂言」を演じるだけでなく、幸若舞も演じていた。享保一七年（一七三二）七月一五日の一宮浅間社庭での記述にはこうある。七夕祭は済んでいるからこの日は純粋に芸能だけが行われたとみていいだろう。

十五日御宮ニテ氏子若イ者ヨリ合テ舞狂言アリ。舞、「ユリ若大臣」シテ依田孫四郎／ワキ同　勘助　今年大神宮御遷宮祭ニテ二十日舞、「夜ウチソガ」シテ依田孫四郎／ワキ　同勘助

氏子のなかの若者組のような組織が存在したのかどうかは不明ながら、「若イ者ヨリ合」ってこのような芸能を行う環境が整っていたというべきかと思われる。「若イ者」の所職は記事に欠けるので明言できないが、農民及び市川大門の町場では商工業者も当然いたものと思われる。なお、氏子による幸若舞は四月の神幸祭、神主邸等において行われ、山王社や巣鷹社の祭では演じてはいない。これらの場では中大夫などの舞大夫が演じているから、テリトリーが

決まっていたようである。

舞の上演は、基本的には意識は「奉納」にあったことは事実である。たとえば寛保元年（一七四一）六月二〇日の山王祭についての記事である。

今田金大夫、舞来ル例ナルニ、十四五年以来或ハ操リ、亦ハ狂言《カブキ》亦断絶スル所ニ、黒沢（天王社鎮座の村）大ニ貧窮賤而□（テカ）氏子断絶、依之如社例舞有リ。断絶ヲヲコス。

舞も歌舞伎も奉納しなくなってからは村は「貧賤」になったので、舞を再開して衰えに歯止めをかけようとしたのである。神官の手による記録という性格もあるかもしれぬ。

三人舞

享保一八年四月一七日の神幸祭では拝殿において「三人舞、『信田』シテ依田孫四郎／ワキ同勘助／ツレ九左衛門・友之丞、次ニ『清しけ』、同三人」が行われたと記す。現在福岡県大江の「幸若舞」（大江の舞。大頭の流れを汲む）でも大夫・シテ・ワキの三人で舞われるように、大頭の特徴を示す芸態であった。

大江にはツレという役名はないが、『資勝卿記』元和八年正月一八日条にも、大夫、ツレ、ワキで吉松という舞々が舞ったとある。詳細な装束も記るされていて、それはそれで興味深い。三人舞の初見は、『言継卿記』天文一四年（一五四五）六月四日条に、「山本号大頭藤井、彦四郎、三人曲舞兵庫の築島舞了」というものである。先の『家忠日記』文禄二年（一五九三）四月一六・一七日条にも、下総飯沼の舞々「親子三人」が家忠邸に来て「兵庫」や「笈探」を舞ったというから、ことによると大頭系の舞大夫であったか。

上演された曲

次に幸若舞上演曲名が見える享保一五年（一七三〇）から曲名が最後にしるされる寛保三年（一七四九）までの一九年間の上演曲を一覧にする。場所は一宮浅間社およびその末社周辺に限った。曲名表記は一般的な漢字を宛て、掲載順序は笹野『幸若舞曲集』（本文）に従う。

百合若大臣（一七三二・七、一七四一・四、一七四六・四）　上演回数【三回】
信田（一七三三・四、一七三八・四）【二回】
敦盛（一七三二・四、一七四一・四）【二回】
伏見落（一七三七・四）【一回】
常盤問答（一七三〇・七）【一回】
笛の巻（一七三九・四、一七四〇・四、一七四〇・七）【三回】
烏帽子折（一七三九・四）【一回】
堀川夜討（一七三三・七）【一回】
四国落（一七三九・四、一七三九・七、一七四〇・四、一七四〇・七、一七四六・四）【五回】
富樫（一七三七・四、一七四五・六）【二回】
北国落（一七三七・四、一七四九・四）【二回】
八島（一七三二・四、一七三三・七）【二回】
清重（一七三三・四）【一回】
高館（一七三八・四）【一回】

夜討曾我（一七三一・四、一七三二・七）【二回】
＊吉野落（一七三九・四、一七四〇・四、一七四六・四）【三回】
＊奥大丸（一七三〇・七、ヲクタ丸一七四〇・四）【二回】
＊碁盤忠信（一七三一・四、一七四九・四）【二回】
＊自剃弁慶（一七三一・四、一七三三・七）【二回】
（注・四月は一宮浅間宮神幸祭、六月は末社の山王社あるいは巣鷹社祭礼、七月は一宮境内での上演）

三八回の上演で、異なり曲数一九曲、一年二回は演じている計算である。そのうち非幸若舞もしくは内容不明曲が四曲あり、二割以上となっている。

「清重」は短い曲で、他に上演記録が見えない[21]。「常盤問答」は『言継卿記』天文二三年（一五五四）正月五日条に上演記録（「鞍馬常磐」）があるのみの、これも珍しい曲である。逆に、「百合若大臣」や「信田」のように長い曲が複数回演じられているが、どのように区切っていたのかと興味深い。このように、内容不明曲を含め、あまり一般的でないものも演じられていたという上演環境に注目しないわけにはいかない。

舞の演者

シテやワキの役で出演する氏子を回数でまとめてみると次のようになる。

依田勘助　七回　依田孫四郎　六回　依田万七　三回　＊渡部林平　三回　＊青柳市四郎　二回　青柳幸四郎　二回　＊渡部弥助　二回　岸本五郎　二回　立川喜助　二回　渡部平蔵　二回　＊青柳九左衛門　二回　＊依田清八郎　依田万七　＊友之丞　＊川西次助　＊渡部久太郎　岸本勘七　一瀬治助　各一回

以上一八人の名が確認される。姓から見ると全員、当該地方に多い名である。特に織田勘助・孫四郎は「二十八番章節ヲ極ル、音曲ノ上手」と称えられ、「此外ハ一二番亦ハ五六番ツ、習」（寛保元年四月一〇日条）というほどの実力差があったとされた。勘助は能「羽衣」の太鼓を勤めたり、岸本勘七は三番叟を舞ったり、友之丞は太鼓を打ったりしている（寛保元年四月一〇日神幸祭）。右の一覧で、＊印はこの日に狂言（歌舞伎）も行われたようで、当日の記事末尾に「狂言人数次第」として挙がっている者で、「舞狂言」（幸若舞）と注記されている者である。「狂言」を演じた者はこの他に川西太郎左衛門、大原源七郎、岸本辰右衛門、渡部金平、立川瀧右衛門、青柳彦四郎、同忠吉、勘市、（依田）半助、川西幸七の十人がおり、さらに「当時若手次第」として挙がっているのは次の一八人である。岸本勘七（「舞狂言」の注記あり）、渡部孫六、立川又十、小池彦助、原川孫七、青柳藤内、渡部新平、立川彦七、大原万蔵、岸本惣（カ）之助、小林弥右衛門、庄之丞、喜八郎、松之丞、青柳勘次郎、依田万次郎、岸本五郎（「舞狂言」の注意書きはないが、延享三年四月の神幸祭には「百合若大臣」のシテを勤めている）。「舞狂言」の注がないものは「狂言」のみを演じる若手の氏子ということである。

同記事には続けて「舞ノ鼓」として立川又十郎、一瀬源助、友之丞を挙げるも、友之丞は舞も舞う。同じく、「当時舞ノ人数」として渡部平蔵、立川義助、同勝千義（ママ）、渡部平十を記する。立川義助は既出の同姓喜助と同一人物か。

かれらのなかには後述のように能・三番叟に出演するものもいた。千歳を狂言若手の小池彦助が勤め、三番叟を舞った岸本勘七が勤めるがごときである。このように、舞、狂言（歌舞伎）、能（三番叟）という芸能のジャンルを越えて活動する、いわばマルチタレントが氏子のなかに多数（五〇名になんなんとする）存在し、その代表格が依田勘七・孫四郎であったといえよう。

4　甲斐の芸能環境

歌舞伎の上演について

山梨県の農村歌舞伎は現在では内船《うつぶな》歌舞伎（南部《なんぶ》町。上の座・中の座・下の座—明治初期まで三座に分かれていた）と吉田歌舞伎（富士吉田市）のものが知られる。ほかにも、川原畑歌舞伎（南都留郡道志《どうし》村。一九四〇年代まで）があった。一宮浅間社が所在する市川三郷町は初代市川團十郎本貫の地とする伝承があるが（町内には資料館もある）、農村歌舞伎は行われず、伝承も舞台も残っていない。しかし近くに位置する甲府は歌舞伎が盛んであった。延宝・貞享のころ江戸歌舞伎の道化役、「坊主小兵衛」が甲府に来たり、ヤイト踊りなる踊りを始めて一世を風靡したことが淵源であるという（『甲府市史』巻二近世）。ややこ踊りのような歌舞伎舞踊であったらしい。一八世紀になると旅役者が滞在して歌舞伎を演じるようになったようで、正徳三年（一七一三）三月二五日付甲府町奉行所触れには「近日、かぶき芝居これあり候へば、役者の類は申すに及ばず、右の類、宿一切仕らず候様に申し付くべく候」（同市史）とあるから、それだけ人気があったということになろう。

甲府は一宮浅間社のある市川大門の町からは直線距離で一〇キロほどである。多くの若者が見物に行ったことであろうことは想像に難くない。甲斐が徳川系の大名や柳沢氏の支配から幕府直轄地になった享保九年（一七二四）以降、ますます歌舞伎は繁盛した。ついに明和元年（一七六四）、亀屋与兵衛なる者が「常芝居地」を申請し、翌明和二年に金手《かねんて》町教安寺境内に「亀屋座」が開場した。春興行・秋興行・餅つき興行といわれる、「三季芝居」という形態で、年に三回一定期間（半月程度）、歌舞伎を上演したという。ここには江戸から、團十郎、三津五郎、幸四郎など名だたる役者が来演した。地芝居ではない（『甲府市史』巻二通史編、史料編巻六、『山梨県史』通史編）。亀屋座の創設は『宮帳』の記録が途切れてから一五年後のことであるが、以前からの甲府近傍での歌舞伎熱があったから、常設小屋

が成り立ち得たものであろう。(22)

直轄地を支配する甲府勤番が連れてきた数百人の武士たちは江戸では歌舞伎を見る機会が多くあったと思われるから、目の肥えたかれらの楽しみでもあっただろう。先に述べた、舞大夫の金大夫が、甲府八幡の大夫となって舞よりも狂言を好むようになり、舞が衰退したとあったり、豊後大夫のように舞は下手だが狂言は上手とされる舞大夫が出てくる（延享二年六月山王祭）のは、実はこのような事情が背景にあったためであろう。つまり祭礼で舞を演じるよりも狂言すなわち歌舞伎を演じた方が実入りが多いという経済的理由である。

このような巡業歌舞伎や江戸歌舞伎が身近にあったことで、地域の神社祭礼の場でも「奉納」名目で農民によって演じられる機会は多かっただろう。「近世における在方芝居の多くは祭礼時などに、主に若者組を中心として村人が演ずる『素人芝居』であったと考えられる。下萩原村（現塩山市—合併によって甲州市）の紋右衛門のように芝居指南を請合う者もいた」（『塩山市史』通史編上）という状況にあったのである。既述した、一宮浅間社の氏子の「若イ者拾五人」が「狂言」（歌舞伎）を演じたり（享保一五年七月神社境内）、あるいは甲府から「府中ノ若イ衆ヲ頼」んで「狂言」を演じてもらったりする（延享三年［一七四六］六月二〇日山王祭）ということなどは日常的によく行われていたことと理解できるのである。一宮浅間社のある市川大門、高田村あたりの「若イ者」は足繁く甲府に通って、芝居を見たり、「紋右衛門」のごとき者に指南を乞うたりしたのであろう。現在も民俗芸能として残っている何カ所かの農村歌舞伎は江戸中期に繁栄した名残というべきものかと思われる。

翁猿楽（三番叟）と能の上演について

『宮帳』に初めて能が登場するのは享保二一年（一七三六）四月一四日一五日の神幸祭の時である。既述のようにこのとき幸若舞「八嶌」「常葉モントウ」外が演じられたが、これは去年「舞狂言」がなかったので、「氏子不吉ナリトテ、今年亦祭ル。先年モ祭ラサル年ハ不吉ト云々。「羽衣」ノ能アリ。シテ岸本勘七ワキ渡部又六青柳藤内、太鼓（大鼓ヵ）依田勘助」ということで、芸能奉納をしないのは不吉だとの認識があったようである。この年は丁寧にも幸若と能とを舞ったのである。「羽衣」のシテ岸本勘七は幸若「百合若大臣」のワキを勤めることもあり（元文六年四月神幸祭）、太鼓役の依田勘助は幸若（舞狂言）にしばしば出演していることは既に見たとおりであるし、この日、能に先だって演じられた幸若舞「常葉モントウ」のワキをも勤めているのである。ここでも、かれはどんな芸能でも器用にこなしてしまう才能の持ち主であったという証拠を示しているといえよう。さすが「音曲ノ上手」（右の元文六年四月の記事）と賞められることだけのことはある。

元文六年（一七四二）一月二日の記事にはこのようなことが見える。

神主家ニテ古来ヨリ謡始アリ。今年サンバサウヲ始ル。亦、「高砂」「三和」「羽衣」ノ　ハヤシヲ謡フ。笛立川瀧右衛門、小鼓《コツツミ》三男平次郎／一瀬源助

いわゆる謡初めは以前からあったとあるが、記事に出てくるのはこの年が最初である。それに続けて三番叟、すなわちここでは翁猿楽をかく称しているもので、それが始まったとする。神主青嶋臺清の謡仲間が集まって行なったと理解される。「ハヤシ」を謡う意味は未詳。謡で、例えば平ノリのリズム部分を取り出して謡うことであろうか。

同年（寛保改元）四月神幸祭では「千サイ」（小池）参助「三番サウ」（岸本）勘七「ヲキナ」（川西）次助、小鼓源助、太鼓友之丞、笛瀧右衛門の陣容であった（このあと歌舞伎上演）。これは正式な翁猿楽である。岸本勘七は以前は「羽衣」のシテを勤めたが、この年は三番叟を勤めている。かれもまた芸能マルチ人間の一人であった。このほかに、延享四年（一七四七）四月神幸祭のときにも幸若舞の上演と共に（曲名は不明）、「三番相、皷、フヱ吹」などとあるから三番叟が舞われたことがわかる。ただし翁・千歳のことには触れていない。黒式尉だけであったかもしれない。

この時期、市川大門周辺でどのくらい能が普及していたかは分からないが、甲府市中なら元禄期には既に経済力のある商人の中では謡が嗜まれていた。「謡本但小うたひ共二十六冊」とか「善知鳥但書本一冊」などと甲府商人惣兵衛の「譲り帳の覚」にはある（『甲府市史』巻二）。このあと、能を好む柳沢吉里が家督相続すると、宝永七年（一七一〇）一〇月、城中の能舞台で能を演じさせ、自身も演じて武士、町人に観覧させたのを始めとして享保年間にも、複数回町入り能を催している。数日に及ぶ盛大なもので、食事から酒肴までも供されたという（右の『市史』）。幕府領になってからは、市内の寺院境内で地方巡業の能役者が行う「辻能」興行についての文書が残る。「能楽は甲府町人の間に意外に親しまれるようになっていたかもしれない」（同市史）のである。一八世紀終わりごろからは謡曲指南の者も出て、大いに繁盛した。このような状況なので、一宮浅間社の氏子たちが能を演じたり笛を吹いたりすることは特異な出来事とは考えられないのである。

さて、山梨県は「三番叟」（翁猿楽）が演じられるところが多い県であった。かつては一三箇所に及んでいたというが、現在では二、三カ所に減っている。これらの三番叟の特徴として、役者が化粧をすることや太鼓・小鼓・笛の外に拍子木を用いることが挙げられる。歌舞伎との影響関係を考えるべきであろう。また、千歳が面箱持ちを兼ねており、これは下掛りの演出形態である（『山梨県史』通史編参照）。

最も知られているものは「岡の式三番」（笛吹市八代町岡）である（二〇一六年現在休止中）。道祖神祭が行われる小正月の夜に演じられる。小鼓の袋に享保八年（一七二三）の紀年があるというから[23]、少なくとも江戸前期までは遡れる芸能である。京都から伝わったとされ、地元では「京三番」とも言っている。流儀の「翁」との違いは、始めに三番叟の「揉ノ段」が舞われることである。次いで翁が登場し、四句神歌を謡い、千歳の舞、翁の舞、三番叟の鈴ノ段が舞われる。順序の違いは三番叟重視の結果であろうという説がある（注23参照）。このことは山梨市塩平では三番叟の揉ノ段だけを舞っていたことからもうかがわれる。この舞は甲府市黒平《くろべら》の三番叟が伝わったものという。黒平では「能三番《のうさんば》」と称する。翁・千歳・黒式の尉が出る。

山梨市徳和の三番叟は安永年間（一七七〇年代）に始まるとする文書があり、弘化・安政年間のテキストが残る（現在は舞は廃絶）。テキストには、元禄年間に始まる大山《おおやま》能の狂言方を担っていた内海平太夫の名があるという。テキスト表紙の写真を見ると、「大山伝法／三番叟諷本／式三番」などとある。されば芸能における甲斐と相模との交流を考えなければならないだろう。一宮浅間社にほど近い南巨摩郡富士川町（旧鰍沢町）十谷《じっこく》の三番叟は集落の縄天神舞殿の奥に雛壇状になった場があり、そこに三番叟、翁、千歳、小鼓が居並んだという。楽器は鼓と拍子木だけであった。これも、歌舞伎との関係を示唆するものであろう[24]（現在は中絶）。このように一宮浅間社の東、北、北東と、神社を取り囲むように各地で翁猿楽（三番叟）が行われていたことからすれば、神社での芸能に三番叟を取り入れてみようとするのは自然な成り行きではなかったかと思う。

人形劇（操り）上演の環境について

『宮帳』に人形劇のことが初めて見えるのは正徳二年（一七一二）六月二〇日の天王祭である。この日舞大夫が来なかったため、「武蔵庄大夫　操《あやつり》有」とある。かれは翌年も天王祭で「操（り）」を行ったが、「此太夫ハ取立ノ太夫ナリ、証文別ニ有リ」という。これはどういうことかといえば、享保二年（一七一七）六月二〇日にこのようにあることで理由が分かる。「武蔵庄太夫アヤツリ有リ。金太夫代々舞来所ニ、近年（カ）断絶ユヱ、アヤツリ有リ。武蔵庄太夫ハ元禄四年ニ江戸武蔵権太夫弟子ニテ、村ニ住ス。慈悲ヲ以テ神主地ノ内ニ置ク。元禄五年ニ当社ノ大夫ニ取上ル」というのである。武蔵権太夫は江戸の説経浄瑠璃語りであって、天満八太夫らと正本の板行を行っている者である（延宝・天和ころ版「ほう蔵びく」六段など）。この弟子と称する者が元禄四年（一六九一）に高田村に流れてきたのを扶助して神社専属アヤツリ太夫としてやったというのである。然るべき芸を有する場合にはこのように「取立」てることもあったようである。しかしながら、その四年後の天王祭は「アヤツリハ不吉ト云テ除《ヤメル》。狂言モ不吉ナリ。舞大夫ハ御宮再興前ハ止ル」という。操りや狂言はなぜ不吉なのかは不明。山王社はこのころ拝殿再建中だった。この書きぶりからすると、本来は舞を演じるべきだが拝殿が竣工するまではやめるということなのか。神前には舞奉納が本来なのであって、それ以外の芸能を演じたために何か不都合が起きたのかもしれない。

武蔵庄大夫は享保三年（一七一八）七月、招かれて山梨郡桑戸村（現笛吹市内）の笛吹河原において村内の五体尊堂建立勧進のための人形劇を興行している（『山梨県史』資料編13）。このように本拠地を高田村に置いて、一宮浅間社関係の神社のみならず近隣の村から招聘されれば、その地に赴いて上演していたのである。

享保五年（一七二〇）六月と享保二〇年六月の山王祭では「東光寺大夫」の「アヤツリ」が行われた。この太夫についで『甲斐国志』（巻百）にこうある。

> 古府御崎社ノ旧記ニ宝永中社中修理ノ事アリ。領主へ訴テ、東光寺村日暮庄太夫ニ芝　居致サセ、勧進セリト云々。又日暮左近者ノ所レ造仮面等ヲ蔵セル者、往々アリ。皆当　村ノ説教ナリ。一書ニ簓《ささら》ハ人形舞ハシナリ。小笠原村、東光寺村（以下略）

東光寺村（現甲府市内）には日暮庄太夫なる簓説経の「人形舞ハシ（廻わし）」[25]がいたというのである。この一団は享保二〇年には山梨郡下井尻村（現在山梨市内）にて説経を演じたというから、享保ごろは甲府の南北で活動していたと考えられる。江戸初期に京都には日暮小大夫という説経太夫がいたから、その流れを汲む者と自称したものであろうか。

梅沢権三郎という操り太夫の名も見える。享保一九年（一七三四）、二一年、寛保四年（一七四九）、寛延二年の山王祭である。かれは「淡路ノ太夫、操リ、此太夫、宝永ノ時《コロ》ヨリ当国処ニテ操ル」（享保二一年六月二〇日条）とあって、淡路島の出身とする。今も人形浄瑠璃が盛んな島である。淡路には一七世紀には専門の人形劇団が成立しており、かれらは上方での上演作品をもって、諸国を巡業していた。享保のころには四〇座以上もあったという。甲斐では宝永のころから「操」っていたというから一八世紀の初めには甲斐に住して各地で演じていたのであろう。寛延二年の天王祭の記事によれば、この祭は「古ヨリ今田金大夫、舞ヲ舞キタル祭ナリ。此大夫断絶ユヱニ近年狂言ヤ亦ハ操ニテ祭ル」のだという。つまり祭礼での奉納芸能は舞（幸若舞であったろう）、狂言（歌舞伎と思われる）、人形劇、いずれでも、その時々の出演者の都合によって芸能のジャンルが変わってきたのである。何かの芸能上演は必要と認識されたようであるが、年によっては既述のようにある芸能が「不吉」とされることもあった。何をもって不吉とされたのかは分からない。

因みに相模には「梅沢芝居」というものがあり、宝暦一〇年（一七六〇）二月に赤尾村（現甲州市）涌泉寺開帳の際に人形劇を興行し、「一谷嫩軍記」などを演じている（『山梨県史』通史編4　近世2）。右の権三郎との関わりがあるのかどうかは不明。

この他に延享五年（一七四八）六月の天王祭で演じた「佐渡大夫」がいた。この年には「水災」があったので舞はなくて、代わりにかれが「ジャウルリ語リ、人形二ツ三ツニテ、道ツナキニ道行ヲ語」ったという。浄瑠璃を語り、二、三体の人形を遣って何かの作品の道行きを演じた、というものであろうか。「道ツナギ」は未詳。佐渡大夫の素姓も未詳である。江戸前期に活動した佐渡七大夫という説経浄瑠璃大夫がよく知られているから、その一統を称したものか。

このほか、太夫の名は出てこないものの、操りの上演の記事は多い。例えば寛保元年（一七四一）四月の大鳥井村、翌年三月の宮原村、延享三年（一七四六）六月の八ノ尻村等。それぞれ一宮の末社の神社がある村である。上演作品名（外題）は歌舞伎、人形劇ともにであるが、全く記載されていない。

ところで山梨県下には現在は大月市笹子町に「笹子追分人形」座があって、活動している（上演は不定期）。この人形芝居は延宝年間に始まるとされ、江戸末期の人形遣い吉田冠二の遺品に淡路人形芝居の文書があったということから、淡路系の人形芝居であったかとされる。[26] ほかには人形浄瑠璃ではないが、田楽系の「天津司舞」（甲府市小瀬）もよく知られている。現在では県内で「人形を操る民俗芸能」としてはこの二箇所があるだけである。しかし近世から明治（一部は昭和前期）のころまでは三〇数箇所以上の人形芝居の座があった。一宮浅間社の近くに限っても、下井尻座（山梨市、カシラ残る。宝暦八年の文書あり）、等々力座（甲州市）、米倉座（笛吹市、カシラ二三体残る）、竹居座（同）、右左口《うばぐち》座（甲府市、カシラ一〇体残るほか衣装も残る）、東光寺座（同）、志田座（甲斐市）、下今井座（同）、徳永座（南アルプス市）、吉田座（同）、小笠原座（同）、南湖座（同）、鰍沢《かじかざわ》座（鰍沢町）、西島座（身延町、カシラ残欠あり）などが挙げられる。[27] 人形劇座の偉大なる稠密度というべきだろう。近世から明治にかけてはおそらく美濃地方と並ぶほどの「人形劇王国」であったわけである。

太々神楽について

太々神楽と神楽獅子舞は全県に広く分布し、その伝承数の多さは山梨県の芸能を特色づけており、特に韮崎から北杜周辺にはその七割が集中するという（『日本の祭文化事典』東京書籍）。系譜的には伊勢神宮の御師が奉じていた太々神楽に連なるものとされる。十数種の演目を次々に舞っていく形である。返閇を踏む神楽も多い。山梨岡神社（笛吹市）の神楽は県指定無形文化財で、延宝三年（一六七五）に始まると社記にはあるものの、武田信玄の出陣の神楽であったとも伝える。同じく県指定文化財の「西島の神楽」（身延町）

は武田家滅亡の慰霊のために始められたという。ただしここの神楽は所謂出雲神楽である。元来は神官が舞うものであるが、現在はほとんどが氏子によって舞が伝承されている。

ところで『宮帳』にも、明暦二年（月日不明）（一六五六）、黒沢村巣鷹社にて太々神楽が行われたこと、翌六月二〇日にも同所にて）太神楽が国中の神主八〇人によって執り行われたとある。このころは氏子の参加はなく、純粋の神事とされていたのであろう。いかに太々神楽が「霊験ある」ものであるかは次の記事にみるごとき「事実」が示される。

延享二年（一七四五）四月の記事である。

高田村田畠三十年以来イリ田ニナリ、五穀ノ、ミノラサル事、五十年、野中唐稗ヲ作レトモ是モミノラス。色々ト手ヲ替テ作レトモ次第々ニ悪田ニナル。去年ノ年ヨリ　延享二年丑年マテ十三年ケ間、大願ヲ掛ケ御祓申シ、太々神楽ノ願ヲ掛テ祈リ、今丑　ノ年成就、太々神楽ヲ奉レ奏。（中略）今丑ノ年ヨリ田地変リテ上田トナリ、五穀ミノリ、　唐稲稗ヲ田ニ作ル事無ク、昔ノ田地ニ成ル。諸人御神徳ヲ奉レ拝。（以下略）

注。唐稲…収穫量は多いが、下級品種とされた赤米か（唐米）。あるいは太唐稲と言われたインディカ米のことか。粘りけがなく好まれなかった。近世には一部で栽培。

祈願の太々神楽のお陰で悪田変じて上田となったという。舞ったのは外ならぬ一宮神主の臺清であった。その前に、二月の鎮火祭にも神楽が行われたが、舞人は七人、総て近隣の神社の神主であり、用意された「料物」は鏡餅九五，かわらけ三〇〇枚、御供え九五膳等々大量のものであった。

現在一宮浅間神社では太々神楽は廃絶したが、楠甫集落の近くにある宮原浅間神社では氏子が一五番の舞を伝える（町指定文化財）。ただこの舞は幕末に京都石清水八幡から伝えられたものという。山梨県の神楽については言うべきことが多くあるが、本節の趣旨に外れるので、ここでは甲斐国における近世の神楽の事情を述べて、当該神社神主の認識を記録によってたどってみることにとどめておきたい。

一宮浅間神社所蔵『宮帳』によって、享保～寛延期の甲斐・市川大門とその周辺における芸能環境を述べてきた。まず、今まで明らかではなかった、近世の幸若舞、特に関東の「田舎」でのありさまをある程度示すことができたのではないかと思う。神事舞大夫の幸若舞上演もさることながら、神社氏子たち「素人衆」がそれに携わっている実態を明らかにし得たかと思う。彼ら氏子たちは幸若舞のみならず、能も舞い、囃子も担当し、時には歌舞伎にも参加する、といったマルチタレントであったことは注目に値しよう。ただ、甲斐にもたらされた幸若舞はどのような経路を経てきたものなのか、一宮文庫本「敦盛」奥書にあるような、一宮浅間社神主と舞の師匠との師資相承関係は、どのようなものなのか、神主が神社で幸若舞を舞うときはあるのかどうかなどは、遺憾ながらいまだ解明できていない。

神社とその周辺での能、歌舞伎、人形劇などの上演についても、近世前期には既に甲斐地方で行われていた芸能であって、それらが神社の本社末社の祭に取り入れられたものであった。ともあれ、当該記録で見ることができる範囲であるが、一八世紀前半期は一宮浅間社の位置する甲斐・市川大門とその近隣は、幕府直轄地の都会である甲府にも劣らないほどの芸能センターの様相を呈していたと言うことができる。

注

（1）嘉慶改元は八月二三日。六月時点では北朝年号至徳三年である。当該文書の性格や年号記載については高木久史「幸若初見文書と天王宮祭礼の座敷相論」（越前町織田歴史文化館報3）や服部幸造「幸若大夫の来歴」（『中世の芸能と文芸』二〇一二年五月、竹林舎、所収）等がある。『越前町文化財調査報告 Ⅰ』（越前町文化財調査報告書第

2集、二〇〇六年三月、越前町教育委員会）参照。

（2）山路興造「舞々考—地方の舞々を中心に—」（『近世芸能の胎動』〈二〇一〇年六月、八木書店〉参照。甲斐、相模の舞大夫については第2章第三節および第4章で論じた。

（付記）越前敦賀の幸若については山本吉左右『くつわの音がざざめいて—語りの文芸考—』（一九九八年八月、平凡社）の「近世の越前幸若家」において考察が加えられているが、霊山院文書には触れられていない。

（3）事業の一環として次のような報告書を出している。

『大江の幸若舞　重要無形民俗文化財「幸若舞」調査報告書』（瀬高町中央公民館内　一九七九年三月　同保存会）

（4）笹野堅『幸若舞曲集　序説』（一九四三年一二月　第一書房）、井浦芳信「大頭流　幸若舞の系譜と芸風」（国語と国文学、一九五三年四月）、古賀悦朗「大江幸若舞に就いての考察—筑後伝承と幸若舞の曲節—」（佐賀大文学論集2、一九六〇年七月）、松田修「筑後大江幸若舞について—系図・名称をめぐって—」（香椎潟八号、一九六二年一月、『日本芸能史論考』所収）、室木弥太郎「大頭の舞—「大頭舞之系図」を中心に—」（『幸若舞曲研究』第一巻、一九七九年二月、三弥井書店）、佐々木哲哉「大江の大頭流幸若舞」（注1報告書所収）、拙稿「『大頭舞之系図』をめぐって」（『天理図書館善本叢書月報』七〇、一九八五年一一月）他

（5）松尾平三郎が正月二一日を期して相伝されたと系図に記すわけは、江戸期には毎年この日に大江天満宮で柳川藩主立花氏の鎧の祝として武運長久を祈って舞を奉納したことと関連があろう（今日のように正月二〇日なったのは慶応二年からという）。大江に定着して以来の習わしであったのかどうかは明らかではない。一方立花氏は大江の舞を柳川城に呼んで舞わしめた史料はほとんどない（古賀氏　論考。注4参照）。先に挙げた立花文庫蔵『用人日記』の文政二年六月六日条に「大江村之者六人」が城内で舞った記事があるのみという〈同氏〉。したがって近世、

柳川城において正月に舞を演じたという言説は誤りということになる。

（6）佐々木哲哉氏は「単なる分派というよりは、むしろそれを正統であるとする意思表示ともみうけられる」（同氏注4）という。

（7）青潮社歴史選書5の同名書翻刻による。（一九九一年三月、熊本・青潮社）

（8）『幸若舞曲考』（一九八〇年九月、新典社）二七八頁。

（9）西原文書（『福岡県史』近世史料編柳川藩初期（下））

（10）岡茂政『柳川史話』六八頁以下参照。

（11）馬琴『椿説弓張月』（残篇、文化八年（一八一一）刊）に、源為朝が九州に居た頃、筑後山門郡の東荘司、西荘司の娘とそれぞれ子を儲け東腹（原）・西腹（原）と称せしめたが、今は東原無く、西原氏のみ多いと記す。さらに「為朝神社井南　嶋地名弁略」には系図を載せ、「某　号西腹　於筑後国山門郡出生。西原祖」「某　号東腹、誕生地同右／東原祖」とある。『略伝』にも「鼻祖ヲ鎮西八郎源為朝トス」としているから、かかる家伝の存在を馬琴に教えたのも釣彦であった可能性が高い。また、文化七年から、馬琴の娘さきが立花家（江戸屋敷）に奉公したこともあって、馬琴はことさら九州、そして柳川には関心が深かったようである。

（12）『曾我祐準翁自叙伝』（一九三〇年一二月、タイムズ出版内同刊行会）

（13）中世文学会二〇一五年度秋季大会（於静岡文化芸術大学）における講演「甲斐の芸能—新出のいくつかの芸能資料をめぐって—」と、それをもとにした拙稿「甲斐で書写された幸若舞テキスト」（中世文学61号、二〇一六年六月）参照。

（14）『甲斐国社記・寺記』の「西郡筋神職」に、一宮浅間神社神主青嶋司馬之助による「社記并由緒書」が掲載されてしている（慶応四年書き上げ）。神社蔵の系図はこれをまとめたものと思われる。やや煩雑ではあるが、関係分を引用しておく。

神主系譜之儀ハ伴氏ニ而先祖ハ秋吉ト申シ候。神主屋鋪宇久保ニ秋吉権現霊所有之。従古来例年六月九日霊祭仕来リ申候。文安三寅年中、加賀守伴臺（ママ）宗迄歴世三十余代、家督不相分候。最、寛永四年夘十二月二十四日炎上致、書類大半焼失致候儀、御代官岩波五郎八殿江慶安二年書上置候儀ニ御座候。（句読点は私意）

青嶋加賀守伴臺宗／文安三寅年中家督相続仕候／臺宗嫡子青嶋五郎太夫伴臺元／康正二年出生ニ而家督相続仕、天文十七年八月二日死去仕候／臺元嫡子一瀬民部太夫伴臺國／享禄元年出生ニ而家督相続仕、慶長十五年十月三日死去仕候／臺國嫡子一瀬伊勢守伴臺定／天文十八年出生ニ而家督相続仕、寛永十八年四月廿六日死去仕候／伊勢守嫡子一瀬上総守伴臺定／慶長十年出生ニ而寛永元年家督相続仕慶安二年御朱印頂戴仕、寛文元年五月廿五日死去仕候／臺定嫡子一瀬数馬伴臺光／寛永七年出生ニ而万治二年家督相続仕元禄七年五月廿八日死去仕候／臺光養子青嶋権頭臺清／同姓八兵衛之子ニ而妻臺光ノ女ニ御座候貞享四年家督相続仕宝暦三年三月十七日死去仕候／臺清嫡子青嶋権頭伴臺延／元禄弐年出生ニ而家督相続仕明和元年九月二十三日死去仕候／臺延嫡子青嶋大和守伴家堅／享保十八年四月出生ニ而明和元年家督相続仕同二年六月一日死去仕候（以下略）

(15)『市川大門町一宮浅間宮帳』（市川大門町郷土資料集№6、二〇〇〇年三月、市川大門町教育委員会）。ただしこの翻刻は漢字片仮名交じり文を漢字平仮名交じり文に変え、仮名、漢字箇所を漢字もしくは仮名に直したり、仮名遣いも恣意に直したりされており、誤読も散見されるなど、校訂された本文となっていることには注意が必要である。西田氏論文は「江戸時代中期の神事芸能について―『市川大門町一宮浅間宮帳』から―」（「地域研究」第3号、山梨女子短大地域研究会、二〇〇三年九月）

(16) 後藤　淑『中世的芸能の展開』（一九五九年一〇月、明善堂書店）一七〇頁参照。

(17) 室木弥太郎は「『新編相模国風土記稿』の音曲大夫大橋四郎次丼桐尾上の項に見える「奥田」なる曲名に言及しているが、分からないとしている（『増訂　語り物（舞・説経・古浄瑠璃）の研究』（一九八一年六月、風間書房）一二頁）。ここに出ている「奥田」と、「おくだまる」とは無関係であろうか。関係ありとすれば、相模の舞大夫桐尾上のレパートリーであったといえる。

(18) 島津久基『義経伝説と文学』（一九三五年一月、明治書院）四二二頁

(19) 室木弥太郎、前掲書一七六頁

(20) 笹野堅『幸若舞曲集』序説（一九四三年一二月、第一書房）三七九頁

(21) 市古貞次『中世文学年表』（一九九八年一二月、東京大学出版会）による。

(22) 亀屋座の「芝居番付」（文化～天保）が『山梨県史』資料編13、近世6上に掲載されている。また木村涼によって、明和三年から嘉永七年までの同座における大名題一覧が『峡中戯場記録』（山梨県立博物館蔵）に基づいて記され、論文化されている（「七代目市川團十郎と甲州亀屋座興行」、『演劇映像学2010第4集』、早稲田大学演劇博物館グローバルCOEプログラム紀要編集委員会、二〇一一年三月）

歌舞伎がほとんどであるが、若干の人形劇の番付もある。しかしすべて江戸から来た巡業の人形芝居である。

(23) 『日本の祭り文化事典』（二〇〇六年七月、東京書籍）

(24) 山梨県各地の三番叟についての情報は『山梨県史』通史編、第二編「時間の民俗」（ムラに伝わる三番叟、六一四頁～六二四頁）に拠るところが多い。なお『八代町誌』下巻（一九七六年、八代町）三九九頁～四〇三頁、『岡の式三番叟振付書』（八代町教育委員会、一九六八年）『黒平の民俗』（甲府市教育委員会、二〇〇二年）九八頁～一

一三頁、高山茂「山峡の三番叟―山梨県の式三番―」(『歌舞伎の狂言―言語表現の追究―』［一九九二年七月、八木書店］所収)も参照。

(25) 今田瀧蔵なる舞大夫は武田家から拝領の「笛、翁面、黒キ尉面二ツ名作秘蔵品トテ替面モ二ツ」もっていたというから(『甲斐国志』巻百)武田氏召し抱えの舞大夫は舞のみならず翁猿楽も演じていたいうことを示していよう。氏家幹人「在方遊芸の展開とその社会的要因―甲州東山梨郡Y家の遊芸活動と若者集団―」(芸能史研究七一、一九八〇年一〇月)

(26) 『大月市史』、『日本民俗芸能事典』(一九七六年、第一法規「追分人形芝居」の項、加納克巳「山梨県下の人形座」(人形劇史研究二号、一九九〇年一二月、人形芝居研究会)

第3章　幸若舞作品の構成

第一節　共有モティーフと詞章

幸若舞「景清」「鎌田」「和泉が城」には嫌がる我が子をむりやり殺害するという共通のモティーフがあって、それらのあいだには詞章的共有関係も認められるということは既に知られ、指摘されているとおりである。[1] このほか、「景清」「静」にみられる女の密告（返忠）、「信田」「和泉が城」における調伏のさまとその効験など、いくつかのモティーフ上、詞章上の共有関係の存在を指摘することができる。ここでは、「景清」「鎌田」「和泉が城」を例として流派や諸本によってどのような違いが見られるのか、それぞれのモティーフのもつ意味と各曲での役割、「原態的」要素および謡曲や軍記物、幸若舞等の相互の依拠・影響関係などを中心に考察を加える。そのことが幸若舞構成論へのひとつのアプローチとなろう。

まず、荒木氏も詞章を掲出して比較した（注1のC参照）、我子殺害情景の三曲間の類同性をみてみよう。

1　「景清」の場合（上山本による。以下同様。）

むさんや二人の若共は母か所を立はなれ①父か膝になみよりて(1)かほをなでひけを撫②父よ〳〵とはかり也景清は③御らんして(2)二人の若を(3)弓手めての膝に置おくれのかみをかきなでゝ（中略）④いかに聞か若共よ⑤うらめしき母にそはんより⑥ゑんまのちやうに参り父をまてよと語りつゝ兄⑦いや石を引よせて(5)弓手のひちのかゝりを二刀かいしてをしふする⑧弟の⑨いや若か〔補筆。此由をみるよりも〕ああおそろしの父こせや我をは⑩ゆるさせ給へとて⑹⑪居たる所をつんと立⑺さらは余所へもゆかすしてころすへき父にすかりつく景清は⑫御らんして何と申そ⑬いや若よころす父ならうらみそころすち、は⑭ころさすしたすくる母か⑮ころすそ同は兄と打つれて〔補筆。⑻しで〕三途をなけきこし⑯ゐんまのちやうにて父をまてよと語りつ、心もとを一刀あつとはかりを取後にて兄弟の若共を三刀にかいしつ、⑼同枕にをしふせて刀をかしこへからりと捨⑰つかわぬをしのゐいや声うかれ恋の風情にて我身をたいてた、れたり

〔校合諸本と略号　大江本…江　関大本…関　古活字本（東洋文庫蔵）…古　名古屋市立図書館本…名　寛永版本…寛（以上大頭系）　毛利家本…毛　内閣文庫本…内　大道寺本…道　東大本…東　藤井氏一本…藤　京大一本…京　伝小八郎本…小（以上幸若系）

〔校異は主要な異同を示すにとどめ、漢字・仮名の表記の差等は無視した。テキストの分類・性格については第１章第四節参照〕

右のうち、京本・小本は大頭系諸本と共通本文を有することがしばしばあること、周知のとおり。よって「幸若系」と称するときは右二本を除き、「全幸若系」というときは含めることとし、その本文表記は主に毛本に従う。

〔校異〕

―部　①幸若系「あたりになみよりて」京・小「たもとに取つゐて」②幸若系「むつましけなる風情なり」③幸若系「見るよりも」④江「いかに聞候へ」幸若系「いかに二人のわかどもよ」⑤関・江「斯あさましき」⑥江「しでさんづをなけきこしゐんまのちやうにて父をまてよとかたりつ、」京・小「父もろともに打つれて。ゐんまのちやうに。まいれとて」幸若系「父かともをせよやとて」⑦毛・内・京・小「花満」道「花光」藤「花ミつ」⑧寛・古・名・幸若系「をと〱か是を見て」⑨京・小「花若」⑩京・小「我をはたすけ給へとよ」⑪幸若系「居たる所

をたゝんとする」⑫幸若系「見るよりも」⑬毛・内・京・小「花若」藤「花わか」⑭全幸若系「ころざいで」⑮京・小「ころすなり」⑯幸若系「炎魔の庁にまいれとて」京・小「えんまのちやうにて。父をまてよと宣て。つかんて引よせて」⑰江・関「つかれぬ」

〰〰部（欠文箇所）⑴全幸若系ナシ（以下「ナシ」を略す）⑵江・関・幸若系　⑶京・小　⑷京・小⑸京・小⑹京・小　⑺全幸若系　⑻江・関・全幸若系⑼全幸若系

2　「和泉が城」の場合（上山本の曲名は「秀平」）

七つ五つに成ける①若共を弓手めてのひさに置をくれの髪をかきなて　〳〵（曲節符）（京「下クトキ」江「イロ」）あらむさんの若共や（中略）父か手にかゝりはかなくならんむさんさよ父か手に懸るを恨とはし思ふなよ　〳〵（曲節符）（京「同音」江「フシ」）只をち達をうらむへしたすけたくはおもへ共とんよくふたうのおち共のたすくる事はよもあらし忠平か手にかゝりして三津を歎こしゐんまの帳へ参るへし（中略）心よはくてかなはしと腰の刀をするりとぬき兄②花若を引よせて③二刀かいしてをしふする弟の④花市か此由をみるよりもあらおそろしの父こせや我をはゆるさせ給へとてゐたる所をつむと立母か所へにけゝるをゝくれの髪をむすと取汝一人ゆかはこそ父母も兄も行そとて⑤只一刀にかいしつゝ同し枕にをしふせてわかみをたいてなきゐたる心の内そ哀なる

（校合諸本　江本　京大本　大頭本　東大蔵奈良絵本…東）

〔校異〕

―部　①京・江・東・大「きやうたいの若ともを」②江「花二」③江「弓手の肘のかゝりをふた刀かいしておしふする」④江「花若」大「花みつ」⑤江「心もとを一刀ばつとばかりに最後にて同枕に押ふせて兄弟の若どもを三

刀にがいしつゝ」〰〰部　江ナシ

3 「鎌田」の場合（底本は上山本）

①いかに二人の若共ようらめしき浮世に②あらんより父もろともに打つれて⑴⑵して三すをなけきこしえんまのちやうにて③母をまてよと語りつゝ（⑵は「して…つゝ」まで）兄みた石を引よせてA弓手のひしのかゝりを二刀かいしてをしふする④弟（補筆。〱の）みた若か此由をみるよりもあらおそろしの母上や我をは⑤ゆるさせ給へとてゐたる所をすんと立さらはよそへもゆかすして⑥ころすへき母にすかりつくいとゝ心は消れ（補筆。とも）まなこをふさきおもひきり心もとを一刀あつと斗をさいこにて兄弟の若共を三刀にかいしつゝ⑦我身ははたのまほりよりしゆへんのしゆすを取出し

（校合諸本　関・秋月本…秋・古（以上大頭系）毛・内・道・京大一本・小（以上幸若系）

〔校異〕

―部　①全幸若系「いかに聞か兄弟よ角」②全幸若系「存へてあらんより」③小・京「に参れとて」古・秋「にてわれをまてよとかたりつゝ」④幸若系「弟か是を見て」⑤京・小「たすけ給へ」⑥京・小「がいすへき」⑦関「同し枕におしふせて我身は」

〰〰部　⑴全幸若系ナシ　⑵関ナシ（以下「心よはくて叶しとまもり刀をするりとぬき兄みた石を引よせて……」と続く）

第二節　モティーフ共有の具体的様相

始めの「景清」においては女に裏切られ、敵に囲まれた景清が子を殺す場面である。中略した箇所に、妻が再婚し

たならば継子、敵の子として「あしからふする度毎にしやけん（邪険）の杖にてうつ時に父よ〳〵と（幸若系「父よ母よと」）よふならは草のかけにて景清かみんする事もむさん」という一節があるが、三番目の例「鎌田」にも、引用した箇所の直前に「むさんや二人の若共かち、母か行ゑをしらすして父よ母よとよふならはしやけんのお、ちおちこにて鵜たか（鷹）のゑ（餌）をうつやうにうたせ給はんむさんさよ」なる一節があって対応している（とくに幸若系と）。

「和泉が城」は敵に囲まれた泉三郎が後顧の憂いをなくするために子を殺す場面を描いている。また、我子殺害の前に「七の子はなすとも女に心ゆるすな」の諺を出しているのは「景清」と「鎌田」。かように三曲、シチュエーションの相違はあっても、詞章的共有性が認められる。何らかの共通説話のそれぞれの採用ではないかと想定する余地はあろう。

「鎌田」においては妻が裏切ったと誤解しながら死んでいった夫のあとを追って妻も死ぬ、その時に妻が子を道連れに殺す場面である。「和泉が城」には右に明確に対応する詞章はないが「とんよくふたう（貪欲無道）のおち共」などという句があって「しやけんの杖」「しやけんのおうちおちこ」に相通ずる要素をもつ。

もう少し詳細に各曲詞章を検証していくと、「景清」の波線部⑵と「和泉が城」の冒頭から「かきなて」までが共通詞章としてはじめにあげられよう。「鎌田」には掲出部には見られぬが、それより前、鎌田正清が、主君が落人となったからには自分も「うたれん事は治定」とて子との別れを悲しむところで、「〽（曲節符）みた石みた若とて二人の若の候を（ありけるを―幸若系、候ひしを―小・京）弓手めてのひさに置をくれの髪をかきなて涙をなかしいふやうは（申けるは―全幸若系）」という一節があって、状況的にみてもこれと対応していると考えられる。（「一満箱王」にも類句はある。）

子を左右の膝に置いて髪をなで、最後の別れをするという設定では、父親でなければ相応しくないとされたのであろう。したがって母親が殺す役割を負わされているＣではこの一節ははずされ、父・正清と子との別れの場面に用いられたものとおもわれる。

次に「景清」の傍線部⑥について、同文が⑯にも見えるが、これは「和泉が城」点線部にほぼ一致し、「鎌田」の波線部⑴とも一致する。Ｂ・Ｃとの関係から、Ａは⑥よりも波線部⑻プラス⑮の形のほうが他の二曲に近い。つまり、子殺しに際しては「死出・三途を嘆き越す」「焔魔の庁で父を待つ」という句がいわばキィーフレーズとして語られたのではないかと想像される。Ａは兄にも弟にもこの句が用いられていて、校異をみれば判るとおり、大江本のように兄弟逆転することもありえた。キィーフレーズであってみればどちらに使われるにしてもおかしくない性質のはずのものである。

このようにみると、「景清」の⑥の幸若系詞章「父かともをせよや」や、⑯「炎魔の庁にまいれ」（校異参照）は大頭系に比して、変改された部分といえるだろう。逆にいえば「景清」の波線部⑻は上山本など大頭系（江・関を除く）の「増補」ではなく、幸若系の「削除」というべく、上山本等大頭流諸本は古態的要素を多く残存しているとされよう（京・小本は両系の中間）。それは「鎌田」の波線部⑴を全幸若系が削除していることともつながっているとおもわれる。

次に殺害の方法は、兄のほうは「景清」の波線部⑸プラス「二刀かいしてをしふする」のように、弟は「心もとを一刀あつとばかりを最期」に（この表現は「景清」・「鎌田」および「和泉が城」の大江本に共通）、というふうである。「和泉が城」の傍線部③の大江本の異文は当該曲諸本に比し、他の二曲の場合と同文になっているが、これが古い形であるのか、他曲か「景清」⑸の影響なのか不明。しかし「景清」の⑸と「鎌田」の点線部Ａの共有詞章から、大江本はBの③を不完全と認めたことは確かだろう。

兄が殺されたのを見て、弟がどう行動したかは曲により、流派により相違がある。「ああ（あら）恐ろしの父ごぜ（母ごぜ）や我をば許させ（助け）給へ」までは各曲共通であるが、「殺すべき父にすがりつく」のが「景清」の大頭系諸本および「鎌田」（もっとも、この曲では母が殺すから「殺すべき母」とはなっている）であり、父のもとから逃れようとするのが「景清」の幸若系諸本と「和泉が城」である。Aの傍線部⑪をみると、幸若系が「居たる所をたゝんとする」と変え、以下「さらは余所へも……」を省略した形になっている。B本文六行目はこれをうけて、さらに「母か所へにけゝる」の一句を加え、弟の行動を明確化しているようにみえる。

ところで、ここで注意すべきは兄弟の名前である。「景清」の大頭系諸本では「いや石」「いや若」、幸若系諸本は「花満（道本「花光」藤本「花三つ」）」「花若」となっている。また「和泉が城」は大頭系諸本のみだが、上山本が「花若」「花市」、大江本「花こ「花若」、京大本・大頭本「花わか」「花みつ」である。「鎌田」は両系ともに（記述の差異はあるが）「みた石」「みた若」という。この名称の相違と弟の行動とを重ね合わせてみると、「いや石」「いや若」／「みた石」「みた若」系が「殺すべき父（母）にすがりつく」形、「花満」「花若」／「花若」「花市」／「花一」「花若」／「花若」「花みつ」系が逃げる形であることがわかる。大きく「石系」と「花系」とに分けられ、両者間には名称の混合はみられないのである。(2)島津久基は「『さらば余所へも行かずして』など態々ことわってあるところからなぞいへば、本書（引用者注。和泉が城）の方を粉本と見る方が自然なやうに思はれる」(3)というが、これのみをもって影響・先後関係に結論は出せないだろう。この三曲間の「子殺しの場は、主人公や状況に違いはあっても、「共通の説話モチーフのヴァリアント」であって、「どの作品がどの作品に影響を与えたかという詮索も必要かもしれないが、それよりも中世の語り物においては、説話モチーフの交換がどのように多様かつ自由におこなわれたかという事実に着目することのほうが大事[4]」とする荒木繁氏の指摘は注目に値しよう。ただ、三曲は並列的な互換関係にあるのかどうかについては、次のように考えたい。

第三節　幸若舞作品の互換的関係

三曲のうち、上演記録は「景清」が最も古く、天文二三年（一五五四）四月には演じられていた（『証如上人日記』）。「鎌田」は永禄一三年（一五七〇）七月所演の「おさだ」（『二条宴乗記』）がそれであるか否か不明。たしかなところでは天正七年（一五七九）五月上演（『多聞院日記』）まで下る。「和泉が城」はさらに下って天正一一年四月（「いづみ合戦」として、『家忠日記』）となる。記録上のみで新古を論ずることは無論できないが、「景清」「信田」「満仲」などの非軍記物系列の諸曲は「本来の曲舞系統に属する、宗教的・民間伝承的色彩の濃い、一つ一つがそれ自身で独立した語り物」であって、軍記物取材諸曲よりも古層に属するという説（注（1）b参照）に従うならば、「景清」が一六世紀中葉に既に演じられていたという記録は強ち故なしとはしないのではないか。つまり、三曲のなかで、「景清」が最も早く成立したのではないかと考えるひとつの証左たりうるかもしれない。

されば我子殺害のモティーフを採用した「景清」のうち、「殺すべき父にすがりつく」形の大頭系詞章は「鎌田」に取り入れられ、兄弟の名も「いや石・いや若」から「みた石」「みた若」へと若干、変形はしているものの、変化の範疇内であるとしてよかろう。また同曲の幸若系詞章は「和泉が城」に享けつがれていった（それ故、兄弟名も「花系」）——という仮説を立てておきたい。「我が身を抱いて立つ」という「景清」の末尾句は、「鎌田」においては母は直ちに自害せねばならぬ必要上、削除されたと考えられる。「景清」に採用されている我子殺害モティーフは、大頭系・幸若系いずれがアーキタイプ性を保持しているかについては即断はしかねるが、詞章異同でみる限り、前述のごとく、幸若系のほうに、より後出性がみとめられるようにおもう。かようなモティーフは、それらの詞章の類同性のゆえにことによると語り物芸能としての「幸若舞」成立以前の、曲舞（舞々）たちの宗教的・唱導的レパートリイのひとつとして、独立して演じられていたものの残滓であるのかもしれない。「フシ」もしくは「クドキ」の中で語られている点にも注目しておく必要があろう。「独立的」であることと無関係ではないだろうからである。それはあたかも主君の子の美女丸の身替りとして我子を殺害するという「満仲」のモティーフとも、異った役割を負いながらも重なり合うだろう。ただし「満仲」は「唱導の説話」（岡見正雄氏）として用いられたであろう京大本「多田満中」の全的な舞曲化であったけれども（拙稿「幸若舞曲満仲の諸本をめぐって」「伝承文学研究」20、一九七七・七参照）、「景清」等に採用の説話はたとえ独立して演じられていたとしても、その一部であっただろうとおもわれる。

　ところで「和泉が城」における子ども殺害のことは『吾妻鏡』はもとより、『義経記』諸本にも見えない。泉三郎の奮戦を描いた謡曲「錦戸」にもこのことなく、妻はかれより先に自害して果ててしまう。『能本作者註文』に宮増作、『自家伝抄』に世阿弥作とあるから、室町末期には確実に存在した曲ではあるが、舞曲との直接関係はないようである。ただ、中世小説「さかみ河」に、「いつみにはらきさせんとてるいかなさは大しやうにて、いつみかしやうへおしよせはらをこそきらせけるにうはうもしかいしいとけなき若をさしころしやみ〳〵とうせにけり」（寛永一六年写東大本。傍点私に付す）とあるのは注目してよい。泉三郎合戦譚に「いとけなき若をさしころ」す伝承があったところに、前述の「説話モティーフ」を採り入れたものか、逆に幸若舞の荒筋を記したものかは判定できないものの、幸若舞化される以前から泉三郎合戦譚にあのごとくに完成されたリアルな我子殺害のモティーフが存していたとはいい得ないのではなかろうか。同様にまた泉三郎の妻の勇敢な戦いぶり――女《おんな》軍《いくさ》についても然りではないか。「古層」といわれる「信田」からの援用と想定しているが、ここでは述べない。

一方、「鎌田」の場合も『平治物語』諸本は鎌田正清の妻の自害は載せるが（学習院本は欠く）、子どもを殺すところはない。番外謡曲「鎌田」では鎌田の妻は自害もせず、子を殺すこともない。だが、長谷川端氏紹介の『平治物語異本』（室町末期頃の写とされる）[5]のみは幸若舞に近い構成をもっている。すなわち「三ツになる子をひきよせて、心もとを二かたなかひしておしふする。七ツに成ひめこれをミて、母々なふとていたきつくを、心つよくおもひさためて、わきの下を三かたなさし、おなしまくらにおしふせて」（この後彼女は自害）とあるのがそれである。長谷川氏がその〔解題〕で述べているようにこれは「軍記ものとしての平治物語の世界にではなく、義経記、曾我物語などの世界に属し、古浄瑠璃、舞曲、説経により近い位置を占めている作品」たることはまちがいない。幸若舞に拠ったかのようにもみえるが、鎌田を「正家」とし、二人の子のうち上を「姫」とするなどの点で、ただちにそう断定もできない。考えられることは右の作品は幸若舞とは若干、異なった伝承をもとに著わされ、記述・表現のところで幸若舞を参考にしたのではないかというあたりだろう。三河真福寺が登場する点にも注意が必要であろう（『幸若舞曲研究』第2巻「鎌田」補注参照）。

この逆は、つまり『平治物語異本』をもとに幸若舞「鎌田」が制作されたということは、他のいくつかの箇所（金王丸の件など）からみてその可能性は、低いとおもわれる。よって「鎌田」の殺害モティーフもまたこれが幸若舞化される以前から具備していたものとは認められない。ということはこれら二曲が「景清」からそれぞれにこのモティーフを採用して構成しただろうということのひとつの状況証拠たりうるであろう。

第四節　「景清」と「静」のモティーフ

「景清」は、「静」とも共通モティーフと本文をもっている。すなわち、六波羅方が探索していることを知った女が、夫（主人）の隠れ家を敵方に密告するが、果ては恩賞にあずかるどころか女は柴漬にされてしまうというものである。女の名称までも類似しているとなれば幸若舞構成のうえで注意せざるをえない。この事実も、既に指摘がなされ、考察が加えられてはいるが（6）、前項と連関させながら、別の視点から考えてみたい。

「景清」A

梶原承はつて御前を罷立①白かりし板を其数あまた取寄札につくらせ筆にて物をそいはせける②平家の侍大将悪七兵衛景清を打てもからめても六波羅殿へ参らせたらん者にけ状望たるへし景時判と書留て京白河の辻子〳〵に立る（中略）か丶りける所に清水坂の傍なるあこ王と申女北野まうてをしけるか京白河の辻子〳〵に立たる札をよふてみるに（中略）平家一味の者とては妻の景清はかり也（中略）＼（曲節符内・京カカル藤カカルフシ）この事かたきにしらせつ丶、景清を打とらせ二人の若を世に立て跡の栄花にほこらんと思ひすましたあこ王か心の内そおそろしき　③（中略）此札を懐中し六波羅殿へ参り札のおもてにまかせて参て候と申上（中略）明日は十八日、必身つからか宿へ参さふらふへし本より大酒の事なれは酒をす丶むるものならは前後もしらすふすへし其時自まいらふするにて候大勢そつしをしよせ景清を打とらせ自に所知をたへなふ我君と申

「景清」B

①あこ王をとってふせさう車に打のせ九重のうちをわたし②其後彼女を賀茂と桂の落あひいなせか淵といふ所にふしつけにし給へり上下万民をしなへてあふにくまぬ物はなかりけり

「静」A

①梶原平三景時かまくらをたつて都に付判官殿の思ひ人いそのせんしかむすめしつか御前の御ゆくゑを尋給へとゆきかたなし①辻々に札をたて其つうけをまつる（中略）か丶りける所に③母のせんし召つかひしあこやと申女有札をよ

ふてみるに判官殿のおもひ人いそのせんしかむすめしつか御せんの御ゆくゑを②六原殿に参り申たらんともからに上らうならはくわんをなし下ならはいとの庄くんこうはこうによつてけしやうのそみたるへし景時判あこや（中略）さうなく③此札をくわいちうし六原指て急く

「静」B

①さう車にとって／打乗て渡す所はとこ〳〵そ上は一条柳原下はから九条小路〳〵をわたしみる物毎ににくませて②後には此女を桂川のふかき所を尋てふしつけしたりけり都の上下是を見（〈補筆〉て）物いひしたる女はうのしよちをは給はらてよみの国の大国を給はったりやと申つゝみる人きく者をしなへてにくまぬ者はなかりけり

両者のモティーフを記述的側面からみてみると次の諸点に類同性を認めうる。⑴梶原景時が京の辻々に高札を立て人を尋ねたこと。これは「景清」Aの傍線部①と「静」Aの傍線部①。⑵その人物を六波羅に知らせれば恩賞を与えるということと景時の「判」。これは「景清」Aの傍線部②と「静」Aの傍線部②。⑶「あこ王」「あこや」が札を「懐中し」て六波羅に駆け込むこと。これは「景清」A傍線部③と「静」A傍線部③が対応。⑷。二度目の訴訟により、女は「ざう車」に乗せられ、「九条（「九重」とも）」を渡されること。これはB点線部aと「静」B傍線部①とが対応する。⑸女は「賀茂と桂の落あひ、いなせか淵で柴漬《ふしづけ》されること。これは「景清」B傍線部②と「静」B傍線部②が対応する。仔細にみれば「景清」で酒を飲ませる説明や熱田社大宮司の娘のこと、清水信仰のこと、「静」で、「因果歴然の道理」のカタリが入っていることなど、相違点も目につくが、まず大筋においてモティーフは向じであるとしてよかろう。

それではなぜ、二人の女「あこ王」「あこや」なる類似した名をもつ者が密告者の役を演じているのか。ここで想起ざれるのは『義経記』巻六・「忠信都へ忍び上る事」の記事である・諸本あまり異同はないが、いま赤木文庫本

『義経物語』によって該当箇所を引くと、次のごとくである。

たゞのぶ、たじなく思ふ女一人あり（田中本「女あり」）。四でうむろまちに、こしはのにうだうと申もの、むすめに、(1)かやと申女なり。はうぐはん都にをはせしときより見そめて、あさからぬ心ざしにてありければ（中略）廿七日（流布本「二十九日」）の夜うちふけて、女をたづねてゆきけり。女出あひてなゝめならずよろこびて、わがかたにかくしをき、やう〳〵にいたはる。（中略）かゝりしほどにてんにくちなし、人をもていはせよと、たれひろうする共なけれども、たゞのぶが都にあるよしきこえければ、(2)六はらより、さがすべきよしひろうす。（中略）すべていごおとこのたのむまじきはおんななり（田「たのむまじきはをんなの心なり」）、きのふまではれんりのちぎりをなし、ひよくのかたらひあさからず。いかなるてんまの、すゝめにてかありけん、よるのほどに女、こゝろがはりをぞしたりける。ただのぶ京を出ゝのち、とうごくのぢう人、(3)かぢはらの三郎と申もの、在京したりけるに、はじめて見えそめてけり、いまのおとこと申は、世にあるものなり、たゞのぶはおちうとなり。（4）世にあるものに、世になからんものを、おもひかゆべからず（流布本「世にあるものとおもふかゆへしと思ひ」）（5）此事をかぢはらにしらせて、うちかからむるかして、かまくら殿のげざんに入れたらば、くんこううたがひあるべからず。（中略）四でうのかやは、たゞのぶにも中をたがひ（流布本、以上ナシ）かぢはらの三郎にもうとまれて（「かやうにかぢはらにうとまれはらをすへかねて」）二ぶつのちうげんにぞなりにける（流布本、ナシ）。人にうとくおもはるゝもたれゆへぞ。とてもかくてもたつあだなれば（流布本、ナシ）（6）六はらへ申さんとおもひつゝ、五日の夜に入って、はしたもの一人めしぐして、（6）六はらへまいりて（流布本、「はしたもの」以下ナシ）ゐまの小四郎をよび出して、（7）さいさんうつたへければ（流布本、「このよしつたへければ」）ほうでう殿にかくと申されたり。じこくをうつさずよせてとれとて二百騎きのせいにて四でうむろまちにぞおしよせたる。きのふ一日、こよひよもすがら、

（8）なごりのさけとてしゐたりければ、ぜんごもしらでふしたりける。たのむ女はこころがはりしてうせぬ。（以下略）

まず、忠信の思い人として「かや」なる女が登場する。彼女は、六波羅が忠信を探索していることを知り、こころがはりをし」て、「かぢはらの三郎」に通報する。「くんこう」（勲功）のためである。新しい夫たるかれは彼女の密告の勧めを断り、疎遠にしてしまう。しかし彼女はなおも六波羅に直訴して酒を強いて酔いつぶれさせた忠信を討たせるのである。前引幸若舞の詞章と比べて、特に「景清」に非常に良く似たモティーフであることが分かる。傍線を付した(1)〜(8)までは幸若舞にほぼ対応する文である。追われる武士とその恋人、探索、六波羅、梶原（『義経記』での役割は少し異なるが）、勲功、酒、とキーワードはすべて「景清」に重なる。あと、彼女の後日譚を付け加えれば幸若舞の構成に一致する。すなわち、「かや」なる女は密告者としてイメージされていて、『義経記』の忠信裏切り譚に依拠する形で、幸若舞「景清」の裏切り譚は構成されたのではないかということはひとつの推測として認められていいのではなかろうか。ただこれはあくまでもいわば状況証拠の提示ということに過ぎない。

「かや」「あこわう」「あこや」は、ある同一の役割を果たすべき人物名称の汎称と考えたいとおもう（岡見正雄は古典文学大系『義経記』の頭注で「かや」は「萱」を宛てるべきとするが、理由は示されていない）。ここで徳江元正の論を紹介しておく。氏はあこ王が清水や五条の「坂ノ者」であったとし、あこや・あこ王、さらには謡曲「烏帽子折」のあこやなどは単なる思いつきではなく、「この場にこの名の女性を登場させなければならない隠れた理由が存」するという。番外謡曲「太刀掘」「鶏立田」に出てくる「あこね」はものに狂う女で、『梁塵秘抄』の『あこまろ』に溯る、巫女の通り名だといい、「あこや・あこね・あこおう・あくたまに類する一連の命名は、いずれも同一線上にあり、本来はあぐり・わくりなどと同じく、神の子をやどす巫祝の徒の名に由来するもの」で、「あこやを名告らねばならぬ女流唱導者輩が、能や幸若舞曲大成の時期からさほど遠からぬ時に、宿駅にたむろしたり、諸国を遊行したりしていたもの」といっている。(7)

私はあこや・あこ王が巫祝の徒であったのか否かをここで判断する材料をもたないが、氏の説くようにもしそうだとすれば、義経を助ける、「鎌田の妹あこやの前」(謡曲「烏帽子折」)がどうして裏切り者の通り名に変質していったのか、諒解しがたい。「密告の役どところに置かれる前は、巫祝の徒の通り名であり、あこを名告る特定の女性語り手集団を想定してみたい」(徳江、注7の「景清」の論文)とされても、「巫祝の徒」の「密告」へのプロセスが明らかにされない限り、ロジックとしては落差を認めざるを得ぬのではなかろうか。漂泊の遊芸人・遊女は誰にも固定的に忠義を尽す必要のない女であったから、密告までして「我身の栄華に誇らん」(「景清」)としたのであろうか。あるいは巫祝の者の予言行為が、密告という形に変えられていったのか。このあたりの理由はなおよく検討する必要があろう。

忠信の愛人の返り忠の件は既に『吾妻鏡』にも見えているが、名前はしるされていない。すなわち、「尋往日密通青女、遣一通書、彼女以件書、令見当時夫、其夫語有季之間、行向獲之云々」(文治二年九月二二日条)とあるのがそれである。また、八坂本『平家物語』(巻一二・吉野軍)には「三条万里小路なる所に日比みそめたる女房の許に、たち忍うでぞ、候ひける、六波羅には此由を聞て、大勢にて、押寄たり」などとあって女の名を記さない。

能「愛寿」(下懸系。上懸系「愛寿忠信」)になると、粟田口に住する愛人の「力寿」が帰り忠をして在宅しないため、忠信は六条堀川の愛寿のもとに奔る。案の定、敵に囲まれたので、彼女とともに奮戦する。能「愛寿」は『能本作者注文』「自家伝抄」にその名が出ていることにより、室町後期には確実に存在していた曲である。モティーフの相違から、『義経記』を典拠としたとは考えられず、おそらくは別伝であろう。力寿返り忠譚は叡山文庫蔵『異本義経記』にもみえていて、「中御門東洞院ニ密通ノ女アリ、名ヲ力寿ト云リ、渠《かれ》ニ余波ヲ惜カ為ニ、九月廿二日宇治ヨリ暫ノ暇申テ京ニ出、夜ニ入テ女ノ方ニ行」(8)くが、情夫、有季に密告され、この家を囲まれてしまう。これは能より『吾妻鏡』のほうにより近い形である。女の居住地は諸書区々であり（それぞれの地名にはそれなりの意味があるのかも知れないが未解明）、男を裏切る女の名も、伝えぬもの、力寿とするもの、「かや」とするもの等、異伝として種々別々に並存したのであろう。このうち、「力寿」系が能、『異本義経記』に、「かや」系が『義経記』に、そしてそれをアダプトした幸若舞曲「景清」にと伝えられた、というような想定を試みておきたい。

ところでもう一方の「静」の場合はいかがであろうか。汎称的名称と役割の類似性から、「景清」と同一の説話モティーフの採用たることはまず、まちがいあるまいとはおもわれるが、ここでひとつ注目しておきたいことは、「静」の場合、裏切る相手が愛人ではなく、主人であるということである。ただちに想起されるのは『平家物語』巻一二の「六代」（覚一本）であろう。北条四郎が平家の残党を殲滅せんとて、平家一党の者を捜し出した者に恩賞を与えごる旨を京中に告知したところ「ある女房」（覚一本など）が菖蒲谷に隠れ住む六代を六波羅に密告する。このところ、延慶本によれば「平家ノ公達尋出タラム人ニハ国庄ニテモ若ハ訴詔（ママ）ニテモ所望ニテモ勧賞ニヲキテハ乞ニヨルヘシト札ニ書テ辻々ニ立タ」ところ、「惟盛ノ北方ノ忍テオワシケル所ニ仕ケル女」が北条のいる六波羅に告げ知らせたとある。シチュエーションは、はなはだ「静」に類似するといわざるを得ない。『平家』にはこの女の名は特に記るされないけれども、室町期の作とされる番外謡曲「菴六代」(9)によると「朱雀の尼と申て、小松殿にみや仕へ仕へせし女」とされている（『能本作者註文』・『自家伝抄』にみえる番外曲「六代」には固有の名称なし）。

かように、延慶本『平家物語』以来、「仕えていた主人を六波羅に売った女」の説話モティーフが、中世を通して広く知られてたのであろう。幸若舞「静」はこのようなモティーフともかかわりをもつ形で、詞章的には「景清」のそれを援用して構成された（静御前が発見されるところまでは）のではないかという想定を試みたい。密告する女としてすでにイメージされていた「かや」「あこわう」なる半ば個有的名辞は、「静」が制作されるに際して、全く無視するわけにはいかなかったのではないか。それ故にこそ、前述のごとくそれらの汎称「あこや」が密告者の役割を演ずる者として据えられることとなった—と考えられる。「菴六代」のように、「朱雀の尼」などの名では「にくまぬ者はなかりけり」という一句のもつ意味の重みが随分と異なることとなろう。

「静」の上演記録初見は天正八年（一五八〇）八月八日（『家忠日記』）である。いわゆる一連の「判官もの」が、それ以外の幸若舞曲よりも早期には制作されなかったということへの反証が示されない条件下では、このモティーフもまた前節同様、直核的には「景清」からの移入、つまり荒木氏のいう「多様かつ自由」な「説話モチーフの交換」であったとすることができる。これは「静物語」のひとつの展開のしかたでもあったといえる。また、「景淸」に探られた「あこ王」裏切り・柴漬譚は、おそらくはそれ以前に成立していて、独立して巷間におこなわれていたであろう、ひとつの「説話モティーフ」に依拠するもの、と考えたい。大江の幸若舞では、前節の場合同様、そういうモティーフが語られるのは動きのある主要な箇所ではフシ・ツメであることにも注目すべきである。そのようなモティーフは『義経記』や八坂本『平家物語』・延慶本『平家物語』などと、多かれ少なかれつながりをもって成立していたところのものであっただろう。そういう「あこおう物語」には、『義経記』などにはみえぬ女の後日譚というべきものも、附属していたと考えられる。つまり柴漬にされるというプロットは、幸若舞独自に増補された部分ではないだろうということである。『花洛名勝図会』巻三、六波羅密寺の弁財天社の項に「古石塔有で銘字画滅すこ古代の物なり。世俗これを阿古屋塚と称す」[10]という記載は右の「想定」とかかわって示唆的であるといえまいか。この「塚」は現在も同寺に存する。

このほか、始めに述べた「信田」と「和泉が城」にみえる調伏の一件の詞章的及びモティーフ的類同性（句段階で二〇箇所以上一致。いずれも大江では曲節符ツメで語られる）とか、女房が武装して夫以上に活躍する、「女いくさ」のモティーフ上の類同性などについて等々、検討すべき課題は多い[11]。

幸若舞作品を制作するに当たって、既存のモティーフが相当多く採用されたであろう。そのいくつかが積み重ねられてひとつの幸若舞作品が完成したのであろう。それも、まず「古層」とされる曲が摂り入れ。、次いでそれを「新層」であろう諸曲が、その他の諸条件に影響されながら享受し、組み込んでいったのであろう。その形態をもっともよく辿れるのが前述のような場合だとして考察してみた。

荒木氏の「多様かつ自由」な「説話モチーフの交換」という指摘は示唆に富んだ、すぐれた発想にもとづくものであるが、詞章の受容・一曲の構成という側面から考えるとき、「説話モチーフ」の採用にはある種のルートがあったのではないかと筆者にはおもわれるのである。これらの諸点について、「百合若」「大職（織）冠」「屋島」「烏帽子折」や一群の曾我物など検討すべき対象はまだ多く存する。例えば処刑直前で助命が実現するというモティーフは「斬兼曾我」「十番斬」にみられるが、周知のごとく『平家物語』の六代処刑の場面（巻十二）に既にあり、能「盛久」「春栄」にもあることから、ジャンルを超えた「共有財」であったと理解することもできるのである（第7章も参照）。

注

（1）ａ島津久基『近古小説新纂初輯』（中興館刊・一九二八年）六七三～四頁
ｂ荒木繁「中世末期の文学　三　幸若舞曲」（岩波講座『日本文学史』巻六・中世Ⅲ所収）

c同右「幸若舞曲『信田』論」（日本文学・一九七八年七月）
d麻原美子「幸若舞曲『平治物』の考察―『平治物語』との関係を中心として―」（日本女子大学国語国文学論究二・一九七一年二月）等。なかでも荒木氏はCの論文で該当部分の詞章を引いて説明している。

（2）「花若」なる名前は子どもの幼名としては非常にポピュラーであった。謡曲では「望月」の子方をはじめ、番外謡曲「女沙汰」「烏追船」「経書堂」「仏楼」「関戸」「宗貞」等々、枚挙にいとまないほど頻出する（「花満」は「くさかり忠度」に六弥太の召使う童の名として出てくる）。だが、子どもの名が一般的名称化していることをもって、「景清」幸若系諸本の後出性・変改性　は判じられぬだろう。また番外謡曲「鎌田」にも正清の子が登場するが「菊若」となっていて、正清の討れた後、その妻が鞍馬の東光坊に彼を預けるというプロットであって別系。『能本作者註文』にある「鎌田」が本曲とすれば、室町期には鎌田兵衛の子とその妻に関しては種々の伝承が並存していたといえるだろう。（『幸若舞曲研究』第二巻「鎌田」の須田執筆の補注を参照されたい）

（3）注1のa　六七四頁。

（4）注1のCの荒木論文。

（5）「軍記と語り物」一二号（一九七五年一〇月）所載。

（6）徳江元正「『烏帽子折』考」（観世・一九六六年一〇月）
同「乞丐景清―幸若舞曲と題目立―」（文学・一九七八年四月）

（7）注6の「烏帽子折」についての徳江論文。

（8）「伝承文学研究」四・五号に志田元氏が翻刻したものによる。

（9）古典文庫『番外謡曲（角淵本）』による。なお、田中允の解題も参照。

(10)　表記は『日本名所風俗図会』七（一九七九年角川書店刊）に拠る。

(11)　島津久基は「必らず一方が他の粉本であること疑を容れない。（中略）此の曲（注。「信田」）と『和泉が城』とは確に親近な関係があることは否まれないと思ふ」（注1のa六七四頁）といっている。荒木繁氏も「『信田』と『和泉が城』との間には共通点が多く、両者のいずれか一方が他の一方に影響を与えたのではないかと考えられてくる」としながら、むしろ、これらもまた「説話モチーフの交換」の例としてとらえたいといっている（注1のc）。（付記。共有モティーフについては小林健二、「幸若舞曲『和泉か城』考」（『幸若舞曲研究』第九巻、一九九六年二月）においても論じられている（『中世劇文学の研究―能と幸若舞曲―』（二〇〇一年二月）所収）。

第4章 『平家物語』と幸若舞作品――「敦盛」の展開――

一般に現在幸若舞とされているものは五一曲あり、その内容は説話・物語系とされるものを除けば後は八六％以上が軍記物に関わる。中でも源平物が一四曲、義経物が一六曲あって群を抜く。前者に分類された、「那須与一」「景清」「敦盛」、後者の「屋島」「勧進帳」などはよく人口に膾炙して芸能、文学のジャンルを超えてさまざまに変奏されて受容されていく。同時にまた地理的環境と説話伝承にも影響することが多く、注目すべき一群と考えられる。そのような観点からここでは特に「敦盛」に絞って表題を論じたいと思う。

「敦盛」は基本的には『平家物語』を典拠とする作品であるとしてよろしかろう。ただし先学が種々論じているように典拠との関係は一様ではない上、時代的には先行する能「敦盛」、「経盛」や、ほぼ同時代の中世小説「こあつもり」などと複雑に内容が交差しながら、時代が下がる古浄瑠璃、間狂言などと響き合うところがあるので扱いは単純ではない。ただしこのような状況認識は現在のような長編の幸若舞作品は大凡、一五世紀半ば以降、次々と成立したという前提に立った議論である(1)。

幸若舞「敦盛」のストーリーは、Ⅰ平家の若武者平敦盛が一ノ谷の戦場から敗走の途中、熊谷直実に遭遇して一旦は助命されかけるものの、結局殺害されること。かれは笛や巻物などを身につけていたこと。源氏側では哀れに思われたこと。Ⅱ直実が敦盛の遺骸と遺品とを平家の陣に送り、自身は敦盛を殺したことを契機として出家を遂げ、高野山に入るという二層構造として捉えることができる。この基本構造のうちⅠは原拠とされたどの『平家物語』諸本にも見られるものの、Ⅱは増補系、なかでも延慶本や長門本に沿うストーリーとなっている。このような二重構造になっていること自体が、とりもなおさず幸若舞制作期における「敦盛・直実説話」の理解のされ方を示しているのではないかという見通しを、先ずもつこととしたい。

第一節　敦盛と笛

最初に、敦盛と笛の問題について考えてみる。『平家物語』本文では、例えば語り本には「連銭葦毛なる馬に金覆輪の鞍置いてのつたる武者ただ一騎、沖なる舟に目をかけ海へざっとうち入り」泳がせているところを熊谷に呼び止められる。延慶本でも「黄覆輪ノ鞍置テ…武者一人中納言ニツヾイテ打入テ」と、知盛に続けて馬を海に乗り入れたと語り、なぜ、かれが退却する平家の舟に乗り遅れて「ただ一騎」「一人」となったかは言わない。

しかし幸若舞はその理由を語る。「〽御運の末のかなしさは寒竹のやうてう（横笛）を内裏に忘れさせ給ひ若上臈のかなしさは捨ても御出有ならはさまての事は（「の」ミセケチ）有ましきをかつうはこの笛を忘れたらん事を一門の名おりと思召取にかへらせ給ひて〽かなたこなたの時刻にはや御一門の御座舟をはるかの沖へをし出す」（上山宗久本による。〽は曲節符、助詞の片仮名は平仮名に直す）結果となったのだという。ゆえに直実の「高名」のための「ふんとり（分捕）」の対象になったと続ける。これは幸若舞独自のプロットで、一種の合理化といえる。大頭本の曲節ではこの部分は前半はクドキ、後半はフシに当てられている。じっくりとした、悲哀を含んだ語りを聞かせたかったのだろう。

さてそうなると敦盛の「悲劇」はその笛に始まるということになる。かれが直実に殺害される以前に、既に笛と敦盛は深い関わりを持っていたことを示す意図がうかがわれる。笛は、忘れられなければならなかった。「この笛を忘れたらん事を一門の名おり」とする笛への執着心が、舟に乗り遅れさせ、直実と遭遇させたとする文脈で語られるのである。ここには、敦盛と笛との密接な関係性の存在が広く承認されていることが基盤としてあるはずである。

ところが一方、直実が敦盛を殺害した後、「よろひの引合に寒竹のやうてうをしたんの家にひちりきそへてさゝれたり。又めての脇をみてあれは巻物一巻」（上山本）を発見する。笛は、「寒竹のやうてう（漢竹の横笛）」とあるから、取りに帰ったそれであろう。語り本『平家物語』に「錦の袋に入れたりける笛」で、鳥羽院から忠盛—経盛—敦盛と相伝され、「小枝」という名をもつ由来のものとする。語り本はその他の所持品については何も述べないが、読み本系『平家物語』では「漢竹ノ篳篥ノ色ナツカシキヲ、紫檀ノ家（入れ物）ニ入レテ錦ノ袋ニ入ナガラ、鎧ノ引合ニ指レタリ。此篳篥ヲバ月影トゾ付ラレタリケル。又少キ巻物ヲ差具タリ…」（延慶本）と、篳篥の名まで挙げながら笛には触れず、しかし巻物は幸若舞と同じく所持していたとする。また「上帯には漢竹の篳篥を此の紫檀の矢立に入れて差したり。又小巻物を差し具したり」（『源平闘諍録』、講談社学術文庫本より。ただしこの本では直実が討ったのは「成盛」）ともあって横笛所持は言わない。これらからすると幸若舞の表現は、笛には最初から拘りつつも、篳篥・巻物という、それとは別の所持品も残存させたものとなっていると考えられる。

このように楽器を重要視していたにもかかわらずⅡにおいて直実が屋島の経盛に向けて敦盛の遺骸と形見を送り届ける際には、具足・太刀・弓矢を挙げて楽器には触れていない。だが原拠とされる読み本系『平家物語』では篳篥や笛、巻物も届けているのである。佐谷眞木人氏は「敦盛の笛は熊谷の手から義経に渡されたあと、須磨の地に留め置かれたのであり、舞曲もそれを前提にしている」からで、幸若舞成立時には既に須磨寺にある敦盛の笛の伝承が確としてあったため、それを無視できなかったのであるという。(2) 笛が経盛の管理下に置かれたのであれば壇ノ浦に沈む運命となり、須磨寺の笛は偽物となるという論理は分かりやすいが、そのような論理性を幸若舞に当て嵌めるのが適当かどうかは少し慎重でありたい。

直実は幸若舞によれば「あつ盛の御死かいを源氏雑兵の駒のひつめのかよふ所に捨置申へき…をくり申はや」（上山本）と思って平家に送り届けようとしたのであって、主体はあくまでも敦盛の「死骸」であった。だから若き武将として生前身につけていた太刀や弓矢が遺骸付属のものとされて送達されたとしたのではないか。

笛は義経が検分をして、これはもと高倉宮愛用のもので、小枝・蝉折れという二管の一つ、かれが戦死したので平家に渡ったのだと言うところがある。「あつもりはふへにきりやう（器量）の仁なり」（大頭本）として敦盛の所持となったと義経が解説をする。これは幸若舞独自の設定である。(3) したがって「器量の仁」がいなくなれば笛は返却されることがないと判断したのであろうし、まして平家への「謀叛」の先蹤をなした高倉宮以仁王のものであってみればなおさら送り届けるいわれはない、というのが幸若舞制作者の意識であったかもしれない。その点が『平家物語』とは異なる感覚が働いたのではないだろうか。要するにⅠとⅡでは笛については別のストーリー性が存在するようだということである。付言すれば高倉宮は小枝という笛を御所に忘れて脱出したが、長谷部信連が無事取ってきた（『平家物語』巻四信連合戦）というエピソードの記憶ということも考慮されていいだろう。

第二節　笛の役割

敦盛が笛を忘れたことが悲劇の始まりとするものは、他の芸能テキストにも見える。例えば大蔵虎明「脩羅之間」の「敦盛」の間狂言テキスト（正保二年〈一六四五〉虎清加判）(4) には「御秘蔵ノ小枝ト云笛ヲ御本陣ニ被置候程ニ、敦盛ノ御心中ニハ此笛ヲ其侭被テ置敵ノ手ニ渡ル成ラハ、敦盛命ヲ惜早ク落ントテ廃忘シテ笛ヲ忘レタリト、敵ニ朝ケラレン事、後迄ノ耻辱タルベシト思召ケルカ、引返シ御本陣エ御出有ツテ笛ヲ取渚へ御出候へハ」舟は皆沖へ出た後だったとある（和泉流もほぼ同じ）。また、廃曲「現在敦盛」にも、「漢竹のやうでうを内裏に忘れ候事、家の疵と存取に帰り」などとある。御伽草子「子敦盛」[5]は幸若舞に対応する部分も多いのであるが、これも「一のたにのたいりに」笛を忘れたとしている。これらは表現レベルからも幸若舞との響き合いを考えるべきか思われる。

笛はまた、敦盛説話成長の上での重大な役割も果たしている。読み本『平家物語』は篳篥とともに「楊梅桃李の春の朝云々」で始まる小巻物も所持していて、それは屋島に送られることになっている。幸若舞でも「巻物一巻」を所持するが、それには「あつもり都出の言葉を暮々とこそあそはしたれ。此君都に御座の御時あんせつしの大納言助方の卿の姫君十三にならせ給ひしか天下一の美人にてましませしを仁和寺の御室の御所にて月次の管絃の有し時あつもりは笛の役同かくこにて琴引たまひし御姿一目みしより恋となり」（上山宗久本）などと、巻物には『平家物語』に相似する四季の文章がかかれてあってもそれとは異なる意味をもたせ、姫君と「恋とな」って後に書かれた「都出の言葉」としての文章、すなわち恋文なのだとする。

仁和寺は高倉宮の弟守覚法親王が学問芸能のサロンとしていた寺院であるから場面設定としてはふさわしい。「忠度・敦盛の語りの発生母胎に仁和寺が（ママ）比定しうる」（『平家物語事典』仁和寺の項、山田昭全）ともされる場所であった。ここまで来れば、「せうなこん入道、しんせいの御まこ、とうゐんの御むすめ、へんのさいしやう」は敦盛の北の方となって彼が戦死の後、「いとうつくしきわかきみ」を生むとする、御伽草子「子敦盛」（本文引用は赤木文庫本絵巻）、古浄瑠璃「こあつもり」が語る、「つゐにふうふとなりたまふ」に至る直前まで、幸若舞は道案内しているということになるだろう。

すなわち幸若舞における笛は子敦盛の物語へと導く役割を担っているのである。子敦盛物語を踏まえた能「生田敦盛」（一五世紀後半成立）は幸若舞よりも先行するかどうかは不明、ほぼ同時代としても誤りではなかろう。幸若舞は物語を視野に入れていたことはありうる。すなわち、笛は敦盛にとって悲劇の扉を開ける鍵となる一方姫君と邂逅し忘れ形見を残す幸運の鍵でもあったといえるのではないだろうか。

なおまた、敦盛所持の笛の名は『平家物語』及び幸若舞はすべて「さえだ」あるいは「こえだ」としており、この笛の名は『十訓抄』『続教訓抄』以下の各資料に見える名笛であって、幸若舞でも「笛の巻」「烏帽子折」には語られるものの、敦盛との接点はない。「青葉の笛」を敦盛と結びつけたとされるのは能「敦盛」である。この能は『申楽談儀』に「敦盛　世子作」とあって、世阿弥作として疑問の余地がない作品である。寛正五年（一四六四）の演能記録もある。能は幸若舞に先行すると考えられるにもかかわらず、幸若舞はこの名に従わなかったのには意味があろう。すなわち幸若舞が制作された時代は、『平家物語』以来の「小枝」が一般的であって、そのオーソドックスな名前こそが敦盛の笛に相応しいと考えたのではないかということである。

ただし、能の場合も、敦盛の亡魂たる草刈り男が吹く笛について、地謡は「草刈りの吹く笛ならば、これも名は、青葉の笛とおぼしめせ」と謡っていて、「草」―「青葉」の連想であったのかも知れず、必ずしも同時代に敦盛所用としてその名が定着していたとは言えないと思われる。それゆえ現行間狂言でも、敦盛が平家の本陣に取りに帰った笛は「小枝（こえだ）」という名であったと語る（山本東本）のはその証左ではなかろうか。

第三節　幸若舞の敦盛像

さて次に、幸若舞曲の敦盛像の形成について考えたい。幸若舞では、熊谷直実に呼び止められても無視をして沖行く平家の舟を扇で招く。それに気づいた舟はかれを助けるべく岸に寄せようとし、かれも馬を泳がせて舟に近づこうとするが、馬の扱いが下手で海に漂うばかり（坂東武者足利又太郎が宇治川渡河する際、「水しとまばさんづの上に乗りかかれ」と叱咤する〈『平家物語』巻四〉場面がある）。直実がこれを見て敦盛に矢を射込もうとするに及んで、やむなく岸辺に引き返す。

ここで両者は歌の問答をして、カタリになる。

去間あつもり弓と矢をからりと捨御はかせ引ぬいて請てみよとてうたれたり熊谷さらりとうけなかしとつてなをしてちやうとうつ二打三うちちやう〳〵と打合けれ共互に勝屓みえされはよれくまむ尤とてたかひに打物からりと捨鎧の袖「を」（捕入）引違むすとくんて二人か両馬のあひえとうと落る荒いたはしやあつ盛心はたけくいさませ給へ共老武者の熊谷にて物の数共せさりけりやす〳〵とつておさへ甲とちきつてからりと捨こしの刀を引ぬいてくひをとらんとしたりしか余てよはく思ひ指うつふいてさうかうをみ奉れはうすけしやうにかねくろくまゆふとうはかせさもやことなき殿上人の年れいならは十四五かとみえさせ給ふ（上山宗久本による）

これによれば「やす〳〵とつておさへ」られ、「余てよはく（手弱く）」思われたにしても、「やことなき殿上人」敦盛は老練な坂東武者相手に傍線のようになかなかの善戦ぶりを見せているのである。この部分、『平家物語』語り本は直実に扇で招かれて岸に上がるや「波打ち際にて押し並べひっくんでどうど落ち、取って押へて頸をかかんと内甲を押仰けて見けれは年の齢十六七はかんなるが薄げしやうしてかね黒なり」（京師本）などとあって、まさに「余てよわ」い敦盛を描く。

だが読み本には次のようにある。直実に呼ばれた敦盛は岸に向かってとって返し「馬のあしたつ程になりにけれは、弓をなけすて、太刀をぬき、ひたいにあて、、おめいて馳あかる。熊谷、まちまうけたる事なれは、あけもたてす、くて（組んで）なみうちきはに、とうとおつ。うへになり下になり、三はなれ四はなれ、くみたりけれとも、つゐに、熊谷、上になる。左右のひさをもて、冑の左右の袖を、むすとをさへたれは、少もはたらかす。熊谷刀をぬきて…」（長門本。延慶本もほぼ同じ）と、このように奮戦するも遂に直実に組み敷かれてしまう敦盛をリアリティをもって描き出す。これはちょうど佐奈田与一と俣野五郎が馬の間に落ちて上になり下になりして雨の石橋山で死闘するさま（『源平盛衰記』巻二〇）を彷彿とさせる状景でさえある。同じ読み本でも『四部合戦状本』では簡単で、「渚にて押し並べ、会ひ釈ひも無く、引き組みて落としつゝ、取りて押さへて」とあるのみであるから、幸若舞には長門本に近い敦盛像を提示しようという意思があるとみてよかろう。(6) 敦盛語りを聴く戦国武将の好みを反映したものであるのかどうか。

しかし一方では幸若舞には「あらいたはしや」「もののあはれをとどめたり」「いたはしの御事や」のような決まり文句を多用して若き貴族的武将の悲劇的最期を文飾しようともしているのである。因みに能「敦盛」の後場、シテは太刀で斬りつけようとするところがあるが、その所作は「敦盛も、馬引つ返し、波の打ち物抜いて、ふた打ち三打ちは打つとぞ見えしが、馬の上にて引つ組んで、波打ち際に、落ち重なって、終に討たれて失せし身の…」という地謡に合わせて行われる（本文は旧大系・伝信光自筆本。同じく『申楽談儀』に見える世阿弥同時代の番外曲「経盛」も若干記述は詳しいものの、ほぼこの部分は同じ）。おそらく幸若舞は先行するこの能に接触することはあったかとおもわれるが、そのような「あはれ」な敦盛の姿だけではない方向を目指したに違いない。

それは何かといえば、、当時の一般的理解であった悲劇的武将像（語り本『平家物語』や能のような）から、幸若舞もまた自由であることができないのであれば、読み本『平家物語』にあるような敦盛を登場させて、板東の荒武者に果敢に戦を挑む敦盛、という「健気さ」の演出をすることによって、その敗北は一層悲劇性を際だたせるという試みをしたのではないかと考えたい。したがって幸若舞は単なる戦国武将の好みに合わせたものではなかったであろうということである。「果敢に戦を挑む敦盛」の姿はまた別の人物の投影でもあろうかと思われるが、それについては次項で論じたい。

第四節　平家物語と幸若舞

ところでよく知られているように、『源平闘諍録』によれば「熊替〈ママ〉直実」が討った平家の武将は、彼が名乗るように「門脇の平中納言教盛の三男、蔵人の大夫成盛」であった。箪篥と小巻物を帯していたのもかれであった。敦盛は、この本では下総の住人豊田の郎党皆輪八郎、「古井の崩れて浅く成つたるに、武者二人組んで臥したり。上なるを見れば上臈と覚えたり」とあり、これを発見した兄の次郎が「上なる敵を掴み引けども、実に以つて勁かりけり。皆輪の次郎、左の手にて天変の穴に手を入れ、右の手を以つて鈁を掴み、贔負声を出して此れを引いたりければ、敵頭を一振り振る。次郎弓杖一杖計り投げられけるが」、ようようのことで頸を掻き切って弟を助け出した。

このような活躍ぶりは、「上臈」のイメージどころかほとんど「勇猛な」武将の姿である。このようなイメージが延慶本の敦盛も有しているといえるだろう。言い換えればマイナーな成盛（業盛）からメジャー化した敦盛にすり替わったということになろう[7]。

さてそのすり替わりの痕跡が芸能テキストには残る。幸若舞「敦盛」では、直実に組み敷かれてこう名乗る。「我をは誰とかおもふらん門わきの常盛の三男にいまた無官はかり名にて大夫あつもり正（生）年は十六歳」（上山本）。門脇家は教盛家の通称であるから、この名乗りを、教盛と経盛との「混同」（岩波新大系『舞の本』敦盛注）とされたり、また、岸から扇で招く敦盛を見つけるのは「人しもこそおほきに門わき殿は御覧して」あるいは「門わき殿は聞召しあつもりならは此舟ををしよせてたすけよ」などと言うところを、「経盛のことを誤って言ったかもしれない」（東洋文庫本『舞の本』3「敦盛」注）と解釈することもできるであろうが、門脇家の業盛とその従兄弟の敦盛とがすり替わったときの痕跡、尾骶骨のごときものというほうがいいかも知れない。

幸若舞「敦盛」にはこの他の箇所にも「門脇」の名が見える。直実が敦盛の遺骸を屋島に送る際、使いの者に「門わき殿の御内なる伊賀の平内左衛門の尉殿に申度子細の候」と呼ばわったり、「使は是非をわきまへす只門わき殿へと申」したりする。直実が遺骸に付けた書状にも「進上門わき殿の御内なる伊賀の平内左衛門の尉殿へ」（以上、上山本）とある。しかし一箇所だけ、「門わき殿も常盛も」、敦盛が討たれたと聞いて驚くという記述があって、混乱が見られる（延慶本の送り状には「門脇殿の御内」の句はない）。

この痕跡は番外曲「経盛」にもあって、ワキ名乗りに「是は門脇の修理太夫経盛とは我事也」（古典文庫未刊謡曲集二所収）とあるから、経盛―敦盛を門脇家に繋がる人物として理解することは世阿弥時代にも遡る「誤り」と言え、相当根が深いということができる。これは、業盛から敦盛にすり替わったときに家の通称までも敦盛に付いてきてしまったゆえの現象であって、これを時代性の一つと捉えることもできるであろう。幸若舞は、成立年代からみてこの能を視野に入れつつ制作されたと考えてもよかろう。

屋島へ退却した平家としては、大船を寄せて救助できなかったものの、敦盛は「御一門の御舟にめされ、あはのなるとにましますと承りをよひて候」と「元国」が言い、「門脇殿も経盛も」、「あつもりは クトキ 一門のふねにのり、あはのなるとにあるよしを、風の便りに聞し程に、いかはかりうれしかりつるに」（大頭本）とクドキの曲節で語る。阿波の鳴門という地名は敦盛が目指した場所として共通理解があったかのように思われる。

幸若舞のみならず、廃曲「恒盛」（形見送り）には「阿波の鳴門に舟をいざなふ声すなり。もしも行衛や聞くらんと。鳴門の浦の磯に出（で）て。舟の往来を待（ち）居たり」などとあり、上述番外曲「経盛」でワキの名乗りの後、サシ謡で「扨も此度一の谷の合戦も破れ。淡路鳴戸の浦づたひ。一門皆々船に取乗」とあって、敦盛が一ノ谷から撤退する船に乗って鳴門に待避していると信じられていたことが分かる。これによっても、舞曲は恐らくこの能に関わりをもって制作されただろうことをうかがわせるのである。ただし能や幸若舞の表現は、既に延慶本にいう、「阪磨（すま）ヨリ明石ヲ尋ネツヽ、浦伝行舟モアリ。スクニ四国へ渡ル舟モアリ。鳴戸ノヲキヲ漕渡リ。未一谷ノヲキニ漂フ舟モアリ。カヽリシカバ、嶋々浦々ハ多ケレドモ、互ニ死生ヲ知リガタシ」の影響下にあるといえるであろう。「互ニ死生ヲ知」りがたい状況ならば、「阿波鳴門には敦盛」とその生存を信じる親の悲哀が幸若舞の背景に設定できると考えられるのである。

第五節　敦盛と熊谷直実像

敦盛の名乗りとそれに対する直実の対応については軍記研究、芸能研究双方からさまざまの論がある。ここでは幸若舞を中心に考えてみたい。直実は敦盛を組み敷いて、名を名乗れと迫ると敦盛は「武士の勇める法」がある、と名乗りのあり方を教え、敵に押さえられて、「下より名乗る法」はないと抗議をする。首を打って義経に見せよ、知らねば範頼に見せよ云々とたたみかけるのだが、このあたりの表現は幸若舞独自であり、特有の「もの教え」「もの揃え」が見られる。

『平家物語』語り本では、周知のように敦盛は名乗りをせずに従容と死に臨む公達というイメージを作るが、読み本では、例えば延慶本には「必ズ御孝養申ベシ」という直実の言葉に押されて名乗る。幸若舞はこの流れにあるといえる。「後世をとふらひ申へし」と聞いて前述の、「門わきの常盛の三男に…」という名乗りをするのである。

敦盛は、名乗るにせよ名乗らぬにせよ、直実の息子小次郎と同じ年頃の少年の首を斬るには忍びず、助命しようとする。しかしここで味方の土肥・梶原（語り本）が近づいてきたので、とても助からないと思い、泣く泣く首を落とす。このようなプロット展開が敦盛の悲劇の基本といえるだろう。戦場での敵対―親子の情愛を想起―助命企図―不本意な斬首という流れをどのように増幅していくかは物語、芸能テキストの制作者の置かれた環境次第だったとと解される。『平家物語』読み本のうち、『源平闘諍録』には近づく味方の兵には触れず、刀の当てども見えぬまま泣く泣く首を取る、とあって簡略である。四部合戦状本もほぼ同様。

さむらいにとって、「良き大将の首」と恩賞とは不離一体のものであったはずなのに、幸若舞では「此君の御首を給はつてなにかしをんしやうに預りたれはとて」千年万年生きるものではないという心境になる（表記は上山本）。是はもう武士であることを止めるということであるから先述のⅡへと続く序章となる。後に、「名大将」を討ち取った勧賞として与えられた武蔵長井庄にはもはや何の関心も持たない姿を描く。Ⅱの、いわゆる形見送りも、宗教者に準ずる者の行いというのが幸若舞の立場であろう。

幸若舞の増幅であるが、まず、直実は敦盛を然るべき時に釈放しようとして、武蔵の熊谷という者が我が子に思い替えて助けたと「平家方にて…御物語」せよと要求していることである。このようなことを敵陣で披露させようとすることは時代性であろうか、注目したい言葉である。次がⅠのクライマックスになるところで、曲節もテンポの良いツメで語られる。直実は敦盛を「馬にたき乗（せ）奉り〽（曲節符）直実も友に馬に乗西をさひて五町はかり行過ぎ」後を見ると四方八方から敵が攻めてきて、馬の二人を見つけて、「武蔵の熊谷はかたきとくんするか既にたすくるは二心とおほえたり。二心有ならは熊谷友にうちとれ」（上山本）と迫るという極限状況に追い込まれて、敦盛の首を掻き落とすのである。

古浄瑠璃「こあつもり」は幸若舞とほぼ同じ表現ゆえ、同文関係にあるとおもわれる。また、和泉流間狂言「敦盛」にも、「助け申さんとて敦盛を抱きあげ。又馬に乗せ参らせられしが」などとあって、幸若舞に拠ったセリフであることは明らかである（虎清奥書本にはこのセリフなし）。因みに廃曲「現在敦盛」も敵と組みながら助けるとは二心か、ともにうちとれというセリフがあるが、この曲は舞曲に添って制作されたもののようである。

御伽草子「子敦盛」は類似はするが同文ではない。例えばこうである。「いかにもして、おとし申さはやと、おもひつつ、よろひのちり、うちはらひ、ひきたてまつる、かふとをきせまいらせて、いつかたへもかなと、四はうを、きつと見けれは」周囲は味方で充満しているので、西へ逃げても東へ行っても逃れられない、我が手に掛けてと十念を勧め首を打つのである。

初めはこのような増幅であったものが（「こあつもり」が先行するならばという前提であるが）、次第に増幅度合いが大きくなり、幸若舞では直実は敦盛とともに馬に乗って逃走を助けるなどのような「行き過ぎ」を演じ、ために味方からは「二心有り」などと難じられるに至るのである。ここでは、幸若舞は既に直実にとっては敦盛は我が子小次郎直家と二重写しとなり、直実と敦盛は「一体」なのだということを、馬に同乗することで示そうとしたかのようである。原拠の『平家物語』にはない、新しい発想であるといえるだろう。

さらに、幸若舞独自の物語構造を挙げておきたい。それは直実―息子小次郎直家／経盛―息子無官大夫敦盛という構図の中で、直実には、経盛に対して、両者が置かれた状況の類似を示して、同情と贖罪の意識をもたせているということである。そのことは父親が息子を叱咤する、表現レベルでも確認できる。どちらも息子への後悔の念をもつ父親、という設定になっている。直実の場合、一ノ谷で「まれいの三郎かはなつ矢を直家か弓手のかいなにうけとめなにかしにむかつて矢ぬいてたへ」と言ったとき、痛手か薄手かと聞きたかったのに「熊谷ほとのゆみ取かかたき御方の目の前にてとうへきかと思ひはったとにらんで荒ゆいにかいなの直家や」大事の手ならば腹を切れ、薄手ならば敵と戦して討ち死にせよという。直家はそれを信じて敵の陣へ駆け入って後は「又二めとみさりし也」（上山本）と嘆き、敦盛を助命しようとする。

一方敦盛の父経盛は送られてきた息子の遺骸を見て、「父常もり落るなみたの隙よりも荒むさんやあつもり一の谷を出し時故郷の方をみ送り心ほそけにて立たりしをいさめはやと思ひ荒ふかく成とよ」、屍を野山に埋め、名を高く挙げるべき身分のものがどうする、「郎等のみるめをもはちよかし」と叱る。その後笛を忘れて取りに帰ったまま「敵味方にをしへたてられ又二目共みさりしなり」（上山本）とて、悶え焦がれるのである。

敦盛を討とうとするとき、直実は、延慶本には「我子ヲ思ヤウニコソ人ノ親モ思給ラメ」、（長門本もほぼ同じ）とあって、経盛のことを思うのであるが、幸若舞は敦盛の名乗りの後我が子のことを長々と述べ（大頭本で一一行）、最後に「つねもりの御しうたむさて。なをさねかおもひをば。物によく〱たとふれば。流水おなし水なれとふちせのかはることとくなり」と、曲節・フシで語る。メロディーで聞かせる箇所である。このような経盛への気持ちの高まりがあって、助命へと傾くわけで、ここにも「文武二道」で「優にやさしき」直実像の形成がみられる。

ⅠとⅡとを連結する人物はむろん直実であるが、息子同様に感じた敦盛を助けられなかった自責の念と、それを嘆くであろう彼の父経盛への深い思いやりとを描くことで、幸若舞は「形見送り」の部分にスムースに繋ぐことに成功しているといえるだろう。

第六節　形見送り

さて「形見送り」説話である。『平家物語』語り本系には鎌倉本・平松家本、百二十句本以外にはなく、読み本系はこれを載せるのであるが（延慶本、長門本、盛衰記）、いささか唐突の感は免れない。本来は別伝承だったものだろう。おまけに屋島に送るのは「敦盛ノ頸ヲ彼直垂ニツツミテ箏築ト巻物ト」（延慶本）が用意されたという。これに対して幸若舞は「しかい」（死骸）と武具武器類であって、先述のように楽器は含まれない。死骸には頸はなかった

（版本挿絵にも頸はないように見える）。そのことは、直実が「源氏雑兵の駒の蹄の通う所に捨て」置かれたままになっていた事実と、Ⅱにおいての直実の行動を見れば分かる。だから受領した「元国」（幸若舞のみに見える名）は鎧や武具から、「まかふ所はましまさす」と判断したのであった。Ⅱは敦盛死後の直実後日談として語られることは原拠たる『平家物語』読み本系に同じであるが、幸若舞はそれを自然な形で繋ごうとした。それが上述のような、自分の息子を介在させての経盛への思いであった。「幸若舞」（曲舞）を聞く者たちにとっては、ストーリーに流れを感じ、感動を覚えるような新しい試みだったと思われる。

Ⅱは直実の発心・出家へ収束していく物語として制作された。直実は、既に『平家物語』でも、形見送りの書状を見た経盛に、「熊谷ハ、荒夷ニコソ有レメト思程、情有テ、敦盛ガ首を送タル心ノ中コソ哀ナレ」と言わしめている。だが幸若舞は直実の理想化が甚だしい。同じく書状を読んだ経盛の言葉であるが、「いかにや熊谷は遠国にてはあはうらせつ（阿防羅刹）ゑひすなむと、伝しか情はふかゝりけるそや／（曲節符）文章の達者さよ筆せいのいつくしさよか程やさしき兵に返状なくては叶ましい」（上山本）とて、自筆で感謝の返事を書くのである。このような直実称揚の言辞は、Ⅰにおいて組み伏せられた敦盛の口から出た「文武二道の名人」という言葉と照応するものであろう。この時点で既に直実はいわば宗教的昇華を遂げるべき人間として用意されていたのである。

かれは一ノ谷合戦直後の屋島攻め（幸若舞など、両合戦を同年とする問題点はあるがここでは触れない）を離脱し、都で獄門から敦盛の首を盗み出して荼毘にふし、骨を首に懸けて法然上人の元におもむき、蓮生房と名を変え、遂には高野山蓮華谷にて庵を結んだとして語り納める。これをみれば形見送りの敦盛の遺骸には首がないことが必然として了承されるであろう。敦盛の首は、直実の出家入道のためには是非必要な「道具」であったといえる。これはまさに、「俊寛僧都の遺骨を頸にかけ、高野へ上り、奥の院に納めつつ、蓮華谷にて法師にな」（流布本『平家物語』）ったとつたえる有王の姿を彷彿とさせる行動である。

このような流れのもとに熊谷直実出家を無理のないストーリーに仕上げたのは幸若舞詞章制作者の「達成」であって、『平家物語』享受者の知らない世界を拓いたということができる。もっとも、延慶本にも蓮華谷に住して敦盛の菩提を弔ったとあるけれども、発心・法然・出家・高野に至るまでは非常に簡単に触れるばかりである。また、古浄瑠璃「こあつもり」は二段目までは幸若舞に拠るところが多いが、敦盛の頸は実検が終わった後「みやこにのほせ、こくもんにかけさせたまふか」という幸若舞にない一文を入れて後日直実が「みやこにのほり、あつもりの御くひをぬすみとり」という行動に対応させている点は注意される。

ただ、時代的に、形見送りを芸能に取り込んだのが幸若舞が最初というわけではない。能「経盛」では、「急ぎ御形見を送り申す也」として使いに書状を持たせ、敦盛戦死のことを知らせると、「書留めたる此文の。さすがに武き武士も。物の哀れはしりけるよ」と泣き、シテに敦盛最期の様を語らせると「様々の御引出物を給はりて」帰っていくのである。演劇であるから演出上、往復書簡をそのまま載せることはせず、復簡も「引き出物」に変えるなどの変更を加えているが、延慶本にあるような説話の存在を知った上で、この能が成立していることは確かである。既述のようにこの能は世阿弥時代にはすでに存在していたのであるから、一五世紀前半もしくはそれ以前の作と考えられ、幸若舞詞章制作者が「敦盛」を語り物にしようとしたとき、『平家物語』の読み本系とともにこの能も、視界におさめていたことは当然あり得たことだろう。[8]

終わりに、直実こと「蓮生坊」（上山本）は高野山奥の院に敦盛の骨を籠め置き、「蓮花谷のかたはらに知識院と申庵室とむすひ」、八三歳で往生したと語るところに気をつけたい。蓮花谷のなかで「知識院」という坊名まで絞った記述は幸若舞の他にはない。この名は『須磨寺笛之遺記』（須磨寺蔵）に蓮生の草庵として見えるという後藤康宏氏の報告[9]があるけれども、氏が当該書が慶長一五年（一六一〇）以前成立とするならば、むしろ幸若舞よりも後に成った可能性が高い。したがって双方は別々の経路をたどってこの名を獲得したと考えられる。このような具体的な庵室名を幸若舞の語りを聴く者に提供することを使命としていた制作者がいたということではないだろうか。

本曲を、「悪につよければ善にもつよし文武二道のめいしむかんかはしらす本朝にかかる兵はあらしとかむせぬ人はなかりけり」（上山本）という熊谷直実称揚の言辞で締めくくるのは、幸若舞「景清」の結び句と全く同じである。景清は宮崎で朝夕他念なく千手の名号を唱えて直実と同じく享年八三で往生したのであるから、その生き様を対応させようとしたかもしれない。そういえば岸辺で扇をもって平家の船を招く者を、船上から「門脇殿」は見分けが付かなかったのに、着用する鎧、乗っている馬の毛色から、あれは敦盛だと確定する役目を負ったのは景清であった。敦盛を発見したにもかかわらず救助できなかった人物景清と、助命したくてもできなかった人物直実である。源平双方の武士をこのように対応させる意図が幸若舞にあったのかどうか、ストーリー構造の上から考えてみる余地はあろう。

佐谷眞木人氏は敦盛の成立について、「それは『平家物語』を時代の文脈において再構成する試みであり、時代の常識や嗜好に適った新たなドラマの創出であった」[10]としている。確かに、「新たなドラマの創出」ということになるであろうが、私はこの幸若舞作品は既述した、Ⅰの敦盛の笛と死、Ⅱの直実の形見送りと出家という「敦盛と直実の物語」を破綻なく繋いだ、コンピレーション（編集物）、もしくは集大成版とでもいったものであると言えるのではないかとしたい。軍記や能にみえる古い形の敦盛、例えば直実に闘いを挑む武者像などは、幸若舞が制作された室町後期、戦国時代の空気に合わせて、一種の先祖返りした敦盛を見せる工夫であった。しかし集大成したものであったから、平家公達たる敦盛も温存しており、統一を欠く結果となっている。それは敦盛は笛も篳篥も巻物も所持していたことにしている点にも表れている。そのような「雑多な」要素を多量に含み込んで、他に書き加える余地がないほど、饒舌に語っているのが幸若舞である。その影響は大きく、その後に成立した能の廃曲「現在敦盛」や古浄瑠璃「こあつもり」（一、二段目）は、その詞章は幸若舞に完全に支配されているのである。

注

（1）第１章第四節参照。なおテキスト成立についてはかつて「テキストの制作・定着は一五世紀後半乃至末ごろより数十年間ではなかろうか」と推測したことがある（『寛永版舞の本』三弥井書店、解説）

（2）「幸若舞曲『敦盛』の成立」（藝文研究六九、『平家物語から浄瑠璃へ』二〇〇二年一〇月慶応大学出版会、所収）

（3）佐谷氏は、『平家物語』では高倉宮の笛も敦盛の笛も「小枝」とあって判別ができないという「矛盾」を解決するために高倉宮から敦盛へという新たな説話を創作したと説く（注２の文献）

（4）稲田秀雄「間語りの構想と機能―居語りを中心に―」（『藝能史研究』80）にその指摘がある。

（5）子敦盛の物語の成立を美濃部重克は室木弥太郎説の、おそくとも一五世紀前半まで、大体一四世紀ごろという推測に賛意を表している（「こあつもり」考〈南山国文論集〉九号、『中世伝承文学の諸相』一九八八年八月和泉書院、所収）。

（6）〝強い敦盛〟像についてはすでに北川忠彦の指摘がある（『軍記物論考』一九八九年、三弥井書店、一〇六頁以下参照）。ただし幸若舞の敦盛像は「豪勇と優雅さの不統一」をみせ、「門脇家と経盛家、強さと優雅さ、その二本の線の間に不安定なかたちで伝承された敦盛像が投影しているのが舞曲『敦盛』である」とする（同書一一三頁）。

（7）『闘諍録』が敦盛と成盛（業盛）とを入れ替えていることについては既に服部幸造氏の論がある（「源平闘諍録」における二つの熊谷譚〈松村博司先生古稀記念国語国文学論集一九七九年一一月、『語り物文学叢説―聞く語り・読む語り―』二〇〇〇年五月、三弥井書店、所収）（付記）近年の論としては清水由美子「資料としての軍記文学、物語としての軍記文学―敦盛と業盛の最期をめぐって」（國學院雜誌一一四―一一、二〇一三年一一月）がある。

（8）北川忠彦は「舞曲『敦盛』は…直実・敦盛説話の古態を伝えているといえるかも知れない」（注6の書一二〇頁）と言っている。

（9）後藤泰宏「『須磨寺笛之遺記』と『小枝の笛物語』をめぐって」（伝承文学研究三一、一九八五年五月）

（10）注2の文献

第５章　『曾我物語』と幸若舞作品―「和田酒盛」をめぐって

第一節　幸若舞の「曾我もの」

１　「曾我もの」の特徴

幸若舞には、「曾我もの」といわれる作品が七曲存する。現存五二曲のうち軍記物関連のものが四五曲であるので、曾我物はそのなかの約一六％を占めることになり、少なからぬ関心をもって迎えられていたといえるだろう。

これらの作品は『曾我物語』、特に仮名本を主な典拠としていることは既に明らかにされているが、それのみに拠っているわけでもない。書承・口承のさまざまな伝承も含み込んでいたり、時には真名本にも近づいたり、複雑な様相を見せている。材の摂り方は、物語から満遍なくではなく、曾我兄弟の置かれた環境とかれらの行動に関わる巻と章段に限定した方法をとる。人口に膾炙した敵討ち譚のエッセンスを別の角度から照射しようという意図がうかがえるようである。

仮名十二巻本で説明してみよう。巻一、兄弟の父河津三郎の討たれたことや、巻二、兄弟の祖父伊東入道の斬られたことは作品化されず、巻三、幼い兄弟がすんでのところで斬られようとするが、命を助けられるところが、「切兼《きりかね》曾我」（「一満箱王」とも）として語り物に仕立てられる。数奇な運命をたどる曾我兄弟が敵討ちの情念を心の襞に縫いつけていく始発の曲という理解であったろうか。次は巻四、箱王の元服を扱った「元服曾我」がある。兄一満（十郎）の元服は当然のことゆえ無視し、僧になることを母が期待した弟箱王がその意に反して元服することにより兄と同じ環境に身を置いたことに注目して曲に作られたと考えられる。

巻五はやや間接的なストーリーだとされたのであろう、作品はない。巻六になると「和田酒盛」がある。虎御前と十郎とのことは、ここではずすわけにはいかず、和田義盛と曽我兄弟との確執、五郎と朝比奈との力比べ譚などを語り、兄弟の「雌伏の時代」を彩る大きな出来事としてとらえているのである。巻七からは「小袖曾我」が生まれる。この曲は「元服曾我」と繋がっていて、母の意向に背いて元服したため、勘当された五郎が母を説得して、兄と同じく小袖を与えられるというものだが、これは巻四「母の勘当を被ること」が共通了解されていることが前提になる。兄弟が立場を同じくすることが敵討ちに当たっての重大事とおそらくは認識されていたのである。

残りの三曲、「剣讃歎」「夜討曾我」「十番斬」はほぼ連続しており、いよいよ敵討ちのクライマックスに突入し、本懐を遂げ、そしてその後日譚までを語る。「剣」は工藤祐経を討つ刀剣の由来語りで、巻八に対応し、「夜討」はその当日のことで、兄弟が狩り場の屋形を廻り、人々の援助を得ながら敵の居場所を突き止め、殺すところまでを語るが、これは巻八後半から巻九をほぼ覆う。「十番」は巻九の尾部、十郎がいわゆる十番斬りをするなかで仁田四郎に斬られて死ぬ。一方五郎は捕らえられる。次いで巻十に入り、五郎が助命されることを断って遂に斬られる。最後に兄弟神として斎われることを語る。ここは巻十一に対応する。巻十にある、五郎・十郎以外の兄弟のことや、巻一一、一二に見られる虎のことは、後日譚の形で作品化されることはなかった。

以上の説明でわかるように、幸若舞の世界では徹底して曾我兄弟の動向に視線を注ぎ、かれらの動きが遮られるような事象は極力排除しようという意思が働いているかのようである。

つまり、後述のように、これは、語りの内容を考えるに、「もうひとつの『曾我物語』」といっていい世界が構築されていると特徴づけることができよう。次に作品ごとの検討をしてみたい。

2　「切兼曾我」（一満箱王）

冒頭、頼朝が、自らが平治の乱で捕らわれたことを述べるが、これは幸若舞「伊吹」を踏まえている。また、祐延（毛利家本の表記）が石橋山の合戦での例の頼朝伏木隠れのことを語るが、これは『源平盛衰記』二一、あるいは独立した「石橋山のさうし」があったとすればそれに拠ったものである。

兄弟が一一歳と九歳の時梶原景末（毛利家本の表記）の讒言で斬られようとする。畠山重忠が止めようとすると、頼朝は兄弟の祖父伊東祐親への恨みを語って赦さない。こういう場面は『曾我』巻二の、恋人を引き離される章段の理解があって生きてくるものであろう。命乞いは『曾我』では和田、宇都宮・千葉そして畠山が入れ替わり立ち替わり出てその不当を訴える形式であるのを、幸若舞は畠山を中心に据え、「因果の物語」を語らせ、助命が叶わないのならば自害するとまでいう。『曾我』にある長い譬喩譚を省略することで論理の拡散を防いでいるといえる。

赦免の使いが由比の浜に馳せつけ「重忠の御訴訟にて、兄弟の人々を、御助候也」と呼ばわるシーンは劇的であるが、『曾我』にはない。このように処刑直前で助かるパターンは、『平家物語』巻一二「六代」がよく知られていようが、能「盛久」「春栄」などにもあり、実は幸若舞「十番斬」においても、五郎時宗が畠山・和田・北条の助命嘆願によって、今まさに斬られようとするところを助けられるのである（第3章第一節も参照）。幸若舞は主に耳で聞く芸能であるから、場面イメージを結びやすいように、ストーリー展開を追いやすいように制作する必要があったのである。

3　「元服曾我」

頼朝の箱根詣での際、一三歳の箱王はかたき祐経を確認するのであるが、それと知った祐経に手もなくあしらわれ、小刺刀《こさすが》まで与えられてしまう。太山寺本によれば「助経左の手にて筥王が刀を抑へ、右の手にて髪を掻撫で丶」、お為ごかしの言葉を次々と浴びせかける祐経に対して「仕出したること」なく、「涙の浮びける」をやっと押さえて屈辱に耐える姿を描く。以来、箱王は「一字も忘れじと思いし経文を打捨て」、敵討ちを決意する。いわば彼自身も怨念の衣をはおることになるのであるが、幸若舞はそのような表現はなく、今ここで刀を振るっても到底勝ち目はないとあきらめるのである。元服することに重点を置こうとした結果と考えられる。

箱王が寺を出るプロットも、『曾我』ではかれが寺を脱出して曾我の里に帰還して、兄に敵討ちをする意思があるのかどうか「早々是非の返事を承り切らん」、自分が下山しなかったら黙っているつもりなのかと迫る。幸若舞は、十郎が寺に上り、箱王から敵討ちを、と乞われるのである。切迫した箱王の気持ちを幸若舞は生かしていないというべきだろう。

北条の屋形での元服の場は後半の聞かせどころである。「秩父には六郎殿、三浦に朝比奈、曾我には十郎殿」が舞の上手、なかでも「十郎殿の御舞すぐれたる」と北条にはやされて、「箱王殿の祝言なれば」（寛永版）とて「しづやしづ」と「君を始めて」の舞を舞って納める。この末尾部はその前に北条が「この烏帽子召されて末繁昌と祝ひつゝ、太刀と刀を取り出し、箱王殿に引き給ふ」と与えたことと照応する。元服に、祝言性を強く付与した結果である。

本曲は永禄八年（一五六五）の記録初見がある（「筥根詣」という曲名。『言継卿記』）。能の同名曲（宮増作）は永享四年（一四三二）初見であるが、構成が異なり、直接関係はないであろう。

4　「和田酒盛」

この曲は前段の酒宴の場面での和田義盛と十郎との対立と、後段の五郎登場による朝比奈との力比べ、義盛との対決という二段構成になっている。かように義盛は兄弟と対立する人物という造型のされ方をしているが、「一満箱王」「十番斬」では助命を嘆願、「夜討曾我」では兄弟を援助することを惜しまない姿を描くのである。『曾我』では真字本は義盛は大磯宿で兄弟、虎ともども酒を酌み交わす。一方、仮名本は幸若舞に近似しており、虎とともに義盛の座敷に呼ばれた十郎が辞退しながらも遂に虎の盃を受けることで、不穏な状況になる。しかし幸若舞のように義盛が十郎の「無礼」をなじって座敷から追い出そうとすることはない。

次項で述べることと少し重複するところがあるが、要点を言えば、前段で、十郎はひたすら堪える青年を演じる。虎が義盛を接待しないなら十郎の宿通いを止めさせると長者から言われてかれは「左右かん（眼）に泪をうかめ」、「ひんく（貧窮）程物うき事はよもあらし」と袂を押し当て「鳴（泣）く寄（り）外の事はな」かった（引用上山本）。虎が十郎に盃を差したのをあえて飲むと、義盛は「それ盃はのむ法の有そ」（引用同右）、目上の者を敬わぬ者は鬼畜木石だとののしり、座を追い立てる。「痛はしや助成」と何度も同情を誘う句が挟まれる。十郎はここで対決しようかとはするものの、ここは大事の時とばかり我慢して、義盛の要求に従おうとするのである。すなわち「痛はし」い、堪える十郎は義盛が怒れば怒るほど際だち、また、健気で貞節な虎と十郎とは格好の一対という認識を刻み込む。虎は十郎から引き裂かれようとするだけでなく、母からも思い差しの難題を二度までも突きつけられて、孤立させられる。虎への同情は十郎へと回帰するのである。

かくして後段で満を持して出てきた五郎の勇ましさがひときわ引き立つ。かわいそうな十郎を苦しめた義盛は五郎によって懲らしめられる。朝比奈と五郎との草摺引きは『平家物語』景清と三尾屋との錣引きなど、「引き合う芸能」のなかにあるが、これも五郎称賛の筋書きに組み込まれている。

『曾我物語』ではこの引き合いは座興であって、表現上の工夫はみられない。だが幸若舞になると、朝比奈のかいなに力筋が「十四五二三十、ふつふつと出」、胸の力毛は「碁盤のおもてに銅の針をすりならべたごとく」（毛利家本）であるとされたり、引き合いになったときは「ふむじかって立た」「前へゐいとのひた。後へゐいとのひた」など臨場感のある表現でイメージを膨らませようとしている。こうして堂々、五郎が勝つ。「助成にこめを見せた」（辛く当たった）義盛は逆に追い立てられるのである。

本曲は太山寺本などの仮名本に材を得ながら十郎と五郎とに役割分担させた新しい語り物作品の創造を目指したものとしてよいのではないか（すべて成功しているわけではないが）。しかしその創造は後に市川流荒事として歌舞伎十八番「矢の根」などに結実する。ちなみに渋谷金王丸（「鎌田」）は五郎の分身的人物造型といえる。また本曲の上演記録初見は天文一五年（一五四六）三月で、大頭が舞っている（言継卿記）。以後絶えず記録に見えるから人気の程がわかる。詳細は第二節を参照されたい。

5 「小袖曾我」

富士の狩り場に出立する十郎には母から小袖が与えられ、五郎は拒否される、その葛藤の描き方が問題となる。勝手に元服した五郎が母の勘当を被ったことを述べる巻四の共通了解がまずなければならない。能に同名曲があり、これには小袖が出てこないことから、小袖が勘当を解かれることの象徴であることは明らかだろう。

宥免のされかたは『曾我物語』と幸若舞とでは異なっている。前者では五郎が「香姓波羅門」（太山寺本がこの形）や班足王の譬えを出して説得しても母はかたくなに聞かないので、十郎は怒って「生甲斐なき五郎めを御前に召出し細首打落して見」せようとまでいうのでやっと許す。後者では五郎は「しゃうしの間をふるひ〳〵立出落縁にてうちかけおつるなみたともろともにはしめ終の事ともを二とき計くとくにそ上下涙をなかしけり」（大頭本）という、声涙とともに下る口説きで「くわうしやうはらもむ」などの譬えを聞かせるのである。許さない母を置いて「涙をおさへ」出ようとする五郎の袂に、母はすがりついて勘当を許すという。兄弟、母三人が涙にむせび、小袖は与えられる。「和田酒盛」の五郎像とは全く異なる、感情過多の姿を見せている。

このとき「五郎はちちにおとらぬ舞の上手ときく」とて酒宴となる場で舞を舞うが、「元服曾我」で、「十郎殿の御舞の勝れたるよし」といわれて祐成が舞うのと対応しているであろう。能でも酒宴の時に兄弟が相舞を演ずるのであるが、これと、十郎の笛で五郎が舞ったとする仮名本と共通基盤が存すると考えられる。

末尾部で伊豆箱根権現の由来が語られる。『曾我物語』では同話は彰考館本・武田本甲本にはそれがある。依拠本文を論ずる余裕がないけれども、成立時流布していた仮名諸本を視野に収めつつも新しく構想した物語を語ろうとしたのではないかとしておきたい。なお本曲の室町期の上演記録はないが、中世小説『東勝寺鼠物語』（天文六年〈一五三七〉成る）に、「夜討曾我」「十番斬」とともに見えるから、曾我もののなかでも古層に属するのかも知れない。

6　「剣讃歎」「夜討曾我」「十番斬」

この三曲は連作性をもつので、一括して論じる。「剣讃歎」は狩り場に赴く兄弟のために箱根の別当が与えた刀の由来譚である。幸若系諸本にはない。『曾我物語』仮名本とは伝来の仕方にせよ、刀剣の銘にせよ大部分、一致しないのは注目すべきことである。「膝切」とか「蜘蛛切」とかの名前、田辺の別当「けうしむ坊」への伝来経路などを勘案すると、むしろ『平家物語』屋代本「剣の巻」に近似する。それには「膝丸」が「蜘切」と改称され、のち「吠丸」が熊野別当教真、田辺湛増から箱根へと伝わったとあるからである。ただし「剣の巻」だけに依拠したわけではない。太山寺本には十郎には木曾義仲重代の太刀をあたえたとあるが、幸若舞は大頭本のみこのことを述べている。五郎には天竺の「しゃりふむ」が打った長刀を三条小鍛冶と「奥のまうふさ」（舞草）が太刀に打ち直したとあるのは、幸若舞独自の設定である。奥州一関の舞草鍛冶は小鍛冶と並んで中世では著名であったことを踏まえる。剣の巻に関わりつつも、それとはまた別の刀剣伝承があったようだ。

こういう由来をもつ名剣を帯していよいよ積年の恨みを晴らすべく勇躍狩り場に急ぐ。「夜討曾我」は『曾我物語』巻八・九を典拠としていることは論を俟たないとしても、直ちにそれを語り物化したものではない。既述の諸曲同様、敵討ち実行というパースペクティブから離れる話柄は取り上げようとしない（新田の猪乗りなど）。逆に狩り場の屋形を兄弟が下検分するシーンでは伊東の紋所のことしか述べない物語に対して、自家以外に四〇家の紋を並べ上げる。「紋尽くし」といわれる箇所である。

並べ立てること自体は、記紀からあり、特に『平家物語』の武者名列挙はいうまでもなかろう。ただここの幸若舞の場合は、中世小説「おようの尼」などでの商品名や往来物での物品・名辞列挙と同じく、口調のよさを楽しみつつ、「学び」の効果も期待されたことは考えられる。「外の陣」の屋形数えは、『曾我』が百四〇以上の姓を挙げ、百一〇余の幸若舞より多いが、前者が東日本の武将名を多く挙げるのに対し、後者は西日本にも及び、これなどは聴衆の「満足効果」を狙ったものといえるかもしれない。現在も「幸若舞」として伝承されている福岡県瀬高町（現みやま市）の大江で本曲が上演されるときは、冒頭部分でなければ、この「紋尽し」（和田と畠山の連歌のところから）が語られ、これで家紋を覚えたと自慢する村人が多くいる。

祐経の寝所に兄弟を導く役割は本田二郎であることは両者ともに同じながら、幸若舞は寝所の掛けがねをはずす者を設定する。すなわち「大磯の虎か妹にきしゅ（亀寿カ）と申て十六さい、君の御家の子ししと《（宍戸）》のあきの四良とのにさいしせられ申、御所中にありける」（上山本）女性であったという。仮名本では黄瀬川の亀鶴御前がそれであるはずなのだが、別伝を採用し、虎の姉妹が内側から兄弟に援助する、健気な姿を描出したわけである。

屋形を検分するうち、祐経の子犬房に見つけられ、祐経の屋形に呼び込まれるのであったが、ここで祐経は「長々しくは候へ共かたつてきかせ申さん」（版本）とて、赤沢山の狩りくらと相撲のことを語る。『曾我物語』巻一での出来事の再話であるようにみえるが、祐経の「長々し」い語りはそれではない。つまり石を投げるのは「何をがな力業して人々にみせん」という単純な動機の滝口次郎ではなく、相撲を取るはずの俣野五郎であって、またこの大石を、実は真田与一が受け止め、投げ返したのだという。俣野・真田といえば石橋山の合戦で篠突く雨のなか、死闘を演じた両雄である。この二人が既に対決をしていたのだと説くことで「聞かせごと」になる。おまけに真田が討たれる間際、探し呼ばわった、めのとの文蔵までが登場して、袂にすがりついて真田を止めようとした、などとあっては聴衆は一層の興味をいだいたであろう。この三人はワンセットで語られるだけの芸能的根拠を有していたから、違和感なくかかるプロットが構成されたといえる。続いて俣野と河津三郎との相撲を語る。この相撲に俣野が負けたのでその遺恨によって河津が殺された、自分は在京中で知らぬとアリバイを主張するのであった。殺害の直接の動機が相撲あるという祐経を描くことで、幸若舞の独自性をみせる。

ここで「河津掛け」なる相撲の手が使われたと通常、理解されているが、『曾我物語』にも幸若舞にもそれらしい手の表現はない。『曾我』寛文版本挿絵には背負い投げのように投げられる俣野が見える。ところが『舞の本』寛永版本挿絵には左手を相手の首に回し、左足を相手の脚に絡ませた絵が登場する。四十八手の河津掛けそのものである（掛けられた方が河津）。版本は普及したものらしく、若狭羽賀寺にある寛文一二年（一六七二）年紀の相撲絵馬はまさしくこの絵に拠っていることを著者は確認した。

「十番斬」は既述のように一六世紀初めには成立していた曲で、おそらく「夜討曾我」と一続きのものであっただろう。近年近世初期になる長大な巻子本の奈良絵本が何種も市場に出て、一定の需要があったことを考えさせた。

基本的には『曾我物語』を典拠とするといえるが、曲名となる、十番の斬り合いの人名は『曾我物語』（仮名本・真字本）と一致しない者も多い。様々な伝えがあったのであろう。また、五郎が切られる場所も、幸若舞は松ヶ崎ではなく、鷹が岡（現・富士市内）とする。これは『曾我両社縁起』などにみえる地名であり、兄弟を祀る社寺の存在など、在地からの要求があったと考えられる。

さらに『曾我物語』は捕らえられた五郎を、「死罪をなだめて召使ふべけれども」というものの、祐経類縁の者どもの意趣のがれがたいとて切られるが、幸若舞は和田や畠山などの嘆願で助命される。その使いが斬首の寸前で駆けつける場面は前述の「一満箱王」に回帰する。だが、せっかくの助命と所領安堵とを五郎は断固拒否し、従容と死におもむく。だから頼朝は感動し、「あら（現）人神に斎へ」と、兄弟の宮が建立されることになるのである。『曾我』のごとく悪霊となって祟ると叫ぶことなく、それゆえ貴賤上下は、あっと感じ、「ゆゆしの人の果報やとよろこばざるはなかりけり」（毛利家本）と喜びの声を上げ、結句、頼朝称揚という祝言の言説にまとめられるのである。五郎は敷き皮の上で「浄土の三部経」を説経（「満仲」との共通語句もある）するほどの宗教者像を形成させられているのをみれば、無惨にも仁田に切られた兄十郎もともに「無害」化され、『曾我物語』とは違う意味で敵討ちに「役立つ」兄弟という新たな人物造型がなされたといっていいのではないか。幸若舞は、こうして「もうひとつの曾我の物語」を語る意思を示すのである。

第二節　「和田酒盛」譚の成立と展開―『曾我物語』から歌舞伎まで―

1　幸若舞の「和田酒盛」

前述のように〝曾我もの〟と称される幸若舞テキストは七曲あるが、それらと『曾我物語』との依拠関係については、既に麻原美子氏が「真字本との関係は遠い」とし、仮名本（流布本）とのかかわりの深さを述べている。そして、「一門九十三騎」という記述から「和田酒盛」は、仮名本のなかでも「大山寺本段階の室町初中期のものであると想定」もしているのである。(1) 大略は首肯しうることかと思う。

『曾我物語』において、「和田酒盛」の章段の構成は前後二段から成る。前段は和田義盛の酒宴の場における虎を巡る十郎祐成と義盛との対立、後段は五郎時致の登場による朝比奈三郎義秀との草摺引き、義盛への威嚇である。酒宴の場面は真字本系にも存するが、盃争いや力くらべはない。真字本では大磯の宿で虎とともに十郎も義盛に呼ばれ、「義盛カ年モ寄ラズ、十郎タニモ　憑マズハ心モ移シヌベク」思う。そして「身ニ副フ影ノ如クナル」五郎のことを尋ねると、ただちに姿を見せる。義盛は涙を流しつつ晩に及ぶまでかれら二人と酒をくみかわすのである（引用は妙本寺本。書き下しに直す）。かようなプロットでは兄弟と義盛との対立など生ずべくもない。

ところが仮名本になると一転、義盛は十郎と虎とを困惑させる役割を演じる。他の巻でみられた、兄弟を保護する者という立場はとらないのである。十郎のゆえに虎が座敷に出てこないとわかると、「心得ぬ十郎が振舞かな」「実に僻事なり」と「いよ〳〵腹を立て」る。虎が差した盃を十郎が飲むと「義盛居丈高になりて（中略）かやうの盃余所へは下さじとて高声の念仏」（引用は大山寺本）を唱える有様であった。こういう、和田義盛と、兄弟との異常なほどの対立関係を描く仮名本系『曾我物語』の系譜に即する形で幸若舞「和田酒盛」が制作されているということは両者を比較すれば容易に諒解できる。

曾我ものは多く、流布本系を典拠としているとした荒木繁氏も、「和田酒盛」「一満箱王」は室木弥太郎氏と同様、直接、物語に拠ったものとはせず、すでに独立して行われていた語り物を想定し、物語も幸若舞もそれより材を得たとする。(2) 確かに、そのような想定をすれば、この二曲のみ、他とは直接連続し難い理由を、合理的に説明することはできるであろう。しかし、「荒筋以外の細部の筋立ては殆ど別趣向」(3)と麻原氏も評するものの、次のような「細部」の語句の一致もみられるのである。

▽上山宗久本（文禄本）「和田酒盛」

相模国の住人和田の義盛一門(1)九十三騎を引くし、山下宿河原長者の宿に打よつて、夜日三日の宴は而白うこそ聞えけれ。長者も兼て期したる事なれは、かうしやうしゆんによせ、きくあひと申て(2)とらにおとらぬ遊君を十八人すくつて和田殿ともてなせと、(3)され共和田の心さすとらは座敷になかりけり（諸本ほぼ　同じ。句読点私意）

▽太山寺本『曾我物語』巻六（大磯にて盃論の事）（荒木良雄校註本一四五〜六頁）

和田義盛A九十三騎打連れ下野へ通りけるが、（中略）大磯に虎とて、海道一の遊君なり。酒一つ進めて通らばやとあれば、尤も然るべく候とて、長者の方へ使を立て、かくと云ふ。長者斜ならずに悦ふで、座敷の塵とらせ、義盛これへと請じける。B虎に劣らぬ遊君三十余人出立ち、座敷へ出でにけり。（中略）既に酒宴ぞ始まりける。Cされども虎は未だ見えざりけり。

幸若舞の(1)(2)(3)はそれぞれ大山寺本のＡＢＣに対応している（Ｂの部分、流布本では「虎におとらぬ女三十余人」とあり、Ｃは「され共虎は座敷へ出ざりける」とあって、太山寺本のほうがより近い表現）。また、『曾我物語』では虎の言葉に「されば仏もこの心を五障三従と説き給へり」とあるが、これを幸若舞は十郎の言葉として「五しやうと中は（中略又三しうと申はいとけなき時は云々」と詳細に虎に説く形をとる。「深淵にのぞんで薄氷をふむがごとく」という表現は、『曾我物語』では十郎を座敷に出せと義盛が怒り、それを朝比奈が救ったたときに使われているが、幸若舞では虎のさす盃を十郎が受けたことを義盛が怒り、危機に直面したときに使われる。

草摺引きは幸若舞の増補が目立つところではあるけれども、たとえば「腹巻の草すり二三枚とうの板にひつしめ前へゑいやつと云て引けれとちっともさらにはたらかす」（上山本）という表現は「草摺一間取って引きけれども、少しもはたらかず」を無視しては生まれ得なかったろう。[4] このような表現上の一致・近似は他にも多くみられることから、幸若舞の典拠を、今はなき「曾我の語りもの」（の一本）に求めるのではなく、やはり、『曾我物語』太山寺本、あるいはそれに近い本という、文字化されてあったテキストに求めたいとおもう。

2　和田義盛像と曾我兄弟

幸若舞における和田義盛は、「和田酒盛」以外は皆、曾我兄弟に対し同情し、援助する人物として描かれる。すなわち、「一満箱王」では宇都宮・千葉ら八ヶ国の大名小名とともに兄弟の助命を嘆願（『曾我物語』は巻三）するし、幸若舞「夜討曾我」では兄弟が祐経を追うのを見て畠山重忠と義盛とが助力してやろうと話し合い、歌をよみかける（『曾我物語』には義盛なし）。夜討のときは「和田の手の人々よしもりかねて今夜はひそかなれとしめされ人をもさらに咎め」ないのである。（『曾我物語』では巻九）。

幸若舞「十番斬」でも、和田は秩父・北条らとともに五郎を切らぬようにと嘆願するのである（『曾我物語』にはなし）。この人物造型の相違は『曾我物語』仮名本諸本に基づくものであったが、幸若舞がそれを踏襲したのは物語とは別のねらいがこめられていたと考えられる。それは十郎とのかかわりである。宿の長者からは、虎に、義盛を接待しないのならば十郎の宿通いを止めさせるようにいわれて十郎は面目を失い、「左右かんに泪をうかめ」、「哀只ひんく程物うき事はよもあらし」と「我みの程をくわんしつゝ袂をかほにをしあてゝ鳴寄外の事はな」い有様であった（引用上山本）。そして、義盛の面前で、虎が十郎に盃を差し、十郎がそれを「のまぬ物ならはおくしたりと思召」、飲みほしたとき、義盛は「きしよく引替、や十郎只今の盃はのむましき盃なれとも正敷義盛をさけて取てのうする物かな。それ盃はのむ法の有そ」と怒り、長上を敬うことを知らぬは鬼畜木石とまでののしり、「はうはいのこらしめに座散を取ておつたてよはや立よとそ怒」るのである。対する十郎はここでも「痛はしや助成、唐の鏡に身は一つ、立もさすか也（中略）只一人か立されはうしろの躰もさひしきに、義盛も立給へと刀のこひ口を三寸斗くつろけ、袂の下にかくし置、はんしかふて待ゐた、助成の心中深淵に望んで薄氷をふむかことく」であったと表現される。そして、宿敵祐経を討つまでは何事も我慢をせねばならぬ、五郎が宿通いをいさめたのも道理であったと反省、座敷を立てというのなら従おうと決心する。

そのような十郎の「いたはしき」男、優柔不断で頼りなげな感じのやさ男ぶりはまさしく怒る義盛の態度と対応させられており、虎のけなげで一途な十郎への至誠貞節ぶりとも対比させられて描かれている。十郎の先の「決心」のあと、後段が始まり、五郎が登場するが、力自慢の勇猛無双の五郎像とも対比的である。つまり、義盛が十郎を窮地に陥れればそれだけ「いたはしき」十郎が強調され、涙と同情を誘う。一方では虎のけなげさが際立ち、五郎の勇ましさが引き立つ。かわいそうな十郎を苦しめた義盛は、五郎によって後段の終りには十分に懲らしめられるのである。朝比奈三郎との草摺り引きも五郎称讃のための道具立てに使われているといえる。曾我兄弟への同情と讃美という人々の二つの感情は既に『曾我物語』形成に深くかかわって存在し、その後も物語、語りものをとおして存在しつづけたものではあるが、この「和田酒盛」では、十郎と五郎とがその役割を演じ分けているのである。前段では、十郎が徹底して和田義盛に圧倒されろ。唯一の援助者、貞節な虎ぼ母の長者によって十郎から引き離されようとし、徹底的に困らされる。思いざしを勧める者が『曾我物語』では和田義盛であるのに、幸若舞では母の長者とされているのも、虎は母からも難題を出され（二度勧めており、そのたびに「あらむつかしの母の仰やさむらふ」「是はさながら物に狂はせ給ふか」と虎は嘆じる）、孤立させられる。同情は虎に注がれ、虎を通して十郎に集約される。

『曾我物語』（仮名本・巻六）で、朝比奈三郎は⑴十郎をうまく和田義盛の前に誘い出す、冷静な智恵者⑵五郎と草摺引きをする力自慢の武者という二つの顔を見せる。幸若舞になると⑴は消され（後段、義盛と十郎・虎とをなだめるために舞を舞うのではあるが）⑵が特に強調される。つまり、後段、「怒る」義盛の代理人として、これまた「あはれな」十郎の代理人たる五郎と力較べをするのである。「こはん（碁盤）の面に銅の針をすりならへた」ような「力毛」をもち、「三浦一門は九十三騎連判は四百八十余人の中にへ小林のあさいなとて名にしおふたる」武者ではあったが、朝比奈三郎は五郎に負ける。五郎は「いや曾我の五良時宗を大力と申ておち《（怖じ）》ぬ人こそなかりけれ」と称讃・感嘆の対象とされるのである。

五郎は前段において何の抵抗もしえなかった十郎の代りに朝比奈を相手に物理的な勝利を得ただけではない。和田一族が帰館しようとする際、「時宗は是を見以前舎兄助成にこめを見せたことくにおとさはやと思ひて四角成まなこを五角にくわつと見ひらき」、縁からの乗馬をとがめる。義盛は「ようさう五良殿年はよつつ目は見えす、日は暮かたになりさうつ鞍く（具）足見んためにひかせてこそ侯へそれ〳〵わかたう馬ひけやと」いって、とうとう「しつけ坂」[5]まで引かせる。すなわち「五良にお（怖）した所也」というのである。五郎のことばに「舎兄助成にこめ（小目）を見せた」とあるように、つまり辛い目に遭わせた、そのように威嚇しようという、応報主義・復讐主義がある。『曾我物語』では、座は「無興至極」で散会したとはあるものの、それまでに五郎は、草摺引きの後、義盛や朝比奈らと盃をくみ交してはいるのである。むろん威嚇の場面はない。

幸若舞は大山寺本などの系統の物語に拠りながらも、和田の酒盛の場を中心に、前段・後段と分け、十郎と五郎とにそれぞれ役どころを分担させて新しい構想のもとに形成された語り物であるといえる。しかしだからといってこの曲が他と関係なくそれ自体発展を遂げた[6]とか独立した語り物に拠ったとかという説には立たない。『曾我物語』との関係は他の曾我物幸若舞と、格別な位相差を見せているということではないことは前述のとおりである。相違があるとすれば、依拠出典との連関の中にもとめるのではなく、室木弥太郎が「舞曲の中で最もドラマチックな作品」というごとく、人物像型・構造上、周到な用意がなされている本「和田酒盛」の完成度（劇的達成度）に求めるべきであろう。

3　幸若舞「和田酒盛」のテキスト

幸若舞「和田酒盛」の諳本は現在、揃い物だけでも幸若系七本（注。その後二本増加）、大頭系六本（諸種版本を一と数う）がある。他に国会図書館蔵室町末期写本。同館蔵江戸初期写奈良絵本があり、村上學氏はこれらをそれぞれ「一九七本」、「三草子本」として紹介した。(8) また室町末期頃写小汀利得氏旧蔵本（著者紹介済）(9) も確認されており、かなり多く存するほうの曲といえるであろう。上演記録年代の古さは即成立年代の古さとはいえぬにしても、すくなくとも天文期には既に存在していたことは確かである。(10) それと、上演頻度の多さがある。人気曲、祝言曲としてもてはやされたゆえと思われる。このようなことから、いろいろな流派の者たちによって多種多様なテキストが作成されていったのである。ただし、「多種多様」とはいえ、それは他の幸若舞と同じく、一定の枠内での「多様」性であって、われわれの有しているテキストがどれも固定期のそれであることはいうまでもない。「和田酒盛」の諸本異同は結論を先に述べれば、「山中常盤」ほどの「すさまじい異同」（村上學氏）はないのである。

197本と三草子本について、村上氏は大頭系に近いか、共通異文をもつかするものの、特定の一本とのみ共通せず、「古態の影を落しながら、各本独自の大きな変型をなしている」と述べているが、(11) 小汀本についても同様のことがいえる。二、三例をあげる。

十郎が虎の母に面目を失わせられ、貧を嘆くところ

小汀本

ひんほとっらきものはなしひんくとたにも成ぬれはうとき人にはきたなまれしたしき中もうとくなりたんふの衣をそめされは仏法さうをもくやうせす朝夕かともしくてひやりしゆんしにましわらねはなくさむ事もさらになしたまたままつ座につらなんて心はかりはかうしやうに人にすくれておもへともかさねのきぬを身にきねはかたみつまり

てはつかしやけふ此ころおそらくはすけなりなんとか（三ウ）

上山本

哀只ひんく程物うき事はよもあらしひんくと[に]たにも成[ナシ]ぬれはしたしき中もうとく也[う]うとき人にはいやしまれたんほ[たんふのよろひ]の衣を染されは仏法僧を[をも]供養せす朝夕と[をともし]ほしけれは三ほうの布施（「絶」ヲ正ス）をも行はす遥々[たま／]はつ座にらなって心はかうしやうに人に勝て思へ共重の衣を身にきねはかたみ詰てはっかし丶けふ此比助成なんと[ナシ]か（　）

内は一九七本）。

毛利家本

哀けに貧苦ほど物うき事はよもあらじ貧苦だにも成ぬれば、したしき人にはとをく成、うとき人にはいやしまれ、けふこの比祐成なんどが

三草子本

ひんくほと物うき事はなしけふ此ころすけなりなんとか

小汀本は大頭系諸本と同じ詞章をもっことがわかる。傍線部分、上山本に比べて増補あるいは脱落もみられる。幸若系の中では毛利家本の形が最も長いのであるが、明らかに大頭系詞章の省筆より成り立っている。

次に草摺引きのあと、引きちぎった草摺をもって朝比奈が和田義盛の前に行くところ

小汀本

これ〱御覧候へおと丶五郎時宗の内にいられて候をしやうし申せはおいてなしおさへてしやうし申にくさすりきれてのいて候是をさかなにし給ひてはや〱おたちあれと申（一八オ）

上山本

五郎時宗《五郎殿》こそ内にいられて候へこれをさかなにて今一つさかもりし給へとありし時《かは》（〔　〕内197本）

大江本（大正三年真太平本）（宝暦本同然）

是々御覧侯へ、時宗社、内に居《にて》られて候へ是を、肴にて、酒盛を仕給へと、有し時

古活字版

これ〳〵御らん候へ五郎ときむねの内にゐられて候是をさかなにて今一つさかもりしたまへと有しかは

京大杉原本（寛永三年写）

そかの五良殿の内にゐられて候を。さきようなから某。しやうし申て候へは。腹巻の草摺かたまらてきれてのいて候。是を御肴にて。今一ッきこしめされ候へ。

三草子本

なふ五郎のうちにゐられて侯そくさすりをもってしやうして候へは三まいのくさすりかたまらすきれて候これをさかなにてさかもりし給へとありしかは

毛利家本

五郎時宗こそ裏にゐられて侯へ。是を肴にて宴をし給ふべしと中しければ。

右をみるに、傍線部、草摺を引いて招じ入れんとしたが切れてしまったと述べる部分をもつものともたぬものとがあるのがわかるが、この一文は幸若・大頭の二系を判別する指標とは必ずしもなっていないこともわかる。おそらく小汀本や京大杉原本のような形が古形であって、その直前にある（諸本）草摺を持って父の前に参って、という詞章との連続の関係、及び草指引きを語った直後という関係から重複とくどさを嫌って省略されていったのであろう。その省略のしかたにはそれぞれの流派なり筆写者なりの意向が反映されて、右のような「多様な」形態が生まれているも

のと思われる。

総じて、大頭系諸本の詞章は幸若系に比して多様で、雑多な章句を含みこんでいるとはよく知られていることである。「和田酒盛」も例外ではない。小汀本、義盛が五郎に引出物を与えようと「けんさんはこれかはしめなりそれそれ竹若丸ひきてもの」と督促するが、諸本「見参は是が始め。それ〳〵と有しかば」（毛利家本）などとあってあまり異同がない。「竹若丸」は小汀本にのみみえる名である（三草子本は「それ〳〵わかたう」）。意味のある固有名詞なのかどうかは不明であるものの、大頭系と思われろ小汀本の雑多性多様性（そしてときに古態性にも通ずる）の表出と考えうる。室町末から江戸初期には「一定の」という限定付きながら、流動的でヴァリエーションをもった本曲詞章・テキストが大頭流のものを中心にかなり多く存在し[12]、それらが中・近世の芸能に投影しているのである。

第三節　能「和田酒盛」

能にも「和田酒盛」なる曲がある。しかしこの曲は室町期の作者付『自家伝抄』[13]には載らず、上演記録もない。宮増は「夜討曾我」「調伏曾我」をはじめ九曲の曾我もの曲の作者とされるが、本曲はその中には入れられていない。北川忠彦氏は本曲や「切兼曾我」のごとき曲が「いずれも有名な話でまたいかにも宮増好みの題材であるにもかゝわらず、彼の作とは伝えられていないことと、それらが古本系の『曾我物語』にみえず、大山寺本から流布本にかけて加わり展開した説話であることとは関係があろう」という[14]。すなわちこれらの曲の後出性を示唆したのである。それでは、能と『曾我物語』・幸若舞との関係はどうなっているのかを二、三例をあげて検討してみる。

シテは五郎、ツレ十郎、虎、母、ワキ朝比奈、ワキツレ郛田、トモ従者、アイ虎の従者と十一丁半の比較的短曲（貞享三年九月刊三百番本）の割には登場人物が多く、雑多な感は否めない。プロットは、十郎が虎を訪ねるところが冒頭にある他はほぼ仮名本『曾我物語』・幸若舞に同じ。ただ、例の草摺引きの場面は（五郎登場より）簡単で、むしろ盃論が中心である。

虎が座敷に出ないので、長者が「もし虎か出すは十郎殿重而大磯かよひむやくちやと申せ、あら腹立や〳〵」というところは物語になく、幸若舞（上山本）に、

やあとら御前只今出て和田の前にてしやく取て三浦へ返し給へそれさなき物ならは惣而あの十郎殿の馬鞍見苦敷躰にて曾我寄も是迄の宿通ひを思ひ留り給へとあらゝかに宣ひて（一九七本、傍線部「さかみのそかよりも」。毛利家本ナシ。）

とあるのに対応しているであろう。その言葉を聞いた十郎が「はやおん出の山ふきの、〳〵、くちなしなれやともかくも、返事はなくてなくはかり」であって、「思へは侍の貧ほとのはち（恥）はよもあらし」と歎くのも、幸若「ひんく程物うき事はよもあらし」と「袂をかほにをしあてゝ、鳴寄（泣くより）外の事はな」い十郎像に依拠している。また思い差しを勧める者は仮名本『曾我物語』では和田であったが、能は幸若舞と同様、虎の母である。

こうみるところ、ほとんど幸若舞に拠っているかに思えるが、一箇所、十郎が虎を伴って座敷に出る場面だけは仮名本系の「いざや虎御前、助成も出で侯」（大山寺本。流布本ほぼ同じ）に対応しているようである。幸若舞は初め、虎だけ出て、あとで十郎が呼ばれる。つまり、能「和田酒盛」は幸若舞を典拠としてはいるが、一部、仮名本曾我にも目配りをし、若干の独自性（冒頭部及びキリの、五郎が朝比奈と「相舞に舞う箇所」）も見られる作品ということになる。

幸若舞詞章をそのまま襲用することがあまりないので、現存諸本との対校から流派まで特定することはできないけれども、大頭流が諸芸能へ流入した（次章以下詳述）ことから考えて、この流派テキストに拠った可能性が高い。成立は作者付との関係からみても、江戸初期を溯ることはないのではないか。芸能としての〝和田酒盛〟としては、

能は、幸若舞と古浮瑠璃・歌舞伎（後述）のはざまにあって、ほとんど舞台に上せられることもなく消滅してしまったのであろう。

第四節　古浄瑠璃「わだざかもり」の詞章

　近世的展開を見るために、まず古浄瑠璃「わだざかもり」について考えてみたい。この曲の「詞章は、舞の本の『和田酒盛』から、そっくりそのまゝ取ってゐ」て、「小異はあるが大差はな」く、「舞の本の文章を、浄るり特有の詞章に作ったのみ」（横山重[15]）であるとされているものである。

　寛文四年山本九兵衛版（「天下一さつま太夫」正本）と幸若舞とを比較する。古浄瑠璃は幸若を六段に分けているが、その始まりは「五だんめ」がコトバの中程である他は全て幸若舞のコトバの最初である。コトバの前に「（さても）そのゝち」なる浄瑠璃・語りものによく使われる一節を加える。しかしそれだけではない。

幸若舞（上山本）

　はんしかふて待ゐた助成の心中は深淵に望《（ママ）》んで薄氷をふむかことく也

古浄瑠璃

　はんしこふで待いた。介成の心中は、しんゑんに望《（ママ）》んで。はくへうをふむがごとく也。かのとらこぜのしんてい、
　介成のいせいの程。ほめぬ者こそ、なかりけれ

この程度の「特有の詞章」の付加は存するのである。虎への称賛も加えた独自性といえようか。四段目の終りに五郎が中村にかけつけるところ「たゞ一うちにといそひだる。ありさま。あつはれおにかみも、かくやらんと。みなかんぜぬものこそ、なかりけれ」は、幸若では「只一打にとゑひたる時宗か心中あすはむけんからこくのゑんふのちり共

ならはなれけふにおゐて時宗あつたのもしうこそみえにける」とあるところである。冗長でやや分りにくい句を「鬼神」という耳に入り易い言葉に置きかえもしている。このことは些小なことのようだが、決して見過ごせぬものをもっている。これは五郎の超人性を強調したもとの江戸版の顔の筆致とも密接につながり、金平浄瑠璃との関係もあり、そして歌舞伎への延長ともなっていくものである。(16)

幸若舞諸本と詞章を比べるに、幸若系ではなく、明らかに大頭系である。最も長文の異同は前節でも例示した、十郎が貧苦を嘆く場面で、毛利家本など幸若系テキストには一致せず、大頭系第二類の上山本・版本と同じである。その中でも版本と、ほとんど完全に一致する。別の例で説明する。

古浄瑠璃（五段目）

あさいな心に思ふやう。げにやらん五郎は。じやにつな付たり共、馬ならばのらんと。くはうけんすると聞つる物。さきやうながら。しつにちからの程をためさんと。

幸若舞（古活字版）

あさいな心に思ふやうけにやらん五良はしやにつなを付たりとも馬ならはのらんとくわうけんすると聞つるものを座けうなからしつにちからのほとをためさはやとおもひ（大頭系諸本少異あれどほぼ同じ）

同（上山本）

あさいな聞てにつくい五郎か言葉かな実やらん五郎は虵に縄をつけたり共馬にならはのらんちからにおいてはをとらしとくわうけんすると聞つる物さけうなから実に力の程をためさはやと思

同（毛利家本）

朝夷心にあむじけるは。実やらん五郎は虵に綱をつけたりとも。馬ならば乗むとかうげむすると聞つるもの。ざけうながらじつに。ちからのほとをもためさばやと思ひ。

波線部の朝比奈のことばをもたない大頭系諸本、中でも版本に近い。このほか、「さてはうたがふ所なし」（四段目）とか「さればこそとおもひ」（五段目）とか、「うとく成人のうへ」（六段目）だとかいう、大頭系諸本特有の章句を二〇箇所以上も有すること、五郎を「六しやくゆたか」とするのは上山本・版本・京大本等大頭系諸本のみ（幸若系「七尺」）ということよりして、古浄瑠璃「和田酒盛」は大頭テキスト、わけても古活字・版本系詞章を享けているように思われる。[17] 浄瑠璃草子は万治四年（一六六一）には存したことが『松平大和守日記』により知られ、幸若舞の古活字版や寛永整版本（九年・一二年版）出版より三〇年を経ている。その間に古浄瑠璃の江戸版が成立し、寛文期には薩摩太夫の語りと操りに組みこまれていた（横山重）と考えられる。塚崎進氏は、この太夫は「語り手であると同時に人形操りの名人であり、江戸人の好みにあった激越な語りで、語りながら人形をつぶしたり、鉄棒で拍子をとるといった乱暴な語りと人形所作で人気を得て」、それが「芸風の特色」であったという。[18] このような荒々しい江戸人の好む太夫であったればこそ、「けう〳〵し」い「おにのやう成あさいな」と「あらむまのつての大力の五郎」（正本）との草摺引き、超人的五郎像を、舞よりもさらに多くの民衆に定着させていくに適していたといえるであろう。詞章は幸若舞と大差はないのに、前述のごとく浄瑠璃本の挿絵の顔は、寛永頃の絵入整版の舞の本と比べて、全く相違し、やや華奢な感じさえしていた五郎が、金平風の筋骨隆々たる、太眉大眼（後でも述べる）に変っているのである（資料12ＡＢ参照）。つまり、操り古浄瑠璃は大頭流系の舞（それが版本であるかもしれぬ）からテキストをうけ、近世化するとともにそれを歌舞伎へとつないでいく役目をしたのであろうと思われるのである。[19]

なお右の浄瑠璃本とほぼ同じころ（横山重は寛文五、六年ごろとする）、「かげゆ源右衛門并ニ八右衛門正本」と銘打って江戸本屋七兵衛から、「どうけわたさかもり」なる正本が刊行された。[20] 笠亭仙果の写本が残るが、たとえば次のような詞章である。

それがし、きんけのやまひを身にもては、たんほゝの、つゞみのおとも打あすばす、朝夕とぼしけれは、ぐわんにん坊をも、供養せず、御茶の会にまじらねば、すきして遊ぶ方もなし、たま〳〵はれ座に、つらなつて、心は高上に、人にすぐれて思へども、皆七つやにおきみてゝ、七くさだに、あらざれば、此介なりが、きようずる衣装を、もたざれば、一周身すくみて恥かしやけふ此ころ、介成なんとか（中略）袂を顔におしあてゝ、あめやおこし、ゆきせんべい、こんへいとうとぞなき給ふ

これを幸若舞諸本を考察した前述の「幸若舞『和田酒盛』のテキスト」（第二節3参照）の引用文と比べると、明らかに大頭系であることがわかる。早物語のような滑稽さを出しており、仙果のいうように寛文四年版とは「をかしみをとりたるばかり」（見返識語）の相違で、それの姉妹本として成立したのかもしれない。しかしながら、さきにあげた、古浄瑠璃独自の付加句（「かのとらごぜのしんてい……」他）は、この「どうけ」本にはなく、かえって、「あすはむけんからこゝ（こく、カ）ゑんふのちり…・」などと幸若舞詞章が生かされているところもあり、「幸若舞のパロディ」としてそれが成立した可能性はあるだろう。古浄瑠璃「わだざかもり」→「どうけわださかもり」にあらずしてという意味である。

主要箇所で一五箇所以上、大頭系テキストと共通の異文を有することはこの流れの支持母体が〝古典パロディ〟の仮名草子（『仁勢物語』・『尤草子』など）、能のパロディの狂言（「通円」・「楽阿弥」など）を楽しんだ者たちと〝古典パロディ〟重なるということを意味しているのではないかと考えるものである。

第五節　浄瑠璃土佐節の「曾我もの」

浄瑠璃においては、この前後、おびただしい〝曾我もの〟か制作されるのであるが、「和田酒盛」もまた盃論と草摺引きを中心に継続して作りかえられていく。幸若舞を浄瑠璃で語るのではなく、幸若舞を典拠とした作品が作られるのである。それらと幸若舞流派との関係をみてみよう。

土佐少掾正本に「風流和田酒盛」がある。いま「木下版の土佐節正本としては極く初期のもの」で、「貞享～元禄初年板行」と鳥居フミ子氏のいう本に拠っていながら大幅に増補し、『曾我物語』をも参照していることは、虎が座敷に出ないとなると、和田が「よしもりあしくや参りけん」と言ったり、虎が十郎に盃を差すと、和田が念仏を唱えるなどのプロットの存することで分かる。[21]

ところで、浄瑠璃土佐節の「第五」の冒頭、有名な五郎の矢の根磨きと居眠りの場面は次のようである。（曲節・付訓は省略）

1／其後。そがの里に居たりける。弟の五郎時宗は。古井といひし所に。矢のねみがいて居たりしが。あまりねむさに。碁ばん引よせまくらとして、ゆたかにこそは。ふしにけれ。／かゝる所に。しやきやう祐成のおもかげが。まくら神に立よと思ひて。かつはと起て見てあれば。あたりに人はなかりけり。ふしぎさに。鬼王をよび出し。十郎殿はとゝふた。宵よりも大磯にて。こなたは留守と申けり。時宗聞て。扨はうたがふ所なし。かたき工藤祐経が一騎うつてとをるが。

右は幸若舞の次の箇所に対応している。（古活字本による。校異略号、（上）上山本、（京）京大本、（江）大江本、（秋）秋月本〈以上大頭系〉（毛）毛利家本、（内）内閣文庫本、（東）東大本、（藤）藤井一木、（伝）伝幸若小八郎本〈以上

資料12Ａ　裸馬の五郎（寛永版「和田酒盛」）

資料12Ｂ　馬上の五郎（『古浄瑠璃正本集第三』「わだざかもり」より）

幸若系〉

2　かく思ひ給ひけるかそかへやつうしけん弟の五郎ときむねはふるゐといつしところに矢のねをみかひて居たりしか余りねむさにこはん引よせまくらとしゆたかにこそふしにけれか丶りけるところに舎兄すけなり枕かみにたちよらせまたひてやあいかにときむねそれちやうりゃう四十二ヶ条の兵法のまき物をかくしたりとへともさけをすこしぬれは何にもをとれり千日したる用心もめをつよくぬれは夜にむになるそかほとのはくちうにさやうにゆたかにふす物かやあおきよ〳〵と二三度四五度おこさせ給ふとゆめにみてかつはとおきあたりをみるに人はなしふしきさよと思ひ下女をちかつけて十良殿はと問は下女承て宵よりもおほいそにて是にはるすと申時宗聞て扨はうたかふところなしかたきくとうすけつねか一騎うつてとをるを

（主な校異…かく思ひ給ひけるか↓（上）（秋）かく思ひけるか（毛）かくおぼしめすが（東）かくおほしめしける事か（内）かくおもひける事か　そか↓（秋）（内）

（伝）相模の曾我　弟の↓（上）（秋）幸若系ナシ　まくらとし↓（江）まくらと定め　ゆたかにこそふしにけれ↓
（京）ゆたかにふす　かゝりけるところに↓幸若系請本ナシ　やあいかにときむね↓（上）（江）（秋）やあナシ、
（毛）いかに五郎（内）（伝）いかにや五郎（藤）やあいかに五郎　一夜に↓（江）幸若系只一夜に　かほとのはくち
う～ふす物か↓幸若系ナシ、ただし（内）（伝）はアリ　ふしきさよ↓（京）幸若系ふしきや　下女承て↓（京）下
女承ってさんさふらふ（秋）幸若系ナシ　時宗聞て↓（秋）（内）（伝）ナシ（藤）（東）時むね心にあんしけるは
扨はうたかふところなし↓（江）さればこそ（京）（秋）幸若系さては　くとう↓（秋）ナシ

幸若舞詞章のうち、枠内の部分を省略する形で成立していることは明らかであろう。引用箇所は非常に幸若舞に忠実なところであって、他には完全に離れているところも多い。～部、「下女」を「鬼王」に変えているのはそのひとつの表れである。＝線部に注目して、幸若舞校異を検すれば、大頭系詞章、わけても版本により近いことを知る。他にもこのような例をいくつも挙げることができる（資料12Ａ・12Ｂ参照）。

しかし、前節で述べたごとく、古浄瑠璃「わだざかもり」も幸若舞詞章にきわめて近いのであるから、この土佐節は幸若舞を直接典拠としたのではなくて、同一ジャンルでもあり、より近接した古浄瑠璃を典拠としたのではないかという疑いも当然生じよう。そこで「わだざかもり」四段目を見ると、＝線部をはじめすべて大頭系詞章をもち、２にきわめて近い。

第六節　歌舞伎十八番「矢の根」と曾我五郎

さて土佐節の他、貞享～元禄ごろの成立かとされている、宇治加賀掾の浄瑠璃「頼朝浜出」にも「和田酒盛」草摺引きの存することは周知のとおりである（第三）。幸若舞の増補というより、ヴァリエーションで、部分として組み

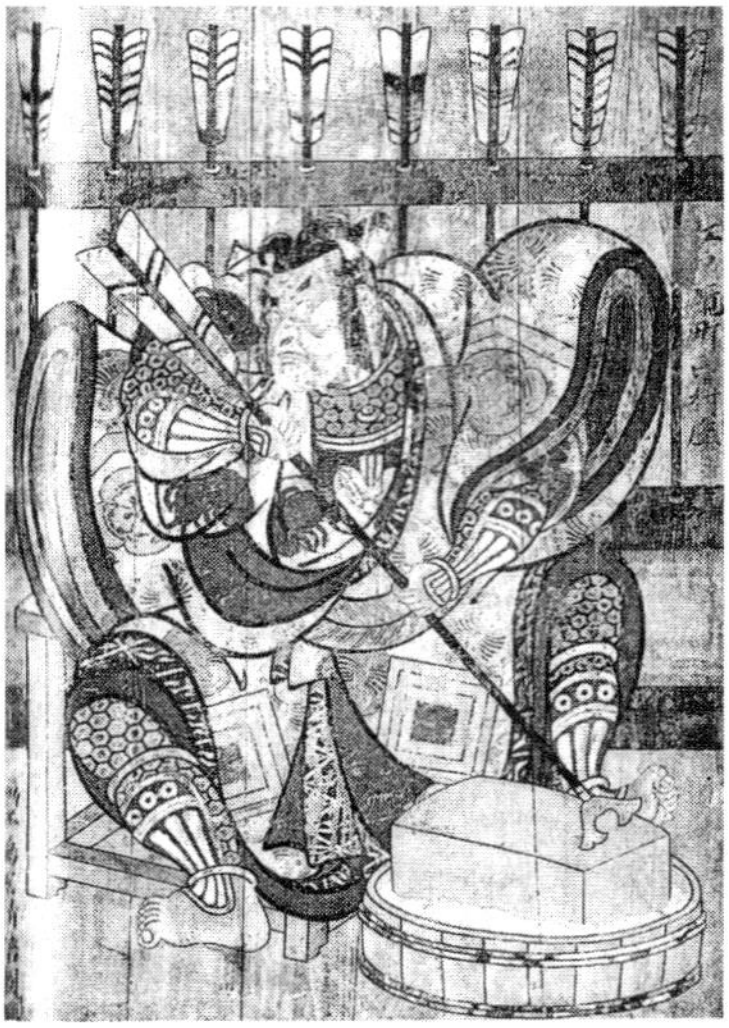

資料13　絵馬「矢の根五郎」
（鳥居清信画、新潮古典アルバム22より）

込まれる形をとっているのである。しかしプロット展開、キイワード、キイセンテンスは明らかに幸若舞を典拠とすることを語る。詞章の系統は、土佐節ほどは明示できないが、手がかりが全くないわけでもない。五郎が「ふるゐといつし所」で「矢の根をみがいてゐた」ところ、十郎の急を告げる者がいて、「おもだかのはらまき祐経が得させたるあかきのさすが父のかたみの四尺八寸の大だち(22)」をもち、馬にてかけつける場面で

　はづなはらかけ引ちぎりあらひぐつわをかんじとはませ、御めん候へ本多殿とひらりとのれば

とあるが、「ひらりと」に対応すると考えられる「ゆらりと」の一句は上山本・古活字本（版本）大江本等大頭系諸本にのみあり、毛利家本・内閣文庫本・藤井一本等幸若系はない。よってこれもまた大頭系幸若舞のある一本をもとに作られたといっていいだろう。（資料13参照）

　ところで、歌舞伎十八番の一つ「矢の根」の成立には「和田酒盛」説話が深くかかわりをもつことも知られているところである。夙に黒木勘蔵は次のような筋道を立てている。

　「矢の根」は古く幸若舞曲に起り、伝へて一方に於ては上方で加賀掾の浄瑠璃の　中に潤色して仕組まれ、他の一方に於ては江戸の土佐節が原作の筋を忠実に伝へ、そして二代目團十郎はこれを骨子として（中略）色々のものを以て肉をつけ、衣裳を着せて所謂「矢の根五郎」を作り上げ、遂に市川家の十八番物として伝へ伝へて今日に及んだも

のであるという。(23)

『歌舞伎年代記』享保一四年（一七二九）の項に「春中村座扇恵方そが團十郎矢の根五郎はじめて勤る古今の評判にて此時大ざつま主膳太夫浄るり。末代家の芸となる」とあるように、二代市川團十郎が独立した一幕物として、この年一月に初演したものである（十郎は初代沢村宗十郎）。もっとも、初代團十郎時代から「和田酒盛」は手がけており、元禄一〇年（一六九七）五月に「兵根元曾我《つわものこんげんそが》」第四番目にて、盃論・草摺引きともに荒筋語りはなされているのである（二代目も享保五年に「楪根元曾我」で矢の根五郎に扮してはいる）。郡司正勝も「矢の根」は、「今日歌舞伎に残ったテーマからすれば、この土佐節のものが一番近」く、「二代目團十郎が演じたものは、この土佐節との関係で成立したものであろう」と述べている。(24) この点について、詞章（科白）的側面から一考を加えてみたい。

後半部、五郎が砥石を枕に（幸若舞は碁盤）眠ると、兄十郎が夢枕に立つところである。

〽（曲節符、以下同様）食後の一睡一楽と、砥石を拭ひ無雑作に、是れ邯鄲の枕ぞと、ふんぞり返ツて時致はヤツ〽トコトツチヤアウントコナ暫しまどろむ高鼻鼾、ゆたかにこそは臥しにけれ〽アラ不思議や転寝の、片腹凄き風の足舎兄十郎祐成、忽然と顕はれ出で十郎いかに時致、我我計らずも今日祐経が館へ擒となり、籠中の鳥網裏の魚働かんに力なし。急ぎ来たりて急難を救ひくれよ。コリヤ弟、起きよ時致、〽起きよ五郎時致と、いふかと思へば忽ちに、消えて形は失せにけり／時致夢さめ、むつくと起き、辺りを見れ共人もなく（後略）

枠で囲んだ部分は、十郎が上手《かみて》に、藤色の着付、とき色の裾ぼかしの長袴の出立ちで薄ドロの楽とともに幻として出現する、重要な場である。ところが前節例文1に示したごとく、土佐節にはこの部分が「まくら神に立よと思ひて。かつはと起てみてあれば」とする表現でしかなく、非常に簡略なのである。

当該箇所だけは幸若舞（前節例文2の枠部分）に拠り、他は土佐節に拠ったとすることも、また土佐節に増補を加え、演出に工夫をこらしたために偶々、幸若舞に近似したにすぎぬとすることも自然ではない。これはやはり、幸若舞を直接の典拠としていると考えねばならないであろう。そして、枠内の「いかに時致」に注目すると、これも前節例文2の校異を参照すれば明らかなように、大頭系諸本のみが実名で呼びかける形をとる（幸若系は「五郎」と通称）。従って「矢の根」は土佐・加賀の浄瑠璃とも交渉はなかったわけではないだろうが、「一番近い」とはいえず、典拠は大頭系詞章をもつテキストであるとすべきだろう。

因みに申せば先述の「兵根元曾我」（元禄一〇年五月かいふや版）は『元禄歌舞伎傑作集』で一五行の短篇だが、これもやはり幸若舞に出ているようである。「爰に和田の一門九十三騎の人々は山下宿河原長者が許の酒宴は面白うこそ聞えけり。長者も予て期したる事なれば、酒君十八人ぞ出しけり」などとあり、傍点部は大江本を除く大頭系諸本と共通する本文（幸若系諸本「かねてあひかまへたる事」）になっているから、幸若舞のなかで、大頭系ということになる。ただし、右作品にせよ「矢の根」にせよ、提供されている情報量（科白の絶対量）が少ないという理由から、幸若舞を襲用した形の古浄瑠璃「わだざかもり」に拠って形成されることはなかった、とまではいえない。既述のごとく古浄瑠璃が大頭系幸若詞章であってみれば、ますます両者弁別することは困難であるとは言える。

だが、「矢の根」末尾句、「／工藤が館へ急ぎしは、勇々しかりける次第なり」という五郎称賛の決り文句は、古浄瑠璃で「たゞ一うちにといそひだる。ありさま。あつはれおにかみも、かくやらんと。みなかんぜぬものこそ、なかりけれ」と改作された詞章よりも、幸若舞の「只一打にといそひだるときむねか心中（中略）あつたのもしくそ見えにける」により近似性があることから、幸若舞典拠説を肯定するひとつの理由となりうるであろう。科白・詞章の検討からは右のような状況証拠の提示にとどまらざるを得ない。

「矢の根」が大頭系幸若舞と密接にかかわって形成されたらしいことは、大頭に連なる舞（舞々）の輩徒と歌舞伎とのかかわりからも、それはいえるということを述べておきたい。

大頭左兵衛本全二六冊のうち六冊に「笠屋但馬」なる名がある。これは『醒睡笑』に「大頭勧進舞のわきに笠屋つれに池淵」（巻一）とある大頭流配下の笠屋(25)もしくはその一統を指すのであろう。この名は大江幸若舞保存会蔵『大頭舞之系図』に「笠屋三右衛門四郎左衛門弟子京町人也末裔在江府」と見え、この大頭の流れを汲む者が江戸に出て居住したことを告げている。右の兄弟弟子、百足屋善兵衛の弟子、大沢次助が九州筑後に下って各地に居住したが、江戸中期になって「大江の舞」の鼻祖となったのと対照をなすが、東へ下った笠屋の場合は笹野堅が「さうした座の多くは歌舞伎に合流して行ったやうである」(26)というように、ある者は幸若舞を離れ、ある者は下級宗教者として舞の一部を保持することもあったようである。三右衛門の娘が「三勝」なる者かどうかわからぬものの、『歌舞伎年表』（伊原敏郎）正保二年条に「笠屋三勝、芝神明社内に櫓を上げ、是れ宮芝居の始也」、同三年条に「三勝芝居にて、女を交へ興行せしに吟味の上座主入牢申付らる」などと、歌舞伎の女舞（第8章参照）に境地を開いて行ったのである(27)（『歌舞妓事始』〈女舞之事（并大頭起附 三勝弁惑）〉に詳しい）。大頭系の舞の芸、曲節、詞章ともに新興の歌舞伎に流入していったと考えられる。かれが「町人」の身分であったことは転進をはかるにしてもそれを容易にしただろうことを想像させる。歌舞伎へは、笠屋・桐座という、ともに大頭系の舞が流入し上演曲目にせよ作品詞章・科白にせよ少なからぬ影響を与え、歌舞伎を下から支えていたといえるのである。なお歌舞伎と幸若舞の関係については本書第8章で詳しく述べたので参照ありたい。

第七節　市川流荒事と曾我五郎像

市川流荒事は初代團十郎の「四天王稚立」において、隈取・童子格子の着附・丸ぐけの帯・大まさかりにて坂田金時を演じたことから始まるという。(28) 歌舞伎十八番として後世固定された演目には既述の「矢の根」をはじめ、「暫」「鳴神」「助六」など、金平浄瑠璃の影響を確かに大いに受けていると思われる非現実性・誇張性・浪漫性といった、一種のバロッキズムを見ることができる。舞曲「和田酒盛」に即してぃえば、この曲の本文の中にも、荒事に向わしめるがごとき表現は既にかなりの程度存在している。たとえば草摺引きである。朝比奈が引けども十郎はびくとも動かぬので、

あさいなの三郎か力のいつるしるしに、左右のうてとかいなに、力筋と云物か十四五、二卅ふつ〳〵と出にけり、むねをおうる力毛、こはんの面に銅の針をすりならへたることく也、とうの筋かひたいへあかり、ひたひの筋かとうへさかり（引用上山本。読点を付す）

という次第となる。これはまさに鳥居清信描く極端に筋肉を強調した〝ひょうたん足にみみず書き(29)〟の荒事絵の世界である（鳥居清信「象引」の絵及び資料13参照）。また、五郎が義盛を「おとさはやと思ひて四角成まなこを五角にくわつと見ひら」いて大音声で怒鳴って馬から降ろすのだが、團十郎の芝居絵や、金平の絵に通じていく描写であろう。「大の眼にかとをたて」る幸若舞「安宅」の弁慶、「いかなる天魔疫神も面を向くべきやうも」ない荒武者ぶりをみせる渋谷金王丸（「鎌田」）にも通じる姿である。

さてまた、「矢の根」では五郎は大きな砥石を枕に眠る。これは幸若舞の、碁盤を枕とするという、奇態で大仰な、いわばカブキ的趣向の延長として考えることができる。もっとも、演出形態として碁盤が使われるのは人形劇、歌舞伎には元禄期から存する（「碁盤忠信」等）。草摺引きの芸はこの狂言ではみられない（「肌背馬」で「工藤が館へ急」ぐところまで）。しかし「兵根元曾我」第四には「此内草摺曳浄瑠璃」と割註があって、ここで行なわれたことを知る。幸若舞「和田酒盛」後段の草摺引きは勇壮豪快な表現でテンポも速く（ツメの曲節）、聞かせどころである。これが荒

事の「引合事」に流れこんでいると考えられる。直接的には前記のごとく、この影響下に生れたかもしれないものに、歌舞伎十八番の一つ「象引」（元禄一四年、初代團十郎「傾城王昭君」に於て）[30]がある。これらには他に幸若舞「景清」の籠破りなどもかかわるのではなかろうか。右歌舞伎狂言では女形が、幸若舞での弁慶や景清のように「につこと笑い立ち上り」、象を易々と繋いでしまう。「女形が荒事を演じた例は珍しくない」[31]のであってみれば、さきに論じた、女舞の笠屋・桐座によって幸若舞が歌舞伎にもちこまれたということのひとつのありようを示しているのかもしれない。

　ところで『歌舞伎年代記』万治三年（一六六〇）項に「将先祖より伝りたる、三本太刀あり。夫を形どり、狂言太刀に拵へ、其役に寄団十郎さして、荒事の狂言あり」としるすことでもわかるとおり、「三本太刀」は隈取やたすき、力紙などとともに荒事の扮装によく使われる（たとえば歌舞伎十八番「押戻」、あるいは「車引」の梅王など）。付言すればこれも幸若起源らしく、「信太」に「ゑひら刀首かき刀三腰までこそさいたりけれ。長刀こそりはを打ちかへ、くらのまへわにしめ付」（上山本）とあり、「高館」の弁慶の出立、「鎌田」の金王丸の出立にも同じ表現がある。実用を旨としたとは思われない。誇張のバロッキズムといえるだろう。

　北川忠彦は幸若舞「鎌田」の金王丸の姿の中に、市川流荒事の原像のようなものがみられると重要な指摘をしている。[32]それは「三腰の刀をぬきかへ〳〵取てひきよせさしころし」と内海の沖で長田の郎等を威嚇する金王や、義朝が殺害されたあと八尺築地をゆらりと跳び越え、くも手かくなわ十文字と獅子奮迅の戦いぶりを見せることによる「原像」にとどまらないようである。というのは「和田酒盛」の曾我五郎像と金王丸とがきわめて類似しているからである。出立ちの派手さがまず一つ。危急を悟って（五郎は夢、金王は胸騒ぎ）馬、あるいは徒歩で馳けつけること（いずれも「五十町」の距離）、かけつけだ先で「下女」に行き会い、様子を聞くこと、そして兄や主君のために活躍すること。プロット展開にまで互いにひびき合いを有しているように思われるのは単なる偶然とも思えない。なお本書第3章第一節のモティーフについての論をも参照されたい。

北川の指摘のとおり、金王の言動は確かに荒事を彷彿とさせる。そしてその「荒事的人物造型」は曾我物では五郎においてみられ、判官物では弁慶において特に著しい。景清や百合若にも見られる。「異様風流」（看聞御記・応永二八年七月一五日条）をカタリモノの中に定着させていったのが舞の者たちであったなら、それらをいわばカブイタヒト—カブキモノ〈ひどく常軌を逸した人、または自分に許された程度以上の勝手気ままをする人〉（『日葡辞書』）の範たるがごとき荒事芸として近世的に転換していった者たちは、「江府」に赴いた「京町人」の笠屋舞（「大頭系図」）などの大頭系の舞手と結んだ市川團十郎たち江戸歌舞伎であったという見通しは可能ではないか。いわば幸若舞の中の記述されたカブキ的原質・要素が舞台芸能・語り物化されることによって視覚化され、別の形で生まれかわったということではないだろうか。[33]

注

（1）『幸若舞曲考』（一九八〇年新典社）五四一頁。

（2）「曽我物の幸若舞曲と『曽我物語』」（和光大学人文学部紀要一二号・一九七七年）。（付記）最近の論として、渡瀬淳子「楊貴妃の双六—幸若『和田酒盛』の世界」（『もう一つの古典知—前近代日本の知の可能性』二〇一二年二月、勉誠出版所収）が有益。

（3）注（40）の書五四八頁。

（4）ただし、虎が祐成に思いざしを決意するところは、大山寺本『曾我物語』のかくある。

和田の差し給ふ刀こそわが物よ（流布本「前」さがりに差したまふ刀こそわらはが物よ」）。事をなだむる体（A「さゆる体」）にもてなして、かの刀を（流布本　ナシ）刀をB奪ひ取り、一刀と思ひ定めて、義盛一目助成（C「一刀さし、とにもかくにもと思ひさだめて）心を使ひ案じけり。和田殿は我にこそと思ひ給ふところに（流布本「我ならではと思ふ所に」）、さはなくて、D許させ給へと言ひもあへず、（Eナシ）十郎殿にこそさしたりけれ。

上山本幸若舞詞章は次の如くである。

／爰をはひたすらみづからに(4)ゆるさせ給へと(1)さゆる躰にもてなしあさいなかめてのわきに指したる刀引はうて和田の心元にさし立さん刀にてみづから自害し／妻の十郎に腹きらせして三途の大河を助成諸友に手に手を取組て行はやと只一筋に思ひ切る／き弓名射にもて蠹しあさいなかめてのわきに指たる(2)刀引ぼうて和田の(3)心元にさし立かへさん刀にてみつから自害しへ妻の十郎に腹きらせして三途の大河を助成諸友に手に手を取組て行はやと只一筋に思ひ切る／如何にや御一門の人々母この思ひさしせよと〔仰〕さふらう程に余所のけまうもさふらうましひと(5)妻の十郎に盃をむんすとさす

とあって幸若舞のほうがよほど詳細化しており、A・B・C……が(1)(2)(3)……とほぼ対応するが『曾我物語』の校合部分で判るように、流布本のAやCのほうが、より幸若に近いといえる。したがって、大山寺本そのものが典拠となっているわけでは、必ずしもない。

（5）荒木繁氏は「しつけ坂」は「十開坂」であって、それは現在茅ケ崎市内に存するという。誇張のすえの大話かもしれぬが、大磯にも十間坂はあったようだともある。なお、同氏は、「山下」「宿河原」もともに相模高麗寺山の麓に存した実在の地名であり、幸若「和田酒盛」はそこから具体的なイメージを喚起される人々の間で成立した、すなわち、関東において形成されたのだと説いている（注21の論文）。なお、『幸若舞　3』（一九八三年、平凡社）にも同氏の注がある。

（7）室木弥太郎『舞の本・和田酒盛／夜討曽我』（一九八三年、和泉書院）解説一八一頁。

（8）「和田酒盛　二種」（『国文学未翻刻資料集』一九八一年、桜楓社）

（9）「『わたさかもり』の一本について—資料と解題—」（「静岡国文学」第五集、一九八二年三月）

（10）記録初見は『言継卿記』天文一五年（一五四五）三月九日条

今日禁裏に山本号大頭曲舞候了、（中略）舞者「張良」「和田酒盛」「夜討蘇我」「所知入」多田満仲」、、、等也

とある記事であって、大頭が舞っている。幸若の者では、『信長公記』巻一五、天正一〇年（一五八二）五月、安土惣見寺にて丹波猿楽梅若大夫との競演で幸若八郎九郎が舞って褒美せられたことが最初。

ところで『隔蓂記』寛文四年（一六六四）九月二三日条に西陣の住人宗円・吉左衛門・理右衛門が三人舞にて「和田」を演じたとあり、「大頭之舞々」とある。この西陣の宗円なる大頭流舞々はことによると上山宗久・上山宗元に繋がる者であったかも知れない。幸若舞揃いものテキスト宗久本奥書の文禄二年（一五九三）から宗元本奥書寛永五年（一六二八）の間が三五年、寛永五年から寛文四年までは三六年である。年代から祖父・父・子に比定することもできようが、これのみでは何ともいえない。なお塚崎進氏は永享ごろ（一四四〇年代）には舞曲「和田酒盛」が成立していたとするが、従えない（『曾我物語并ニ曾我物の研究』〈一九八〇年、笠間書院〉二七〇頁）。

（11）注（8）の書二二九頁。

（12）『醒睡笑』巻七〈舞〉に、「和田酒もり一番ならではおぼえぬ」能登の玉石なる舞々の話が載っている。新左衛門という侍の所で舞った折、「『あれなるは和田殿』と計いふて、『是なるは新左衛門』を残した」ので、「主人とがめて、など舞にある名をばおとひたるぞ」。「いや其新左衛門はとく死れて候」（引用は寛永版）というオチである。

習い覚えていたのが人気曲の和田酒盛であったから、一曲のみでもなんとかなりわいが立っていたのであろう（農耕も兼ね行ったろうが）。当該箇所、現行幸若舞では「あれなるは新左衛門古郡左衛門ゑひ田兵衛あし田兵衛すの崎の孫太郎是成は十郎殿」（上山本）などとあつて、『醒睡笑』の引用が正しいとすればそのような詞章は見当らない。傍線部は幸若系が「爰なるは」とあるから、玉石の舞は大頭の流れをくむものであったようである。このような流動状態にあるテキストの存在を知ることができるのである。

（13）宮増作の曾我物の能については天野文雄「宮増曽我物攷」（藝能史研究六〇）に詳しい。真字本との親疎により、九曲をⅠⅡ両類に分ける。

（14）『観阿弥の芸流』（一九七八年、三弥井書店）二七四頁。また、塚崎氏もすでに「謡曲『和田酒盛』は、幸若舞曲より、題名のみならず、その内容にいたるまで取材したことは明らかである。」と述べているが、「これが流布本『曽我物語』よりの取材ではなかったと考えていいようだ」というところは補足が要ると思われる（同氏注（10）の著書、二七五頁）。さらに氏は流布本曽我の舞曲依拠説をとっている。（同書二〇一頁以下）。

（15）横山重編『古浄瑠璃正本集』第三（一九六四年、角川書店）〈解題〉五七八頁。

（16）横山は『大和守日記』の記事から、本曲は山本板以前にもっと古い江戸版があり、山本版はそれを復刻したものという。また、絵についてもそのようなことが言えて、五郎を、大胆・勇猛な勇士の顔として描くのは必ず江戸の画家のものとする（同右書同頁）。

（17）古浄瑠璃が大頭系舞曲に拠っていることは既に一、二考察したところである。「舞曲から古浄瑠璃へ―その諸本論的考察―」（静岡女子短大紀要26・一九七八年）「舞曲・説経・古浄瑠璃のあいだ―『鎌田』を例にして―」（『阿部源三先生退官記念国語学国文学論文集』・一九七九年、同短大国文学研究室）。本書第3章第三節参照。

(18) 注（10）の書、三三六頁。

(19) 『古浄瑠璃正本集第六』（一九六七年、角川書店）〈解題〉五二三頁。

(20) 同右四〇七頁以下に本文あり。

(21) 鳥居フミ子『土佐浄瑠璃正本集』（一九七五年、角川書店）〈解題〉五九九頁。なお『歌舞伎年表』（伊原敏郎）第一巻、寛永一九年の項所引の「百戯述略」第一集閏九月十八日条に、「常喜和と申壱人芸」の番付が載っており、その始めに「風流和田酒もり」とある。同一曲ならば古い例となるが、如何であろうか。

(22) 『近松全集』第三巻（一九二五年、朝日新聞社）二八頁以下の本文による。

(23) 『近世日本芸能記』（一九四三年、青磁社）所収「矢の根五郎の原拠と系統」（一三〇頁）

(24) 『歌舞伎十八番集』（岩波・古典文学大系）〈補注〉三八六～三八七頁。

(25) 松田修氏は大頭左兵衛と幸若左兵衛とのつながりを否定したうえ、笠屋但　馬が大頭左兵衛をも称したか別の理由が存するかとしている（『日本芸能史論考』〈一九七四年、法大出版〉一二五頁）。「系図」に「京町人」というから、「笠屋」は所職を表わすのかもしれない。百足屋も所職名。

(26) 『幸若舞曲集　序説』四一頁。

(27) 『隔蓂記』明暦三年（一六五七）十月廿九日条に「於仙洞小勝大夫立舞被仰付也、女太夫也、「和田宴」「志田」「高館」三番也」とある。三勝の子であろうか、京では女太夫の舞々として上演を続けていたようである。，同記寛文六年（一六六六）二月九日条にも「少年両人舞之事三番、立舞也、傘（注。「笠」であろう）弟子之流之由也」などとあり、京では根強かったことがわかる。なお記録初見は慶長八年八月（時慶卿記・御湯殿上日記）。

(28) 河竹繁俊『歌舞伎十八番集』〈解説〉六～七頁（朝日日本古典全書）。隈取の創始を必ずしも初代団十郎に求めぬ説もあるが、絵画資料では荒事系の芸は眼が特に強調され、眉間が盛り上っているように描かれているとし、これは金平の顔とも、古浄瑠璃系の人形の顔にも共通するのだと向井芳樹はいう（「『隈取』の成立」芸能史研究会・一九七九年一二月発表、芸能史研究八一号に要旨掲載）。西山松之助は金平のアイデアを人形ではなく生身をもって舞台に演じたのが荒事だという。（「江戸と上方」『東日本と西日本』所収・一九八三年日本エディタースクール出版部）

(29) 赤井達郎「歌舞伎の絵」（『日本の古典芸能・8・歌舞伎』一九七一年、平凡社）

(30) 荒事の引合事のパターンには他に錣引もあり、古くは卒塔婆引・いかり引・鳥居引・帯引などがあった（注24の書一七頁）。もっとも、押したり引いたりして力を誇示する型は例の朝比奈門破にもみえる。「朝比奈といひしは天骨にやいと力つよきをのこなりけり（中略）わか力の程こゝろみてむ（中略）門の扉にさうのてをおしあてゝ、ひし〳〵、とおすに中にはすは破らるふせけと閻王の下知あるにたゝ、ひたひたとおしたふす」（『朝比奈物語』チェスタービーティー本）などとあって仮名本曽我や幸若舞とのかかわりを思わせもする。狂言「朝比奈」のカタリも同趣。なお因みに門破のことは『吾妻鏡』にみえるが、絵・風流も早くよりある（『看聞御記』永享一〇年六月一〇日、応永三〇年七月一五日条等）。怪力無双で鳴らしたと説話化された朝比奈に打ち勝つ五郎、という形で造型されていくことは注意が必要。

(31) 『図説日本の古典・20・歌舞伎十八番』（一九七九年、集英社）所収、鳥越文蔵「復活上演曲・非現行曲作品紹介」九五頁。

(32) 一九八一年五月、芸能史研究会例会発表（後日レジュメと手紙）。同氏「舞曲『鎌田』と平治物語」（『幸若舞曲研究』第三巻所収）にても。但し三本太刀との関係には否定的。

（33）初代團十郎の父は侠客堀越重蔵（面疵の重蔵といわれたという）であり、名付親は唐犬十右衛門、四五歳にて横死、などという尋常ならざる系譜は、まさにカブキモノの面目躍如たるものがある。同時に、歌舞伎と提携した舞が、武鑑に観世大夫よりも上席に記載されるほど体制側についた越前幸若家の輩徒ではなく、「大夫俗呼謂大首、上京者也」（二水記・大永三年二月七日条）と記録に初見される、きわめて町衆性あるいは町人性を濃くもつ大頭の系統の者たちであったことも、深い意味のあることとして考えられるべきであろう。

第6章　戦国軍記と幸若舞―「三木」を例として―

幸若庄太夫長明が宝永三年（一七〇六）、六六歳の折述録した「幸若系図之事」は、「幸若者流の遺した殆ど唯一の書留」（笹野堅氏）とされるものであるが、それには次のような記述がある。すなわち、四〇番の曲を挙げた後、

> 右四十番之音曲之外、三木・本能寺・金配之三曲をは関白秀吉之命によつて名人小八郎吉音幷忠右衛門・同弥助、三人相談にて節を付給ふ者也（笹野堅『幸若舞曲集』序説、傍点私意）

というものである。ほとんどの幸若舞の作品がその成立・制作の年代、作者などを詳らかにしえないなかで、右の三曲に関する記述は年代を明確にすることができるとともに、固有名詞が挙げられていることにより、制作に携わった人物を特定できるという点で、特に注目に値するのである。

「三木」は秀吉による播磨三木城攻略のこと、「本能寺」は明智光秀の謀反による信長の死と秀吉の鎮圧のことを内容とするものである。また「金配《きんくばり》」なる曲は現存しないが、『太閤記』（小瀬甫庵）巻七に載せる、金五千枚銀三万枚を諸侯に配ることを内容とするものであったろう（『言継卿記』天正一七・九・一四条にも「天正記之内金賦」とある）。いずれの曲も、秀吉の事蹟に関わるものである。幸若舞に、『太平記』に材を得た「新曲」なる曲があるが、前掲三曲こそは、文字どおりの当代の際物的〝新曲〟として、秀吉のころ制作されたのである。そしてそれ以後、幸若舞には、さらなる作品が加えられることはなかった、とされる。

第一節　播磨三木城と別所氏

天正という時代、約二〇年間（一五七三〜一五九二）は、中世から近世への大きな歴史的転換期であった。元年には武田信玄が死に、足利義昭が織田信長によって追放されて[1]、室町幕府が完全に滅亡したのを皮切りに、六年には信玄と争った上杉謙信も死に、一〇年には本能寺の変で信長も最期を遂げる。統一日本の盟主を任ずる秀吉が豊臣を称して関白となり、天正最後の年、二〇年には朝鮮侵攻を始めるのである。

信長は、天正元年（一五七三）に浅井・朝倉両氏を滅ぼしたあと、同三年、越前の一向一揆を制圧、ほぼ北陸の平定を成したが、中国地方には強大な毛利氏が勢を張っており、同四〜五年の石山本願寺との戦いでは毛利氏は本願寺を支援、容易に落とすことができなかった。同五年（一五七七）四月、毛利軍が安芸を進発し、播磨にまで迫ったので、一〇月、信長の命により秀吉はそれをくい止め、中国を平定すべく、播磨に入った。『信長公記』（巻一〇）に

> 十月廿三日、羽柴筑前守秀吉、播州に至って出陣。十月廿八日、播磨国中、夜を日に継いで懸けまはり、悉く人質執固《とりかた》め、霜月十日比には播磨表隙明《ひまあき》申すべきの旨、注進申上げられ候処、早々帰国仕るべきの趣、神妙に思召させられ候由、忝くも御朱印を以て仰出され候。（中略）羽柴筑前粉骨の働き比類なき題目なり。

とあるのがそれである。播磨国中の城主に忠誠を誓わせるために人質を取り、従わない城はこれを攻撃した。上月城を攻めたのは一一月であったが、「七日目に城中の者、大将の頸を切り取り持て来り候て、残党の命助けられ候様にと嘆き申」したので、安土の信長にその頸を見せたところ、信長は赦さず、残党悉く張り付けにしたという（『信長公記』）。後の三木城における秀吉の処置と比較して興味深い。上月《こうづき》城落城の後には秀吉に恭順の意を表していた三木城・別所長治のもとにいた尼子勝久、山中幸盛をここに置いた。

翌天正六年（一五七八）二月になると、「別所小三郎、存分（注。遺恨）を申立て、三木城へたて籠」（『信長公記』）り、毛利氏に支援を求めるという、まさかと思われる事態となった。秀吉は加古川の賀須屋内膳の城を借り、書写山に陣を置いてこれに対決せんとした。別所長治の「存分」とは何か、公記ではよく分からないが、大村由己『播州御征伐之事』（『播磨別所記』）によれば、伯父・別所山城守賀相なる「佞人」が、長治に対して、秀吉がこの地に入って「自由之働」き（注。勝手な軍事行動）をしており、ついには災いが長治にも及ぶであろうと「相語」ったから生じたものとする。一方、『別所長治記』は、まず長治に中国攻めの先手をさせ、平定の後には別所を討って秀吉に播州を与えるという「信長ノ心底、鏡ニウツスゴト」くにわかるからだとする。これが、そののち二年にも渉る三木合戦の開幕なのである[2]。幸若舞「三木」は、ここから語り始める。

上月城の方は、間も無く毛利氏によって破られ、尼子氏は亡ぶのであるが、毛利氏としては、西播州のこの城から三木城そしてその支城である志方城・神吉城などを拠点に、畿内攻略にかかろうという企てであったから、三木城は是非とも死守させねばならなかった。一方秀吉にとっても三木城別所氏が翻した叛旗は喉に刺った小骨の如きもので、毛利征討、中国平定のためには、これまた是非ともに落さねばならなかったのである。

一進一退を繰り返すところへ、同年一〇月に至って、信長の信任を得ていた荒木村重が叛し、毛利輝元はすかさずこれを援けるというようなこととなる。一年後に村重が敗走するまでは、三木城は秀吉の集中攻撃を免れるものの、野口城・神吉城・平山城・大村城と次々に支城が破られ、天正七年（一五七九）後半には秀吉の大軍によって三木城は完全包囲される。毛利氏による海陸からの兵粮の救援も秀吉軍の妨害によって届かず、糧食漸く尽きて、飢餓が全城将兵を襲う。そして、遂に天正八年正月、秀吉に籠城の兵の生命を保証させたうえで、城主別所長治以下一族は女子・子どもも含めて、自裁して果てる。

幸若舞「三木」は、こののち信長による別所一族の首実検、秀吉の三木入部を語って終る。別所氏の抵抗の頑強さ、最期の悲惨さはそれを見聞した近辺の者たちによって永く記憶されることとなり、また直接間接にその戦いに参加した者たちにとっては、勝者・敗者双方にその体験を反芻させることとなったのである。

第二節　三木城合戦を描く作品群

南北朝期から戦国期、山岳に城砦が営まれるときには、その攻防のひとつの大きな戦術として、大軍によって城を包囲して糧道を断ち、持久戦にもちこんでの飢餓作戦（食《じき》攻め）という形態、攻められる方はこれに備えての籠城作戦という形態をとることがしばしばあった。『太平記』巻一八の越前金崎城に籠った新田義貞軍が「死人ノ股《モモ》ノ肉ヲ切テ」「是ヲ力ニシテ」戦った悽惨な場面はあまりにも有名であるが、信長や秀吉らもこの作戦をよく採用している。永禄一二年（一五六九）の北畠具教守る大河内城攻め（信長）、天正六〜八年の三木攻め（秀吉）、天正七年の八上城攻め（明智光秀）―城主波多野秀治は別所長治の舅―、天正九年（一五八一）の高天神城攻め（徳川家康）、同年の鳥取城攻め（秀吉）、天正一〇年の備中高松城攻め（秀吉。平城ではあったが大沼が自然の要害。水攻めで知られる）等がそれである。天正一八年（一五九〇）五月、浅野弾正・木村常陸宛秀吉朱印状に

ひたち、弾正、一人の人数ほともたせられ候時さへ、「三木の干殺」「鳥取のやつやかしころし」、十三か国持候毛利を六丁七町之内に五万六万の人数を後巻にうけさせられ候てさへ、高松城を水責にさせられ、太刀も刀も不入、水をくれ候て（大日本古文書・浅野家文書）

とあることから、秀吉にとっては三木・鳥取・高松の三持久戦は格別な思いが刻まれているものであることが知られる。

鳥取城落城は三木のそれに遅れること一年九ヵ月であったが、その経緯が相似する点、注意される。鳥取城では、「牛馬をくらひ、霜露にうたれ、弱き者は餓死際限な」（『信長公記』巻一四）く、鉄砲で倒された兵の傍に人々群がって刃物で肉を取り、頸を取り合う悲惨さであったこと、遂に城主吉川式部少輔以下三大将の首級と引替えに城中の者共の命を助けよと降参したこと、秀吉は不便に思って残党に食物を与えて助命解放してやったこと、などである。三木攻めでの経験が秀吉にこのような処置をとらせたのかもしれない(3)。

三木城主別所氏は赤松氏の一族で、赤松茂則の息円光（赤松則村の兄弟）に始まるとする(4)（赤松系図一本。有馬系図では茂則は家範。石野系図では円光の息敦光を祖となす）。播州の名族として相応の勢力を養ってきたが、五代則治に至って播州東三郡を領して急速に成長、天正に入るとその三代の孫、小三郎長治は三木城を本拠に、播州八郡を実効支配するほど成長して、無視できぬ一大勢力となったのである。別所一族には他に長治の弟友之、伯父の賀相、重棟（秀吉方につく）・安之らがあって、それぞれに活動をする。ここに於て別所氏の三木城は信長にとっては毛利氏討伐のための、毛利氏にとっては自からの版図を防衛するための、双方にとって橋頭堡の位置を占めることとなり、これが悲劇の因ともなるのである。

三木城攻防の顛末を録した作品は少なくはない。ここに取り上げる幸若舞のほか、次のようなものがある。

秀吉の右筆、お伽衆であった大村由己の『播州御征伐之事』がまずあげられよう。これは由己によって著された、一連の秀吉の事蹟の記録〈天正記〉シリーズの最初の一篇であって、「天正八年正月晦日」の日付がある。次に、『別所長治記』（『三木別所軍記』『三木戦記』『三木落城記』『別所軍記』とも）』は、「別所譜代、来野弥一右衛門」が「三木落城之後、作州側山家ニ知人有テ引籠リ存命」、「合戦ノ次第、討死武勇ノ跡モ、後世ハ名ヲダニ知人アルマジキヲ嘆カシク、如レ此綴留」めたものという。つまり敗者の側の記録である。『群書解題』は「天正八年（一五八〇）一月をさほど降らぬ時期に成立したと推定」しているけれども、後述するように、『播州御征伐之事』ときわめて深いつながりをもって成立していると考えられ、表現レベルでの類同性の意味とともに注意されねばならぬ作品である。

『別所記事』は、慶長一七年（一六一二）、〈天正記〉や幸若舞「三木」の影響下に成ったであろうと思われる作品で、尾張・清須住泰秀秀安居士の作という。

謡曲の番外曲に「長治」（「別所」「別所長治」とも）なる曲があり、後シテが落城のさまを語る夢幻能であるが、「文辞脚色共にととのっているから、近世初期より下る作品ではあるまい」[5]とされている。

三木市別所町東這田《ほうだ》にある法界寺では現在、二月に三木合戦の絵解きが行われている。これは掛幅絵三幅一対（原図は江戸前期ごろ製作という）[6]を指し示しながら『三木合戦軍図絵解』（法界寺蔵）の詞章に基づいて語る。同詞章は天保写『播州三木合戦図略縁記（ママ）』にほぼ一致し、これらは「別所長治記」に依拠するものであるから[7]、同記が近世に入って芸能的に展開したひとつの姿であるともいえよう。

この他、断続的ながら『信長公記』は比較的よくその情況を伝え[8]、『豊臣記』（上）や『豊鏡』（一）にもそれぞれ繁簡はあるが一族の最期をしるす。

第三節　幸若舞「三木」の制作過程

冒頭、幸若舞「三木」は関白秀吉の命によって作られたとする幸若庄太夫長明の「幸若系図之事」を掲げたが、このことについて考察を深めてみたい。

「三人相談にて節を付」けたうち、「忠右衛門」・「弥助」については詳かではない。一族あるいは弟子系の者か。弥助は同文書に汝滴茂勝・吉音とともに上洛したとある。注目される人物は「名人小八郎吉音」である。幸若諸家伝来

の系図類にはこの名を見出せない。(9)「幸若小八郎家系図」(10)は直詮―直継―義継―直義―吉信―安信（下略。抄出）と
あって、吉信の項にはかくある。

世ニ名人小八郎ト称セラル。父直義討死ノ後、音曲名人ノ沙汰世ニ晦レナシ。織田信長公歌曲ノ妙ヲ賞シテ、召テ知行三百四十六石余ヲ給ル。享年五十二、病ニ罹テ没ス

また桃井雄三氏蔵「系図」（八郎九郎家）にはこうある。

吉信幸若小八郎、豊臣秀吉公仕越前丹生郡之内ニ而給采地大坂天満口ニ而太閣（ママ）之供奉先ニ而顕先祖之名是小八郎家祖是ヨリ代々小八郎ト云御当家ニ勤仕ス法名呉竹金越大居士

（但し系譜、吉信の父義慶善右衛門尉、祖父義安となすなど、小八郎家所伝と相違）

このように「名人小八郎」は幸若小八郎家祖小八郎吉信をかく称することを述べる。弟の安信も「名人」といわれたが、吉信は信長に賞され、秀吉に仕え、「武勇」を顕わした者であることがわかり、したがって「吉音」は吉信のことと考えられる。「武勇」については「西野氏系図」(11)（小八郎安林の子八左衛門信之に始まる分家）にも秀吉の馬前に突如現れ出た暗殺者をたちどころに搦めとり、ために秀吉から加恩の地を賜わったといい、「此外勇気数顕然タリ」という（もっとも、この系図は吉信を安信と誤る）から、「歌曲ノ妙」にて知られるばかりではなかったのである。まさに「三木」「本能寺」（当該曲の註釈は『幸若舞曲研究』第十巻にあり）という合戦武辺ものの幸若舞の成立に携わるに相応わしい人物といえるだろう。

　幸若庄太夫長明は、この「名人小八郎吉音」の姉婿が自分の祖父・汝滴茂勝であって、小八郎の「脇」となり、「弥助」を「つれ」として天正一五年ごろ上洛したと述べている（「幸若系図之事」）。また、秀吉に賞賛され、「幸若丸以後乱世代々衰微の領地三百石始て給り、名誉を天下に顕し」たが、これは吉音が名人であるとともに、「汝滴公器

量こつから弁舌平人にすくれ」たる故で、よって、吉音・汝滴の「両祖公は中興の統領」であると言い立てている（同右の書）。「吉信」とあるべきところは全て「吉音」となし、自家系の汝滴と並べ賞するのに、なぜ諸本のごとく「吉信」とせず、全て「吉音」で通しているのか、何かの理由があるのであろうが未詳である。（「信」と「音」はナノリにおいては共通訓はないようだ。中世音ではキッシン→キッシィン／キツイン→キッティンとやや類似。）

なお「幸若弥次郎家系譜」その他によれば、吉信の没年は文禄四年（一五九五）正月二九日とされるから、(12)秀吉の没に先んずること三年七ヵ月であり、この点でも矛盾はない。(13)

ところで秀吉と新作曲といえば大村由己に命じて作らせた能が有名である。甫庵『太閤記』巻一六に

> 同（文禄三）三月十五日、大坂本丸におゐて、由己法橋播州人也新作の謡、芳野花見・高野参詣・明智・柴田・北条、此五番、金春八郎に仕舞を沙汰し候へと兼て被㆓仰付㆒、其伝を受させ給ひ、御能を遊し、簾中がたへ見せ参らせ候はんためとかや。(14)

とあるのがそれで、金春禅曲安照は天正一五、六年ごろから秀吉に召されること多くあった。それは由己作の詞章に「仕舞を沙汰」させ（当然節付もなされたろう）、自演して女房に見物させるためだったという。「吉公の才芸すぐれたる故にや、其誹もなか」ったとある。

舞の新作についての記事は「幸若系図之事」以外の文献には見えぬが、右の能と同様なことがあったと考えることは可能であろう。つまり、秀吉に命ぜられて大村由己作（どのレベルでの「作」かについては後に詳述）の詞章に、幸若小八郎吉信他二名が舞の「節付」をしたのではないかということである。勿論、これは臆測ではあるけれども、由己が何らかの形で関与していたのではないかということについて後で考察を加える。

大村由己の一連の〈天正記〉享受のされ方について少し触れておきたい。最も早い記録は恐らく『宇野主水記』天

正一三年（一五八五）七月一〇日条であろう。

十日中嶋天満宮会所、由己ト云人、始テ御礼ニ被参也。御対面。新門様御同前也。依御所望、新門様御前ニテ由己作ノ軍記ヲヨマル、也。一番別所小三郎兄弟切腹諸卒ヲ助ル事、二番惟任日向守謀反、信公御父子御最期、其為躰事、三番柴田修理助ト江北ニテ合戦、秀吉御本意之事

摂津中島天満宮社僧梅庵由己が本願寺門主光寿の前で、自作の「軍記」を「ヨマル、」、すなわち読み手がいて、聴き手がいるというカタリの基本形態をもっているのである。「別所小三郎兄弟云々」という表記からは物語僧の語った『明徳記』（『看聞御記』応永二三年七月三日）『太平記』（『蔭涼軒日録』文正一・閏二・六その他）を彷彿とさせもするが、別の語り物ではなく、〈天正記〉の第一、既にあげた「播磨別所記」（「播州御征伐之事」）なのであろう。また『言経卿記』には〈天正記〉の記事がしばしば出てくることが知られているが、たとえば

女中衆母福照院行幸之間聞度之由有之之間、罷向令読聞之（天正一六・閏五・二七）
天正記之内西国之記、聞度之由有之間、半分程読之（天正一七・九・一三）
天正記之内播磨別所西国征伐金賦大政所御煩平癒等読之（天正一七・九・一四）
天正記之内信長公生害幷惟任日向守成敗事読之令聞之（天正一七・九・一二）

などとあって、これら由己作「軍記」は作られると時日を経ずして「読之」「聞之」といういわば耳を通しての享受、語り物的流布という注目すべき状況にあったのである。であればこそ秀吉がこれらのうちから語り応え、聞き応えありという理由からか「三木」「本能寺」「金賦」を選んで、舞の「節付」をさせ、素声で読むよりも、より芸能化させようと試みたとしても何の不思議もないのである。

だが、能の場合はまさしく由己による作ということであったが、舞の場合、ことはさほどに簡単ではない。およそ

観阿弥・世阿弥・禅竹ら猿楽者が「本説の種をよく〳〵案得して」「詞を集め、曲《ふし》を付て書連」（世阿弥「能作書」）ねて、猿楽能を自《み》ずから作詞（章）・作曲するといった行き方とは、舞の場合は、異なっていたのではないかと思わせる伝承が系図類にいくつも見出せるのである。たとえば、例の「幸若丸」伝説では、「禁裏ヨリサウシ（冊子）三十六冊ヲ被レ下、節ヲ付、ウタヒ可二奏ス一ヨシ」宣下あって、これにフシ、ツメ、コトバ、すなわち曲節をつけたとか（「幸若小八郎家系」）[15]、「屋嶋軍」の節付に難渋したが、白山社のお告げによって解決したとか（同右）、「新曲」[16]は弥次郎が節を付け、「一満箱王」「九穴貝」「馬揃」は八郎九郎が節付をしたとか（「幸若系図之事」）などという。どの系図類を見ても、「冊子」が下し与えられて、その詞章に「節を付る」作業が舞の大夫（といっても系図の多くは「幸若丸」とその子に集中しているが）にとって重要な任務とされているのであって、世阿弥のごとく、作詞に苦心したなどという伝承は見当らない。これは、舞の場合は、「冊子」となるほどの長大な語り物だったという理由などによるのであろうが、舞の者以外の者（たち）によってまず詞章が完成させられ、それを「もらいうける」形で手にした舞の者（たち）は内容等勘案しながら「節・詰・言葉」を配置するとともに、さらにこまかな曲節を付し、節博士を決めていったということなのであろう。「満仲」の場合でも、まず談義のテキストがあり、それをもとに舞が構成され節が付されたのであった。[17]この想定がもし正しいならば、「三木」や「本能寺」などは「安信の新作」（松本隆信氏）とは言えぬのは勿論、「吉信の新作」でもなくなる。幸若庄太夫長明の記すとおりのこと、すなわち吉音（吉信）と忠右衛門と弥助の「三人相談にて、節を付」けたこと、それ以外の事実を告げるものではないということになる。作曲は「相談」に可なる作業ではあろう。よって、「三木」にもどっていえば、この曲も、舞のテキスト制作の通例によって、誰かが書きあらわした完成品の詞章に、舞大夫他二名（弟子の者か）が「相談」しながら節付けをしたということになる。

第四節　「三木」の成立時期

「三木」の成立年代について、『日本古典文学大辞典』には「慶長七年（一六〇二）」以前、豊臣秀吉の関白在職中の天正一三年～一九年（一五八五～一五九一）あたり」であろうかとある（加美宏氏）。大凡は間違っていない年代幅かと思うが、もう少し狭められぬものかどうか考えてみたい。

「慶長七年」というのは慶應義塾大学図書館蔵伝小八郎本「三木」の奥書「慶長七暦三月日幸若小八郎大夫」を指すもので、これを信ずる限り、小八郎大夫（当時は安信）はこの時点で「三木」を自家レパートリーにしていたとされよう[18]。前述のように、大村由己が秀吉の命によって新作能を次々と生み出したのが文禄三年（一五九四）である。また『播磨別所記』をはじめとする〈天正記〉が語り物的に享受されていくのが天正一六、七年のころであった。この状況を踏まえて推測すれば、天正末年ごろ（一五八八、九年）から文禄の初年ごろ（一五九二～九四）までの間に、いわば「もうひとつの天正記」とでもいった形で、これら舞の詞章が作られたのではないかと思われるのである。「三木」「本能寺」「金賦」（『言経卿記』所載）の三曲を新作であると「幸若系図之事」が挙げるが、三曲ともに〝天正記〟に含まれている点も考慮に入れておくべきだろう。つまりそれらは〈天正記〉の中では人気の高いパートであって、人々はしばしば「読レ之」「聞レ之」という機会もあり、それ故に〈天正記〉のヴァリエーションとしての「舞」を制作させる原動力ともなり得たことであろう。当時、舞や読み物は「聞」かれるものでもあったこと、前項にも明らかである。

「秀吉の命による節付」を信ずる限り、彼の没する慶長三年（一五九八）以前の成立といわざるをえない。また後述のごとく大村由己が何らかの形で関与したとすれば、慶長元年（一五九六）、由己没前ということになる。また、文禄四年（一五九五）一月に幸若小八郎吉信が没しているから、「吉音」と同一人物であるとすれば、それ以前に詞章が完成していなければ節は付けられないこと、当然である。加美氏は秀吉の関白在任期間を上限としたけれども、「関白秀吉」は一種通用的呼称としてよく用いられるから（関白未就任期の秀吉も指す）、一応考慮はしても、その任にあるかどうかにあまり重点を置かないほうがよいのではないか。庄太夫長明の「幸若系図之事」に、「汝滴公は吉音姉婿なるにより小八郎脇となり、弥助をつれとし、天正一五年の比京都へのほり、秀吉公御治世之始音曲被仰付、名人八郎九郎《（義安カ）》におとらぬ名人の仰を蒙り」とある。天正一五年（一五八七）、小八郎吉音は姉婿たる汝滴幸若茂勝（長明の祖父）をワキ、弥助をツレ（或は連れてか）として上洛、秀吉から賞賛されて、「音曲被仰付」たというのであろう。したがって作曲の「仰付」はそれ以降のことと考えるのが常識的であろう。かように「三木」（おそらく「本能寺」も）の成立下限を文禄四年一月、実質的には文禄三年に置いてみたいのである。

毛利家本にある「三木」は無署名・無年紀であって、「稽古本と相見へ」（幸坂中太夫書上「渡中幸若流舞本之事」）とされるものである。慶長一七年ごろ、毛利輝元・元就の命によって越前幸若小八郎家に弟子入りした奈良松善吉・善三郎兄弟（三好義継の臣奈良松友嘉息）が、元和四年（一六一八）修得終わって持ち帰った一群のテキストの中に含まれるものである。[19]「三木」（「本能寺」も）が「越前小八郎家側の筆記であろう」（村上學氏）とされるならば、おそらくは伝小八郎本筆写（慶長七年）以後のものであろうと思われる。つまり、オリジナル↓伝小次郎本↓毛利家本の順に並ぶ蓋然性が高い。ということは、同一系統の、同一家内の二本が、それも成立後せいぜい一〇年、二〇年の写のものが並ぶわけで、本文異同の上からみて、注目に値するといえる。

第五節　「三木」の諸本

「三木」はこのように最も遅れて成立し、上演記録もない。ただしそれが上演されなかったことを意味するわけではない。秀吉存命中の慶長三年（一五九八）までは演じられることも、ままあったかもしれないが、以後はほとんどその機会はなかったのではないか。したがって「諸本」と呼べるほどのものが生まれるまでには至らなかったようである。幸若系のみで、それも小八郎系統のものが三本、現在確認されるに過ぎない。成立伝承に照らしてもそれは当然かもしれぬ。すなわち(1)毛利報公会毛利家博物館蔵毛利家本（笹野堅『幸若舞曲集』本文篇翻刻、横山重・村上學『毛利家本舞の本』に影印）（略称(毛)）(2)慶應義塾大学図書館蔵（横山重旧蔵）伝幸若小八郎本（松本隆信『幸若小八郎正本幸若舞曲三十六種』下に影印）（略称(小)）(3)国立公文書館内閣文庫蔵「三木記」[20]（略称(内)）である。(3)は曲節符こそないものの、朱による読点が付され、朱・墨による濁点もときにあり、固有名詞や年号には朱線を付すなど舞の本の一本と認めてもよい（『日本古典文学大辞典』、これを「本曲と同文」と記すが、幸若舞諸本をそのレベルで判断すれば全て「同文」ということにもなりかねないだろう）。三本、成立年代や系統からして、まさに「同文」であってもいいはずであるが、異同が存する。それらは典拠との関わりの中で指摘するはずである。また(1)には最大一九六字までのミセケチ・墨滅の部分が散見する。その理由と他の二本の当該箇所の扱いについても後述する。

三本間の異同は、「異同」と認める基準と計算の方法によっては数値が違うかもしれないが、大凡八〇箇所程度は存するようである。それを四つのケースに分けてみると、(1)毛利家本と伝小八郎本とが同文で内閣文庫蔵本が異文である場合　(2)毛利家本と内閣文庫蔵本とが同文、伝小八郎本が異文の場合　(3)内閣文庫蔵本と伝小八郎本が同文、毛利家本が異文の場合　(4)毛利家本、伝小八郎本、内閣文庫蔵本ともに異文の場合　と以上四つに分けられる。(1)が約半数で最も多く、次で⑵が約四分の一、⑶が二割弱、⑷が一割強といったところである。具体例をあげて説明する。

⑴の例　（漢数字は笹野『幸若舞曲集』本文篇の頁。）

1㊔程なく上洛あって（五五三）
㊛程なく上洛有　て
㊉程ナク上洛マシ〳〵テ

2㊔別所がよりきの持し神吉の城（五五六）
㊛別所かよりきの持しかんきの城
㊉別所ガヨリキ、カンギノ城

3㊔羽柴小一郎秀長。此由を承り。人に先をこされじと。（五五八）
㊛羽柴小一良秀長。此よしを承り。人に先をこされじとて。
㊉羽柴小一郎秀長、人ニサキヲコサレシトテ

4㊔城の内の者共此由をきくよりも（五六二）
㊛城内の者共此よしを聞よりも
㊉城内ノ者トモ、

5㊔御介錯のあらざれば御供申すさらばとて。（五六三）
㊛ごかいしゃくのあらざれば。おんとも申すさらばとて。
㊉御カイシャクノ御供申ス、サラハトテ、

6㊔哀なりける次第也（五六四）

(小)あはれ成ける次第なり
(内)哀ナリケルシタイカナ、
7(毛)かゝるへ其後秀吉、〽三木の城にうつり（五六四）
(小)かゝるつめ其後秀吉。三木の城にうつり
(内)ヨツテ秀吉、三木ノ城ニウツリ

1・6・7は傍線部が内閣文庫蔵本では前二本とは異なる語句を採っており、2・3・4・5は内閣文庫蔵本にはその語句を欠くことを示す。「決まり文句」的なものを省略する傾向があることは注意される。これらの例の他に、活用語尾（用言・助動詞）・助詞等の相違もかなりある。内閣文庫蔵本の性格の一端を示す例として、「カヒトテ、ウバタマノ」や「屋敷ヲカマヘ、カマドヲナラヘ」をあげてみたい。前者は毛利家本・伝小八郎本「かゝれとてしもうばたまの」（五六三）とあるところ、後者も他二本「屋敷を構ゑ門《カド》を双べ」（五六四）とあるところであり、いずれも誤聞によるものと考えられるから、口承的性格のあらわれとあるいはいえるかもしれないのである。

(2)の例
1(毛)脇指ぬいて腹切て。そこにて討死（五六〇）
(小)脇指ぬひてなげうちしそこにてうちじに
(内)ワキサシヌイテ、腹切テ、ソコニテ討死
2(毛)秀吉早々かけつけらるべき所に。敵一手には働かじ。北方の襲《ヲソイ》にて。南方よりの行《テタテ》かわあるべきと。見合らるゝ所に（五六〇）
(小)秀吉早々かけつけらるべき所に。北方のをそひにて。見合らるゝ所に

(内)秀吉早クカケツケラルヘキ処ニ、敵一手ニハ、タラカジ、北方ノヲソイニテ、南方ヨリノテタテカワルヘキト、ミアハセラル、処ニ別所ガヨリキ、カンギノ城

3(毛)星に異ならず（五六一）

(小)星ににたり

(内)星ニコトナラス

4(毛)近習の人々を（五六一）

(小)きんじゅの小性

(内)キンジユノ人々ヲ

1は傍線部の増補、2は脱文、3・4は伝小八郎本のみの異文節であるが、後述の出典から考えるに、1は傍線部のある(毛)(内)の方が、4も(毛)(内)の方が、原拠に忠実である。[21] したがって、伝小八郎本は署名があるからといって、必ずしも全面的に原態を保っているとも言えないのである。

(3)の例

1(毛)秀吉此由聞玉い。急き村重が舘に至り（五五八）

(小)秀吉此よし聞し召。いそき村重か舘にいたり

(内)秀吉此由聞食、イソキ村重カタチニイタリ

2(毛)大手の門をひらかせ太長《ママ》太長刀のさやはづし（五五九）

(小)大長刀のさやはづし大手の門をひらかせ

(内)大長刀ノサヤハツシ大手ノ門ヲヒラカセ

３(毛)其日又[A]諸軍をよせらるゝ。堀ぎは三町に過ず。秀吉宮の上より下墨玉ひ《サケスマセ》。同十一日白昼に。南構に人数をつけ。山下《サンゲ》を放火し。秀吉秀長に。[C]彦の進が持し鷹の尾。ならびに山城がかまへにかけ入。（五六一）

(小)其日又[A]諸ぎんをよせらるゝ。堀ぎは三町に過ず。[B]宮のうへの搆は彦進か高の尾。山城か新城より。高き事二十丈□《(は?)》□《(か?)》り。秀吉宮の上より御さげすみあつて。同十一日はくちうに。南構に人数をつけ。山下を放下し。秀吉秀長は[C]高の尾。并ニ山城か構にかけ入。

(内)其日マタ[A]諸陳ヲヨセラルゝ、ホリキハ、三町ニスキス、[B]宮ノ上ノカマヘハ、彦ノ進ガ、タカノヲ、ナラヒニ、山城カ、シンシヤウヨリ高キ事二十丈ハカリ、秀吉宮ノ上ヨリ、御サゲスミアツテ、同十一日ハクチウニ、南カマヘニ人数ヲツケ、山下ヲ、ハウクワシ、秀吉秀長ハ、[C]彦進ガタカノヲ、并ニ山城カ、マヘニカケ入、

１は決まり文句的な部分で流動的なところ、２は傍線部内点線部の入れ替り、いずれも毛利家本は他二本とは異なる。３については、(小)(内)の傍線部Ｂを毛利家本はもたない。これは他二本が増補しているのではなくて、(毛)の脱文である[22]ことは原拠との照合から確かめうる。同様に傍線Ａも、「陣（陳）」が良く、Ｃは(小)の形が最も原拠に近いのである。

(4)の例

１(毛)秀吉此由きゝ玉い。荒思ひよらずの事共や（五五四）

(小)秀吉此よしきゝ給ひ。あらおもひよらずや

(内)秀吉此由キコシメシ、ア、ラヲモイヨラスヤ

２(毛)秀吉是を見給ひ（五六二）

(小)秀吉是を御らんじて

(内)秀吉此由を聞食

3㊏やあ何とかおもふ。とても此城久しくたもつべきにてもなし（五六一）
㊗やあ何とか思ふ彦進とても此城久しくたもつべきにもあらず
㊎何トカ思フ彦進トテモ此城久シクタモツヘキニテモアラス

2は決まり文句的な流動する部分、1・3はセンテンスにいずれも他本と共通部分を含み、全体として三本ともに同文とはならない場合である。

以上のように、三本それぞれに脱文異文（節）言替が存し、決して「同文」ではないことがわかる。越前幸若家で筆写されたと思しき毛利家本や伝小八郎本にしてもオーソライズド・テキストと言い難い流動性をもった本であることもわかるのである。また、注で示したように、舞の本の原拠との比較からは、あるところでは㊏㊗が忠実、別の所では㊎㊗、あるいは㊏と㊎、そして㊎のみが、それぞれ原拠に対応する章句を有するといった状態で、これも三本どれが最も「原態的」かということはできぬことがわかる。今のところ、署名など何のオーソリティも付与されていない内閣文庫蔵本が、意外と原拠に近い章句をもつことがある（他二本に無い場合）のは注意されることである。舞の本は、作られるとその直後から筆写・口頭伝承の過程で種々にユレを生じ、流動化してゆくものだということが、以上の例示である程度はいえるのではないか。詞章異同については後にも考察する。

第六節　「三木」と『天正記』『別所長治記』

三木合戦を描いた作品で、幸若舞「三木」との関わりの深さを指摘されるのは、大村由己〈天正記〉のうちの『播州御征伐之事』（『播磨別所記』）である。『日本古典文学大辞典』も、「三木」はその過半部分をこれに拠っているとする。確かにその認識は誤りではないが、必ずしもそれのみで事足りるものでもないようである。

その理由はいまひとつの作品、敗れた別所氏側からの記録たる『別所長治記』を徴することなしには記述しえないのではないかと推測させるに足る箇所がいくつも見出せるからである。また、当時の記録史料を利用しているらしい箇所も存する。これらをどう解釈して、「三木」の成立を考えればよいかが問題となろう。

次表は幸若舞を。全三五プロットに分かって、前記二作品との対応を一覧にしてみたものである。区切り方、「近似」の認定のしかたなど、別の考えもあるだろうが、概略をつかむための便宜として掲出した。

幸若舞「三木」	播州御征伐之事（播磨別所記）	別所長治記
(1)信長、諸国を切従え、右大臣に至る	×	×
(2)大臣を信忠に譲りたいとの辞状	×	×
(3)諸国へ軍を派遣	×	×
(4)秀吉の播州入りと別所長治謀反のいわれ	◎	×
(5)信長へのたばかり状	×	△
(6)三木支城の武将配置	×	◎
(7)秀吉の驚愕	×	△
(8)別所重棟、長治に書簡送れど返事せず開戦	△	○
(9)三木城の周辺の有様	×	○
(10)野口城の合戦・長井四郎左衛門降参	◎	○

⑾毛利輝元、援軍派遣	◎	○
⑿信忠の出陣	△	◎
⒀神吉城の戦い	△	○
⒁神吉藤太夫の裏切り、民部馘首さる	△	○
⒂梶原とうあん嘆く、櫓にての切腹	×	△
⒃平山の合戦	◎	△
⒄荒木村重の謀反	◎	○
⒅丹生山に築城、兵粮運搬を図るが秀吉に妨げらる	◎	○
⒆毛利輝元ら明石魚住へ兵粮、秀吉妨げ、三木方と攻防	◎	○
⒇平田城谷大膳討死	△	○
(21)大村の合戦、別所甚太夫らの討死	◎	○
(22)三木城包囲の厳しさ、餓死者続出	◎	○
(23)正月十一日の攻撃	◎	○
(24)長治、彦之進と切腹の代りに士卒の助命を乞う相談	×	△
(25)「懇望の状」の内容	○	◎
(26)秀吉、返答。許諾し酒肴を送る	△	△
(27)来し方の思い出、世の無常	△	×

(28)山城守の変約と死	◎	○
(29)別所長治、子と妻とを殺す。友之の妻の死	○	△
(30)別所長治自害	◎	△
(31)三宅治忠・別所友之自害	○	△
(32)山城守妻自害	◎	○
(33)城の兵共救助と長治・友之・治忠辞世の歌	○	△
(34)秀吉の西国経略、三木城に移る	◎	○
(35)秀吉の十徳	◎	×
◎　ほぼ詞章が対応する程度に非常に近似する ○　詞章対応まではいかないが近似した表現 △　そのプロットをもつかあるいは言及するものの表現上の対応はない ×　プロットそのものをもたない		

この表によれば、幸若舞「三木」は、より多くの部分を『播州御征伐之事』（以下「播」と略称）に拠っているもの（著者の調査では「過半部分」ではなく、約四五％）、『別所長治記』（以下「別」と略称）に拠る部分もあり（約一五％）、独自箇所（ここに史料も入るが、後述）もあり、本曲はそれらの「総合」の上に成り立っていることがわかる。

まず、「播」のみあって「別」にない箇所は(4)と(35)であるが、(35)の語り納めはこのようになっている。

①或人の曰く。秀吉に十徳有。君に忠心あり。臣に賞罰有。（中略）聴に金言有。見に奇特有。若輩の時よりも人

間抜群の主人。猶行末の繁昌。仰ぬ人はなかりけり（①〜⑧、幸若舞毛利家本の詞章。以下同然）

・「播」の対応部分

或人曰。秀吉有二十徳一。君有二忠心一。臣有二賞罰一。（中略）聴有二金言一。見有二奇特一。是誠人間抜群主、仰而可レ仰。将軍家長久繁栄之基也。祝々珍重。（群書類従本による。「太閤史料集」〈戦国史料叢書所収〉も参照）

十徳をそのまま引いて、終末部は少し変え、祝言的言辞（決まり文句）で締めくくる。この辺り、「幸若舞化」といえようか。

⑷も「播」をほとんどそのまま適用するが、幸若舞で、②「詞へ同き月の七日に秀吉播磨国衙のかすやが舘に陣を布く。のところは「播」は「同月七日秀吉至二于播州国衙一布レ陣。」とあるのに、「別」は「同月七日播州加須屋ガ舘ヲ為二本陣一（群書類従本による。三木文庫刊校本「別所長治記」〈『図説三木戦記』一九六頁以下〉を適宜参照）」とあって、傍線部をもつのは「別」の方である点、注目される。

この逆のケースは次のようである。⑸〜⑼は「別」を抄出的に典拠とし、所々決まり文句的な語句を入れてつなぐ（「たとへば異国のかんしん。はんくわいがよせたり共……」「荒思ひよらずの事共や」「いまこそおもひしられたれ」など）ことが明らかである。特に三木城の支城に張り付けられた武将名は、「別」の最も良く知るところであろう。また別所重棟が秀吉方について、長治に書を送り、反逆の非なることを説くも失敗すること、「播」は非常に短いが、「別」は詳細で、幸若舞はこれに共通する章句もあって、依拠していることはまちがいない。幸若舞制作者は、別所一族の中でも秀吉方に立つ者のいたことを強調したかったのであろうと思われる。次に、⑼は、③「彼城郭と申すは、前には河水張て後に高山そびへつゝ。林に続て人家あり。岩そばたつて道せばし。殊更こうしやの拵へて。くろみ〳〵に人数をふせ（内クロシ〳〵ニ人数ヲタテ）（中略）詞へ秀吉御らんじて。谷々を放火させ。（下略）」とあるところ、「別」は

「此城ハ前ニハ大河流レ後ニハ高山峨々トシテ林ニ続テ人家アリ。巌峙テ道狭シ。殊ニ数代武将ノ別所一族数ヲ尽シ
（中略）秀吉先谷々ヲ放火シテ」
とあり、三木城周辺描写は「別」を利用していることは明らかである。又⒂の梶原とうあんのことは「播」に全く見えず、「別」に登場する梶原は宇治橋もどきの橋桁渡りの勇ましさが中心である。幸若舞は「頼みがたき人の心」を嘆く、情緒的人物像として描出する。このように、〈天正記〉とほとんど関わりを有しない部分のあることは「三木」の成立が大村由己の作品を敷衍し、幸若舞化したものという単純なものとして割り切れないことを意味していよう。

次に⑾⑿を見てみる。野口合戦と神吉城攻めである。

④ 詞 長井堪ずや思ひけん。降参申命を助られん事をのぞむ。秀吉弓矢の墓をやらんが為に。赦《ユルシ》して城《シロ》を請取給ふ。然に別所中国の守護毛利家と契約をなす事年久し。此時飛脚早打隙もなく。合力勢をぞこはれける。毛利右馬頭輝元（㈹㈵「輝元は」）。もとより律儀をたつる方（㈹㈵「ハウ」）なれば。援兵《エンヘイ》をつかはすとて。小早川左衛門佐隆景。吉川駿河守元春に。弐万（㈵「一万」㈹「二万」）騎をさし加へ。備州作州の境（㈹「サカイメ」）に陣をはり。けいさくをめぐらす。此此旨右大将きこしめし。後詰の其為に御出勢とぞきこへける。御嫡男信忠卿（㈵「御御ちやくなんあひたの城助信忠」㈹「御嫡男、秋田ノ城介信忠卿」㊔は「秋田城介」の左に傍点を打ち、二本棒の墨滅を付す）を大将とし。都合其勢一万五千余騎。播州なだにをりくだり。所々に陣《ショ》をぞとられける（㈹「陣ヲゾトリ玉フ」）。（付訓原文のママ）

右に対応する「播」及び「別」は次のようである。

「播」

A'長井不レ堪。降参乞レ命。秀吉為レ行《ヤラン》二弓矢墓一敉北《テニカス》レ之。然別所與二毛利家一A'相約事歳久。D'斯斯時小早川左衛門佐隆景。吉川駿河守元春。E'陣張二播備作之境一運二計策一。F'此旨達二上聞一。従二京都一F'有二御出勢一。

「別」

長井四郎左衛門不レ叶シテ請レ和。（中略）敗軍ノ者ニ少モ不レ可レ指レ手《ヲ》トテ城ヲ請取ラル。無二思慮一ツヨキ計ノ人カナトオモヘバ。如レ此智謀フカキ人ナリト世ニ誉ト云々。神吉ノ城攻。去程ニB'中国ノ守護毛利右馬頭輝元へ。C'従二長治一以二使者一播州軍立ノヤウ委細ニ注進シテ被レ乞二加勢一。D'依レ之小早川左衛門佐隆景。吉川駿河守元春。両大将ニ三万騎ヲ差添。E"備州作州ノ境ニ陣ヲ取。都ヨリは信長卿嫡子織田城之介信忠（内閣文庫蔵「三木戦記」「三木落城記」等及び三木市立図書館蔵「別所記」、「秋田城之介（助）」とす）。三万余騎（内閣文庫蔵「別所軍記」、「三万五千」）G'ニテ出ツレ二播州表一。在々所々ニ陣ヲ取リ。

少々複雑で分かりにくい対照となってしまったが、AはA'に、BはB'に対応する意であり、E"はE'よりも遠いことを示している。「播」の中に「別」を取り込む形で作られており、「別」を参看することなしには舞の詞章は形成されえないことを物語るものであるとはいえるだろう。Gは㊣本墨滅以前の形が原拠たる「別」に忠実であることも分かり、㊣本の消去・ミセケチの意味を検討する材料も提供している。幸若舞制作者は両書をよく参看した上、かなり煩瑣な手続きを経て、〝もうひとつの三木合戦記〟を生み出す意図を持っていたのではないか、としかこの現象の説明のしようがないのである。⒃の例でも、「はさみこみ」が見られる。

⑤ A羽柴小一郎秀長。此由を承り（内ナシ）。人に先をこされじと（小内「とて」）。はやるな面々と。人々をいさめをき。一番鑓をぞいれられける。秀長の人数。一度にはつときりかゝる。秀吉（小ナシ）つゞいてこみかゝる。三木方の兵に。久米《クメ》の五郎久勝。志水弥四郎直近《ナオチカ》。一足もさらず大将はいづくにぞ討死せんと名乗つゝ、大

勢の中へわって入る。され共物の数（毛「ことの数」とあり、「こと」ミセケチ、「物」とす）ならず此両人もうたれけり。B残の兵共。むかふをばきりふせ北をばをひうつ。

「播」はこのところ極簡単で、

A'羽柴少一郎秀長不レ被レ越レ秀吉レ其儘見テレ入レ鑓。秀吉続而込懸。B'向向者切ニ伏之一。北者追ニ討之一

「別」はこうである。

三木方多ク討レテ半町計退ル。既敗軍トミエケルニ。久米五郎。志水弥四郎両人急度目クバセシテ。討取タル首ヲ切先ニ指貫。大将ハイツクニ御座ゾ。高名ノ印ニミセ申サント多ノ勢ヲ押分〳〵通リ。既ニ秀吉下知シ給フ処十間計ニ成テ。両人首ヲ投捨走リ掛ル所ヲ馬廻ノ人々引組デ十四五騎ニテ起モタ、ズ首ヲ打。危カリシ事也、

AとBの枠の部分はA'・B'に対応するが、幸若舞傍線の固有名詞は「別」でなければ出てこないものである。しかし、AとBの間に「別」の一節をそのまま挿み込むのではなく、「別」の点線部のように、久米・志水両武者のかなり詳しい、具体的な活躍ぶり、すなわち、秀吉にあと十間と接近し、切りこんだものの、遂に討ち取られたなどという、秀吉にとって「危カリシ事」はことさら省略してしまうのである（諸本異同なし）。そして「物の数ならず」討たれてしまった、と大過ないことを強調するわけである。これは幸若舞と「別」の作品を成立させている姿勢の差といってよかろう。久米・志水の両武者のごとき「一足もさらず」攻め来たった者でさえ、「物の数」でなく敗けたという、秀吉軍賞賛へとつなぐ意図の下に導入された二人であったようである。

(21)の例を次に掲げる。

⑥

掛へ如此の住進（ママ）（小）（内）「チウシン」）有詰へすは。やつと云儘に。風にしたがふ旗先。敵陣ゑさしむけ。馬に鞭をあらくあて。一刻にかけつけ。声をどっとかけにけり。敵も名有侍にて。さうなく太刀場をとられじと面もふらずかゝりけり。秀吉御らんじて。三木の城と。大村の間を。をしへだてんと思召し。かさゞかの上よりもすくに人数をろさるゝ。山城は。三千余騎にて大村前にそなへけり（小）（内）「ひかへけり」、（毛）「ひか」をミセケチ、「そな」と直す）。其中へ秀吉。三百計にて。御馬を入給ひ。わつたてをんまはし。散々にきり玉う。三木方の者共（内）「兵」（毛）「兵」ミセケチ）は。風に木の葉の散ごとく（小）「ちるやうに」）四方へぱつとにげにけり。

カタツメそこにてとってひつかへし鑓前にて討死する者二三百。其中にとっても。別所甚太夫。

「播」

有二如レ此註進一。随レ風旗先差二向敵陣一。一剋懸渡同レ声懸矣。敵有レ名侍。無二左右一不レ被レ取二太刀場一。二三度雖レ合レ鑓、被レ突二立精兵一不レ潴敗北。然乗二取外搆一輩二三百打出張支。秀吉軍兵分二二手一。一方乗二取城一之返リヲ攻メ。片時間討果。又一方之　軍兵至レ麓追行。其取引返。鑓前死者五六百。其中別所甚太夫。

「別」

唯今当城落去疑ナシト注進ス。秀吉聞モアヘズ駿馬ニ鞭ヲ加ヘ一騎掛ニカケラル。随兵我先ニト打テ出ル。中国ノ敵ドモ跡先ヨリモミ合セントシケルヲ。秀吉下知シテ。先三木ト大村ノ中ヲ押隔ヨヤ者ドモトテ。笠坂ノ上ヨリ打テカヽリケル。爰ニ別所山城守。大村ノ前ニ三千余騎ニテ静リ返ツテ扣タリ。秀吉ニ余ル程ノ大敵ヲ見。少アキレテ馬ヲ掛居ラルガ。（中略）捨レ命戦ヘトテ（中略）イナリ掛リニ突掛ル（中略）八方ニ罵ヲ上。先陣後陣入乱。或十騎廿騎爰ヲ専ト戦フモアリ。或一騎相ニ引組デ指違死モアリ。東国中国分目ノ合戦。今ヲ限リト見エケレバ三木勢少シ色メキ立ヲ（中略）三木勢不レ叶シテ引退ク。東国勢是ヲ見テ。余スナ洩スナ討取トテ追掛タリ。敵ニ後ヲ見セジトヤ思ケン。後日ノ耻ヤ難カラン。別所甚大夫。

A・Bの枠部分は右のようにA′とB′とに対応するが、その間の傍線部は「別」傍線部をやや改変して挿入し、波線部は同じく点線部を集約する形となっている。ただ、波線部はどこにでも通用、適用されうる決まり文句であるので、「分目ノ合戦」を抽象化し、短縮しきった結果がこのような文句に置きかえられることとなったともいえよう。なお⑥の傍線部の末尾「そなへけり」は諸本の「ひかへけり」の方が典拠本に合致し、㊔本も訂する前の本文を良しとする。ミセケチ箇所が原態的といえようか。

(25)は秀吉に対し、城主別所長治の自害と引きかえに将士の助命を乞う書簡であって、「播」「別」ともに幸若舞に類似の本文をもつものの、仔細にみると、「別」に依拠していることがわかる。

⑦差へ唯今申入る意趣は。去々年以来敵対の事。ゆへなきにあらずといへども(内「いへと」)。今更疎意を述にあたわず。併時節到来天運既にきはまれり。なんぞほぞをくふにたへん。読物長治幷に同名。山城守同。彦進。両三人来。十七日申の刻腹を。きるべきに相定め畢ぬ。残る士卒雑人已下。とがなうして。悉く首《カウベ》を。刎られん事わふびんの題目也。御憐愍を以て扶け。をかるゝにをいては。今生の悦び来世のたのしみ。何事か是にすぎん(毛本「しかん」をミセケチにして「スギン」と訂す)。此旨宜く。御披露にあづかるべし。仍恐々謹言(内「仍テ恐々謹而申」)正月。十五日別所。小三良長治。浅《アウ》野弥兵衛尉殿ゑ(内「浅野弥兵衛ノ殿へ」)とぞかゝれける

「播」

唯今申入意趣者。去々歳以来被レ付二置敵対一之条。連々其理可二申分一心底之処。(不慮―太閤史料集本)内輪之面々替二覚悟一。不レ及二是非一某等両三人之事。来十七日申刻可二切腹一相定畢。然至二于今一相届諸卒悉可二討果一事。不便之題目也。以二御憐愍一於レ被二扶置一。可二畏入一者也。仍此等之趣無二相違一様。仰御披露。恐々謹言。

正月十五日

別所彦進友之
別所山城守賀相
別所小三郎長治

浅野弥兵衛尉殿
別所孫右衛門尉殿

「別」

唯今申入意趣ハ。去々年以来敵対之事。雖レ非レ無二其故一今更不レ能レ述二素意ヲ一。併時節到来運既極リヌ。何ゾ噛レ臍哉。長治山城守彦進（『別所軍記』「長治友之吉親」『三木落城記』「長治兄弟山城守」）両三人事。来十七日申ノ刻可二切腹一相定畢（『別所軍記』「切腹可仕ニテ候」）。残士卒雑人已下無レ科可レ被レ刎レ首之段不便（内閣文庫蔵諸本の多くは「不礼」）ノ題目也。以二憐愍ヲ一於レ被二助置一（三木市立図書館蔵『別所記』「若以憐愍……」）今生之悦来世之思出（『三木戦記』『三木落城記』『別所長治記』〈内閣文庫本〉『別所記』等、「来世ノ楽」とす）何事カ如レ之也。此旨宜レ被二披露一者也。

別所小三郎／長治

天正八年正月十五日

浅野弥兵衛殿

右によって、幸若舞は「別」の本文をほとんどそのまま利用していることがわかる。「播」は大筋では類似するが、簡略であり、傍線部の独自の表現も舞に見当らず、また年号を記さず、差出人・名宛人が複数であることなど、より遠いことを窺わせる。「播」のような形が原態的であるらしく思われ、「別」はそれに若干の修辞を施し、長治に的を絞って唯一の差出人のごとくに改変したものではなかろうか。

幸若舞テキスト諸本異同は「読ミ物」として独自の曲節をもって語られたためか、ほとんど見当らぬが、一箇所、（毛）本のミセケチ部「しかん」は、この方が典拠のままの表現だということに注意しておきたい。「別」諸本との関係でいえば、類従本・内閣文庫蔵『三木戦記』『別所長治記』あるいは三木市立図書館本『別所記』あたりが舞に近いといえようか。特に享保八年二月の奥書をもつ『別所記』は舞とほとんど同じである。

ところで別所長治らは自害のときにそれぞれ辞世の歌を残した。このことは非常によく知られたと見え、諸書に引用されている。しかし詠んだ人物、歌に多少の出入りがある。

幸若舞は長治・友之・三宅治忠の三人で、次のような歌であったとする。

今はたゞ恨もあらずもろ人の命にかはる我身とおもへば（長治）

命をもおしまざりけりあづさ弓末の代までの名を思うとて（友之）

君なくはうき身の命なにかせん残りて甲斐の有る世なりとも（治忠）

幸若舞諸本中、（内）本が長治の歌「我身」を「うき身」とするほかは異同がない（曲節、前二者が「さし」、治忠のが「詞」）。「別」もこの三人の歌をこの順で載せるが、友之の歌の傍線部は全ての諸本が「思ふ身は」と作る。また長治の歌、傍線部「あらじ」に作る本が『別所記』『三木落城記』『三木戦記』などである。

「播」は右三人の他長治女房・友之女房・山城女房が加わり、計六人の歌を載せる。しかし本文は幸若舞と同じである。この他『信長公記』（巻一三）も長治と友之女房二人の歌を加えているが、三人の歌についてみると、長治の歌傍線部「なしや」、友之の歌傍線部「（名の）残れとて」という異同がある『別所記事』も六人の歌あり、長治のは「アラジ」とする他は「播」に同じ。『陰徳太平記』（巻六二・三木城没落長治以下自裁之事）になると、「播」同様六人の歌を掲げるだけでなく、前掲三人の歌も相当改変された形となっている。因みに記せば、長治のは「諸人の命に代る露の身は消るも消ぬ名をや留めん」、友之のは「命をも何か惜まん梓弓末の代迄の名を思ふ身は」とある（治忠の歌は同じ）。現在三木市法界寺で行われている絵解きの台本（『三木合戦軍図絵解』）では長治の歌（「……恨もあらじ」とする）とその妻のを説くのみで、あとは省略している。

この箇所、幸若舞典拠を決め難い。前後が「播」に近似する点と本文一致とを重視するなら、「播」からの抄出と考えられようし、人数・人物を重視するなら「別」に拠りつつ他をも参照したと考えられる。いずれにしても歌は流動的部分として、それのみが広く衆口に上せられたことが察せられる。三木城陥落の悲劇を演出する材料として、「諸人の命に代る」長治らの歌は欠かせないものであったのだろう。そういう中でさまざまに異伝が生ずることとなったのではなかろうか。

末尾に近い箇所、秀吉の西国平定の武勲賞賛と三木の町づくりの有様は(34)に次のように記述されている。

⑧ A 此外《ヒ》（小内「其外」）西国四国懇望の使札。日々に到来の旨。上聞に達す。信長き《ヒヒヒ》こしめし《ヒヒヒヒ》（小内、この七字ナシ）武勇と云調略と云。比類なきの《ヒ》（小内「の」ナシ）よし C 御感状。誠に弓矢の面目。D 何吏か是にしかんや然るに《かゝる〈其後》（小）《ヒ》「其後」内「ヨッテ」）秀吉詰《ヘ》三木の城にうつり。地を清め堀を跣ゑ。E 今度退参する。人民を引直し。F 法度を定め B 当国の面々わ。云にをよばず。但州備州の諸侍。着到の。旨に任せ。在城すべきのよし（小コノ八字ナシ）厳重の間。人々屋敷を構ゑ。門を双べ（内「カマドヲナラへ」とし、「マ」朱滅）。日を経ざるに数千間の家をたつる。皆人。耳目驚す。

「播」の対応部分は左のごとくである。

A′ 此外西国四国之使札。日々到来之旨達二上聞一。云二武勇一云二調略一。無二比類一之由 C 御感不レ浅。寔弓矢之面目 D 不レ過レ之。仍秀吉移二三木城郭一。清レ地疏レ堀。(E)改レ家引直。此先退散人民呼出。町人門前成レ市当国之大名不レ及レ云。但州備州之諸侍。任二着到之旨一。可レ有二在城一之由厳重之間人々搆二屋敷一双二門戸一。不レ経二日立一数千間之家一。皆人所レ驚二耳目一也。

「別」は次の部分が対応する。

其後信長卿ヨリ武勇ト云。調略ト云。無二比類一トノC′感状ヲ給。誠ニ弓馬ノ面目D′何事カ如レ之哉（『別所軍記』ここまでナシ）。依秀吉三木ノ城ニ移。地清堀ヲサラヘ。E′今度退散スル人民引直シ。F′法度ヲ定。当国ノ儀ハ不レ及レ申。但州諸侍着到ノ旨ニ任セ。可二在城一ノ由相触（『別所軍記』「登城可有由触サセラルレハ」）。人々門戸ヲ並。ユ、シカリシ事ドモナリ。

枠を付したA・Bは「播」のA′・B′に、ほぼ正確に対応するから、これを典拠としていることはまちがいあるまい。だがその中間部分となると、「播」にも相似詞章は存するものの、より密接には「別」の方に対応するのである。波線部C・D・Fのような語あるいは表現は「別」にあって「播」にはないこと、それに波線部Eは幸若舞を見る限り、あまり意味が明瞭ではない。しかし「播」の波線部（E）は、「家ヲ改メ引キ直シ」とあって、家の修繕・移築をしたことを述べ[21]しかるのちに逃げ出した三木城下の者共を呼び集めたとするから、意味のとおりはよいのである。

ところが、「別」の波線部E′は幸若舞に同じである。つまり、舞はこの部分、「別」に拠ったために舌足らずな表現となってしまったようである（もっとも、「引キ直ス」を「連れ戻す」の意にとれば、それはそれで意味は一往通るが）。「播」を参考にして「別」が作られたとすれば、「誤読」であるのかもしれない。さらに、毛利家本でミセケチになっている「信長きこしめし」というのは「別」の「信長卿ヨリ」に拠った表現だということもできよう。だが、このところもセンテンスとして完全な形態ではない。「信長きこしめし」を除いたとしても「御感状」がどうであるのかは信長によって発行されたらしいことはわかるが、漠然としている。体言止めになっているからであろう。「別」では、「信長ヨリ…感状ヲ給」と、意味は明らかである。「播」を見ても、「上聞」に達し、その結果、「御感」浅くなかった、とあるのだから、信長を感動させたことは意味上も文章表現上も明らかであろう。こういう現象は他の箇所にも存するのだが、一貫して一つの原拠から幸若舞に作ることをしなかったために起きた接合部のほころびの如きもというべきか。

逆のケース、すなわち幸若舞をもとにして「別」の制作が行われることはなかったのか、ということも一往考えねばなるまい。が、Aは省略されたと考えてよいだろうけれど、その次は言葉を補わねば「別」のようにはならず、Bは相当の変改—省略と別表現による簡略化—がなされなければなるまい。「別」から幸若舞では、さような改変は要らず、たとえば、Aの次の一節では「其後信長卿ヨリ」と「ヲ給」を取り去ることで、幸若舞の形が得られ、Bは「播」に拠った、とすることで説明が可能である。改変や増補によって、幸若舞から「別」が作品として成立したと考えることはまずは困難であるとされよう。

第七節　「三木」の典拠

ところで、幸若舞を参看して「別」が成立するようなことがありうるかを改めて考えてみる。まず④である。つまり、「播」を唯一の典拠として、A'・D''・E'・F'を骨組みに、はじめに幸若舞が構成され、完成した舞のテキストから（或は「播」からも）資料を仰いで、「別」が作られることはないのかということである。④の場合、B以下が対象となるが、その可能性はある。C・D・E・F・Gの順で、舞の詞章を一部改変する形で「別」を構成することはできるであろう。特にG''の直前の「都ヨリハ」の一句は、Fを踏まえながら、「播」の「従京都」に引かれて挿入したものかとも考えられる。Aが「播」、CDが「別」、Eが「播」「別」混合、Fが「播」の改変でGは「別」という複雑な切り取り方をして幸若舞が構成されているとするか、さにはあらずして、「別」は、幸若舞のAを全く別の文に変え、BCは少し改変、C～Dの間は省略、Dはそのまま、Eの一部省略、Fを改変、Gはほぼそのままとなっていると考えるか、なのである。後者の方が前者に比べ、無理がないようで自然ではあるけれども、前者では絶対あり得ぬとまではいえず、この箇所は決定的なことはいい難い。

⑤の場合、久米・志水両武者は舞曲と「別」に登場するが、前述のように、随分質的差違がある。幸若舞の表現「物の数ならず此両人もうたれ」たとする実に素っ気ないところからは、「別」の表現「既に秀吉下知シ給フ処十間計ニ成」るまで駆け込んで、一瞬、秀吉をひやりとさせた、とするアクチュアリティは生まれにくいのではなかろうか。「別」に既に記述されている久米・志水両武者のエピソードを、幸若舞作品化時に採用はしたものの、秀吉の命による作品形成という成立環境からも分かるとおり、かれらは所詮「十四五騎ニテ起モタヽズ首ヲ打」たれたにすぎぬという点に注目されただけであった、と考えるものである。それに、この二名の武者は三木城別所側の人物であり、まさに『別所長治記』の筆者来野弥一右衛門のいうとおり、「後世ニハ名ヲダニ知人アルマジキ」者であった。そういう人間は味方であればこそ「名ヲ」知られ、賞揚されるはずではあった。幸若舞詞章制作に携わった大村由己のごとき秀吉周辺の者、すなわち勝者、体制側の者たちにとっては、『別所長治記』なる「日記ヲシルベニ」（同記）、初めて「名ヲ」知るところとなった武者であったにちがいない。

類例はもうひとつある。(15)に見える「梶原の重衛門入道してとうあん」なる人物である。さきの一覧表に示したとおり、「別」に登場して「播」には全く出て来ない。「鎌倉権五郎景政が末葉」であって、十三の時親の敵討をしてより「度々ノ高名不レ知二数ヲ一無双ノ勇士ト信忠モ感ラル」（『別所長治記』）ほどの者であったとするが、別所氏がわの資料に記録されるばかり（『信長公記』『太閤記』等の中央で筆録の史書にも勿論、ない）なのである。幸若舞に載せられて初めて別所氏がわの者、中でも来野弥一右衛門が知ったというようなことは到底考えられない。それに、幸若舞は神吉民部の一族藤太夫が民部の首を取って信忠に走ったことをつくづくと口説いて嘆き、ついには切腹をした、というようなとうあんの人物造型がなされている。これをオリジナルとして橋桁渡りを加えたり、櫓に放火して自害して煙の中に飛び込んで「名ヲ末代ニ残」したというような、「別」の人物を造型していくことはほとんど不可能にちかいと思われる。「別」に記述されている、味方の裏切りに対する言葉「キタナキ味方ノ有サマ也」を敷衍する形で幸若舞の詞章を構成したとするほうが余程納得がいく、自然な形である。「無双ノ勇士」とうあんは、幸若舞に採用はされたけれども、寄せくる信忠勢を、「カラカラト打ワラヒ」ながら八方すかさず切りまわるような武者としては生かされるべくもなかったのである。成立事情を考えれば、これ又蓋し当然なのかもしれぬ。

これらの点からすると、いくつかのプロットでは先後を決め兼ねるものはあるものの、総体的にみれば、複雑な手続きをなぜしなければならなかったのかという疑問は残されたままながら、幸若舞は「播」と「別」両作品を典拠として成立した、と考えざるを得ないであろう。さらにいえば、「別」は「播」の影響下に成立していることも認めたうえでのことである。

第八節　「三木」の制作者

長治自害前夜の様子はどちらの典拠本にもつかず、幸若舞独自詞章かと考えられる。一方、慶長一〇年（一六〇五）の奥書をもつ内閣文庫本『別所記事』には複数の共有句が見出せる。

（毛利家本）	（別所記事）	（播州御征伐之事）
一		
両日両夜の遊山こそいつにす	両日夜之遊宴臨行ノ惜二余波《ナゴリヲ》余波	両日両夜之遊宴。
ぐれて覚へたれ。嘆の中の悦		寔以嘆中
とは。今此事をや申すらん		嘉可レ知而已。
小蝶の夢のたはむれ槿花一日	槿花一日之栄秋涙充《ミチテ》レ眼ニ拭シ二却《キャク》涙	
	袖ヲ一暫時閨閤雖レ入	
の栄たとひ千年をふるとて		
も。限なくては叶はず。（中		
略）十四十五の春よりもはか		
なきちぎりむすびその連理の		
枕水鳥のをしのふすまの下に	鴛鴦ノ不レ重二錦衣ヲ一、已ニ十七	
たゝおきふしなれし呉竹の	日ノ明方……	・十七日明方之月……
（中略）明ければ十七日……		

既述のごとく右は舞曲が『別所記事』を参照したのではなく、成立事情からして、その逆であろうと思われる。それ

にしても伝小八郎本奥書の慶長七年の三年後のことであり、「影響」とすれば、あくまで仮定であるがそのごく早期に与えたもの、といえるかもしれぬ。

次に冒頭部分⑴〜⑶について述べる。語り出しは「爰に尾張の国の住人。織田の弾正忠平朝臣信長。若きより昼夜弓箭を捨ず。武勇を好み給ふ」（表記は毛利家本に拠る）とあって、この曲が初めに信長の全国平定の視界の中にあることを示す。諸国を切り従え、右大臣にまで経上った彼が、息子にその職を譲りたいと申し出、「武官」として全国征覇を遂げようとしたのだと説く。そして西国へは秀吉が派遣されたところで、三木城別所氏との戦いへと導くのである。ただ、そのあとに続く⑷、『播州御征伐之事』の記事を援用した部分であるが、そこへの繋ぎ方は必ずしもスムーズとはいい難い。つまり、信長を登場させておきながらこのあと殆ど彼に言及することなく、秀吉の策略、秀吉の三木「征伐」の始終、それに対する別所一族の抵抗が語られ、秀吉の「行末の繁昌」が祝われて終るのである。思うにこれは⑴〜⑶の中でも中心に位置する⑵、これを「読ミ物」として据えようと試みたところに乖離的現象を生じた因があるのではなかろうか。

『兼見卿記』天正六年（一五七八）四月九日条に次のような記事がある（『史料纂集』による）。

九日、庚寅、向勧修寺、為灸治之由、皈、参徳大寺（公継）殿、右府官位御辞退云々、就其、諸卿於飛鳥井所談合云々、

奏達状見左、

当官（右大臣兼右大将）事次第之昇進雖可浴恩沢、征伐之功未終之条、先欲辞一官、東夷北狄既亡、南蛮西戎盍シテ属乎、当万国安寧・四海平均之時、重応登用之勅命、致棟梁塩梅之忠矣、然者以顕職可令譲与嫡男信忠之由、宜預奏達候也、

四月九日

頭右中弁（広橋兼勝）殿

幸若舞と比較のため、毛利家本を掲げる。

読物たうぐわんのこと。しだいの昇じんいよ〳〵おんたくによくすべきといへどもせいはつのこういまだおはらざるのでう先一くわんを。じせんとす東夷北狄既にほろびぬ南蛮西戎《ナンバンセイジュ》なんぞ属《ショク》せざらん万国安寧四海平均の時にあたつて重て勅命にとうようし（内「答応し」）棟梁塩梅の忠をいたすべし然ばけんしよくをもつて嫡男信忠の卿に譲りあたふべきの旨宜《ヨロ》くそうたつに。預るべき者なり（内「宜預奏達者也」）卯月一日信長判とうの右大弁殿へとぞかき給ふ

傍線部が若干異なり、波線部に誤読があるようであるが、ほぼ前掲「奏達状」と同じとしていいだろう。広橋兼勝に宛てたこの「辞状」を、吉田社神主・吉田兼見は飛鳥井（雅敦カ）邸で披見する機会を得て、記録に書き留めたものと知られる。けれども、右文書はさほどに一般に公開される性質のものでもなく、特殊に属するのではなかろうか。兼見（初名兼和）は明智光秀と親交があったことで知られるが、信長にも昵近伺候し、信長の動静は非常に詳しい。天正七年（一五七九）一一月には信長の推挙によって宿願の堂上昇殿を許されてもいるのである。また、能を好み、観世宗節・宗拶らを招いて猿楽能の会を開き、自らも舞うなどの記事もある（天正七・七・二二他）。このような環境にあった兼見が知り得た「奏達状」を、後に知らしめた相手が交際のあった中島天満宮社僧・大村由己かあるいはその関係の者であったとしたらどうであろうか。せっかく入手したこの資料を利用しようと腐心したことをうかがわせる形跡が幸若舞曲詞章には見える。秀吉発向の前提として信長の「武官」となることを置いたのは、右を「読ミ物」化しようとする試みと、恐らく同時に作られたであろう幸若舞「本能寺」とのバランスもあったと考えられる。

「三木」制作者（詞章構成者）には播州三木の出自である大村由己を最もその可能性の高い一人として挙げることができる。しかしながら、だとすればなぜ彼は自作〈天正記〉中、『播州御征伐之事』（『播磨別所記』）だけをもとに、

それを舞に仕組まなかったのかという疑問が残る。いままで見てきたように、いわば敵側、敗者の側で、「後世ニハ名ヲダニ知人アルマジキヲ嘆カシクテ」という意識で制作された「負の作品」とも称すべきものを、赫々たる武勲の称揚という意識で制作されたと思われる、「正の作品」〈天正記〉第一の本文を中心として幸若舞化が図られるときに、なぜ、複雑な道程を経てまで取り込まねばならなかったのかという問題なのである。それはまだ十分な解明ができていない。「正」といい「負」というも、『群書解題』のいうごとく、「ほとんど同内容で、両者の間には何らかの成立上の関係が想定される」ことも誤りではない。『別所長治記』の木野弥一右衛門が「作州側山家」に引籠って、独自に三木合戦を「綴留ル者也」というにしてはあまりに大村由己の作品に似すぎているという事実を踏まえれば、弥一右衛門が〈天正記〉を知っていたようだという推測は可能であろう。以下は臆測であるが、天正一〇年代に入って、成立した『別所長治記』系統の作品が郷里三木で読まれ始めるや、大村由己は早速にその写を入手し、自作の不十分な箇所を補いうるものと評価、幸若舞制作の際の推敲の材となしたのではなかったか。そのさい、天正中ごろ、吉田兼見の猶子となった藤原（冷泉）惺窩の保有していた情報なり、別所氏に押領された細川庄への思い入れなりが、何らかの形で関与したことも、また、あるかもしれない。大村由己でなければ、彼に親しい、秀吉に信任された人間の制作であろうと考えたい。制作者は史・資料を十分に使いこなせる能力とそれらを披見しうる立場になければならぬのである。当時諸般の情勢からその可能性の最も高いのが大村由己なのである。

第九節　本文補訂の痕跡

これまでも断片的に触れてきたところであるが、毛利家本「三木」（および「本能寺」にも）にはミセケチ・墨滅による本文補訂がある。どこがどのように訂されているのか、それらの箇所は他の二本とどう関わるのか、また典拠との関係はどうかなどについて述べてみたい。

六〇箇所以上にのぼる補訂のうち、最大のものは前掲プロット一覧の⒅である。約二百字に及ぶ一節にはその左に薄く傍線が引かれて消去をあらわしてある。笹野堅による『幸若舞曲集』本文篇には一切省略されているものである。因みにこの箇所のみならず、同氏はミセケチ部分は無視し、正された本文のみを採っているので、取り扱いには十分な注意が必要である。次に掲げるものが補訂の例である（片仮名・平仮名の使い分けも参考のためそのままとする）。

しかつしよりこのかた。三木方には播州色を立ルニ力ヲ得。アラキガハジロ（以上七字行間補入）。兵庫花熊ニ通路を《ヒ》なし。丹《タン》生山に一城ヲ拵へ。淡河ノ要害ノ伝トシテ。毛利家の糧《ワテ》を運《ハコ》ヒイル、《しほるへ》彼《ヒ》丹生山は節所ニテ山ノ高サハ五十町。四方ノ岩石峨々トシテ上下ノ道ハ九折案内ヲシル人ダニモ夜半ニワかよひかたしへ然るを秀吉①究竟ノ人数《ヒヒ》《兵》をそろへ。夜半ニ忍ヒヲツケ。キリコミノツトリ玉ウ。②淡河ノ要害《ヒヒ》《城》ニ此由ヲみるよりも。叶ハシトやおもひけん。あけて三木《ノ城》ヱヱソノイタリケル。

傍線部①は(小)になく、(内)は「究竟ノ兵ヲ揃へ」とあり、②は(小)「淡河のようがい」、(内)「アウコウノシロ」とある。(毛)の訂された語は(内)では本文に入っているから、(内)本系の本で校合が図られた可能性はまず考えられよう。(毛)と(小)は近似本文をもつことは前にも述べたが、右のような出入は存する（諸本の略号は第五節一八三頁参照）。

ところで典拠本文との関係を見ると、ここは『播州御征伐之事』に拠っていて、荒木村重の謀叛に対して三木方は好機到来とばかり荒木の付城伝いに丹生山に砦を作り、ここから淡河の砦を伝って三木に兵粮を運び入れようとしたが、結局失敗してしまうところである。すなわち、

爾来三木方得㆓力ヲ於摂州㆒立㆑色。荒木端城花熊成㆓通路㆒。摂津国丹生山拵㆓一城㆒。淡河要害之樋《ツタヒトシテ》而運㆓入毛利家之糧㆒。彼丹生山節所。山高二十丈。四方之岩石峨々。上下路九折。知㆓案内㆒人モ夜中難㆓通事㆒。然秀吉揃㆓究竟

兵㆒。夜中（「半」一本）付レ忍切込乗取。見レ之淡河則敗北。

この一節が消去された理由については、三木城へ「毛利家の糧を運ヒイル、」はずの作戦が、秀吉の「究竟ノ兵」の活躍のために全面的に失敗し、「叶ハシト」淡河の者は三木城に逃げ込む、という筋からして、「毛利家方の別所氏支援作戦の不成功」というべく、そのことを良しとしない毛利家において、削除することになったのであろう。村上學氏は「この二曲（注。三木・本能寺）には毛利家にとり不都合な部分が含まれていると見え、両本ともに墨滅部分が存する」(24)と述べた、まさしくその「不都合な部分」のひとつがこれなのであろう。

(4)のプロットでは次のようなミセケチがある。

差／天正六年三月の始秀吉御下知に任て。西国征伐の為彼地に下向の事は

諸本これを皆備え、典拠たる「播」にも「西国為㆓征伐㆒之備」とある一句である。秀吉側に立てば、中国地方に入り、毛利氏と戦うことは信長の「日本をたいらげたまはんとの御心中」の実行であって、まさに「征伐」と呼ぶはずのものであっただろう。だが、「征伐」される側、踏み込まれる方の毛利氏にとっては、秀吉は防衛すべき相手であり、抵抗せねばならぬ相手でもあった。一方的に、侵入してきた者の行動を「征伐の為」とは、毛利氏側からはとても語れるものではなかったはずである。その辺りが「不都合」ということで削られたにちがいない。

(17)のプロットにある例

㊔毛村重望のあらは秀吉に申せ《サレヨ》公儀にをいてわはからふべき《し》汝《御身》かくなりあがり

㊫小村重のぞみのあらば秀吉に申せ。公儀におゐてははからふべし。なんぢかく成あがり

㊥内村重、ノソミノアラバ秀吉ニ申サレヨ、公儀ニヲイテハ、、カラウヘシ、御身カクナリアカリ

三つのミセケチのうち、—線部は単なる誤写であるかも知れぬが、あと二つはそれぞれ意味をもつ。つまり、毛利家

本が伝小八郎本と同じ詞章を有していたところを、内閣文庫本系テキストによって校合され、訂正されているということである。それにより、秀吉の荒木村重に対する言葉遣いが丁寧な形になった。毛利氏の「同志」として村重を遇しようとした結果、秀吉をして絶対優位者の言葉を遣わせないようにした、と考えることもできる。

しかし、このような政治的判断によるらしい墨滅、ミセケチは、多数あるわけではない。大部分はその他の理由によるもののごとくである。

毛利家本のもとの章句と原拠（明らかに並行する場合）とを比較してみると、原拠に忠実であることが多い。また、原拠とは離れていわゆる「舞独自詞章」とされる部分では、毛利家本は独り異文（句）を有していたことがわかる。いくつか例示する。カッコ内はプロット番号である。

⒃秀吉も物具したまひ人数ヲ揃へ平山のこしひらみをぢんどり。先勢を谷ノアワイ《アイ》ニをろさる、（表記、(毛)の原文のまゝ）

二重線部が墨で消去されている印である。右、「播」の原文は「秀吉従㆑跡拵揃㆓人数㆒。平山之腰平見。居㆑陣。被㆑見㆓合敵之働㆒。先勢見㆓下谷交《アハヒ》ヲ㆒」とあって、二重線部に対応する句があり、且つ「谷交」を「谷のアハヒ」と訓んでいる（『太閤史料集』は「谷の交《あわせ》に下るを見」と訓読している）から、毛利家本のもとの文の方が原拠に忠実であったといえるであろう。同じ箇所、(小)(内)は二重線部は有するものの、あとの方は「谷のあひ」「谷アイ」とある。この系統による訂正とわかる。他二本にもある一句を消したのは、秀吉の軍勢評価につながると考えた結果か。

⒃二里三里の間に。付《相》城二つ三つつけさせ

訂された箇所は(小)(内)ともに「あひ城」とあるが、「播」の対応部分は「一里二里之間拵㆓付城ヲ㆒」とあって、(毛)のもとの形が原拠に添う。ここも「あひ城」とある他本によって直したものである。

⑶0皆人々呼《ヒ》出《メシ》シ

㈧は「……めしいだし」、㈨は「……ヨヒイタシ」とするところ、「播」は「各呼出」とあり、「呼」がもとの形なるを知る。

⑶4此《其》外西国四国懇望の使札。

「播」には「此外西国四国之使札」とあるところであるが、㊔の行間に「其」と補記するのは㈧㈨に「其外……」とあることと関わりがあろう。原拠のままの表現をやめて、校異を示そうとしたようである。

⑵5何事か是にしかん《スキン》

右は㈧㈨ともに「何事か是にすぎん」とある。しかし「別」には「何事カ如レ之也」とあるから、ここも「しかん」の形をオリジナルとすべく、他の本の形によって直したものと思われる。

⒀され《モトヨリ》共小城の事なれば

右は原拠にない部分で、他二本「もとより」とあって、㊔は独自異文であったものであるが、それが「誤り」とされたのではなかろうか。同様に。

⒂腹十文字にきつたるをおしまぬ《ほめぬ人コソ》者はなかりけり《れ》

㈧「あふ腹十文字に切たるをほめぬ人こそなかりけれ」、㈨「腹十文字ニ切タルヲ、誉ヌ人コソナカリケレ」と記述されていることから、㊔の独自異文はここでも訂されていることがわかる。原拠としては、「別」の「自害シテ畑ノ中へ飛イリ名を末代ニ残ケリ……無双ノ勇士ト信忠モ感ラル」（内閣文庫本「別所軍記」はこの一節なし）のあたりをあげるべきであろうが、正確に対応はしない。梶原とうあんの死を惜しむという語りから死に方を誉める、称揚する語りへ転換したところには何かの意識が働いたのだろうか。

このほか、いちいち例示はしないが、助詞・活用語尾などの詳細な点で、(毛)がもと独自形をもっていたのが、他に拠ってそれを「正す」ようなミセケチはいくつか目につく。

(34)にはこのような例がある。すなわち、

(毛)かゝる〵然ル《其後》ニ秀吉詰三木の城にうつり

傍線部は墨を引いて消去の印がある。ところが(小)は「かたつめ　其後秀吉。三木の城にうつり」とあり、(内)は「ヨッテ秀吉、三木ノ城ニウツリ」とあって、(毛)の独自句は(小)系本文によって訂されていることがわかる。なお原拠は「播」で、当該箇所、「仍秀吉移二三木城廓一」とあるから、(内)は近似記述であるといえる。曲節もカカルからツメに変えている。

以上、毛利家本における墨滅等の実態を見てきたわけであるが、消去されたり、ミセケチを付されたりする前の本文は、原拠との関係でいえば同一の場合が多いが、そうでない場合もあり、常に原態的であるとはいえないことを確認しえたと思う。毛利家本の独自の句の箇所は諸本の形に直されたりして統一化、規範化が図られていることがわかり、補正されていることもわかった。補正された結果は、(小)と同一本文になった箇所もあれば(内)と同一となった所もあり、区々である。そうすると、毛利家内において、「第四の本」の如きものがあって、それを校合に使用したということになるのであろうか。「不都合な部分」の抹消はともかく、その他の所では何らかの校異本文の存することは確かである。適宜に補正を加えた結果が(小)や(内)に同じとなったなどという偶然では説明しきれないだろう。毛利家には「文覚」「新曲」のように「三木」も二種類が存し、一本で校合を加えたのち、他の一本がのち失われたか、越前から時を隔てて「三木」が与えられ、二本間の異同に気づいた毛利家の者が、先に貸与された方の本に補訂を加え、定本化しようと試みたものか、いくつかのことが推測できるが、いずれとも決め難い。

しかしともかく、この曲は最も新しく制作され、典拠本文をもち、且つ流派・家系までも特定できる状況下にあるにもかかわらず、叙上のごとく少なくない箇所での異同が生じ、典拠と舞の本文、そして舞のテキスト相互に親疎が生まれているという事実を見るとき、幸若舞諸本の本文異同発生のメカニズムの一端に触れるような感も抱くのである。決まり文句や接続詞、敬語の有無、ある種の固有名詞の着脱、数字（毛利輝元の軍勢を(毛)は「四万騎」の「四」を「弐」と直し、(小)は「一万」、(内)は「二万」。「別」には「三万」とあるがごとき）助詞・助動詞・活用語尾、等はまず最初にユレていく性質のもののようである。これに口頭伝承上の誤聞（(毛)「梶原の忠衛門」とあり、「忠」の右に「重」と記すがごとき）も加わる。奈良松兄弟が元和四年（村上學氏の推定年に従う）に幸若小八郎安信から、「我等家之舞一部之通不レ残念を入相伝」（益田玄蕃宛書状）されたであろう本曲ではあったけれども、一字一句の改変も許さないといった厳密性を有するものではなく、時と所、人により、一定の幅の中で、であるが、ユレていく可能性を含むものであったらしい。作詞者と作曲者が別人であるとしても、作曲者は舞の者であり、実際の伝授に携わる者でもあるから、作詞者の手を離れては曲は一人歩きを始める。慶長七年（一六〇二）の幸若小八郎署名のある伝小八郎本と毛利家本との間にも異同が存するのである。これは書写段階での異同発生ではなくして、伝授者自身によって生み出された異同であろう。幸若舞のもついわば「原理的必然」の生み出したものといい代えてもよかろう。類似した状況は、同じく毛利家本「本能寺」にもみられる。

第一〇節　テキストによる曲節符の異同

曲節（符）の異同は詞章に比べれば小さいといえる。しかし、節付のない内閣文庫本は除外して、伝小八郎本と毛利家本とを比較するに、少なくとも一三箇所以上の異同が見られる。しかもこの中には「さし」が「さしくどき」となっているなどの複合曲節符化（あるいはその逆も）しているものは含めていない。「かかる」が伝小八郎本に無かったり、「つめ」の位置がずれていたり、「ことば」が「つめ」となっていたりしている箇所を数えた数字である。いくつかの例でみてみる。

他の曲の場合でも、語り句（コトバ）・曲節句（フシ、サシ、イロ他）・拍節句（ツメ、カタツメ）などの各旋律型をこえて曲節異同はほとんどみられないのであるが、(25)一箇所、例外的なものがある。梶原とうあんの奮戦を語るところで、毛利家本では（笹野『幸若舞曲集』本文篇五五七頁四行目以下）

詰①へ其後寄手の兵は城大将が首をみて。落居したると心得。内へいつてみんとて。あう我も〳〵と乱入とうあん此由みるよりも。爰にて切て出

とあるが、伝小八郎本をみると、

ことは①其後よせての人々は。城大将民部が首を見て。城ははやらつきよしたるぞと心得。内へ入て見むとてかゝる②我も〳〵とみだれ入つめ③とうあんこのよしみるよりも。爰にて切ていで。

となっており、かなりの異なりであることが、わかる。特に①詰→①ことはに注目される。前者では寄せ手の兵の乱入の時点から、ツヅミに合わせた速い拍節の謡いであるツメの調子で、とうあんの戦いぶりを盛り上げるのに対し、後者は寄せ手の安堵を表わすかのように拍子に合わぬ語り句で悠然と述べ、②「われもわれも」で曲節符フシが付き、一転、「とうあん……」とツメの急調子となって、とうあんに引き寄せるといった手法なのである。いずれがもとの形かはわからないが、同一流派内のテキスト相互ではあっても、こういう節付上の独自性あるいは工夫はそれぞれ主張しうる、振幅のあるものであったらしい。

次に笹野五五五頁一四行目以下の例

堀ぎわへよせきたりか、るへ則土手を節へつかせらる彼所と申すは。

とあるところ、伝小八郎本では「堀ぎはへよせ来りか、る即どてをつかせらるふし同音彼所と申すは」とあり、幸若正信本歌謡集には同所は「か、る堀ぎはへよせ来り。すなはちどてをつかせらるふしへかの所と申すは。」とある。

この本は寛永一九年（一六四二）南呂（八月）、幸若少兵衛正信写である。正信は汝滴茂勝の子、庄太夫長明の父、小八郎安信の脇を勤め、慶安二年没。小八郎家とは因縁浅からざる者である。（弥次郎家系図に拠れば三代前、曽祖父安正の時分かれる）。それにもかかわらず、小八郎系の二本とはこの程度は異同を生じているのである。毛利家本は、センテンスの切れ目と曲節の変化とは一致していない。それを正そうとしたのが後二本であるのだろうか。小八郎安信は、父吉信（吉音）の作曲したものをみずからの判断で改変し、それを、脇を勤めてくれた正信に書写せしめたか、あるいは安信伝授の「三木」に正信が手を入れたかのいずれかなのであろう。このような節付けの異同を見ていると、関白秀吉の命で行った「吉音」ら三人の「節を付給ふ」作業も、神聖不可侵といった種類ではなく、他の曲同様、同一流派、同一家系の中であってさえ、一定の改変はありうること、許容されることであったようである。

このほか、笹野五六〇頁一三行目の毛利家本。

か、る╲摸《モ》雁昇楯《カイダテ》　節〽高くい丶重々に構《シヤク》をつき。

とあるところ、伝小八郎本・幸若正信本ともに「重々に」より「ふし」となっている。意味の切れ目に曲節符を合わせたとすれば、次の毛利家本五五四頁九行目も然りとされよう。即ち、

出城の普請をぞきはめける〽╲掛今度大敵を　詰防べき。城々にはしかたには（後略）

は、伝小八郎本は「掛」なく、「しかたには」から「つめ」が始まっている。ここは尽くし物の箇所で、三木城の出城の名と武将の名を列挙していくところであるから、伝小八郎本のような曲節符の配置は意味上、コンテクストを明

らかにする役割を果たすであろう。伝小八郎本が小八郎安信の本であるとすれば、安信の改変の可能性はある。しかし、毛利家本が兄・吉信直伝（吉信作曲後改変されていない）本であるという証拠がない以上、あくまで「可能性」にとどまる。毛利家本も又安信の手が加わっていれば、いずれも流動過程上の本ということとなるであろう。

また、別所長治が助命嘆願をする文書を読む条は、毛利家本は「差《さし》」で始まり、途中から「読物」となるが、伝小八郎本は最初から「よみ物」である。この方が意味上まとまりがあると考えられる。かように、伝小八郎本（正信本歌謡集も）の節付けは、センテンスやフレーズの切れ目に合わせようとする意思、つまり意味、内容を考慮したところに特徴づけられるようである。先後関係はこれらからは論ずることはできない。なお伝小八郎本と毛利家本は、本曲や「本能寺」は非常に近いが、その他の本文は弥次郎家本文や大頭系本文と交る（村上學氏）。

幸若庄太夫長明は「幸若系図之事」においてかくいう。

近代の小八郎并八左衛門も虚白老（小八郎安林）の能所計《よきところばかり》をとり、耳にかゝる悪敷をすてゝ、中道を取、執《（修）》行なき故、八左衛門兄弟なとは、けうけん《（狂言カ）》の様におかしき事共多く、次第に幸若丸より以来中和の曲風すたりゆく也

長明の著した宝永三年（一七〇六）のころはもう伝授された曲節をひたすら墨守するばかりで、「執行（修行）」がないという。「執行」とは「悪敷をすて、中道を取」ることだというのである。されば、安信あるいは正信のころはかような「中和の曲風」いまだすたれず、伝授の曲であっても、「悪敷をすて」たから、曲節の異同は生じるのであって、長明に従えばそれは当然のことということになる。

注

（1）天正元年四月、足利義昭は織田信長と和睦したが、義昭は再挙の計画を進め、六月には毛利輝元にも兵粮送達を依

頼した。七月、義昭は槇島城に挙兵するも信長の速攻に敗れ、人質を出して枇杷城から河内若江城に逃れるのである。ここにおいて信長は義昭に見切りをつけ、幕府は亡ぶ。月末に天正改元が行われる。この若江に居たのが、三好義継であって、後年越前幸若家に舞の修得に遣わされた毛利輝元のお伽衆・奈良松善吉、善三郎の父、奈良松友嘉は実に三好義継の臣なのであった（吉田善兵衛忠房書上・『萩藩閥閲録』）

（2）三木城の北東約六キロメートルの地一帯は細川の庄で（現・三木市細川町桃津）、いま「藤原惺窩生誕地」の碑が立つごとく、鎌倉時代に為家から為相が譲られた例の荘園の地である。阿仏尼の提訴以後、一四世紀初めになって最終的に冷泉家に帰属が決して、累世、同家が保有（室町中期より下冷泉家）、戦国期には当主は直務支配のため下向して居住していた。半ばは土豪化していたものであろう。天正六年四月に別所長治によって細川庄が攻略され、冷泉家居館も歴代の貴重典籍も焼けて、当主為純・息男為勝は戦死したのである。為純の次子粛、のちの惺窩は竜野にあって宗舜として修業中であったが、ただちに書写山に陣していた秀吉に対面を乞い、敵討と家名再興を願い出たのであったが、秀吉自身三木城には手こずり、また西播州にて毛利氏と対決中でもあり、しばらく時節を待つようにと申し渡したのであった。（『惺窩先生文集』首巻所載「惺窩先生系譜略」享保二年藤原為経）

（3）甫庵『太閤記』（巻二）によると、城将三人（吉川式部・森下出羽・中村対馬）は秀吉方の浅野弥兵衛に対し「願は美酒佳肴聊御芳情に預」り、「盃を取かはし、暇乞致し度」いと要請、それが容れられるところとなり、酒肴で最後の酒盛りをする。「過こし方行末の有増など、夫婦相かたらひ、老父孩児之事など懇に頼みをき、形見之物残る方もなく云渡しつゝ、時を待こそ哀なれ」とあって、三木城落城前夜の景と相似する。さらに付言すれば助命された者共に食を与えられたが、『信長公記』（巻一四）には「食にゑひ過半頓死」とあるのが、甫庵『太閤記』では一度に食えばかえって死するゆえ、粥を煮て少しずつ食せなどと細かに指示を与えている。そして「寔秀吉卿は、不レ忍レ弑レ人之仁心を発し、雑人原迄斯御心賦り給ふ事、陰徳之陽報有べき人なりと其臣皆憑母敷ぞ覚え」たと秀吉称賛につなぐところにも共通性を見出す。（付記）三木城合戦については松林靖明・山上登志美『三木記―研究と資料―』（一九九六年三月和泉書院）がある。

（4）類従本『石野系図』を抄録する。

赤松茂範―則村
　　　　└円光―敦光（別処五郎　左衛門）―敦範―宗秀―則治（幡州東三郡領）―光治（別処加賀守　大蔵少輔）

光治―安治（別処大蔵少輔）
　　―加（賀カ）相（別処山城守　於三木与長治自殺）
　　―重棟（別処孫右衛門尉　降参于信長公有其子孫）
　　―安之（別処甚大天）

安治―長治（別処小三郎、領播州東八郡、居三木城、甚振武威（下略））
　　―友之（彦之進、与長治一処自害）
　　―治定（別処小八郎、討死）

三木市立図書館蔵『播陽諸家大系譜』は右とは相当異なる系譜を掲げる。即ち次のようである。

（上略）則康―則忠―則治―則定―村治―安治
　　　　　　　　　　　　　　　　　―吉親（別所山城守号東雲軒賀相天文九年生（中略）文禄四年乙未年死去年五十六）
　　　　　　　　　　　　　　　　　―重宗（別所孫右衛門（中略）長治一族ヲ離レ属二秀吉一）

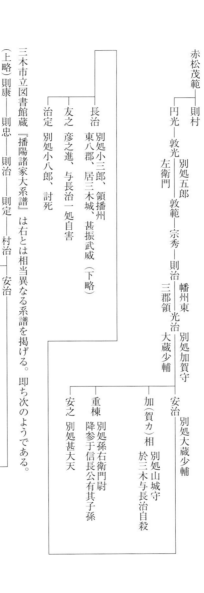

- 治時
- 宗治
- 敦豊
- 女
- 女

- 長治　別所小三郎（中略）法名剛岳性金大居士、妻者舟笹山城主波多野秀治女自害二十二歳性祐大禅定尼
  - 女　於竹　法名　妙竹　年五歳　天正八年時
  - 女　於虎　法名　虎西　年四歳　同
  - 千松丸　法名　明千　年三歳　同
  - 竹松丸　法名　松西　年二歳　同
- 友之　別所彦之進（中略）妻者山名和泉守豊恒女也（中略）十七歳ナリ友之自害シケリ歳二十法名性霊禅定門
- 円光　別所小八郎定治トモ永禄七年生（中略）天正七年二月六日平山合戦ノ時死ス

（5）古典文庫『未刊謡曲集』解題三一頁。

（6）林雅彦・徳田和夫編『絵解き台本集』（一九八三年、三弥井書店）「三木合戦軍図　絵解」解説二六〇頁。

（7）同右二六一頁。なお法界寺の絵解きとその周辺については庵逧巌「鎮魂の絵解―別所長治の場合―」（説話伝説研究5）があり、阿部泰郎氏にも「三木合戦図―〝太閤記〟の対極の視線―」（国文学解釈と鑑賞47―11）の論考がある。また、その現況については拙稿「『三木合戦図』絵解きと細川荘と」（橘七号・一九八七年三月、拙著『伝承の「場」を歩く』三弥井書店、二〇〇八年九月、所収）でも報告した。

（8）甫庵『信長記』巻一三（古典文庫所収本）には「みきの城ほつらくの事」なる目録を載せるも、内容は簡略。「く

はしく天正武記にあり。かるがゆへに是をしるさ」ないのだという。
（9）笹野堅は『幸若舞曲集』序説篇で、この系図についてかくいう（一六三〜一六四頁）「長明が六十六の老齢にあって記したもので、伝承や記憶の誤りなきを保し難く（中略）小八郎安信の兄を吉音とすること等、まゝ疑点があるが、幸若者流の遺した殆ど唯一の書留であり、少くとも徳川時代初期の越前幸若の状態を知るうえには最も確実なものといへよう。」
（10）笹野同右書二七九〜二八〇頁。
（11）笹野同右書一八〇頁。
（12）「幸若弥次郎系譜」および『丹生郡人物誌』（福井県丹生郡教育会・一九一二年）一八五頁。
（13）ただし、松本隆信氏は「『三木』は次の『本能寺』と共にこの安信の新作である」といわれる（『幸若小八郎正本幸若舞曲集』下、解題九二〇頁）。伝小八郎本「三木」奥書「幸若小八郎大夫／慶長七暦三月日」の「小八郎」を安信とされたことから、「三木」の作者も彼に比定されたのであろうか。
（14）「能之留帳」（下間少進）にはその翌月十二日に呉松が「明智崩れ」を演じたことを載せる。これは「明智討」の別名なのであろう。『言経卿記』の同年九月二一日条にも、由己作謡本「明智討」のことがみえる。
（15）笹野前掲書序説篇二一八頁。さらに
彼三十六冊ニ、節・詰・言葉ヲ付、其品ノ文句、道理随テサシ・色・クトキ十六節ノ章句ヲ付ル。名付テ三拾六番ノ号ニ曲節集ト一（下略）
ともある。
（16）笹野前掲書一九三頁。なお『太平記』に極めて近接した原「新曲」的な曲がまず制作されたこと、村上學氏がかつ

て紹介、論じた（「幸若舞曲諸本論序説」（一）（二）名大国語国文学41 42）。

（17）岡見正雄「説経と説話」（仏教芸術54）にて紹介した京大本「多田満中」なる説草がそのもとテキスト。又、庵逧巌「舞曲『満仲』の形成」（山梨大教育学部紀要 5）、拙稿「幸若舞曲『満仲』の諸本をめぐって」（伝承文学研究20）「舞曲『満仲』の諸本補遺」（静岡女子短大紀要25）等参照。

（18）ただし、この年紀は「元の本の奥書を写したものであろうか」（松本隆信、前掲書解題）という。また、毛利家本等の署名本は「実名と花押が必ず伴っているのであるから、『小八郎大夫』のみの署名は書き写された慶大本が小八郎家直系の者が管理する本であることを疑わせるに足る」（村上學「幸若弥次郎家本舞曲に関する一推論（その二）」（国文学研究資料館紀要・一九七九年三月）という。弥次郎家管理下にあった小八郎本であるらしく、且つこの本自体は小八郎の写したものではないようである。

（19）庵逧巌「幸若舞曲『毛利家本』の成立」（芸能一九七六年一一月）に詳細な報告がある。村上學氏はそれをふまえてさらに伝来テキストの成立年代を考察している（『毛利家本舞の本』解題、五八二頁～五八九頁、「毛利家本の成立」の項）。

（20）『内閣文庫蔵和漢書目録』に「三木記〔江戸初〕写　林　一冊　一五五函一六四号」とあるもの。整理番号一六二二四、外題は表紙左に打ちつけ書きで「三木本能寺」とあり、傍点部は墨を引いて消し、「本」の右に「記」と異筆で記す。もと「本能寺」と合綴、のち分離、一冊を仕立てたのであろうか。内題「三木記」。但し墨色濃く、別筆のようである。鈍色がかった萌黄表紙、寸法二八・一《センチメートル》×一九・九《センチメートル》、字高二二《センチメートル》、一面一〇行、紙数一七丁。印「浅草文庫」「林氏蔵書」「日本政府図書」（一丁オ）「昌平坂学問所」（裏見返し）。補修が施されており、表紙裏貼りに明治二六年の経済関係の公文書が使われていて、その時期が知れる。

(21)　2は類従本『播州御征伐之事』に
秀吉早々可レ被二懸着一処、敵一手非レ可レ働、北方之襲有二南方之行一、少被二見合一間
とある波線部対応を見ることにより、4は同じく、「近習之人々」とあるのを見ることにより諸本と典拠との遠近が測れよう。なお(1)の7は原拠「仍秀吉移二三木城郭一」とあることからすれば(内)がこれに忠実といえる。

(22)　類従本『播州御征伐之事』
其日又被レ寄二諸陣一堀際不レ過二三町一。宮上之構自二彦進ヵ鷹尾山城新城一高事二十丈計。秀吉自二宮上一下墨。同十一日白昼南構着二人数一。放二火山下一。秀吉。秀長懸二入鷹尾幷山城構一

(23)　『邦訳日葡辞書』「Fiqinauoxi, su oita. 物を引っ張って正しく直す、または、その物を他の場所へ移す」。

(24)　『毛利家本　舞の本』(横山重・村上學編・一九八〇年、角川書店) 解題五八五頁。

(25)　麻原美子「幸若舞曲の生成」(国文学言語と文芸76・一九七三年)・三好節子「幸若の『語り』と『謡い』」(日白国文13・一九七四年)・拙稿「幸若舞曲『満仲』の諸本をめぐって」(伝承文学研究20、一九七七年七月)

第7章　古浄瑠璃等と幸若舞

第一節　古浄瑠璃・説経と幸若舞―「鎌田」を例に―

説経浄瑠璃に「鎌田兵衛正清伏見ときは／小幡物語」及び「鎌田兵衛政清」なる正本が存する。(1) 前者は元禄三年（一六九〇）版で、天満八太夫・重太夫・武蔵権太夫の正本、後者は享保四年（一七一九）の佐渡七太夫豊孝の正本である。また一方、古浄瑠璃には寛永二〇年（一六四三）版の「待賢門平氏合戦」と称する作品もある。(2) ここではこれら三種の作品と幸若舞「鎌田」との相互依拠関係・成立の問題を、主として詞章的側面から考察してみたい。

まず、説経の両版はともに六段仕立てであって、一～三段は幸若舞『鎌田』に、四～五段は「伏見常盤」・「靡常盤」に拠り、六段目は幸若舞にない、金王丸の敵討説話で締め括る。古浄瑠璃も段構成は右と同様であるが、一～三段目前半までは『平治物語』に材を摂り、三段目後半から六段目前半までを幸若舞「鎌田」に拠っている。

この見解は水谷不倒『新修絵入浄瑠璃史』以来のものであった。ところが室木弥太郎氏はこれを排し、語り物としての「金王丸の物語」を設定、これにより制作された作品が幸若舞「鎌田」「伏見常盤」であり、一方では古説経「鎌田」が生まれたと想定、これが説経「鎌田兵衛正清」へと展開していったと論じた。(3) しかし、横山重氏は説経正本を舞曲形成以前の語り物に接続させることについては否定的で「やや飛躍してゐるらしく感じられる」とし、「もう少し古いテキストがあるとして、その間を埋めるに足るものの出現を俟たないと、今は何も言へないやうな気がする」といっている。(4) また、同氏は説経「鎌田兵衛正清」は、元来、浄瑠璃畑のものであったのではないかとして『東海道名所記』の「京の次郎兵衛」が「鎌田の正清か事」を語ったとある記事を挙げる。そして「説経の『鎌田兵衛正清』は幸若舞から直接に来てゐるとは思はれない。むしろ説経の正本に先行した浄瑠璃の正本から取ってゐると思ふ」と説いて、その拠った正本というのは先掲の寛永二〇年版「待賢門平氏合戦」であろうとした。(5)

この二氏の見解を、三種の作品の詞章比較を通して検証していくこととする。

第二節　古浄瑠璃「鎌田」の典拠

幸若舞と説経および古浄瑠璃との関係は一様ではなく、かなり複雑といってよい。ごく大雑把にいっても、比較した結果よりして、次のような諸点から考えられねばならぬだろう。一、幸若舞になく、説経・古浄瑠璃のいずれにも、もしくは一方にのみある増補（これら独自のもの・『平治物語』によるもの）。二、幸若舞にはあるが説経等で省略あるいは簡略化されている個所（一方が省略していても他方は存するケースもあり、省略により、モティーフが幸若舞と異なる所もある）。三、どの作品にも存する、いわば並行する部分での、幸若舞諸本との関わり合いかた。四、詞章としてはいずれの作品にも存するが構成上、位置がずれているケース。五、説経内部の問題で、元禄版になく、享保版の増補、また逆に享保版の省略簡略化、元禄版よりも享保版の方が幸若舞に近い箇所等のこと。

ここでは二、三の例証を掲出して、その中で各項目に少しずつ触れていくことにしたい。

まず、清盛から長田への書状を比較してみる。〈（舞）＝幸若舞「鎌田」（内閣文庫本）、（古）＝古浄瑠璃「待賢門平氏合戦」、（元）＝説経「鎌田兵衛正清」元禄版、（享）＝＝同享保版〉

（舞）下　状　源氏[A]　左馬頭　義朝　ハ。親　の首　をきるのミならす[B]

（古）下　す状　げんじ[A']さまのかみ義朝、　おやのくびを切

(元)くたす状、　左馬の頭　よしともは、おや　首　[B']をきるのみならず、

(享)下　す状、　左馬のかみ義朝　は、親のくびを切　[B']のみならず、

(舞)[C]したしむへき　兄弟を　ほろほし　六親ふはにして　[D]三宝のかこなし。

(古)[C']したしむへき兄弟を　ほろほし　六しんふわにして　[①]

(元)しんるい　兄弟、打ほろぼし、六しんふわにして[D']三ぼうのかごなし、

(享)しんるい　兄弟　打ほろぼし、六親　ふわにして[D']三ぼうのかごなし、

(舞)父母ふかうにして　[E]天はつをかうむる。そのいわれあひたかハす／去年のつミ

(古)[②]　[E']天はつをかうむる。其　いわれあいたかはす　去年のつみ

(元)[②]　[③]　こぞのつみ、

(享)[②]、[③]　こぞのつみ、

、

(舞)きんねんに。　かんし　[F]平氏の、たゝかひにかけまけ

(古)きんねんに　かんじ、[F']平治の　たゝかいに打まけ、

(元)ことしにきし、きやくらんをおこし、たいけんもんの夜いくさにかけまけ、

(享)ことしにきし、きやくらんをおこし、たいけんもんのよいくさにかけまけ、

(舞) ていとをさつて、G遠嶋　おんびにまよふ　Hわつかにろめいを。せき草　にかけ

(古) ていとをさつて　G'とをしまおんひにまよふ、H'わつかに　せきそうにかけ、

(元) ていく(ママ)をさつて　ゑへ(ママ)たゑ(ママ)へたうにさまよふ　④

(享) ていとをさつて　ゑんとうにさまよふ　④

(舞) ばせうのしたひを、らんふうにまかす。ほゝたのミすくなきことは槿花。一日の

(古) はせをのしたいを　らんふうに　す、ほく(ママ)たのみすくなき事は、きんくわ一日の

(元)

(享) ④

(舞) 陰　を待　かことし　さうふう春　の雨を　まつに似たり。迚　もしめつすへき

(古) かけをまつかことし　さうふうはるの雨を　まつににたり、とてもじめつすべき

(元) ④　とてもちめつすへき

(享) ④　とてもじめつすべき

(舞) ものおや。I此みかたにくミせんこと　は　たゝしんゑん

(古) 物　をや、I'此此みかたにくみせん事　は、たゝしんゑん

（元）事　　　　　　　　　　　　　　［　⑤　］しんゑん
（享）事は　草ばのつゆにことならず、此もの　にくみせんともがらは、しんゑん

（舞）にのそんて。はくひやうを踏　に。似たるへしはや義朝　かかうへを切　て
（古）にのそんて、はくへう　をふむに　にたるへしはや義朝　かこうべをきりて
（元）にのぞんて、白　ひやうをふむに　事ならず、はやよしともかかうへをはね、
（享）にのぞんて、はくひやう　ふむに　事にたり、はや義朝　がかうべをはね、

（舞）天下　に捧。申へし　けじやうには。美濃　尾張　三河。三ヶ国を
（古）天下　にさゝけ申へし、けしやうには、みの　をはり　三川　三か国、
（元）天下　にさゝけ申へし　けぜう　には、みの、をはり、三川、三が国を
（享）でんかにさゝげ申べし、けぜう　には、みの、おはり、三河、三が国を、

（舞）宛行。同しゆりやうハ望たるへし　仍　状如件。

（古）あておこなふへし、おおなしくしよれうはのそみたるへし、仍　て　状くたんのことし、

（元）あておこなふへし　［　⑥　］　よつて　状くだんのごとし、

（享）あておこなふへし　［　　　］　よつて、状くたんのことし、

（舞）平治　弐年正月一日　長田　か館　へ
（古）へいぢ二年正月一日、おさたかたちへ
（元）平治　二年正月朔日、おさだかたちへ、きよもり判
（享）平治　二年正月朔日、長田　がたちへ、清盛　判

これによると、（古）はB・Dおよび══部の対応句を欠くほかはほぼ完全に幸若舞詞章に一致する。Bの対応句・空欄①②よりして（古）は幸若舞の一部省略形と考えられよう。（元）（享）はB′・D′のように、二者ワンセットで（舞）に対するが、空欄②の外、③④⑥の欠句もあって、さらに省略が進められている。また、C・Gには異なる章句をもって対応せしめ、〰〰部のごとき増補をも試みている。したがってこの二本は意図的な「幸若舞ばなれ」がなされているとしてよい。（享）の……部は（元）よりもさらにこの傾向が強まっていることを意味する。[6]しかしIの対応句を、多少変改は加えられているものの（享）は持っているのに（元）はそれを欠いているから、（元）ばかりをもとにして（享）が制作されたとも言えぬようである。それは、他の箇所で「人はうんめい、つきぬれは。ちゑのかゞみもかきくもる。又さいかくの。花もちる」という幸若舞にのみ見える一節を享保版が用いていることにも関連しよう。右は長田の申し出を承諾するようにという義朝の言を聞いての金王丸の述懐を、享保版では鎌田が最期の際にかきくどく言葉として転用しているのであるが、享保版が直接、幸若舞ともコンタクトをもった証左として考えてよいだろう。

また、B′・D′の例でもわかるように、（古）にはその対応句がないのに、説経系の二本には存する。ということは前記、横山氏の「説経『鎌田』は舞曲からではなく、古浄瑠璃から」という説は再検討されねばならぬであろう。

この書状の例で見る限り、古浄瑠璃・説経ともに各々別個に幸若舞に依拠しつつ構成されたと考えるのが最も妥当

であろう。幸若舞との親疎でいえば、(古)―(元)―(享)の順で遠のくことになる。したがって、室木氏の新説にも与するわけにはいかない。

第三節　幸若舞諸本との詞章関係

少し長くなるが、第二の例をあげる。前節の推定をもとに、これを材料にして古浄瑠璃・説経系の作品群と幸若舞諸本との関わり方について調べてみる。金王丸が長田勢の囲みを破って脱出する、末尾部分である。

〈校異〉の幸若舞諸本略号

(上)…上山宗久本　(古)…古活字版　(秋)…秋月文庫本　(関)…関西大学本（以上大頭系）

(毛)…毛利家本　(大)…大道寺本　(京)…京都大学一本　(小)…慶応義塾大学蔵伝小八郎本（以上幸若系）

幸若舞（底本は幸若流のテキスト、内閣文庫本「鎌田」）

こんわう是を見て。おもしろし長田①。そなたハまうせいなり。我ハたゞ一人まいりさうといふまゝに大勢のなかへわつていり。さんさんにきつたりけり②。（A）

去間長田①。かなふへきやうあらされハ、我館をさひて。もみにもうてにけにけり②。こんわう是を見て。いつくまてといふまゝに（B）

長田を目にかけて①はしりけり。去間長田②我か館へつつと入。堀のはしをひいて四方のきとをちやうとうつ。こんわ

（C）う是を見て。③荒もの〳〵しけらのたけりといふまゝに。三重の堀をは。ひらりひらりと④はねこして。八尺ついらのありけるに。手をかくるこそおそかりけれかけすゆらりと⑤はねこへ。ちう門めんらうとをさふらひ長田をおつてはくりしハ。荒鷹か。とやく、つて。⑥雉子をおふることくなり。

（D）去間長田。①つま戸よりもつつとぬけ。行かたしらす②なりにけり。

（E）こんわう是を見て。力をよはぬしたひとて。又とつてかへして。大勢の中へわつて入。①西東北南くもてかくな八十文字。八はなかたといふものに。②さんさんにきつたりけり。

（F）手本にすゝむ①兵を。五十三騎切ふせ。②大勢に手をおふせ東西へはつとおつちらし。

（G）うミのわたりをさうなくし①都をさひてのほりける。

（H）①こんわうか心中をは貴賤上下②をしなへ。③かんせぬ人ハなかりけり。

〈校異〉

（A）①ナシ…㊤(京)　あふ面白し長田…㊤　②もとより今王矢つめ（八つめ(古)(秋)）の大事しんけいかしゆつはならふつ手をくたいてそきたりける(月)きつたりけり…㊤(古)(秋)　わりたておんまハして散々に切たりけりちたい金王八ツ目の大事しんけいか術ハならふつ手をくたいてそ切たりける…(関)

(B) ①長田是をミて…(関) ②もみにまうてそにけにける…(上)(古)(秋)(関)(大)

(C) ①目にかけ…(上)(古)(秋)(関) ②おさだは…(上)(京)(小) ③あらものものしや…(秋) ④はねこして…(上)(古) はねこし…(京)(小) (ひらりくるりと) はね越て…(関) ⑤はね越て…(上)(古)(秋)(関) ⑥雉にあふかことく…(上)(古)(秋)(関)

(D) ①妻戸よりつつといで…(上)(古)(秋) ②おちにけり…(上)(秋) 打ちにけり…(古) うせにけり…(関)

(E) ①ナシ…(関) ②わりたてをんまはして散々に…(上)(古)(秋)(関)

(F) ①よき兵を五十八騎 (八十三騎(関)) …(上)(古)(秋)(関) ②大勢へ手おふせ…(関)

(G) ①都をさして…(古)(関)

(H) ①かの金王か…(関) ②をしなへて…(古) ③ほめぬ人…(京)(小)

説経（元禄版「鎌田兵衛正清」）

こんわう見て、おもしろしおもしろし、おのれは大ぜい、こん王は只壱人、まいりそふと言まゝに、たせいか中に、わって入、はらりはらりとなぎふする　本より、こん王大力、やつめの大事、しんけいが、じゆつと、ゐてをくだいてぞ切にけり、（A'）

てもとにすゝむ、兵もの五十八き、なぎふせ、大ぜいに、てをおゝせ、四方へはつと、おつちらし、（F'）

おさたをめにかけ、おつかくる　せうじも、今はかなはしと、わがたちへ、つつと入、ほりのはねばし、引はつし、四方の木戸を、ちやうど打　こん王、是をみて、もののしやと言まゝに、三ゐのほりヲ、ひらりひらりとはねこへ、八しやくのついぢに、手をかくると見へけるが、かけず、ゆらりとはねこへ、中門、めんろう、とを侍、のが

さしと、おつかけたり　(C')

おさだ余りの、かなしさに、やあ子共はなきか、父か命をたすけよと、ふるい〳〵にげにけり　すでにあやうく、みへし時、ちやうし太郎、同二郎、かけふさがり、こん王に、うつてかゝる、こん王、心へたりと弓でめてに、なぎふせ、なをのがさしと、おつかくる、弟の四郎、同五郎、おしへたてゝ、むんずとくむ　こんわう、もの〳〵しやと、かいつかみ、庭の石になげつくれは、みぢんに成て、うせにけり、兄弟四人を、うつひまに、おさたのせうじ、行方なし、こん王、ゑゝおさだめを、打もらしぬる、むねんやと、はかみをしてそ、いかりけり　かゝる所に、おさたかせい、あさましとよせかけたり　こん王見て、さて〳〵、しようもこりなき、やつばらかな、出々てなみを見せんとて、　(P)

大せいか中へ、わって入、西から東、きたから南、くもて、かくなは、十文字、八はながたと、言ものに、さんさんに、切たりけり、　(E')

残しやつばら、風に木のはの、ちることく、むらむらはつと、おつちらし、都をさしてぞ上りけり　(G')

かのこん王か、てがらの程、きせん上下、おしなへて、かんぜぬものこそなかりけり　(H')

説経（享保版〈豊孝正本〉『鎌田兵衛政清』）

〔元禄版との主たる異同部分のみ示す（ルビ省略）〕

A'……金王が、是をみて。あふおもしろし〳〵。をのれらは太勢。金王は只壱人。まいりそふと、いふまゝに。

たせいが中にわつて入。たてわり、どう切、車切、あたるものを、さいわいに、（W） はらり〱と、〽《三重》なぎふする（以下同じ）

P′……（上略）（P〰〰部）こん王に、うつてかゝる　金王心ゑたりと、きつさきより。くわゑんを出して。爰をさいごと、〽《三重》た、かひける。され共、せうぶは。つかざりけり。金王、いらつて。いつまでものを、思はせん。出々いとま、とらせんと。とびちがへ切けれは。（X） ゆんでめてにぞ、なぎふする。四郎五郎がかけ来り。さゆうより、むんずとくむ。こんわう、少シもさはかず。何をするぞ、こくわじやばら。くわんねんせよと、いふまゝに。二人をいつしよに、（Y） かいつかみ。にはの石に。なげつくれば。みぢんとなりてぞ、うせにける。（下略）

H′……かの金王が、其はたらき。いだ天。ふだう、あしゆら王。こうがうりきしもかくやらんと。（Z） きせん上下、おしなべて、おそれぬ者こそなかりけれ

古浄瑠璃（「待賢門平氏合戦」）

金王丸はきくよりも、なぎなたもつて、はしりける、おさた是をみて、あれ打とめよと有けれは、承ると申て、いくさは花をちらしける、（A′） あまたの物共うたるれは、かなはしと思ひ、わかたちさして、にけにける、金王是をみて、いつくまてといふまゝ

（B'）に、

（C'）おさたをめにかけはしりける、おさたはしを引て、四方のきどをてうとうつ、金王是をみて、あら物々しやといふまゝに、みへの堀をひらりひらりとはねこへ、おさたをおふてはしりしは、あらたかゞ、きじにおふかことく也、

（D'）おさたつつと入、行かたしらず成にける

（E'・G'）金王力をよばず、都をさいてそ上りける

（A）と説経元禄版（A'）部とを比べるに、校異を参看すればわかるが、傍線部②の対応章句（やつめの大事しんけいがじゅつ云々）などは内閣文庫本他の幸若系詞章からは決して導かれない性質のものである。大頭系、なかでも㊤㊎㊍が最も近い。（F）の①も㊤㊎㊍のみ「五十八」とあって、説経に一致する。㊬は（E）の①などの例があって右三本からはやや遠い。このほか、例示はしないが、㊤㊎㊍㊬が一致して説経と同じ章句を有する箇所が三十、説経にはある章句もみられる。この逆に、㊤㊎㊍などが欠文であるのに諸本には存し、説経にも存するといったケースは、㊤や㊍のみになく、諸本にあって、㊤㊎㊍が十、㊤㊎、㊎㊍（㊛㊦の加わることもある）も数箇所ずつある。また、系統調査上有意なものとしては浮上してこなかった。よって、これらを勘案するに、説経は大頭系詞章を有する古活字本と最も密接なつながりをもつと考えられよう。

古浄瑠璃のほうは、掲出例では諸本との関わり方がはっきりしない。が、他の部分、たとえば三段目の終わりに「朝長御らんじて、さのみに物なおもはせそ、はやとくとくとの給へば」という一節に対応する幸若舞章句が、大頭

系では「朝長ハ御覧してふかくなり正清やあさのみに物な思はせそはやとくとくとありしかは」とあって、〜〜部に応ずる——部をもつに対し（上古秋関）及び幸若系はもたない。また、古浄瑠璃の同じ段に「おさたなんなく頼れ申、わがやかたは、すみあらし候とて、新さうに御所を立、いつきかしづき申ける」とある所、幸若系では「長田なんなくたのまれ申、新造に御所をたて、君をいれ申いつきかしづきたてまつる」と対応する。ところが——部は大頭系(古)(秋)では「わか家はすみあらして見くるしく候とてしんさうに御しよをたて」とあり、(上)は「我家は住荒してみくるしく候とて新造のありけるに」、(関)は「我家ハ見苦く候とて新造に御所をたてゝ」とある。この他にも説経と同様、(上)(古)(秋)(関)とのみ対応する句を数箇所指摘し得るから、古浄瑠璃もやはり大頭系、就中(古)(秋)あたりとの近似性は予想してよかろう。

次に構成上の問題について述べる。幸若舞と古浄瑠璃を比較するに、A'・B'・C'……と順に幸若舞に対応していて、忠実ではあるが省略が多い。横山氏が「舞曲『かまた』よりは、ずっと簡略になってゐる」[7]という所以である。その簡略化ぶりは「待賢門平代合戦」が朝長自害から金王の上洛までを語って、角川版『古浄瑠璃正本集』で六・五頁にも満たぬに比し、「鎌田兵衛正清」は自害のことを欠くのに、元禄版で一二・五頁、享保版で一三頁にも及ぶ（両『正本集』ともに二段組、一行当り字数・一頁当り行数同じ）ことからしてわかる。

説経系作品が長大な理由は増補である。元禄版でいえばC'とE'の中に入れられたP、享保版ではA'の中のW、元禄版の増補Pをさらに増補したX・Y、H'の中のZなどがその代表である。第二節で述べた、構成上、古浄瑠璃の幸若舞への忠実さ、説経系の増補—舞曲ばなれ—という二点は右の事実と矛盾するものではない。元禄版Pの増補は、金王丸の追撃を阻む役として、長田の四人の息子が登場するが、幸若舞に比べ、相当、劇的効果を盛り上げようとする。「説経浄瑠璃」としての興趣をねらったものと解されよう。元禄版全体では十九箇所程度の増補があるが、鎌田の死骸に彼の子供達がすがりつき、ひげをなでて嘆くさまとか、金王丸が水主揖取を蹴倒して海に落すとかいう、プロット展開に脚色を加える如きもので（冒頭には幸若舞にない「大序」が付される）、右のP以上には大幅な変改は見られない。

享保版のW~Zはいずれも戦闘場面の増補で、金王丸の活躍を一層、きわだたせたものである。この他に、元禄版にない増補が長短合わせて五箇所ある。注6に示した、鎌田毒殺の一節もそのひとつであったが、モティーフにかかわるほどではなくとも、長田庄司が義朝一行を歓待する場面とか、金王丸が長田の謀略を悟るところ、長田が義朝・鎌田夫婦の死骸を埋めよと命ずるところなど、長田の変節と冷酷さ（長田の妻の自害は略されている）、それに対する鎌田の無念さおよび「今よりして、せうじのかみも、やぶるまし。庭の花をも、たをるまじ。われをば、ゆるさせ給へ」という子供の言葉を増補するようなその妻子の憐れさを強調する増補が多い。これらに元禄版のそれを重ね合わせると、結果として、金王丸活躍を浮び上がらせるための演出であることがわかる。このことは、近世以降、地誌・名所図会類に載せられている、金王丸説話の形成・発展と無関係ではあるまい（『幸若舞曲研究』第二巻「鎌田」の補注等参照〈著者執筆〉）。

説経（元禄版）ではA'の次にF'が来ている。これは幸若舞で、長田を取り逃がしたあと、長田の郎等と剣を交える表現であったものを、逃げ出す前の戦闘場面に取り込んだもので、相似た場面が引き続き現われるところから、前へ移したのだろう。かような詞章の差し換えのもっと大幅なケースは他の箇所にもある。幸若舞では金王丸は装束をつけて義朝に最期の暇乞いをした後、すぐ内海の沖へ出る。船中には長田の郎等の大力三八人が金王丸を討たんと隙を窺うが、金王丸は逆に彼らをさんざんに脅して、意のままに従えてしまう。次いで鎌田の話に移るというプロットであるのに対し、説経系では暇乞いの後、装束をつけて内海へ赴くことで一旦切れる。そして鎌田殺害のこと、彼の妻子・長田の女房（享保版には欠）の自害のことがあって、然る後、内海の沖での船中の一件が語られる。岸に船を着けさせ[8]、急ぎ長田の館に駆けつけるのである。あきらかに改作意識のあらわれであるが、このプロットのほうが幸若舞よりもまとまりがよく、金王丸への集中化も計られ易いといえよう。朝長自害・玄光の長田館への輸送の一節を省略するのも、これと関係しよう。

一方、古浄瑠璃には差し換え等はない。説経ほどは金王丸を活躍させようとはせず、例示部分では簡略化しているし、全く省略してしまって、活躍の場を与えない、従ってモティーフにまで影響してくるところさえある。それは、網の奉行のために内海の沖に出る話である。金王丸が船に乗らぬとなれば彼は義朝の傍に伺候していたこととなり、ためにプロットも義朝は彼を供に入浴したとなる。彼が湯帷子を取りに出た隙に義朝を自害せしめるとなっていて、『平治物語』と一致する。自害のさまは幸若舞詞章に同じ、その後は掲出のA'以下に連なる。B'・C'などを見てわかるように、このあたり、幸若舞に拠ることは明らかである。朝長・玄光のことを語る点、増補・差し換えのない点、また詞章面では幸若舞に「忠実」といいうるが、このような省略による必然的な改作部も存することには気をつけておきたい。

幸若舞のプロット展開を基準にすれば次のようにまとめられる。〔幸若〕ABCDEFGH〔古浄瑠璃〕A'B'C'D'E'G'〔説経元禄版〕A'F'C'P'E'G'H'〔説経享保版〕A'WP'XYH'Z

『平治物語』との関係で付言すれば、説経系に、湯殿で義朝に組みつく者として「吉七五郎」「弥七兵衛」「はま田の三郎」なる名が挙げられている。幸若舞・古浄瑠璃ともに長田の勢が鯨波を作り、鎌田の首を差し出して自害を勧めるとあって、右の人物は出てこない。ここは『平治物語（金刀本その他）』に橘七五郎・弥七兵衛・浜田三郎が義朝に組みつき、刀で刺し殺すとあるところに依拠する。しかし組ませるだけですぐ彼らは撃退され、義朝は結局自害し

て果てる。変化をもたせるための演出と考えられ、これは「改作」とまではいかぬが、典拠のある改変といえる。(9)

以上、まとめてみれば次のようになる。(1)説経は古浄瑠璃に拠って作成されたものではなく、ともにそれぞれ別個に幸若舞を典拠として構成され、一部『平治物語』をも参照したであろうこと。(2)古浄瑠璃は省略により、説経は増補（元禄版よりも享保版が一層）により、独自の語りの世界を形づくっていること。(3)詞章からみて、古浄瑠璃のほうが幸若舞に忠実で、一曲の構成は古拙であること。忠実ならざる所は一箇所、金王丸が義朝とともに湯殿に入る条。前述のごとく金王丸が船に乗るというプロットを省略したためこの箇所は『平治物語』に拠らざるを得ず。これは構成の問題として別途考えねばならない。(4)古浄瑠璃・説経は大頭系幸若舞詞章を享けていることは動かしがたく、就中、古活字本・秋月本等と同一詞章を有していること。(5)説経は幸若舞以上に金王丸を活躍させようとし、増補の大部分はそれに宛てられていること。

図によって推定的な鎌田の系譜を左に示しておく。

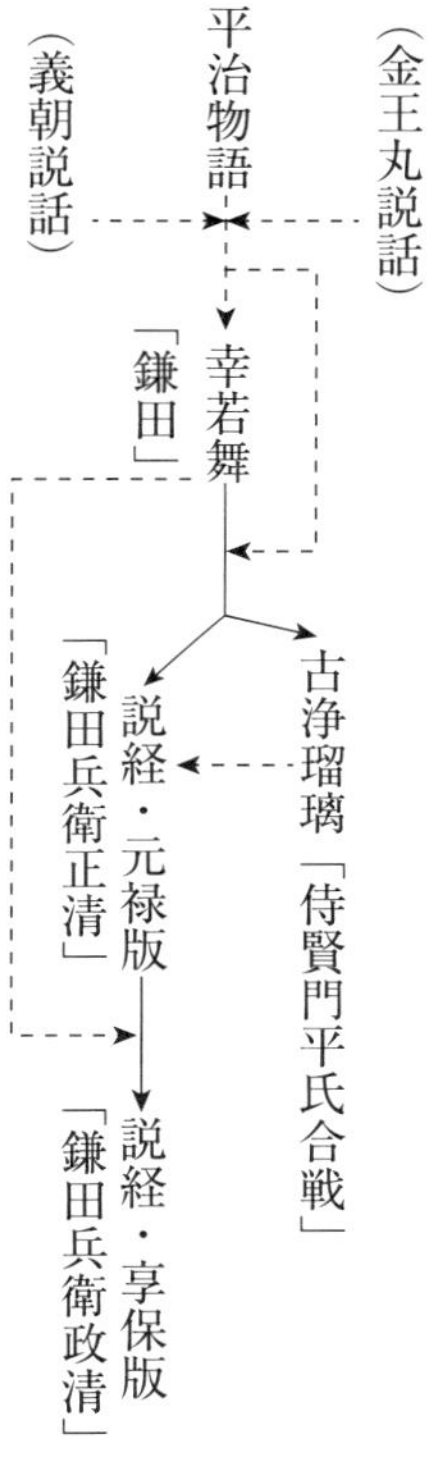

第四節　古浄瑠璃と幸若舞の交渉 ⑴ ―「清重」の場合―

はじめに

「きよしげ」は古浄瑠璃のなかでも最も段構造の簡単なもののひとつであって、かつ幸若舞詞章に忠実な曲とされる。この曲の拠るところの幸若舞の流派が大頭流であること、しかし本曲が大頭流詞章をもつ寛永版本の刊行以後の制作であっても、それを浄瑠璃化したものとはいえないこと、幸若舞に「最も忠実」とはいえ、相当の改作意識がみられること（増補、語句の代置の現象）などを詞章を通して証するなかで、今すこし距離のある他の曲の場合を考える際の、認識拠点としたいと考えたものである

かつて笹野堅は「舞曲と浄瑠璃との交渉は、もっとも注意すべきものである」として、舞を原拠とする浄瑠璃（古浄瑠璃のほか近松作のもの、説経も含む）を四十曲ほど挙げ、さらに「古く浄瑠璃は殆ど舞曲をそのまま用ゐたこともあるらしく、更に浄瑠璃全体に舞曲の影響の大きかったことは、浄瑠璃の曲節に舞曲のものが踏襲されてゐることによっても考察される」と説いた⑽。しかし、以後この方面に関しては、浄瑠璃研究の側からは触れられることはあっても、幸若舞研究の側から、それの受容・展開という視点での考察はほとんどなされていないようにみうけられる。

古浄瑠璃等が既存の芸能であった幸若舞をいかように消化・吸収し、自家薬籠中のものと為していったかを俯瞰的に観察しておくことは、古浄瑠璃の生成原理解明のひとつの端緒となり、逆には幸若舞の性質の解明にも資し、ひいては中世芸能の近世化、その「近世化」とは何かという大きなテーマにも迫りうるのではないか。

笹野は「浄瑠璃『山中常盤』『きよしげ』等も舞曲から出たものらしい」（『幸若舞曲集』序説）と述べているけれども、「らしい」という言葉は的を射ていない。というのは氏のいう「殆ど舞曲をそのまま用ゐ」ているのがこの二曲

だからである。ただ、「山中」は多少事情を異にする箇所もある。ここで幸若舞「清重」と古浄瑠璃のそれとの交渉を取り上げる理由は、幸若舞諸本とのかかわりかたが本曲のケースでは「鎌田」とはまた違った面があるのではないかと思われるからである。つまり、幸若舞のどの流派のテキストに依拠して、どの程度「舞曲をそのまま用」いて構成されているかを見ようとするものである。これによって近世初期の京阪地域における幸若舞の流派の活動も間接的に知られよう。

今般比較対象とした本は大頭本（略号（頭））・上山本（略号（上））・寛永版本（略号（版））・秋月本（略号（秋））以上大頭系本。藤井氏一本（略号（藤））・伝小八郎本（略号（小））以上幸若系本である。なお一九七八年一一月の東京古典会入札目録には寛永頃写丹表紙の「きよしげ」が掲出されていた。写真は冒頭部のみだが幸若系本文のようであった。「清童」のような短編の絵物語化の一例として興味深い。

一方、古浄瑠璃正本の「清重」は横山重編『古浄瑠璃正本集』第一所収の「天下一若狭《ママ》守藤原吉次正本」の「きよしげ」を使用した。（読点等もそれによる。なお天理図書館善本叢書『古浄瑠璃集』にも入れられた。）刊記に「正保弐年（一六四五）二月吉辰日／西洞院通長者町　九兵衛」とあるものである。横山氏は次のように「解題」で述べている。「本書は、全一冊で、三段ものである。これはめづらしい。」「寛永正保期の古浄瑠璃の中でこの本が一ばん短い正本であらう。これは舞曲の『きよしげ』をそのまま取ったから、自然に、三段ものとしたのであらう。舞曲の『きよしげ』の内容は短いからである。」さらに、寛永の頃の古浄瑠璃は六段構成のものが多いが、これは必ずしも六段でなければならぬものではなく、「構成の上から、又、詞章の長短によって」段構成は変化するものだとする（前掲書四二六頁）。以て傾聴すべき意見である。幸若舞というオリジナルからの展開を果たしえず、専らそれに依拠しつつ、多少の詞章を改変する程度にすぎぬこの種の古浄瑠璃としてはやむを得なかったものであろう。

1　古浄瑠璃「清重」の詞章と幸若舞

まず初めに、古浄瑠璃詞章と、幸若舞の流派および諸本との近似関係をさぐってみよう。次のいくつかの例を示す。

〈古浄瑠璃テキストA〉たひ人きいて、さん[イ]候をと丶いの事なるに、[ロ]かまくらをいて丶こなたなる、かうせ川といふ所にて、はうくわんとの丶みうちなる、するか二郎きよしけと申人にて候か、かちはらにより、ひうちつけたけとりいたし（中略）そののち大せいとりこむれは、おいの足にゆいつけたる、[ハ]三しやく八寸、いか物つくりするりとぬ□《（きカ）》、そうなく人をきりふせて、（以下古浄瑠璃「きよしけ」の詞章はアルファベットで示す。）

〈大頭系幸若舞テキスト〉（上）①旅人聞てさん候おと丶いの事なるに鎌倉を出てこなたなるかたせ川といふ所にて判官殿の②御内のさふらひ駿河次郎清重と③中人にておハせしか梶原の源太かけすゑに④行あひ給ひおいふミやふりかた箱よりも火打つけたけ取出し（中略）おひの足にゆいつけたる⑤三尺八寸のいか物作りするりとぬき大勢の中へわって入そくはく人をほろほし

大頭系幸若舞テキスト校異

①「旅人聞ていふやうは」（頭）（版）「たび人うけたまハって」（秋）

②「御うちなる」（秋）

③「中人にて候か」（頭）（版）「やらんハ」（秋）

④「見あひぬれはちからなし」（頭）（版）「ゆきあひぬれはちからなし」（秋）

⑤「太刀ぬひて」（頭）「いかものつくりするりとぬきまつかうにさしかざし」（版）

〈幸若系幸若舞テキスト〉（藤）コトハへ旅人聞て。①さん候判官殿の御内②なる。駿河次郎清重と。中人にて候が。③ぎけいの御判を隠しもち。国を触て廻られしが。鎌倉を出てこなたなる片瀬川と云所にて。梶原の源太に。見あひぬれはちからなし。笈踏破方箱より。火打付竹とり出し（中略）其後大勢取籠れば。④打物ぬきもって。⑤そこばく人を亡し。

①「申す」（小）

②「のさふらひ」（小）

③ナシ（小）

④「うちものくろくぬきもって」（小）

⑤「そのかす」（小）

波線部ロの位置と対応する箇所に存するのが（上）をはじめとする大頭系諸本であり、幸若系は位置がずれる。また、イは幸若系は持たぬ詞章である。そのうえ、（上）の校異③④⑤をみると、（版）が最も多くAと共有詞章をもつことがわかる。

〈古浄瑠璃テキストB〉そこをひくなといふまゝに、大せいのなかへわつていり、イさん〳〵にきりふせたり、ロするか二郎かふるまいを、ものによく〳〵たとゆれは、まつふくかせか、かれはをちらし、ことりせんはに、たか一もと、はなしあふたることくなり、ハいまたときそうつさぬまに、くつきやうのつわ物を、二十七ききりふせ、

〈大頭系幸若舞テキスト〉（上）そこを引なといふまゝに大勢の中へわって入①西東北南くもてかく縄十文字八花形といふ物②にわりたておんまハして散〳〵に切たりける③駿河二良かふるまひを物に能々たとふれは松吹風かかれ葉をつらし小鳥千はに鷹一本はちあはせたることくなり④いまた時もうつさぬまにくつきやうの兵を廿七騎切ふせ

①ナシ（頭）（版）

②ナシ（版）

④「手もとにす丶兵を」（頭）（秋）

〈幸若系幸若舞テキスト〉（藤）そこを引なといふま丶に。大勢の中へわつていり。〔 〕さんぐ\に切たりけり。手もとにす丶む兵を。二十七騎切ふせ。

〈同右〉（小）→〔 〕に「西から東北から南。くもてかくは十文字。やつはなかたといふものに」の一句が入る。①「三十七騎」（小）

まず、Bの波線部ロを有するのは上山本③の如く大頭系諸本のみであることに注意したい。さらにハに対応する一句はそのうち、（上）と（版）の二本だけ存する。しかし（版）はイを有さないから（上）の方に近似性を認めるべきであろう。ただし（上）の校異部①は古浄瑠璃においては省略されたと考えねばなるまい。

〈古浄瑠璃テキストC〉さてもその丶ち、はうくわん殿は、むさしをめしての御しやうには、しよこくの大みやうかうけも、よしつねにこ丶ろさしの、せつなきかたもあるらんに、いそきしやうをまはひて見はやと、おほせけれは、

〈大頭系幸若舞テキスト〉（秋）さるほどにはうぐわんの御まへに。むさしをめしての御ぢやうにハ。しよこくの大みやうかうけたちも。よしつねにこ丶ろさしの。せつなきかたもやあるらんに。いそきくわひぶんをまハし。たのふてミんとの御ちやうなり。

〈同右〉（上）判官武蔵をめされ諸国の大名高家達にも義経に心さしのせつなき人もあるらん急くわいふんをまはしたのふてミんとの御諚也

〈同右〉（頭）コトハ判官むさしをめされいかに武蔵きくかとよ。諸国の大名かうけたちの其中に。義経に心ざしのせつなき人もあるらん。いそぎ廻文をまはしたのふてみむとの御諚也。

〈同右〉（版）判官武蔵をめされいかに武蔵聞かとよ諸国の大名高家たちもよしつねに心ざしのせつなき人も有らん

急き廻文をまハし頼てミんとの御ぢやうなり

〈幸若系幸若舞テキスト〉（藤）去間判官殿。武蔵をめして仰けるハ。諸国の武士の中に。義経にこゝろざしのせつなき者も有べし。急ぎ廻文をまハし。頼ふで見むとの御諚なり。

〈同右〉（小）さるあひたはうくわんむさしをめされいかにへんけいうけたまハれ。よしつねハくハんたうのらいてうに。やしんをぞんぜすといへとも。かぢハらかざんそうによって。すてにうつてにむかうときく。しよこくの武士ともの中にも。よしつねか心さしの。せつなきかたもあるべし。いそきくハいぶんをまハしたのうでミんとの御諚也。

これは冒頭の一節である。幸若舞のどの本にもない、浄瑠璃の特有句「さてもその、ち」を加えて、幸若舞を浄瑠璃のパターンにはめこもうと意図しているのがわかる。ここで波線部ロをみると、幸若系テキストにはなく、大頭系諸本にのみ対応句があることに気付く。さらに、波線部イ・ハは、これらはその時々の句の調子に応じて可変性があって、流動的要素の多い箇所であるとはいえ、一往、形態上は（秋）に最も接近しているといえるであろう。

〈古浄瑠璃テキストD〉かくて二人の人々は、イおくちかきくに〳〵、かうつけしもつけ、ロあわかつさ、ひたちしもをさ、かいしなの、むさしの国うちこへて、

〈大頭系幸若舞テキスト〉（上）かくて二人の人々ハ①おく近き国々②上野下野③安房上総常陸下総甲斐信濃武蔵の国④に打越

①ナシ（藤）（小）

②「下野上野」（頭）（版）

③ナシ（頭）

④「へ」（頭）（版）（藤）

波線部イの対応句は（藤）（小）は欠くから、ここも大頭系のみの対応句所有ということになる。そのうち、（頭）

はロに応ずる③が欠けていることによって、大頭系諸本の中でも（上）（秋）が近く、次いで（版）ということになる。

〈古浄瑠璃テキストE〉二人の人々うけたまはり、せけんのやうをあんずるに、かつせんはひさしく候まし、おなしくはと丶まりて御ともせんと申ける

〈大頭系幸若舞テキスト〉（上）二人の人々承はって御諚尤にて候へ共世間のやうを案するにかつせんハ久候ましい同ハと丶まりて御供せんと申す

〈同右〉（頭）二人の人々承て。御諚尤にて候へども。世間のやうをあむずるに合戦は久しく候まし。同しくは留つて御供せむと申。

〈同右〉（秋）二人うけたまハつて御ちやうもっともにて候へとも。せけんのやうをあんずるに。かつせんハひさしく候まじい。おなしくさうばと丶まつて。いくさの御ともせんと申す。

〈同右〉（版）二人の人々承て世間のやうをあんずるに合戦ハひさしく候ましおなしく候は丶と丶まつて御供せんと申

〈幸若系幸若舞テキスト〉（藤）二人の人〲承り。世間のていを相見るに。合戦ハやがて候べし。おなじくさうバと〻まつて。御供せんと申。

〈同右〉（小）二人の人々うけたまハり。御諚もっともにてさふらへとも。かせんハやう〲ちかつきぬ。おなしうさうばと丶まっておんともせんと申す。

右の諸本の記述一覧でわかるとおり、イに対応するイ'・ロ'を有する本は大頭系に限られている。駿河二郎清重と伊勢三郎義盛が、判官から廻状を持って諸国へ赴けと命じられて答える言葉であるが、そのすぐあとに「軍の供をせむ事も。此廻文をまはさむも以てはひとしかるべし」（頭）の表記。諸本異同なし。古浄瑠璃「廻文」が「ふみ」と変えられている以外同じ）とあるから、むしろ、幸若系の二本のほうがコンテクストのうえからは解りよい。だが、大頭

流古本の（上）で既にイのごとくになっているから、相当古くから、幸若系とは異なった詞句として存したのであろう。それを古浄瑠璃は承けているといえるだろう。「御諚尤にて…」の一句は（版）はもたぬから、形態上、Eは（版）に最も近いように見受けられるけれども、ハと同じ記述という観点からは、（上）や（頭）が近い。ただしこの場合「御諚尤……」の一句はEにおいて省略されたとせねばならない。ハは流動的要素のある句であるから、あまり重視しないほうがよかろう。ここでは一往、大頭系の中でも、（版）もしくは（上）（頭）本的テクストに拠っているようだとだけ述べておく。

以上、AからEまでの例によって証したように、古浄瑠璃「きよしけ」は幸若舞の大頭系のテキストに依拠して制作されていることは明らかである。

さて、次にはこれを踏まえて、大頭系諸本との関係をもう少し詳細に観察してみることにする。

2　幸若舞テキストとの関係

まず、（版）とのみ共有詞章を有するケースを挙げる。

〈古浄瑠璃テキストF〉そこをひくなといふまゝに、大せいのなかへきつていり、にしからひかし、きたからみなみ、くもてかゝ（ママ）なは十もんし、やつはなかたといふものに、さん〳〵にきったりけり、

〈大頭系幸若舞（版）〉そこをひくなといふまゝに大勢のなかへわつていりにしひかしきたミなみくもてかくなは十文字やつはなかたといふものにわりたてをんまハしてさん〳〵に切たりけり

幸若舞テキスト傍線部は諸本になく、点線部は（藤）（小）にのみない。ただ、点線部の表現は『平治物語』等以来、語り物によく使われる合戦描写の常用句であるから、古浄瑠璃の側で、付加したということも考えられる。現象的にみれば、（版）に似通った表記であると指摘するにとどめておく。

〈古浄瑠璃テキストG〉さてきよしけは、ふたまた川つるかおか、くもいかみねを、はる〳〵とうちなかめ、

〈大頭系幸若舞テキスト〉（頭）去間清重はふたまた川鶴が嶺雲ゐがおかをはる〳〵とうちながめ。

（版）以外の諸本、同じ。

〈大頭系幸若舞テキスト〉（版）さるあひたきよしけハふたまた河をわたりつるかをかくも井のミねをはる〳〵とうちなかめ

（版）は「をか」「みね」が諸本と逆転していて、それだけGに近づいた形をとっている。しかし、この箇所も、移動可能な性格をもった章句であるし、「わたり」という諸本になく、Gにもない表現をもっている点を考えると、必ずしも（版）に拠っていると断言はできない。

〈古浄瑠璃テキストH〉さてもそのゝち、わかみやとのに、さんろう申、よもすから、けんせあんをん、こしやうせんしよときせいして、

〈大頭系幸若舞テキスト〉（上）其夜ハ若宮殿に参籠申よもすから現世安穏後生善処と祈念し（幸若系テキスト（藤）・（小）も同文）

①「参り」（頭）「つや申」（秋）

②「きせい」（頭）（秋）（版）

波線部イ・ロの両方に対応する句を有する本は（版）のみである。

そのほか、「よしもりこのよしみるよりも」などという、いわば「ツナギの句」の段階ではいくつか（版）との近さを指摘できるが、これらは流動的要素の強いものとみなして、全て考察の対象からははずした。

A〜Hまでの例のなかで、Cを除き、全部の箇所に、程度の相違こそあれ、（版）が近似の本として挙げられるの

は注意されてよいことである。大頭系の揃い本テキストたる（頭）や（上）は古浄瑠璃との距離が、やや遠い（近似の箇所は前者が三ヶ所、後者は一ヶ所）といえる。

3　幸若舞詞章の改変

幸若舞「清重」は短いだけに、プロットの展開も単純である。清重と義盛は道の途中で別れ、別々に廻状をもって国々をまわったが、清重は鎌倉で梶原に見とがめられ、さんざんに戦って切腹して果てる。義盛も京で番兵に見とがめられ、これまた戦いのすえ、切腹して死ぬ。それぞれの最期が称讃される。詞章をみても、この二人の戦いのさま、自害のさまがほぼ同一の形式及び詞章で語られる。たとえばBは清重の戦いぶりであるが、Fにおいてそれとほぼ同様の詞章で伊勢三郎義盛のそれが語られているのである。古浄瑠璃「きよしげ」がそれをそっくり利用しているのも、これはこれで、モティーフの共有や一曲の構成法の問題点として解明していかなければならないであろう。

横山重は「舞曲『きよしげ』と殆ど同じである。寛永整版の舞の本『きよしげ』と比較して見ると、ほんの少しばかり文句を改めて居り、舞の本より口調がよくなってゐる」[11]と述べている。ここで問題なのは、幸若舞から浄瑠璃化されるにあたって、いったいどのように「ほんの少しばかり文句を改め」たのかということである。その具体相をさぐることによって浄瑠璃のもつ表現行為の本質も、いずれ明らかにされてくるであろう。詞章が「殆ど同じ」であってみれば、かなり仔細な異同まで取りあげることになるのはやむを得ない。

詞章改変の方法には、増補、省略、代替の三つが主なものとしてあげられる。

増補の例をあげる。

〈古浄瑠璃テキストー〉するかの国に、たけのしたにてまち申さん　さらはかた見をまいらすへし、よしもりかちうたいをとりいたし、するかにそわたされける、さて又するかも、さひたるたちをとりいたし、よしもりにまいらせて、たみをとりかはし、いそゐてをつつきたまへやと、よしもりはいつの国に、するか二郎はかまくらへ、ゆきわたかいにかかるゝをさいことは、のちにそおもひしられける、

〈大頭系幸若舞テキスト〉(上)するかの国なる竹の下にて待申さんとくおつつかせ給へとてよしもりは伊豆の国するか次郎はかまくらへ行わかるゝを最期とハ後にそ思ひしられたる(諸本ほぼ同文)

枠で示した、形見の交換のくだりは幸若舞にはない。古浄瑠璃の最も長文の増補である。かような増補を加えることは、この二名が生きては再見できぬことを聴き手に予想させることになり、悲劇性を強めるために加えたのであろうが、逆に減ずる結果となっているのである。幸若舞のごとく、何気ない別離の形をとったほうが、後に思わざる運命に遭遇する二人への感情移入はより確かなものとなるであろう。古浄瑠璃テキストの不要な増補といわねばなるまい。

〈古浄瑠璃テキストJ〉よもほの〴〵とあけけれはおいとつてかたにかけ

大頭系幸若舞テキスト(頭)明ければ笈とってかたにかけ

(諸本同文。但し(秋)は「明ければ」ナシ。(藤)はこの一句ナシ)

右は波線部を付加することによって、状況をより明瞭に具体的イメージをもって把握できるようにしようとしたものであろう。

〈古浄瑠璃テキストK〉でわのはくろの山ふしか、ふつはうしゆきやうに、くまのにまいるとこたへたり、

古浄瑠璃テキスト(頭)出羽のはぐろの山ふしか。熊野へ参ると答へたり(諸本異同ナシ)

これは義盛が番兵に見咎められて発する言葉である。幸若舞の釈明では不十分と考えての所為であろう。

〈古浄瑠璃テキストL〉さてはそれかしか、申つることもちいたまはす、うたれ給ふかかなしやな、

〈大頭系幸若舞テキスト〉（頭）さはかり某かと、めつるを用すしてうちこえ。扨はうたれてありけるそや（諸本異同ナシ）

清重が梶原勢に取り囲まれ、自害して果てたことを旅人から聞いた義盛の述懐表現である。幸若舞では義盛の感情は述べられない。それを不満とした古浄瑠璃は「かなしやな」の一句を添加し、もって義盛の言葉に奥行きをもたせたものである。

これら増補箇所を見るに、古浄瑠璃では幸若舞に忠実に添うことを原則としながらも、さらに聴取する者に対してある一定のイメージをもたせるように、仔細なところで工夫を試みているようである。特にＩやＬの増補は操り浄瑠璃に掛けられた場合、人形にそれらのしぐさをさせたことが想定され、その演出的効果は小さくはなかったであろう。

省略の箇所は増補に比べて少ない。単語のみなら相当あるが、句段階での確かなところでは、次の一例にとどまる。

〈古浄瑠璃テキストＭ〉きよしけかくひをとり、いそき、らいてうの御めにかけにける

〈大頭系幸若舞テキスト〉（頭）清重が頸をとり斜ならずによろこふで。いそぎ頼朝の御目にかくる（小）以外諸本これに同じ

〈幸若系幸若舞テキスト〉（小）源太なのめによろこふて。清重かくびをとり。いそきらいてうにまいり。このよしかくと申あぐる。

梶原の源太が清重の首を取って、大いに喜んだという条である。古浄瑠璃が、幸若舞にある、傍線部のごとき梶原の心情描写の部分を削除したのは、この前半部で、梶原の比重が少しでも重くなるような言葉は避け、彼はあくまでも見咎める者としての位置に留めおき、清重に集中せしめようと意図したからに他ならない。

代替について次に述べておく。これは単語ないしはフレーズの段階までの代置・言い替えである。前項に比し、詳

細に見ていくと相当数、かぞえることが可能であるが、代表的な例で説明することとする。

〈古浄瑠璃テキストN〉もしも此事めてたうて、おくかまくらのなかなをり、ついにはなをらせ給ふへし、

〈大頭系幸若舞テキスト〉（頭）もしも此事めてたふて。奥鎌倉の御わじやうあらば（傍線部、諸本「御わびやう」）舞曲諸本のいう「御わびやう」は「御和平」の謂いであろう。これを波線部のように、俗耳に入り易い形に言い改めているわけである。

〈古浄瑠璃テキストO〉にちやてうほうのはんしやうは、ゆ、しかりける御くわほうかな

〈大頭系幸若舞テキスト〉（頭）日夜朝暮のはむすがふ。ゆ、しかりける御果報かな。（傍線部（藤）「番すかう」）

幸若舞傍線部の意味はよく分からないが、あるいは「番次ふ」でもあろうか。恐らく改作者にも意味はわからなかったのではないか。波線部のごとく、似通った発音の、聴いていて解し得る表現にかえている。

〈古浄瑠璃テキストP〉よいにとをる山ふしに

幸若舞テキスト（頭）やゐむに通る山伏は（「夜陰」と作る本もあり）

〈古浄瑠璃テキストQ〉をいのなかよりひうちつけたけとりいたし

〈幸若舞テキスト〉（頭）笈のかた箱よりも。ひうちつけだけとり出し。（諸本異同ナシ）

難語の言い替えはPも同様である。Qの「かた箱」は笈の上に付けた経巻などを入れるための小箱のことであるが、これを特殊とみたか、波線部のように改変してしまっている。これでは「火打付け竹」の入れられていた場所が異なってしまうのであるが、「わかりやすさ」のほうを選んだのであろう。

〈古浄瑠璃テキストR〉さて又けんたは、らうたうあまたうたれけれは、

〈幸若舞テキスト〉（頭）去間源太郎等あまたうたせければ（諸本同じ。ただし（小）にはこの一句ナシ）

軍記物語的な受身を表す使役表現を、浄瑠璃では本来の受身形で、直截に表わそうとする。幸若舞は武士的で軍記物志向、浄瑠璃は庶民的でカタリ物志向といわれることが、この点によっても承認されよう。

N〜Rの例で、古浄瑠璃の「ほんの少しばかりの文句」の改め方は決して恣意的なものではなく、リテラルな語を、よりオーラルな語に言い替え、改変して、「聞いてわかる」方向にもっていくべくそれなりの工夫をしているということでは一貫性があるようである。

4　古浄瑠璃と大頭系詞章

古浄瑠璃「きよしけ」は幸若舞のそれに忠実に即しており、しかも幸若舞流派のうち、大頭系のテキストに依拠して制作されていることが判明したものの大頭流諸本の中では、現存するどの本に拠るかとまでは特定することができなかったが、版本に最も多くの近似性を見いだすことだけはできた。しかし、C・Dなどの例によってもわかるように、寛永版本を参酌することで古浄瑠璃が成立したというような単純なことは考えられない。版本に近い詞章をもったテキストに拠ったのであろうとしか、今のところいいようがないのである。では、なぜ幸若流ではなく大頭流であるのか。そういえば版本をはじめとして、大部分の奈良絵本化・絵巻化された幸若舞も大頭流詞章を承けているものであった。麻原美子氏はこの点について、「版権は大頭流にあり、従って本文は大頭系に属するものである」と説いたが、(12)「版権」というものをどう理解すればいいのであろうか。

思うに、越前に本拠を置き、武士間で人気のあった幸若流の舞に対し、都の町衆の間で興り、都を根拠地として、都で人気を博していた大頭流の舞は詞章の公開にも比較的寛容であって、京坂・奈良を中心に制作されていた「奈良絵本」・絵巻にもその本文を使用されることが可能であったということなのではないか。都で絵入りの幸若舞テキストが上梓されるに際しても、幕臣化した越前幸若の一流は詞章の管理は厳格であったのだろうことは想像がつく。それも大頭流詞章を採用することになった一因であろう。版本は笹野堅のやかましく区別するような、特別に読み物を意図して作られ、版行されたものではなく、やはり大頭流の、ある芸能グループ（座）のテキストをそのまま上梓したものであろうと推測している。古浄瑠璃の他の曲も調査しなければ明確にはいえないが、少なくとも「きよしけ」に関する限り版本や奈良本本文が大頭流であるというのと同様の条件で、古浄瑠璃も大頭流詞章を承けているとされよう。歌舞伎との近接、役者の流入、脚本への幸若舞テキストの影響なども、古浄瑠璃と幸若舞との関係の延長線上にある現象であった。

ただ、幸若舞から古浄瑠璃に作りかえられるときに、幸若舞テキストを座右に置いて、その作業が為されたのかというと、そうであるとも言い切れない。というのは、古浄瑠璃テキストを見ると、往々にして、訛語が見受けられるからである。いくつか例示すると、

（浄）	（舞）
○なにしおほかりあいしよかな	○名にしおふたる名所哉
○ひころみしゐし事なれは	○日比みゝえし事ぞかし
○いかにかた〳〵かみとめたるは たうり也	○いかにかた〳〵か見とかめたるは たうりなり
○かうせ川	○かたせ川

舞の大夫の「語る」詞章をそのまま写しとったものを参酌したゆえに、右のごとき訛りが散見されるということがひとつ考えられる。つまり大頭流の舞の本を座右に置いていたのではこういう表現にはならなかったのではないかということである。

天下一若狭守藤原吉次正本の版行は正保二年（一六四五）であるから、版本がまとまって刊行された、寛永の次の

年号である。版本に全面的に依拠して、古浄瑠璃を作ろうと思えば時間的には可能なはずである。しかしかれらはそれをしなかったのである。

第五節　古浄瑠璃と幸若舞の交渉（2）――「山中常盤」の場合――

1　古浄瑠璃と幸若舞のテキスト

美濃国山中の宿で、牛若を尋ねて奥州へ赴く途中の常盤御前は盗賊の一味によって命を奪われるが、牛若はのち賊を討って母の敵をとる―現存『平治物語』や『義経記』諸本には見ることのできないこの種のストーリーは、中世末期においてはかなり流布していたもののようである。幸若舞・絵巻・古浄瑠璃・謡曲に独立した作品として描かれ、お伽草子『天狗の内裏』に未来記のひとつとして語られ、類話は『信長公記』他にも載せられている。この、史実にも添わず、（『吾妻鏡』によると常盤は後年義経の都落ちの時もまだ存命）、『義経記』等にも沿っていない常盤殺害の伝承はいったい、いつ、いかなる形で発生し、展開していったのであろうか。[13] ここでは、古浄瑠璃の一連の「常盤物」と幸若舞との相互の関連性を、それらの諸本の詞章を検討する作業を通じて考えてみたい。また、併せて古浄瑠璃諸本の、ある程度の性格づけをも意図するものである。

古浄瑠璃の諸本には以下の三本がある。[14]

（1）「山中常盤」（仮題。絵巻十二巻。MOA箱根美術館蔵。古典文庫『古浄瑠璃集』所収）
（2）「やまなか」（寛永ごろの写か。小野幸蔵。『古浄瑠璃正本集第二』所収）
（3）「常盤物語」（仮題。末尾部。反町茂雄蔵。寛永二年〈一六二五〉写。同右『正本集第一』所収）

右三本はいずれも横山重編になる書に収められている。この他『古浄瑠璃正本集第一』には同氏が「元和末年か、寛永初年のものらしく見える」とした古浄瑠璃正本の零葉がある。

ところで、幸若舞のほうはどうか。現在までに知りえた諸本は次の四本である。

A上山宗久本「山中常盤」（天理図書館蔵。文禄二年〈一五九三〉七月写。）

B大頭左兵衛本「山中常盤」（天理図書館蔵。室町時代後期の写（笹野氏）。笹野堅氏『幸若舞曲集』本文篇所収）

C広島大本「山中常盤」（広島大学文学部国文学研究室蔵。題簽に「足利末期写本」とある）

D東大本「山中ときわ」上下（東京大学文学部国文学研究室蔵。書写年代未詳。江戸初期であろうか。処々空丁・散らし書あり、奈良絵本仕立であったらしい。）

このほか古活字版・寛文版のものがある（横山重氏による。寛文版の一部は前記古典文庫の解説で引用されている）。大江本は目録にのみ載っていて、現在行方不明。

さて、横山重は古典文庫『古浄瑠璃集』解説のなかで、幸田成友所蔵の古浄瑠璃正本の版本零葉の翻印をしている（写真は前記『正本集第一』の巻頭に掲出）。氏はこれと絵巻とを比較して「大体絵巻の詞章と一致する」とし、「絵巻『山中常盤』は、当時、浄るりアヤツリ芝居に用ゐられた、誰かの台本の詞章をとって、その詞章としたものとして間違ひない[15]」といい、さらに、(2)の「やまなか」は「寛永ごろの写本で、正本をうつしたものらしい」とし、従って(1)(2)は「共に、寛永初年の正本「やまなか」を取って文章にしたといへる[16]」という。これについて室木弥太郎氏は「両方の文を比べてもほとんど同じである。しかも舞曲に非常に近い。」[18]「恐らく舞を浄瑠璃で語ったのであろう[17]」とし、(3)の「常盤物語」は横山氏の舞曲取材説、(1)(2)より古態を示すという説に賛成しながら「浄るり調にこしらへてゐる[19]」という見方はとらず、「全くの浄瑠璃と思われる」といい、「相当古くから浄瑠璃化し、舞曲から相当離れてしまっていることが分る。舞曲によった浄るりが江戸時代以前から、いくつも語られていたのであろう[20]という。これらの説を念頭におきながら、先の「正本」零葉・幸若舞・古浄瑠璃の諸本を比較検討してみることにする。まず横山氏紹介の零葉全文を掲げ、次にその部分に対応する諸本を順次示していく。

（付記）本曲の幸若舞テキストについてはその後、秋月本が『幸若舞舞曲研究』第六巻〈一九九〇・一〉に、早稲田大学本が深谷大氏によって解題とともに翻刻された〈『藝能史研究』一四八、二〇〇〇年一月〉いずれも一九七七年の当項執筆時は未見。なお幸若舞と古浄瑠璃の「山中常盤」諸本に関しては〉近年上梓された、深谷大『岩佐又兵衛風絵巻群と古浄瑠璃』〈二〇一一年一月、ぺりかん社〉に詳しい。）

2　古浄瑠璃正本零葉と幸若舞詞章

〈古浄瑠璃系諸本〉

横山重紹介正本零葉〈（　）内は絵巻詞書で補われている〉

……いかにや、よたうのもの、ものゝふも、ものゝあわ（れは）しるそかし、ゆきのはたゑを、（な）にゝてかくさん、こそてをひ（とつ）くれよかし、くれすとも、ちか（らなし）いのちとともに、つれてゆ（けと）そ、おほせける、せめくちの六（郎、する）〳〵とたちかへり、ときは御せ（んの）たけと一せの、くろかみを、てに（くる）〳〵とひんまいて、こしのかた（な）を、するりとぬき、こゝろもと（を）あなたへとをれ、こなたへとを（れと）みかたなさして、をしふする、め（のと）此よし、みるよりも、これはゆめかや、（う）つゝかや、われをもともに、つれて（ゆけ）やと、いひけれは、ほりの小六は、こ（れを）きゝ、人とちきるは、さはないそ、（なん）ちもともに、ゆけやとて、ほそ（くひ）ちうに、うちをとす

絵巻「山中常盤」⑴）〔──部⑵と校合〕

なさけなしとよ、ものの《ナシ》ふも、ものゝあはれはしるそかし、小袖《ナシ》をひとつえさせよ、なにゝて、はたへ《ナシ》をかくすへ

し、よしくれすとも《それとても》、ちからなし、いのちとともに、とりて《つれて》ゆけや、よたうのものと《ナシ》そ《ナシ》おほせける《れば》せめくちの六郎か、此よしをきくよりも《ナシ》、する〱とたちかへり、にくきをんなの、やちうにたかき、こゑかなとて《こゑをあぐるかな》、あはれなる《ナシ》るかな、ときはこせんの、たけとひとしき《せの》、くろかみを、てにくる〱とひんまひて、こしのかたなを《コノ部分、「ときはこせん」ノ前ニ位置ス》、するりとぬき《ぬいて》、かなたへとをれと《あなたへとをれ、こなたへとをれと》、みかたなさ《さしてぞをしふする》　すめのとのしゝうはこれをみて《此よしを、見るよりも》、あらなさけなの《こはいかなる事やとていそき》、したひとて、ときは御せんに《ナシ》、いたきつき《つきは〔ママ〕》、こゑもをします、たゝさめ〱となきにける《ナシ》ほりの小六か、こ　れ　を　み　て《つつとより、いかにおんなよ、けに〱さほとにおもふならば》、なんちもともに《をのれ》、ゆけやとて、ゆひてもちたる《ナシ》、たちなれは、ふたかたなに、かひしつゝ《て》、もんくはひさしてそ《をしふする》、いてにける

「常盤物語」(3)

いかによたうよ、かいたうの、はちをは、なにゝて、つゝむ、へきそ、こそてを二つ、えさせよかし、それをいかにと、思ふならは、いのちも、ともに、とりてゆけ、夜たうとそ、おほせける　よたうともの、そのなかに、せめくちの六郎は、つか〱と、たちかへり、にくき女の、ことはかな、やちうにこゑの、たてやうかなとて、こしのかたなを、するりとぬき、ときは御せんを、二かたな、つかもとをれ、こふしもとをれと、さしとをせは　めのとのしゝうは、これを見て、こはいかなる事そとて、いそきときはに、いたきつくぬきてもちたる、たちなれは、めのとのしゝうも、ふたかたなうつて、うちふすれは、めのとのしゝうは、あしたの露とそ、きえられける　ときは、此よし、御らんして、さゝかにの、いとより、ほそき、御こゑにて、いかならん、ものゝふも、物のあはれを、しれはこそ、おにのめにも、なみたこほるれと、おほせけれは

〈幸若舞諸本〉（右の古浄瑠璃と同一場面の描写）

上山宗久本（A）〔Cの広島大本と校合〕

なさけなき《の》武士も哀を《物のあはれ》ハしるそかしやあはたへ一ッえさせよそれさなき《それかさも》物ならは只《ナシ》めいをたてとそ仰《さけはれ》けるせめくちの六郎かこのよしを聞よりもあらにくの女の夜中に声のあけ《あて》やうやとはしり懸て常盤《おつほね》のたけと一しき御くしをこての板にくるりとまき氷りのやうなる刀をぬきいたハしや常盤《ナシ》の雪のやうなる《よりもしろき》の心もとを《ナシ》二刀さい《し》てをしふするめのとの侍従是をミて《ナシ》あれい《あれハ》（「ハ」か）といふ《ひ》て取つくを堀の小六か是をミてもとよりぬいたる太刀なれは《さらりと》しやはしりかゝつて二太刀切てきりふせて風に木の葉のちるやうに又《ナシ》さゝめきつれてそ《ナシ》引にける《ひゐてゆく》

大頭左兵衛本（B）〔横山紹介の「寛文版」にて校合〕

情なや。ものゝふも物のあはれしるそかし。何にてはたえをかくすへきそ。小袖をひとつえさせよと。さも声高の給へは。せめ口の六郎が。此よしを聞よりも。にくき女の高こゑやと。たちかへり刀をぬき。いたはしやときはごせ《御せんの》。雪のはたえをさしとをす。めのとのぢゞうも《ナシ》かなしやな。たすけ給へ《たすけてたへ》といたきつく。なむぢもともにゆけやとて。ふたかたなさい《し》て。をしふせてゆくゑもしらす成にけり《うせにけり》

東大本（D）

なさけなきもののふも物のあハれハしるそかしなにとてはたへをかくすへきはたへ壱つゑさせよさなきものならハたゝいのちをたてとそ仰けるせめくちの六郎ははしりかへってにくい女のたかこへやとたけとひとしの御くしをこてのいたにくるりとまきこをりのやうなるかたなをぬきゆきのはたへをさしとをすめのとのしゝうかなしさにおたすけあれといふまゝにせめくちにとりつくをほりのころくきつとみもとよりぬいたるかたなにてなんちもつれてゆけやとて二かたなさいておしふせてみなちりくになりにけり

以上二系統の諸本を比較してみると、古浄瑠璃は室木のいうように「舞曲に非常に近」く、幸若舞に拠って古浄瑠

璃が語られた点に関してはその先後関係は可逆性を有しないという前提に立つ限り、同氏の「恐らく舞を浄瑠璃で語った」という観点を誤りであるとする理由はない。

さて、古浄瑠璃系でいえば、正本に最も近似する詞章をもつのは(1)と(2)であり、幸若舞の近似関係では、AとC、次いでDが一グループをなし、Bと版本とが一グループをなしているようにおもわれる。[21] 次にそれらの両系統間の関係であるが、正本同士で見ると、上山本「それなき物ならば只めいをたて」が古浄瑠璃系で「くれすともちか（らなし）いのちとともにつれてゆ（け）」となっており、また上山本「常盤のたけと一しき御くしをこての板にくるりとまき」が「ときは御せ（んの）たけと一せのくろかみをてに（くる）〳〵とひんまいて」となっている。これらの章句は幸若舞テキストでは上山本にのみ見えるものである。（東大本にもあるが奈良絵本仕立ということで別途に考えたい）。この二つの大きな特有章句を有することによって、古浄瑠璃系正本は幸若舞諸本の中でも上山本系テキストに依拠しているのではないかという推定を、ひとまず下すことができよう。[22]

それでは古浄瑠璃系(1)(2)は正本から出た、すなわち横山のいうように双方ともに「寛永初年の正本『やまなか』を取って文章にした」といえるのかというと、事はそう簡単ではないようである。たとえば(1)(2)の「にくきをんなのやちうにたかきこゑかなとて」の一句は正本になく、かえって上山本の「あらにくの女の夜中に声のあけやうやと」を受けていることは確かである。また(1)の「ぬいてもちたるたちなれは」の一句も正本はもたない。上山本「もとよりぬいたる太刀なれは」[23]に、これは対応するであろう。さらに「せめくちの六郎か此よしをきくよりも」は正本に見られず、上山本にはある。つまり(1)はその他の点でも幸若舞により近い形態なのである。従って、(1)は正本を「取って文章にした」と考えるよりもその逆に、上山本系テキストに拠って(1)が浄瑠璃として作られ、[24]それを改変して正本に仕立てたと考えたほうが納得し易いのではないだろうか。正本零葉という一斑を以て全豹を卜する如き判断を下すことはできないけれども、少くともこの部分に関するかぎり、そのような推測をなすことは強ち不当とはいえぬのではあるまいか。

(2)は省略の多い本であることがさきの校合でわかるとおもうが、単に(1)の省略本とはいえず、前記(1)との共有章句をもつ一方、共有しない章句、たとえば正本「人とちきるはさはないそ（「な言ひそ」か）」とあるところ、「いかにおんなよけに〳〵さほとおもふならは」と対応しているほか、「たけとひとせ」「いのちとともにつれてゆけ」など正本に対応する個所もあることにより、これは「正本」成立後、(1)との密接な接触を保ちながらも正本の影響を受けて作られた作品といえないであろうか。

(3)の「常盤物語」は寛永二年写とされ、上山本を下ること三二年にして写されたことになる。「舞から相当離れてしまっている」個所が(1)(2)に比べて目立ちはするが、やはりこれも幸若舞に依拠して作られていることは紛うべくもない。今の部分に限定してみても「にくき女のことはかなやちうにこゑのたてやうかな」「ぬきてもちたるたちなれは」「二かたな……さしとをせは」などというAとの共通章句を見出せる。だがAや(1)に登場する「堀の小六」がみえないので侍従を殺した者は「せめくちの六郎」となり、プロットに小異をきたしている。最も古い浄瑠璃作品であるとすれば「つかもとをれとこふしもとをれ」→(1)「かなたへとをれ」(2)及び正本「あなたへとをれこなたへとを（れ）」と変化したのではないかとも想像されるが、無論この程度の句は単独でもコンテクストの上から口をついて出てくる性格のものであるし、あまり現存本のみを対象にして些末な類似・影響を云々すべきでないかもしれない。よって(3)もやはりAに依って浄瑠璃化された作品ではあるが、かなり恣意的にそれを企図したがために「幸若舞ばなれ」を起していると推測することも可能であろう。室木氏のいうように浄瑠璃化が早かったから舞から遠のいたにしては時代が近接しすぎているとおもうがいかがなものであろう。(1)(2)及び版本の「正本」は幸若舞に比較的忠実に、

(3)は幸若舞の「作りかえ」を念頭に、あまり年月を隔てずに（先後は定かではないが）作られたと考えておきたい。

3　古浄瑠璃と幸若舞テキスト上山本

この他の箇所ではどうなっているのであろうか。まず、古浄瑠璃系諸本が幸若舞諸本Aとのみ共有する詞章を、いくつかの代表的な例で掲示することにしよう。

1常盤が殺されているのを宿の主が発見するくだり

〈幸若舞テキストA〉主従の人々《ナシ》の一人ハ縁より上一人ハゑむよりしもに《した》こうけつを胸になかし《らへ》あけにそふ《ミ》てそおハしける（Cと校合）

Bあらいたはしや二人の人々は。あけにそみておはします

Dコノ部分ナシ

〈古浄瑠璃テキスト(1)〉おやとめされし、上らうの、一人はゑんのうへ、いま一人はゑんのしたに、雪のはたへを、ひきかへて、こきくれなゐと、みをそめ、いまをかきりと、みえたまふ（(2)と校合）

(3)一人は、えんのうへ、いま一人は、えんのした、ゆきのはたへを、ひきかへて、あけにそみてぞ、見えにける

「縁の上云々」の一句はBでは省略したのかもしれない。

2夜盗、常盤の宿へ侵入のくだり。

〈幸若舞テキストA〉其日もすでに暮けれは《ナシ》／こて小具足わさしかため常盤御前のおハします御宿の大門《おうへのまします大もんハゑひあけなり》をとうつきかけてうちやふり中のていへつつと入（Cと校合）

B夜半ばかりの事なるに。常盤のおやとへをしよせ。中のでいへ乱れいり。

Dその日もすでにくれけれハときはこせんのをハします御やとへおしよせなかのていへミたれ入

〈古浄瑠璃テキスト⑴〉すてにそのよも、やはんはかりの、ことなるに、たゆうかしゆくしよに、をしよせ、おもてのもんをは、たうつきかけて、うちやふり　なかのていまて、みたれいり、

⑵其よの、やはんはかりの事なるに、ときわのをやどへ、おしよせて、をも（て）の、ゑびぢやうをば、だうづきかけて、うちはなし、なかのていまてみたれ入

⑶その夜のやはんに、なりぬれは、六人のよたうとも、ときはの御やとへ、おしよせて、なかのていまて、みたれ入

「ゑびぢやう」を「どうづき《(胴突)》かけて」破るという⑵の表現はCに近い。Aになかった一句をCは付加し、それに⑵は拠ったものか。AよりもBの成立が遅いとすればBはこの部分も省略したといえよう。

3牛若が賊とわたり合うくだり。

〈幸若舞テキストA〉僧正《Dそうやう》かかけにてならひつたへし《C給ひし》天狗の法てやう《Dいてあふ》所と思召霧のほう《Dゐん》をむすんでかたきのかたへ《Cに》なけかけ小鷹の法《Dゐん》をむすんて我身にさつと打かけこくうへひらりととひあかり《Cかゝり　CDナシ》（CDにて校合）

Bおとりあかりとひしさりちやう〱と切て御覧ずれば

〈古浄瑠璃テキスト⑴〉かれらか、まなこに《御そうしは、かたきのかたへ》きりのいんを、むすんてかけ、御みには《ナシ》、こたかのほうを、めされつゝ、ちうにすんと、あからせたまひて《ナシ》（②と校合）

⑶こゝてて天くのひやうほう、これにありとて、きつてのやうには、とれ〱そ……

⑶はこれから兵法揃えが始まる。いずれにしても、ひえの山で天狗から習い伝えた兵法を披露する形をとる古浄瑠璃系はAおよびCDに拠っていることは確かである。(25)

以上は幸若舞テキストAに近似する例であったが、それでは古浄瑠璃は上山本に拠って作られたのかというと、全

体を見渡した場合そのような結論は決して出せそうもない。

幸若舞上山本と大頭本

Bのみにあって、Aには見えぬ章句を甲系が受けているとおもわれる例をいくつか次に示してみる。

1牛若の夢の中で常盤が敵をうてと頼むくだり

〈幸若舞テキストA〉ナシ

〈B〉自がけうやうには。いかにもしてかの夜たう共を討てたへ下クトキ道の煩なかりせは。いかなるくどくにも勝なむ。

〈CD〉ナシ

〈古浄瑠璃テキスト⑴〉みつからか、けうやうには、せんふせん《まん》ふも、なに《事》ならす、六人のよたうのもの《を》、一人なりとも、うちとりて《うつてくれよ》、けうやうにしてたまはれ《ナシ》、⑵と校合)

⑵みつからふひんに思ふならは、千そうくやう、万そうくやうも、むやくなり、かたきをとりて、たひたまへ、うしわかとの給ひて、

古浄瑠璃系すべて幸若舞テキストBを受けているのは明らかであるが、室町物語「天狗の内裏」において未来記を述べたところで、山中常盤譚が出てくるが、そこでは母の常盤が山中で「熊坂という夜盗の奴原」に殺されるであろうが「やがて敵は討たすべし（万治版本）」とある部分に呼応している可能性がある。室木弥太郎が「天狗の内裏」は語りものであったとし(26)、成立は室町前期とする説(27)もあるから、「山中常盤」との先後関係はなおよく定めえないもののの、敵討ちを常盤が頼むほうが、すなわち復讐譚的構成法であるほうが、当時（室町末期ごろ）の語り物により忠実であるといえまいか。

幸若舞よりも更に庶民の芸能であった古浄瑠璃がこの章句を含むBを、ここで採用したわけは、けだし義経を苦しめた、憎んでも余りある梶原父子を「含状」において非業の最期を遂げさせずにはおかなかった、とも説明される庶民感情に通ずるものと解されよう[28]。だから、再び押し寄せた盗賊どもにBは「夕部此所にてぞむぐわをふるまふなり。よく〳〵おもひしらせん」と牛若にいわせている（ACDナシ）のをうけ、古浄瑠璃(1)は「なんちらすきつるよ、このやとにて、らうせきをしけるを、いまおもひしらせんかためそ」、同じく(2)は「夕べ、此やとにて、らうせきしけるを、今おもひしらせん」、(3)も「ゆうへの上らうさまに、あたへ給ひしたちか、こよひ、御身のうへにむくひたるを、しらぬかや、うけてみよ」とそれぞれBの系譜を引いて報復感情、怨念の情をかくそうとはしていない（常盤が死のまぎわに「子ゆへむなしくなるなれは。恨とさらにおもはす」〈Bによる。A他も大略同じ〉の一句は古浄瑠璃系はどの本も採用していないのもみてわかるであろう）。

2義経、後日上洛の折、宿の夫婦に礼を尽すくだり（曲の末尾部）

〈幸若舞テキストA〉宿の大夫《ていのあるし》をめされて此宿はいか程そ五百町《けん》と中大将きこしめしい《ナシ》つそや《せんと》なんかたの《(ママ)》まれし《ぬる》おんしやうにとらするとの給ひて自筆に御判あそはしていのあるしにたひ給ふ其後牛若殿おこる平家を三とせ三月《ナシ》にせめなひけ天下を納め給ひけり源の心中貴賤上下をしなへかんせぬ人ハなかりけり（Cと校合）

〈同右〉B宿の太夫をめし出し。山中。三百町を。太夫にこそはたひにけり。たゞ人は情あれ情は人のためならす。終にはそのみのことくとなる。是につけても女房の情ゆへとぞ聞えける。其後御ざうし。打てのほらせ給ひて天下をおさめ給ひけり

〈同右〉Dこれよりうしわか殿おくへくたらせ給ひてんかをおさめ給ひけり

〈古浄瑠璃テキスト(1)〉山中三百ちやうの所《ナシ》をは、大夫にこそは、くたされけれ《ゑいたひ、やとのふうふに、まいらするとて、すきはら、一かさね、とりいたし》　大夫、御はんを《じひつの御はん》

いたゝきける《被下ける》　たんた人には、なさけあれ、なさけは人のためならす、うきよは、くるまのわのことく、めくり〳〵てそのゝちは、つゐに《のちは》そのみの、とくとなる※これと申も《※たゆふ御はんをいたゞきて　いふも》、やとの《ナシ》女はうか、なさけゆえとそ、きこえける《のうゐそかし》、此女はうは、しんちうのほと、みる人き　く　も　の《それよりも御そうしは、都をさしてのほらせたまいて、をこるへいけをたい　らけ、けんしの御よと、なさせたまふ、御ぞうしの、しんちうのほど》、上下はんみん、をしなへて、ほめぬ《かんせん》ものこそなかりけり（⑵と校合）

〈同右⑶〉大夫にうらみは、おほけれとも、女にうらみの、なきまゝに、かさねてしよりやうを、とらするとて、伊勢の国ては、くるまのしやう、あふみのくにては、かはらのしよ、三千五百ちやうの、ところをは、よ一ふうふに、とらするとて、じひつに御はんをそあそはしけり　大夫ふうふの、ものともは、御さうしの、御代のほとをそ、まちにける　山中のしゆくに、てらをたて、みやうたいしと、額をうち、ほそんにみたをつくりすへ、くやうには、万ふのきやうを、あそはして、みやこをさしてそ、御のほりある

⑴⑵は幸若舞にある「なさけは…」「うきよは…」の二つの諺を取り込むなど、多分にBの影響をうけているのがわかる。⑶は⑴⑵の如く後日平家討伐のための上洛の途次に恩賞を与えるのではなく、盗賊を退治したその場で恩賞を与えており、その知行地も幸若舞とは全く異っている。浄瑠璃語り達の出身地と関わるか。(29)

Bは「女房の情」が強調されている。それを更に一歩進めた表現にしたものが⑴なのではないか。幸若舞でも牛若が盗賊を征伐しようといった時、宿の主は止めるが、女房は積極的に協力を申出、励ます役を演じていた。ところが末尾で再びその事をいいたてるのは古浄瑠璃系ではBのみであるし、この本の系列下にあるとおもわれる⑴ではこの女房を「上下はんみんをしなへてほめ」るというところに注目させられる。B―⑴系列においては、女性を特に意図して称揚するグループ（たとえば「女語り」の如き）(30)の存在を想定してみることも不可能ではなかろう。

語り納めの形としてはA―⑴の表現がオーソドックスである。⑵は⑴と全く同じ語り納めの表現を用いながら、且

つB系列らしく「女はうかなさけのうゐ」といいながら、「御ぞうしのしんちう」を「上下はんみんをしなへてほめ」るという形にもっていったのは、語りの祝言的言辞を優先させたためであろう。女房の情けをいうならばそれをほめるべきであり、Aのように「源の心中」をほめるならば女房の情け云々は不必要であろう。Aでは義経が昔のことを忘れず、よくその恩を報じたことが称讃されているのである。矛盾をきたしたとしてもAの型を採った(2)は(1)とは異る語りのグループか。この他、盗人の名もBに共通するところが多い。Aには古浄瑠璃系にはない「よはひほし」「雲井の太郎」の名をあげている。これはなお検討を要する課題である。

4　古浄瑠璃の「幸若舞離れ」

次に示す例は古浄瑠璃系が幸若舞の二本すなわちAB両本から相前後して章句を受けているようにおもわれる、いわば「混合写本」的形態をとっている場合である。

1常盤の死のくだり

〈幸若舞テキストA〉南無阿弥陀仏みた仏とこれを最後の言はにて朝の露ときえ給ふいたはししとも中〱に申《ナシ》ハかりもなかりけり《は候ハス》（Cと校合）

B南無阿弥陀仏と最後にて。御年つもり四十三朝の露ときえ給ふ見る人聞もの。をしなへてあはれをとはぬ人そなき

〈D〉当該個所欠丁

〈古浄瑠璃テキスト(1)〉なむあみたふつ、みたふつと、これをさいこの、ことはにてその年つもり、四十三と申に、《申には》あしたの露と、きえたまふ※あはれ《※ときわ御ぜんのさいこのほと》とも中〱に、《ナシ》申はかりはなかりけり。(2)と校合）

(3)ねんふつ百へん、となへつゝ、これをさいこの、ことはにて、御年、四十三と申には、あしたの露ときえ給ふ

⑴⑵は「なむあみ……ことはにて」までがA、そのあとはBによると考えられる。⑶は他の古浄瑠璃系とは少異があるようだが、常盤の年齢を[31]「四十三」とする点において、⑴⑵と同じ立場にあるといえる。すなわち古浄瑠璃系は三本とも常盤の年齢を明らかにする姿勢を示しているわけである。

2 宿の主が牛若の敵討を止めるくだり。

〈幸若舞テキストA〉あら正躰なやかれらハ六人候《までさふらいしか》　か一人か千騎にむかう程《千きにまんきにかけあう》の兵也いかに若君の御《ナシ》心ハたけしと申共一人二人こそ《ハ》うち取給ふなれ相《へけれ》残るよたう共か此宿をはつかうせん事ハ《ナシ》治定な《にてあるあいた》　り中〳〵おもひもよらぬ事なるへし《といふ》（Cと校合）

Bこは御諚ともおほえず候。かの夜たうと申は。一人ならす二人ならす。くつきやうのぬす人の。六人までこそ候ひけれ。君はたゝ一人いかてかかなはせ給ふへき《ツメ》時節を御待候へ。わかきみとそ申ける。

Dあらしやうたいなやかのよたうともと申はくつきやうのつわ物六人まて候にいかに御心たけしと申ともいかてかなはせ給ふへきかへりて此いゑに火をかけあたをなさむはちちやうなり

〈古浄瑠璃テキスト⑴〉さることにては、さふらへとも、かのぬす人ともと申は、そも一人ならす、二人ならす、くつきやうのものともか、六人までこそ、すまゐする、わかきみは、たゝ一人なれは、なにとしてかは、かなはせたまふへし　もし六人のものとも、一人なりとも、うたせたまふものならは、のこる五人のものともか、かならす、いゑをやくへし、いゑやかれてはせんもなし、とかく此こと、おもひとまらせたまひて、しせつを御まち、さふらへや、わかきみさまとそ、申されける

〈同右⑵〉やさしの人の仰かな、よとうは六人、御身は、一人なれは、何として、うたせたまふへき、たとひ、一人、うちたりとも、残、五人のものともか、かならず、いゑをやくへし、いゑ、やかれては、せんもなし、まづ、此事

を、おもひとまりて、たまわれや、たびのとのとそ申ける

〈同右(3)〉やすきあひたの事なれとも、このものと申は、一人か十人にむかふ、かたきなれは、なにと、おやのくりきか、つよくして、一人二人は、うたせ給ふとも、のこりてあまた、なからへて、此しゆく、わらはかいゑに、ひ事なんと、候へは、かへってわれらか、めいわくなり、思ひと、まり給へとよ、たひの殿とそ申ける

まず、古浄瑠璃系テキスト(1)の傍線部「一人ならす……かなはせたまふへし」の部分はBの「ツメ」の前までに対応させられるだろう。ところが討ちもらされた夜盗どもが「お礼参り」に来るだろうから敵討ちを思い止まるようにと頼むところはAおよびCにしか、ない。そして「時節を待て」という句は再びBに見出せるものである。つまり幸若舞テキストB―A―Bと適宜にアレンジしたかのように見受けられる形態を(1)は示しているといえる。(2)はほぼ(1)の簡略形と推定される。(3)は「一人か十人にむかふ」などという句も含んでいて、Aに近い。だが大夫が我家に火をかけられては迷惑だというと牛若は「おやのかたきは大夫てあり、たゆふをうたん」とばかり「つはもと三すん、ぬきいたし、たいのまなこに、かとをたて」る牛若を描く(3)は(1)(2)に比べて特異ではあるものの、かえって敵討ちにはやる牛若の心情をよく表わしている。「幸若舞ばなれ」を意図しつゝ、舞にはない牛若像を作りあげようとしているようである。

古浄瑠璃系は大夫が止める理由をいずれも、多勢に無勢であること、「お礼参り」をされ火を付けられるであろうこと、の二点をあげている。幸若舞系をみると、Bは前者の理由しか挙げていない。庶民の感情としては牛若一人で賊に立向かう無謀さを危ぶむことよりも、自分の家を焼かれるほうが切実であったろう。さればその二つの理由をあげているAが古態を示しているといえるのではないか。幸若舞Bの詞章に則った古浄瑠璃(1)（(2)も）であっても、その中にはBに含まれない、「家を焼かれる」云々の句がDの傍線部にのみ見えるのは注目に値する。奈良絵本と古浄

瑠璃詞章の共有句の由来は未詳。

さてこのように古浄瑠璃系は幸若舞系から詞章を取り入れるに当って、適宜に取捨選択し、アレンジしているさまをみてきたのであるが、ここで古浄瑠璃系のみが共通してもち、幸若舞には見られない章句のなかで、注意すべき一句をあげておく。それは常盤の塚の傍に立てられた立札の文句である。幸若舞では「是ハ無縁のたひ人なり上下の人々ハ御とふらひあつておとをりあれや」（Aによる。BCDも大略同じ）とあり、それを見た牛若が『法華経』五の巻提婆品を読誦して廻向することになる。古浄瑠璃系になるとこれが「みやこのしやうらう、たゝ二人」⑴「都上らう、たゝ二人、むゑんのために、ねんふつ申てをとおりあれ、南無阿弥陀仏」⑵「みやこよりの、しやうらうの、しう〳〵二人」⑶などと変えられている。廻向さるべき人が女性であることを明示しているのである。これは恐らく、牛若の読誦する経典が法華経の提婆品、つまり「女人成仏」を説いた古来有名な一章であることに関係するようだ。墓の主が「無縁のたひ人」で性別不詳であるのに、女人成仏の廻向をなす古浄瑠璃系は筋が通らぬ、提婆品を読ませる趣向まで変えることをしないならば女性であることを述べるべきだ、とまずはこのように考えた古浄瑠璃作者（語り手）の「合理化」といえるだろう。

5　道行の地名について

最後に、道行の問題について述べておきたい。都の「紫野の古御所」を発った常盤が牛若を尋ねて、大津・草津を通り、中山道を辿って美濃の山中の宿にまで至る、その道中に登場する地名は本によってかなりの繁簡がある。地名の折りこまれ方、詞章に多少差違はあるものの、固有名詞だけを順にぬき出して一覧表にしてみたものを次に掲げる（但し最も多数の地名を挙げる⑵を中心にしたので一部順序が入れ替わる）。

上山本A	大頭本B	広大本C	東大本D	絵巻山中常盤(1)	写本やまなか(2)	常盤物語(3)
賀茂川	賀茂川	かもかハ	かもかわ	かも川	かもがわ	かも河
白　川	白　川	しらかハ	しらかわ	しらかは	しらかわ	しら川
					たゞすのもり	
粟田口	粟田口	おふくち	あハたくち	あはたくち	あわたぐち	あわたくち
(四の宮河原)	(四の宮川原)	(しのミやかはら)	(しのミやかハら)	ひのをかたうけ	ひのをかとうげ	
	(袖の森)	(のほりおほち)			十せんし	
				まつはら	まつばら	
関の清水	関の明神		せきのしミつ	せきの明神	せきのみやうしん	せきのみやうしん
大津	大津	おうつ	大つ	大つ	大津のうら	大津のうら
	粟津			あはつかはら	あはつかはら	あはつのはら
松本	まつもと	まつもと	まつもと			
山田・やはせ	山田・やはせ	山た・やはせ	やまた・やはせ			
石山寺	石山寺	いし山寺	いしやまでら	石山てら	いし山でら	いし山てら
せたのからはし	瀬田のなか橋	せたのからはし	せたのからはし	せたのからはし	せたのからはし	せたのからはし
				くさつ	くさつしゅく	
				もり山	もりやま	もり山
	のちしのはら			しのはらつゝみ	しのはらづゝみ	

	鏡の山			すり針山								山中の宿	計14
	かゝみ山	中のつち橋 ゐち川	小野の細道	すりはり山	ばむば	さめがゐ	八瀬の川 かしはばら		たけくらへ	いやす川原		山中の宿	26
				すりはり山								山なかのしゆく	13
	かゝみの山			すりはり山	はんは	さめかひ	かしはハら					やまなかのしゆく	17
	かゝみ山	ゐちかは	をのゝほそみち	すりはりたうけ	はんは	さめかい	かしははら	ねものかたり	たけくらへ	いますかはら		山中のしゅく	24
なるみがはし	かゞみ山	ゐちがわ	おのゝほそ道	すりはりたうげ	ばんば	さめがい	かしわばら	ねものがたり	たけくらべ	いますかわら	たるのしゆく	山中じゅく	28
なるみかはら	かゝみ山	ゐち河	をのゝほそみち	すりはりたうけ	ばんば	さめがい		ね物かたり	たけくらへ	いますかはら		山中のしゅく	20

概して古浄瑠璃系諸本が詳細で、幸若舞は簡略といえよう。ただ、幸若舞諸本の中でBの詳細なのが注目される。幸若舞→古浄瑠璃の前提に立つならば古浄瑠璃系は道行に関する限り、Bと密接な連絡を保って作られたといっていいだろう。

ではなぜＡ・Ｃが簡略で、Ｂが詳細なのか。この理由は実はまだ解明しえていないが、ひとつにはその担い手の違いに起因するのかも知れない。もしＡのごとき形が古態であるとするなら、それを不満としたＢすなわち大頭本をテキストとする者たちがかれらに相応しい道行に増補改変したという推定も可能となる。一歩進めていうなら、「かれら」は中山道を実際に往来していた者たちではなかったか。ただ、古浄瑠璃系が細かいというものの、何故か幸若舞にすべてある、「松本」「山田」「矢橋」が古浄瑠璃系三本とも欠落している。

さて古浄瑠璃系諸本の詳細さは、道中もさることながら、江濃国境地域が特に細かい。柏原は近江国坂田郡で美濃との国境から一里西にあり、寝物語は柏原の東、大字長久寺の別名で、村の中を国境が走っており、両国の者が寝ながら話を交すことができることに由来するといわれ、またの名を「たけくらべ」ともいう。(32) 今須は国境から二〇町ばかり、山中は一里ばかり美濃側に入ったところにある村（不破郡）で、いずれも山あいの宿駅である。かかる細かな地名は都において歌枕や名所を継ぎあわせる作業からは生まれえないだろう。その地域に格別の注意を払っていた者の手を経ているのではないかと想定される所以である。(34) 舞が「国民の、古い伝統に対する感激の影」(33) とすれば常盤殺害の伝承地（墓と称する五輪塔もある）たる山中の宿周辺を念入りに詠みこむことは、その舞やそれから作られた古浄瑠璃の担い手たちがその地を往来する者であったら当然に行ったであろう。熊坂の伝承ともからめて、鏡の宿・山中・青墓・赤坂などの宿駅をつなぐ糸をときほぐすことにより、山中常盤譚の形成を考えねばならず、かつまた、説経の道行との関連も考えねばなるまい。

地理的にいって西から東へは、柏原―寝物語（たけくらべ）―今須―山中（垂井は山中のさらに東）であるが、そのように順序が合致する本はひとつもない。近接していて混乱したのかもしれない。最も忠実といえる本が(2)である（だがこれも山中を通り越した垂井（たるのしゅく）まで入れている）。結局古浄瑠璃系の道行も幸若舞大頭本と同様中山道の宿駅にくわしい者が関与していたとかんがえられる。

古浄瑠璃の「山中常盤」はあきらかに幸若舞に依拠していること。それはモティーフのみならず、一々の章句にまで及んでいること。つぎに古浄瑠璃のテキストは現存断片でみる限り、幸若舞の上山本系のテキストによっているようだということ。しかし古浄瑠璃系とおもわれる現存の三本は同一のテキストを土台にしたものではなく、これらもそれぞれ幸若舞によっているらしいこと。「常盤物語」は意図した「舞曲ばなれ」を試みてはいるが、舞とほとんど同じ詞章の所も多くあって、いわば「ついたり離れたり」している本であること。絵巻と写本「やまなか」は兄弟関係にあり、それは校合可能な程度の近さであること。この三本と幸若舞とは、ある所では上山本や広大本と、別の所では大頭本と近接し、幸若舞の複数の本の混合写本的状態を呈する個所もある(35)（絵巻と「やまなか」）こと。従って、古浄瑠璃は幸若舞のどの本を種本にしているとは特定できないこと、古浄瑠璃諸本は山中周辺の道行が詳細であることなどがまとめられるかと思う。

第六節　神楽と幸若舞――中世の芸能伝承の一端――

幸若舞の作品は軍記ものを視野に入れつつも、その素材を軍記物作品と共有しているといった、緩やかな関係で考えたほうがいいように思われる。ここでは軍記の語りのいくつかの場面を例として、それらが時空とジャンルを越えてどのように変奏されながら伝承されているか、そこにどのような意味を見いだすべきかについて述べてみたい。

1　「屋島（八島）合戦」の日付

一ノ谷の合戦で平家は壊滅的敗北を蒙ったが、その約一年後、暴風雨を衝いて出陣した義経に屋島の内裏を急襲されて海上に逃れ、四国を捨てる。壇ノ浦で滅亡する一ヶ月前のことであった。『玉葉』元暦二年（一一八五）三月四日条に、「去ル月（中略）十八日屋島ニ寄セ、凶党追ヒ落トシ了ンヌ」とあって、半月前に起きた「最新情報」を記載している。『平家物語』巻十一は覚一本で見ると、巻頭の章段「逆櫓」は元暦二年正月十日に院参して出陣の挨拶をする義経をまず描き出す。そして二月一六日に船出した義経は一八日には早、「八嶋の城へよせ給ふ」のである。『平家物語』語り本は、実は屋島での「合戦」を語ることに熱心ではない。それより、個人的なメモリアルを詳細にしるそうとする。奥州から連れ来たった股肱の臣嗣信の最期のさま、那須与一の扇の的、三穂屋十郎と景清の錣引き、義経の弓流しなどが立て続けに語られるのである。北川忠彦は、読み本系ではこれらの順序が不同であり、不自然でもあることから、「未整理状態期の姿を留めている」とし、「八嶋合戦に関する各説話が、個々別々、各種各様に成立し、それを後にまとめて、語り本に完成されたかたちでみられるような八嶋合戦の物語として統一したらしい」と言った[36]。氏はこれらの「八嶋合戦」は「〝義経記（判官伝説）の世界〟、氏の言う「お伽の世界」が多分に入り込んでいる」（同書）とする。

「八島合戦は戦物語として興味の豊富なものだった。だから色々なものに採られた」と折口信夫が言うように（「『八島』語りの研究」）、能・幸若舞・狂言そして民俗芸能の神楽などで、上記のエピソードをいくつか連ねて、あるいは単独で語られている。

2　芸能世界での日付

世阿弥作の夢幻能「八島」は前場では嗣信の最期と錣引き、後場では弓流しが語られるのであるが、「年久しき漁翁が「今の様に思ひ出でられて候」と義経の出で立ちを語り始める言葉が、「いで其比は元暦元年三月十八日の事なりしに、平家は海のおも一町ばかりに舟をうかへ、源氏は此汀に打出でたまふ。」（車屋本〈朝日古典全書〉に拠る）というものである。ここから、床几に腰を掛けて語りに入るわけである。注目すべきは、戦の年号も、月日もいずれも史実に合っていないことである（諸流諸本同じ）。これを「作者の思ひ誤り」（佐成謙太郎『謡曲大観』）として簡単に片づけることはできない（伊藤正義は「誤解か」「継盛入水の寿永三年三月二十八日と混同があるか」と注する〈『新潮日本古典集成謡曲集』「八島」注〉）。

世阿弥は『三道』で、「軍体の能姿、仮令、源平の名将の人体の本説ならば、殊に、平家の物語のままに書くべし」と言っているけれども、この曲では肝腎の合戦が、いつ行われたかについては、「平家のままに書」いてはいない。「八島」は『申楽談儀』に見えるから、この書の奥書、永享二年（一四三〇）より以前の成立とされる。つまり一五世紀初めには既に八島合戦の日付を「元暦元年三月十八日」とする伝えがあって、『平家』の日付よりもこの伝えの日付のほうを採用したと考えることができる。折口信夫は「謡の『八島』は、其以前にも古い物があって」と説き、これら古い語り物を「八島語り」と名付けた（右の論考）。この日付が「八島語り」で語られていたものであるかどうかはわからないが、何かの根拠があったはずである。また、能「景清」（文正元年〈一四六〇〉上演記録初見）では「いでその頃は寿永三年三月下旬の事なりしに」（観世流）と錣引きを語り始める。元暦改元は四月十六日ゆえ、三月は寿永とするほうが「正確」といえようが、正しくはないこと、「八島」と同じである。

狂言では能「八島」の間《あい》で、「年号は元暦元年中にも三月十八日の事にて有に」（貞享松井本）と語る。替間に「那《な》須語《すがたり》」があるが、これも「ころは三月十八日のことなるに」というせりふをもつ。この替間は江戸初期には仕方話になっていたとされるが、[37] 寛文五年版狂言記の挿絵を見ても、扇を手に葛桶にどっかと座った男の語る姿がある。「八島語り」を彷彿とさせる図像である。天正狂言本に「あふギのまと」というのがある。本文は残っていないが、那須の与一と扇の的を語るものであったろう。また、狂言「かうやくねり（膏薬煉り）」では膏薬の効能を語るとて「さてもけんりゃくくわんねん三月十八日のことなりしに八嶋段の浦にて」と戦話しを始める。かかる年号月日を伝えるのは能や狂言の世界だけにとどまらない。

幸若舞に「八嶋（八嶋軍）」という曲がある。この曲の聴かせどころは、佐藤嗣信・忠信兄弟の母、尼公の前で弁慶が「屋嶋の磯の合戦を本よりしたる事なれは初より終まて、ことこまかにそ語りける」として、「年号はけんりやく元年比は三月下旬四国さぬきやしまの磯をとをりし時、源平の合戦まつ最中とみゆる」（上山宗久本）と語るところにある。「十八日」ではない他は能や狂言と認識を同じくするとしていいであろう。島津忠夫は「尼公物語」などの存在を想定し、折口の「八島語り」に賛意を表する。[38] 複数の語りがあって、さまざまに交錯し合いながら軍記、芸能が作られていったとする（「三月下旬」と朧化する「八嶋」に対し、同じ幸若舞曲の「那須与一」では「比は元暦元年三月十八日の事成に」〈大頭左兵衛本〉としている）。やはり日付はここに拘るかのようである。この曲は「八嶋」を補う曲として作られたようだが、上演記録初見は天文一五年（一五四六）であって（市古貞次『中世文学年表』）、比較的早い成立といえる。「八嶋」のほうは明応七年（一四九八）に「多田満仲」とともに演じられたことが知られる。この二曲は幸若系図や始祖伝承には必ず登場する、古層と思われる曲で、成立には種々の家伝があったらしい。ということは『平家物語』だけではなく、何らかのいわれのある古い伝承（書承・口承を問わず）に依拠したことを重視した結果であろうかと考えられるのである。

ところで奥浄瑠璃「尼公物語」は幸若舞曲に拠るところが多い作品であるものの、合戦の部分はかなり離れ、問題のあるところである。語りの内容についてはここでは触れないが、例えば第二段の弁慶が屋島合戦を語り出すところは「大責〳〵そも〳〵八島の戦の企《くはた》ちたるその年の年号は、元暦元年閏三月十八日、まだ巳の時の事なるに」（本田安次『語り物・風流二』に拠る）と、このようである。ここで、「閏三月」とされていることに注目したい。歴史的には元暦の前年寿永二年（一一八三）は閏月があったが、元暦は元年も二年も平年である。さればなぜここを「閏三月」

としなければならなかったのか、その理由はいまのところ分からない。だが、八嶋合戦の日付をこのように説く芸能は奥浄瑠璃だけではない。

3　東北の神楽と日付

東北地方一帯に広く分布する神楽に「山伏神楽」がある。奥羽山脈を挟んで太平洋側で行われるものを「山伏神楽」とか「権現舞」、「能舞」などと呼ばれ、日本海側で行われる神楽は「番楽」、「ひやま」などと呼ばれる。東北地方に多く存在する修験の霊地に拠る山伏たちが彼らのカスミ場（旦那場。信者が居住するエリア）で宗教活動をする際に演じた、一種の宗教的芸能であった。権現様と称する獅子頭を神格化するのが特徴的である。現在は在地の農家の人々がその伝統を守って上演しているものの、テキストは口伝が長く続いたため、古写本は少ない。本田安次氏はこの芸能を「純粋の御神楽ではなく、今ある猿楽の能でもなく、舞楽、延年の類とも異り、又、幸若や人形浄瑠璃や歌舞伎とも同一ではない…それらの何れの要素をも、幾分かづつは備へてゐるかに思はれる」（『山伏神楽・番楽』）と紹介した。江戸以前、中世後期には既に演じられていたもののようで、芸能的史にも、文学史的にも興味ある神楽といえる。

青森県上北郡大光院の獅子舞、「八嶋幕出」（寛政年間写か）には「いでその比は元暦元年閏三月十八日の事なりしに」として、錣引き、嗣信最期などを語る。かなり簡略化されているが、詞章はほぼ能「八嶋」に添っている。異なるのは「閏三月」とあるところである。また江刺市（現奥州市江刺区）の鴨沢神楽の「屋しま合戦」では「文治元年閏三月十八日の事なれニ」としている（以上『奥州南部神楽史料集』『鴨沢神楽狂言集』に拠る）。元暦から文治への改元は八月であるから、さかしらによるのかも知れない。南部地方の神楽に「八嶋」は多く存するなか、悉く「閏三月」と述べる。これは青森県下北、東通《ひがしどおり》村の各地に伝承される「能舞」においても同様である。例えば「元べヤク元年ウロ三月十八日ノコロナレバ」（白糠勇清倶楽会蔵大正五年写本）とか「元略元年うろう三月十五日の頃なれば」（砂子又郷友会蔵現行本）（『東通村の能舞』に拠る）とあって、若干のユレはあるものの、皆、同じと考えてよかろう。さらに岩手県下《しも》閉《へ》伊《い》郡黒森神楽の「やしまの歌ひ」にある「ころはいつそのころよと、元暦元年閏三月廿日あまりの事なりしが」（本田前掲書に拠る）を含めることもできるであろう。

このような山伏神楽の詞章の流れのなかに先述の奥浄瑠璃詞章を置いてみれば、語り手がこの部分は「閏三月」と語らねば納得されない事情があったのだろうと想像されるのである。東北に「尼公物語」があったとして、それが八嶋合戦を「元暦元年閏三月十八日」に設定していたかどうかは定かではない。しかしそのように伝承する強い力が東北には働いていたとは言えるであろう。それは、史実や『平家物語』とは異なる伝承世界（芸能の世界。北川氏のいう「お伽の世界」）で強固に信じられ、語られ続けた「元暦元年三月十八日」に拮抗するものであった、といえるのではなかろうか。なぜこの年なのかは不明だが、語るときの力強さすなわち「ゲンリャクグワンネンサングワチジウハチニチ」などというG音や撥音、入声音の連続に惹かれることもあったのであろうか。

4　神楽の「曾我もの」の伝承

十番斬をめぐって

工藤祐経を討ち果たした曾我兄弟は工藤の館で次々に討ちかかってくる侍たちを相手に手並みをみせるが、最後に十郎は討たれ、五郎は捕らえられる。敵討ち譚のまとめとして広く受容され、能や幸若、東北の神楽で語られ、奈良絵本、絵巻にもなって今に伝わる。兄弟と戦った者は誰かについては異伝が錯綜していてここで論ずる余裕がない。詳細は『幸若舞曲研究』第九巻（三弥井書店刊）「十番斬」の補注を参照していただくことにして、伝承上の問題点を指摘することにしたい。まず、真字本『曾我物語』（巻九）によれば、武蔵の大楽の平馬の丞、横山党に愛敬三郎、駿河の岡部の五郎、遠江の原三郎、御所の黒矢五、信濃の海野小太郎行氏、伊勢の加藤太郎、駿河船越党の橘河小次郎、鎮西の宇田五郎、同じく臼杵八郎、用樹三郎、一河別当次郎、伊豆の新田四郎忠経とあり、十番と数あわせをしてはいない。仮名本、例えば彰考館本には用樹・臼杵・岡部が見えず、代わりに「よこちの太郎」「ふなはしの八郎」「あわの国の住人あんさいの弥七」武蔵の「しんかいの次良さね光」「うたの六郎」が現れる。これらが次第に整理されていくなかで十番の斬り合いという形に収束されるのであろう。

幸若舞「十番斬」は天文一四年（一五四五）の記録初見がある曲である。ここには伊勢の「吉田の三郎師重」「品川」という『曾我物語』には見えない人物が登場し、仮名本に出てくる「よこち」以下の六名が見えない。そして六番目に出てくる「吉川」は真字本の「橘河」に当たるべく、八番目の甲斐の「市川の別当太郎忠速」は同じく「一河」に相当するだろう（表記は毛利家本）。「筑紫武者うすきの七郎師速」は「臼杵八郎」に当たる。このような点から、表記、名称に多少の異同はあるが、幸若舞は真字本に近接した資料を使って制作されたもの、と考えられる。幸若舞のなかでは幸若系、大頭系での人名の異同はない。新田四郎を一〇番目に登場させて十郎と決闘させるシーンを用意するのは幸若舞の工夫である。

番外謡曲「十番斬」は曲名とは違って武者の名はひとりしか出さない。「新開と名乗って」とあるが、これは真字本にない名であり、つまりはこの謡曲は幸若舞とは関わらないところで成立した可能性がある。

さて「十番斬」譚は山伏神楽でも伝承されている。今、青森・下北東通村の「能舞」で見てみよう。「モサスノ国ノズユ人平問ノ上」「アイケヨカ三郎」「オンミノ三郎」「伊勢ノ国ニカット五郎」「五曾ノ矢五郎」「高間ノ三郎」「御ノノ小太郎」「竹田ノ太郎」「遠トミノ原ノ九郎」「曾我ノ国ノキノゲダ（ママ）」などという（「下北能舞資料」『日本庶民文化史料集成』神楽・舞楽に拠る）。「御ノノ」は海野、であろうか。大光院獅子舞の「十番切幕出」（明治十四年写）

には三番は「うさみの三郎」、五番は「御所の弥五郎」、十番は「日向国の臼井の源太」とある他は大体は類似する。青森県三戸郡田子《たっこ》の神楽にも「十番切」がある。一、二番の人名を欠き、十番目に「伊勢国五郎丸、力と申せば七十五人の力なり」（『山伏神楽・番楽』に拠る）として、物語では曾我五郎を抱き留めた童の五郎丸を十番斬の人数に数えるのが特異といえる。「宇佐美の三郎」「高間の三郎」をここでも挙げている。神楽独自の伝承によるものがあったに違いない。少なくとも『曾我物語』や幸若舞をそのまま語っているわけではないことは理解されよう。

「紋尽くし」をめぐって

幸若舞「夜討曾我」は仮名本『曾我物語』に依拠するところが多いが、夜討ちの前に十郎が屋形を見て回り、幔幕の紋を確かめるというプロットは幸若舞だけ見られるものである。幸若舞では三五種類の紋所を、それを掲げる武者の名前とともに挙げる。名辞列挙の物尽くしの形をとっている。山伏神楽には「曾我」を語るところはたくさんあるものの、紋尽くしは稀である。今は退転した、岩手県下閉伊郡夏屋神楽（黒森神楽の一流）にはそのテキストが残る。詳しく対照することはできないので、冒頭を掲げればこのような語りである。「先一番ニクキヌキ松川三浦ノ平六兵衛御紋ナリ　アンミノテワチカイドノ　ウロコガタワタカハシドノ　月ニ星ハ千葉ドノゴモン・・・」（『山伏神楽・番楽』に拠る）。これをたとえば毛利家本幸若舞曲でみれば「釘抜まつかはきむらこふ。此きむらこふは三うらの平六兵へ吉村のもんなり。いしたたみは信濃の国根井の太輔太弥太。扇はあさりの与一・・・」と続く。順序が入れ替わったり、大名の名を誤ったり、紋所と名とを混同したりしてはいるが、十八種類ほどの紋所は挙げられている。黒森神楽はこれとも異同があって十六種類を挙げる。幸若舞曲を典拠として神楽テキストが制作されたであろうとは言えるが、長い口承の期間にコンタミネーションを惹起しているのである。その形態の殆どが書承伝承である幸若との違いは大きい。

神楽の「曾我」は伏木に馬を乗り懸けて祐経を取り逃がす、いわゆる「伏木曾我」も語るところが多い。ところがテキストは、五郎が馬から落ちるところを「イツヨリココロワソゾロキダッテ、ヨソヲイスレバウンノキワメワ、フシキ、コマヲトウドカケ、屏風カイシニカツハトフシ」と描写する（夏屋神楽本）。番楽でも「心はそぞろき立って兄の十郎伏木に駒を馳せかけてあぶみをはづしびゃうぶかへしにかつはとふし」（山形県遊佐町杉沢のひやま）という。[39] ここは能「伏木曾我」の「嬉しき心もそぞろきて、・・・不運の至りにや、伏し木に馬を乗り懸けて、屏風をかへしてかつはと転べば」とある部分に対応しよう。幸若舞「夜討曾我」の当該箇所は「気もそそろき・・とあるふしきにむねをつき、屏風をかへすことくにはやまつさかさまにとふとおつ」（毛利家本）とあるので、神楽は謡本を参照したかと考えられる。しかし、この後、これを見た「おぢの重忠」が「ヤアラー未だ日もくれぬまだしきに色づく山の紅葉かな、この夕ぐれを待ちてみよかし」と「一首の歌にてひいきあり」とする（番楽・杉沢）。畠山重忠がこの歌を詠んで暗示してやるプロットは仮名本『曾我物語』であって幸若舞ではない。幸若舞は重忠と和田義盛が「夏山や思ひしげみのこがるるは」「今宵富士野に飛ぶ火もえいつ」と付け合いをすることになっている。

神楽の「曾我」の伝承は複雑で、物語と能と幸若舞曲とをアレンジして新たに芸能空間を作り出そうとした結果出来上がったテキスト（修験のものたちの手になるものである）が口頭で伝えられたものであり、その原テキストの生成は奥羽山脈の東側か西側か、いずれかで行われ、次第に広く伝播してレパートリーに取り込まれていったのであろう。

5　「手車の歌」をめぐって

天正狂言本に「女らくあみ」という作品がある。男の女房と愛人とが男を「手車」に乗せて帰るとて、「こりゃたか手車、らくあみ殿の手車、とはや（囃）す。のち、なくる（投ぐる）。こしをさすり入。とめ。」となる。[40] 現行「鈍太郎」の原曲である。この囃し歌に関しては既に北川忠彦、田口和夫氏らによって考察が加えられている。それらによれば類歌は『建内記』文安元年（一四四四）五月六日条に「あれは誰が御輿大領殿御輿」とあり、『臥雲日件録抜尤』文明二年（一四七〇）正月五日条にも同歌が存在すると知らされた。また池田広司・北原保雄『大蔵虎明本狂言集の研究　本文篇　中』の注には愛知県古戸の田楽詞章を挙げる。「こりゃだがてんぐるまさるばし太郎のてんぐるま左りからのろふか右りからのろふか」（前半略）というものだが、この田楽は修正会系で、明治初年に亡びてしまい、現在は歌われることはない。

一五世紀にまで遡る古い囃し歌であることはわかるが、果たしてこの歌謡は輿や手車を囃すための歌であったのか疑問である。静岡県西浦田楽の「鳥追い」は、「これはたがとりをい　天日月のとりをい」と歌い始めて、憎らしい鳥を遠くへ追いやってしまえと言う長い歌がつづく。同様に愛知県鳳来寺田楽の「鳥おい初」でも「ありゃたが鳥おいそ権現本所の鳥おいそありゃたんが鳥おいそ白山権現の鳥おいそ」と始まって、「れきれいにが水にがかぜかい病・・・天ちゆくてんはてえおうべし云々」と、鳥、ネズミ、病気、怪我火事などを追い払う歌となっている。他にも、三河・遠江地方の田楽・オコナイ（オクナイとも）・田遊びで、このような歌が歌われるのである。したがって、これは本来、鳥追い歌であって、棒などを上下して追い払う仕草から、輿や手車を揺さぶる囃し歌に転用したものと思われる。以上見てきたごとく、中世の語り物と芸能、歌謡は互いにその垣根が低く、融通性に富んでいたのである。混沌とした伝承の海のなかから新しい作品を作り出し、それを変奏しながらまた、受け伝えていくエネルギーの在処をわれわれは探さねばならないだろう。

注

（1）　横山重編『説経浄瑠璃集　一』（古典文庫刊・一九五八年）及び同氏編『説経正本集第三』（一九六八年・角川書店

刊）に翻刻。後者には詳細な解題が附されている。

（2）横山重編『古浄瑠璃正本集　第二』（一九六四年・角川書店刊）に翻刻。解題も付載されている。

（3）「近世初期の浄瑠璃と説経」（国語と国文学・一九六六年一〇月）

（4）注1の『正本集』解題四九九頁。

（5）同右書五〇一頁。

（6）舞曲・古浄瑠璃・説経元禄版ともに、鎌田は長田の奸計にかかって、泥酔せしめられその間に隠れていた侍たちによって刺殺されたとする。しかし享保板では、「どくしゅとは、しらずして。さし請引請、のむ。」ために鎌田は「どくでころすはひきやうなり」と叫びつつも「どく酒の事なれば」いかんともし難く、あえない最期を遂げる。かようなモチーフの変改もみられ、ヴァリアントと称し得るほどである。説経『小栗判官』の影響もあろうか。

（7）注2の角川書店刊の書三七三頁。

（8）岸に船を寄せさせる所、舞曲では、

さる間今王はうつみの輿に有しかれいならすむなさわきしきりなりけれは舟をよせよと下知をする組手の人数力及すをつつ舟をさしよする（上山本）とあるところ説経二本は、

去間、こん王は、しきりに、むなさはきしけれは、ふねをよせよと下知をなすすいしゆ、かん取、うかゝいて、そうなく舟を、よせさりけり、こん王、大きにいかって、ゐゝ、につくきやつ原かな、いて物みせんといふまゝに、七八人けたをせは、海へさつふと落入て、うきぬしつみぬなかれけり、すいしゆ、かん取、おとろきて、我等は御めん候へと、おつおつ舟をよせにける

とあって、舞曲をもとに傍線部を増補した形態をとっていることは、「下知をなす……おつおつ舟を」の対応関係

から考えて明らかであろう。この部分だけをみても、古浄瑠璃はこの挿話を欠くから、横山氏の「古浄瑠璃から取った」という説は成立し得ないし、これ程「舞曲の増補」ということが明白であってみれば、室木氏説の「金王丸の物語」からの取材というのも、その物語の全的な舞曲化の明証があって初めて成立しよう。

ただ、一箇所、次の如きケースが存する。幸若舞に「子よりも孫はいとをしきと申伝て候そや」とある所、古浄瑠璃では「こほりは水よりしやうすれ共、水よりこほりはひやゝか也、まこはわか子のこ（子）なれ共、こよりまこはいとおしき」と言い、説経もほぼ同文。すなわち冒頭から「こなれ共」までが舞曲にはなくて古浄瑠璃・説経共有詞章として存する。これのみをもって説経は古浄瑠璃を参考としたとはいえまい。俚諺的に当時行なわれていた可能性もあろう（前半部は謡曲「桧垣」・『毛吹草』他に、後半は浄瑠璃にそれぞれ用例がある）。ともあれ、一往の指摘はしておく（無論この二作品の交渉を全面的に否定するものではない）。

（9）麻原美子氏によれば幸若舞「鎌田」は総体的には金刀比羅文庫本系『平治物語』を原拠としているが、平家が御教書を長田に遣す条はそれを独自の箇所とする杉原本に一致するという。（「幸若舞曲『平治物』の考察」・日本女子大学国語国文学論究二・一九七一年二月）

（10）『幸若舞曲集（序説篇）』六一〇～六一一頁。

（11）『古浄瑠璃正本集』第一（一九六四年三月、角川書店）解題四二九頁。

（12）「幸若舞の流派とその詞章」（国語と国文学・一九七五年七月）

（13）島津久基『義経伝説と文学』（一九三五年、明治書院）に「山中常盤伝説（常盤御前殺害伝説）」として、その本拠・成立・成長・影響などが概説されている。吾郷寅之進「幸若舞曲常盤物の形成㈠㈡」（伝承文学研究一四・一五号）の中でも考察が加えている。

(14) 室木弥太郎『語り物（舞・説経・古浄瑠璃）の研究』（一九四五年、風間書房）の中で要領よくまとめている。

(15) 古典文庫『古浄瑠璃集』解説一八一頁。

(16) 『古浄瑠璃正本集第一』附録解題五九一頁。

(17) 注15同書一三六頁。笹野堅は既に舞曲（大頭本）と絵巻を比較して、後者の前者から出たことを説いた（『大橋の中将』と『山中常盤』」国語と国文学・一九三二年九月）。

(18) 注17同書五八六頁。

(19) 同右。

(20) 注15同書一三七頁。

(21) 幸若舞諸本の異同状態・性格などについては『幸若舞曲研究1』（三弥井書店）において小林美和氏によって明らかにされた。

(22) 「（なん）ちもともにゆけやとて」は逆に上山本になく大頭本にある。

(23) この他、たとえば上山本（A）「なさけなき武士」→(1)「なさけなしとよもの、ふ」正本「よたうのもののふ」／A「はたへ一ツえさせよ」→(1)「小袖をひとつえさせ よ」正本「こそてをひ（とつ）くれよかし」／A「たけと一しき御くし」→(1)「たけとひとしきくろかみ」正本「たけと一せのくろかみ」／A「二太刀切てきりふせて」→(1)「ふたかたなにかひしつ、」正本「ほそ（くひ）ちうにうちをとす」などに舞曲との近さを見る（正本のほうがより俗耳に入りやすい形といえようか）。

(24) 横山重は①を五段又は六段の構成と推定され区分を示した（注3の書一八二頁）。舞曲とつき合わせてみると初段～五段までは「コトハ」の始まりと一致するが、六段の始まりかとされた第一案「やとの大夫は」はコトバの中途であり、第二案「それよりもみとせみつき」は「カタツメ」の中途である（大頭本）点を考えると、五段構成としたほうがいいかもしれない。

(25) 島津久基が「法術を用ゐるのも舞『烏帽子折』の影響ではなからうか」（注14同書二九四頁）というように同曲末尾部「僧正がかけにてならひしさても天ぐの法はでやう所とおぼしめし霧の法をむすんでかたきのかたへなげかけこたかの法をむすんてわがみにざつとうちかけ」（大頭本）とあるのと全く同一句である。一種の「きまり文句」として流用される性格をもっていたのだろう。

(26) 「室町時代末期の語りもの」（『講座日本文学』6中世編Ⅱ（注2の同氏著書所収。）四二頁）。

(27) 徳田和夫「『天狗の内裏』攷」（国文学研究資料館紀要・第一号）。

(28) 山下宏明「幸若舞曲の構造―義経記と比べて―」（鑑賞日本古典文学『太平記・曾我物語・義経記』（一九八一年、角川書店）。

(29) 「みやうたいし」については室木は浄瑠璃姫の伝承を有する岡崎の明大寺地区であろうかとする（注15同書一三七頁）。

(30) 『家忠日記』文禄二年閏九月一五日の条に「女舞々」が、「ふしみときわ」他二曲を舞った記事がある。

(31) この「四十三」なる年齢は幸若舞のそれを何のためらいもなく古浄瑠璃は採用している。ところで、「靡常盤」には「ときわは生年廿八」（上山本）といい、『平治物語』には「常葉生年二十三」（金刀本）という。幸若系では牛若が奥州に下ったのは「十六の春の比」であり、「靡常盤」「伏見常盤」には都落ちの時の牛若の年齢を「二歳」としているから、常盤二八歳で大和宇陀に下り、その一五年後に山中で没したと考えれば四三という数が出る。だがこの「廿八」が何によっているのかは未詳である。

(32)『大日本地名辞書』。『木曽路名所図会』にもその里の図が載せられている。

(33) 柳田國男「口承文芸史考」。

(34)「静」「腰越」「景清」などにも中山道の道行はあるが、「山中」はあっても「寝物語」や「たけくらべ」はない。説経「をくり」「まつら長者」にはあり、注目すべきであろう。

(35) もちろん、「混合写本的」幸若舞テキストが存在していたならばまた話は別である。現存の幸若舞テキスト以外の本の存在が予想されるケースをひとつあげておく。牛若が母の埋められた塚の前で何となく立ち去り難い思いをしたというくだりで、③によると「此へうしよは、心のとまるへうしよにて、ゆきてはかへり、かへりてはゆき、その日はそこにて、くらされけり」(①②ほぼ同文)とある。一方幸若舞ではB「つかの前にて牛若殿。とかくの時刻、まし〳〵て其日も、すてにくれにけり」A「とさうの前にて牛若殿とかくの時刻ありけれは其日もすてに暮にけり」C「どひよ《（ママ）》うのまへにてうしわかきミとかくのじこくめさるれハそのひもすてにくれにけり」とあって、傍点部に対応する句がない。ところが『ロドリゲス大文典』所引の「山中の舞」には"Sucoxi suguiyucaxerareteua mata cayeri,cayeriteua mata yuqi,sanagara socouo tachimo yaraxerareide atta.Yamanacano Mai.(105v.)"(土井訳本p.395)とあって、まさしく傍点部に対応する一句が見出される。この他の部分も何箇所か引用されているが九州の地に一六世紀末に流伝していた「山中の舞」は現存本にはない詞章をもいくつかもつ異本であったようだ。(大凡は上山本の系統だが、全て一致するわけでもない。『大文典』がわの省略言替もあるかもしれない。なお、『大文典』所引の舞曲詞章全体を見ると、「大頭系を中心にしている」と麻原美子氏は報告している。(「幸若舞の流派とその詞章」『国語と国文学』一九七五年七月。なお本書第10章、「キリシタン資料と幸若舞テキスト」も参照されたい。

(36)「八嶋合戦の語りべ」(『軍記物論考』一九八九年、三弥井書店)所収。
(37)注12　田口和夫『能・狂言研究　中世文芸論考』一九九七年、三弥井書店所収
(38)「八島の語りと平家・猿楽・舞」(『論集　日本文学・日本語』3〈中世〉所収。なお平凡社東洋文庫『幸若舞2』及び『幸若舞曲研究』第九巻所収の「八嶋」注釈・補注参照)。
(39)杉沢ひやまの曾我物については以前若干の報告をした(拙著『伝承の〈場〉を歩く』(二〇〇八年九月、三弥井書店)七〇頁)
(40)北川忠彦「狂言素材としての民間説話」(立命館文学一九六〇年六月)、田口和夫「狂言『鈍太郎』の囃し物」『能・狂言研究―中世文芸論考―』所収

第8章 「女舞」と幸若舞の変容—近世幸若舞のゆくえ—

はじめに

中世末期、相模地方には舞大夫（舞々）が多く住み、各地の神社とその周辺を自分たちのテリトリーとして神楽・獅子舞などの芸能的祭祀に携わっていた。また、舞大夫の中には神事を行ったり神社の管理をしたりする者もいた。相模地方の文書・地誌等の記録類に徴するに、かれらは国中で五〇名近くいたようだが、その多くはいわゆる神事舞太夫として芸能的祭祀をその勤めとしていた。しかし少数の者は舞（幸若舞、すなわち曲舞）の専門家として戦国大名北条氏と強い繋がりをもってその存在を顕示していた。

近世に至り、運良く乱世をかいくぐった舞大夫が、小田原藩主に昵近するとともに城下に「桐座」なる歌舞伎の小屋をもつようになり、近世中期からは、女性を舞い

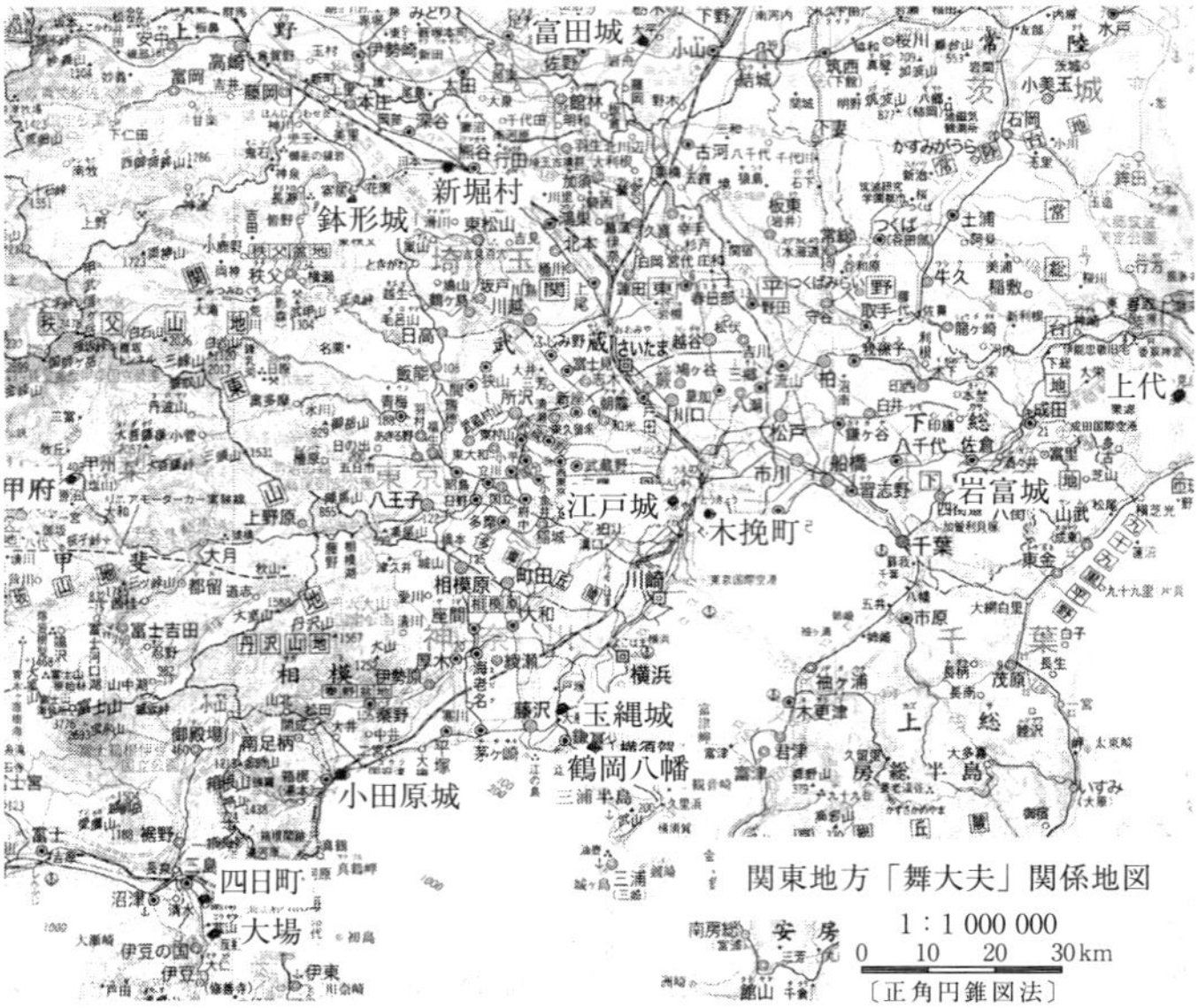

資料14　関東地方「舞大夫」地図

手とする「女舞」を一座の象徴に掲げ、舞い手の女性を座の頭にして歌舞伎の座を存続させていたのである。

本章では、その座において彼女たちが伝承した女舞とはいかなる舞なのか、中世舞大夫の系譜にまで遡ることができるのかを考えてみたい。一方また、江戸にも歌舞伎の座に、森田座の控櫓の地位にあって女舞をもつ「桐座」があった。この桐座と小田原のそれとはどのような関係があるのか、などの問題点を論じる。なおタユウの漢字表記は「大夫」を原則とし、引用や歌舞伎関係者の場合は「太夫」としたが厳密な使い分けではない。

第一節　桐座以前―北条氏と舞大夫

1　鶴若孫藤次の場合

相模の舞太夫について関係史料を挙げて早くに論じた研究者は後藤淑氏である。(1) ここでは氏の論考を参考にしながら芸能的側面から考えてみたい。『新編相模国風土記稿』（昌平坂学問所編、天保一二年〈一八四一〉成立、以下『風土記稿』という）によれば、近世後期、舞大夫は国内二四ヶ村に四六人がいたという。多くは一村に一、二人であったが、国府新宿村のように八人もの舞大夫がいる村もあった。圧倒的多数の舞大夫は地元の神社にのみ関わっていたと思われるのに対し、平塚の鶴若孫藤次のように鎌倉鶴岡八幡宮の獅子舞奉納を勧めていた者もいた。すなわち、

為鶴岡獅子之勧進、家一間ニ二銭宛大小共ニ出之、可被造立者也、仍如件／天文七年戊戌／九月二日／東郡／中郡　（鶴若家所蔵文書、「相州文書」所収）

獅子舞を奉納するから、一間（軒カ間口カ）につき二銭を出すようにいうことだろう。(2) 北条氏が許可し、発行したことを示す「虎朱印」が捺されている。この文書については山路興造氏・林淳氏の論がある。鶴若文書としては一五世紀のものもあるが、ここでは触れない。

2　天十郎大夫の活動

これより古い一六世紀の文書としては次のようなものが知られる。

某大夫屋敷充行状写／北条四日町大夫屋敷、任前〻旨被下者也、幷飛脚御免許被成者也、舞〻、いたか、陰陽方より役銭可取候也／大永八年潤（ママ）九月二日

（相州文書の天十郎太夫所蔵文書、及び神奈川県史資料編3古代中世3下収載）

この文書が問題なのは大永八年（一五二八）は八月二〇日に享禄と改元されていることである。もっとも、改元から僅か一二日しか経っていない時点で発行されているのは小田原まで改元情報が及んでいない結果ということもできる。神奈川県史は「本文書は、検討の余地がある」としている。但し同年は九月が確かに閏月であった。

後藤淑氏の解読では、これは北条氏綱が伊豆の四日町に前例のごとく家屋敷を安堵し、飛脚を免許（注。伊豆から小田原に飛脚を送ることか）し、舞々や「いたか」（板卒塔婆に経文などを書いて流れ灌頂し読経して死者供養し銭を乞う下級宗教者）などから税（役銭）を取るようにという内容であるとする。このようにやや問題がある文書であるものの、書かれていることには注意が必要である。文書の所蔵者は天十郎大夫という小田原古新宿《こしんじゅく》（現在の浜町付近）に居住していた舞大夫であった。[3]

氏綱は北条氏二代目であって、伊豆は北条早雲の侵入によってその版図に収められていた。[4] 北条四日町は現在の伊豆の国市韮山《にらやま》地区にある。伊豆では三島の二日町とともに定期市が立つ場所として知られており、「国府三島ニ次テニギヤカナリシ処」（豆州志稿）であった。天十郎はこの市近くに住んでいて、他の舞々や下級宗教者に課税する立場にあったこととなる。町の中心には八坂神社があるが、市もこのあたりで立っていた（現在でも年末には市が立つ）。天十郎はこの八坂社（天王社）と何らかの関わりを持っていた可能性もあろう。

その二七年後、天文二四年（一五五五）三月一二日付の文書にも、「致卜算（「算」、異体字）、移他家《いたか》、唱門師之類、任大永八年閏九月御証文、舞々之下に付之了」とあって（相州文書天十郎所蔵文書）、大永八年の文書を根拠にいたかなどの下級宗教者を天十郎の下に置くことを述べる。さらに他国から、いたかなどが来た場合、出所不審なものは、天十郎が「罪科に処すべきこと」といい、今後天十郎に対して、いたかや唱門師が「兎角申事不可有之由、仰出候」と言っている。天十郎という舞大夫は声門師や卜占算者とは明らかに区別されていたことを示している。文書発信者は評定衆狩野大膳亮という北条氏の家臣である。文書には朱印があるから、これは舞大夫・天十郎に特権的な地位を保証する文書といえる。後藤淑氏は「丁度興福寺における五ケ所十座の唱門師が興福寺の保護を受けて、七道者の取締にあたっていたのに似ている」[5]と言う。天十郎は天文のころには伊豆から小田原に移住し、北条氏の保護監督下にいたものと思われる。永禄七年（一五六四）一〇月の天助十郎（天十郎の身内か）元服の際には北条綱秀（系譜未詳、玉縄北条氏か）から「秀」を授けられている（同右文書）のを見ると、厚遇されていることがわかる。

天十郎は客人への芸能接待についても、天文二二年（一五五三）二月二日の文書に、「舞々之内より者天十郎計《バカリ》、座之者一人召連、客人其時之奏者ニ断、礼儀を可届候」と言い、「余之舞々一人も罷出候ニ付而者、当座に可申上候急度可有御成敗由被仰出候也」（相州文書）とあって客来の接待は、他の舞々が出てくれば成敗するというほどに天十郎に上演権を独占的に与えていたのである。ここでいう「礼儀」とは祝言的な芸能であったのかも知れない。[6]

同年七月六日付、武田氏の臣小山田信有発給文書には「彼大夫ニ伝馬三ツ此一返、無相違可出者也」（相州文書）とあって、甲府から小田原まで帰るための馬の用意を保証している。林淳氏はこの文書について、「天十郎が甲州を往復したのは、武田信玄に対する幸若舞の馳走を目的としていた（中略）天十郎の舞の馳走が北条氏の対外的な社交に使われていた一例」[7]と言う。この推定は正しいと思われる。無論武田氏も幸若舞の者を抱えていたが、[8]北条方の舞大夫を甲府で「客演」させることで、信頼関係を強めようとしたのだろう。芸能は、戦国大名同士を繋ぐためには有効な手段と認識されていたに違いない。天文二三年には北条武田今川の三国同盟成立していることも参考になろう。このような立場にある天十郎大夫は次に論じる大橋大夫と同じく、いち早く他の舞々、神事舞大夫などとは異なる道、すなわち幸若舞を舞う芸能者として生きるという選択をしたといえる。ちょうど三河の勘大夫や桜井、岡崎、東条の舞々が天正期に入って幸若舞を舞って城で披露（『家忠日記』）するころと重なる時期である。

天正一四年（一五八六）一二月、天十郎が従前の通り「移他家・唱門師」の統括を北条家から許された（相州文書天十郎家蔵）のを最後に一旦史料からは消える。天正一八年の小田原落城とともに保護者を失ったことによるものであろう。近世には北条稲荷社（現在小田原市浜町所在、元は小田原城内）を司り、江戸田村八大夫配下の神事舞太夫となったという。すなわち神楽、竈祓い、卜占などを行う下級宗教者となって、幸若舞とは離れてしまったのである。このような流れを辿る大夫と次項に示す大夫の行き方とを比較してみたい。

3　『風土記稿』の記述と大橋大夫の活動

ところで『風土記稿』の荻窪村（現在の小田原市扇町あたり）の項を見ると、「音曲舞太夫大橋四郎次丼桐尾上」の名を挙げて二千数百字に及ぶ説明を加えている。後で詳しく見るとおり、この舞大夫は天文年間から北条氏の庇護を受け、このころ大橋嘉義は北条氏政から諱の「政」の字をもらって「政義」と改めるなど、天十郎大夫と同じような待遇を受けていたのである。

『風土記稿』の説明によると、先祖は筑前太宰府の住人桑原式部嘉光、その弟光政の子五郎左衛門嘉高は大永三年に相模に移住してきたとする。天文九年（一五四〇）に北条氏綱が鎌倉鶴岡八幡宮を造営したときには、社頭にて法楽舞を勤め、天文一一年（一五四二）に北条氏康が八幡宮に社参したときも法楽舞を勤めたという。嘉高の子太郎左衛門に至って姓を桑原から大橋に改めた。その子治部左衛門嘉義は天文一四年（一五四五）、小田原の松原明神（市内本町所在）にて法楽舞を勤めたとある。この神社は北条氏の崇敬厚い古社で、土地の寄進、戦勝祈願などをしばしば行っている。

ここで注意したいことはこの大夫について、『風土記稿』は説明の冒頭に「越前国舞々幸若小八郎門弟なり」とし、相模に来た嘉高を、「兼て幸若に所縁ありて其技を相伝す」としていることである。「幸若小八郎」と、いつどのような「所縁」があったのか、史実の是非はともあれ、桑原改め大橋なる舞大夫は越前幸若家との結びつきを言い立てたいという意思を示すのである。つまりこの大夫は幸若舞を舞うことで（「其技を相伝す」ることで）小田原の北条氏からは城主が替わるたびに保護を受けていたとしていると解される。「幸若小八郎家系図」にはそのような「弟子」は掲出していない。これらの『風土記稿』の説明は大橋家に伝えられた系図などに拠ったものと考えられるので、大橋大夫自身は自家の由来をどのように伝えているかを次に見ておきたい。

4　大橋系図について

大橋氏の系図としては、『劇場桐座由緒書』（以下『由緒書』）や笹野堅『幸若舞曲集　序説』所収の「桐家古来譜」（寛文二年六月大橋銀太夫政氏判）、及び系図（嘉永二年八月大橋四郎治奥書）がある。『由緒書』は近世末期に舞大夫であった大橋林当によって明治一四年に書き上げられたもので、石井富之助によって翻刻されているが、[9]本稿ではこれを参考にしつつ、小田原市立図書館蔵のオリジナルテキストに従った。関係分を次に掲出する（私に句点・カギ括弧を付した。…は中略箇所。詳細割注はその部分を必要に応じて後に一括して示した）。（資料15参照）

（…は省略箇所、傍線は私意）

天穂日命……菅原道直（ママ）大学頭／文章博士……善茂…太宰権ノ介―善広十五代後胤筑前国住人／善広幼年ヨ

リ歌舞ヲ好ミ、成長ノ後関東ニ下リ鎌倉ニ居住ス、…頼朝公所望ニヨリ御前ニ召サレ、古流ノ舞等仰付ラレ、即チ鶴ケ岡八幡宮ノ社殿ニ於テ法楽ノ舞相勤ム（以下割注アリ。後掲A参照）―桑原十郎従是以前廿代略ス―善成桑原五郎／代々鎌倉ニ居住ス舞大夫職業トス光広―善重…鎌倉ヲ去、後越中国ニ至リ居住ス…――嘉永桑原太郎／越中国住人桃井播磨守ニ属シ延慶三…死ス（二代略）―善国…再度筑前国ニ帰ル（二代略）光政桑原十郎左衛門／能ク古流ノ舞ヲ以テ業トス、後関東ニ下向ス―嘉高…小田原ニ居住ス、天文九年…北条氏綱公鎌倉鶴ケ岡八幡宮御造営ニ附嘉高貴命ヲ蒙リ…法楽ノ舞仰付ラレ相勤ム…同十一年八月十五日鶴ケ岡八幡宮…法楽ノ舞仰付ラレ相勤候―嘉政大橋太郎左衛門／始テ大橋氏ト改ム―政義大橋治部左衛門／舞大夫職／（以下後掲B参照）――嘉時大橋六兵衛／舞々太夫／…病身ニ附キ、相伝歌舞、娘くらニ相譲、古来ノ伝、悉ク相伝シ畢、是ヨリ女舞、相勤候ナリ（後掲C参照）…――政氏（後掲D参照）大橋銀太夫／舞大夫／父六兵衛実ハ毎（「桐家古来譜」、「無」とする。従うべきか）継子シテ、娘くらニ相伝ス、嘉時カ舎弟義広カ二男ヲ以テ聟

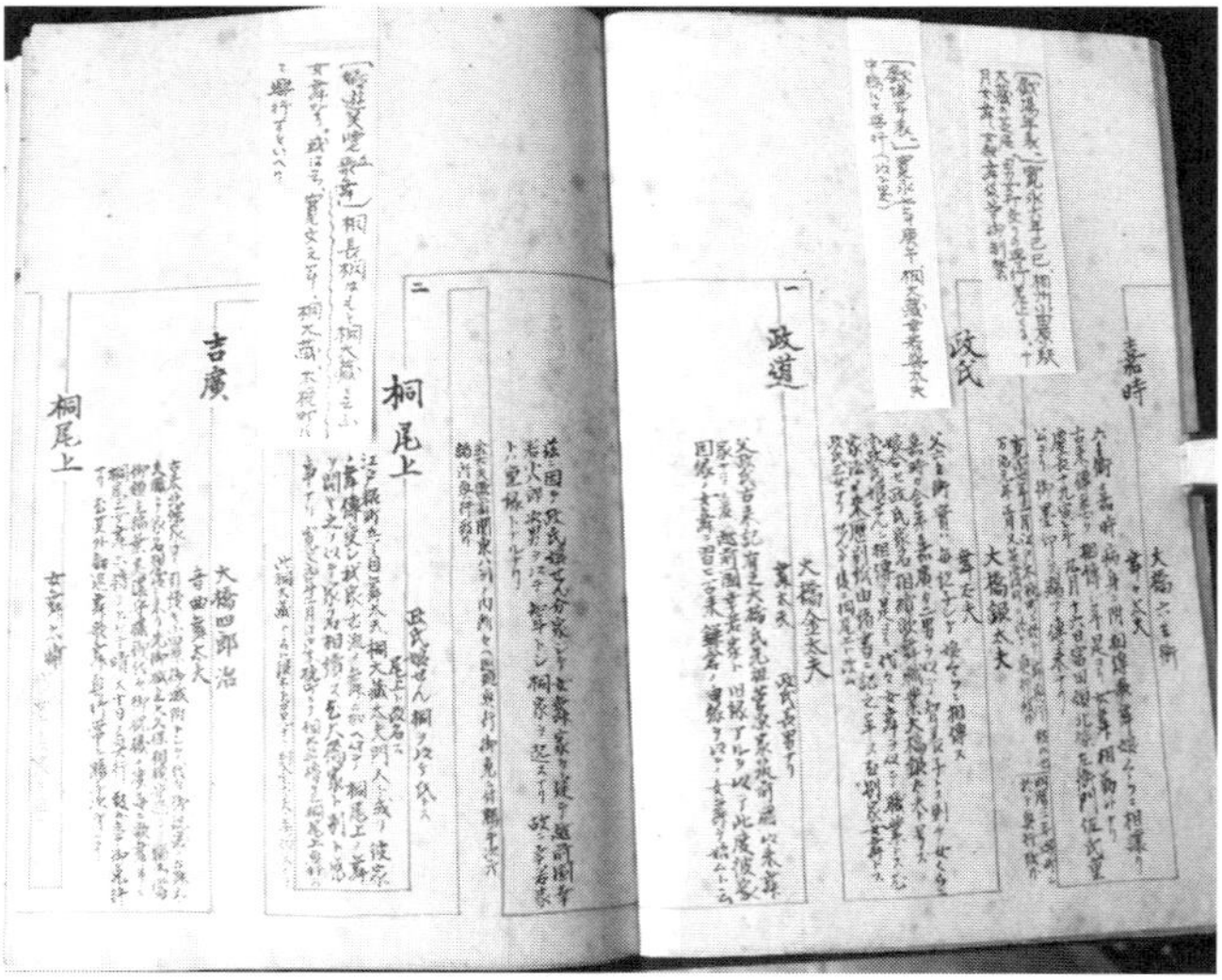

資料15　劇場桐座由緒書（部分）

養子トス、則チ女くらニ嫁合セ、政氏家名相続、歌舞職業大橋銀太夫ト号ス／亦政氏娘せん（せん以下の系譜は後掲）ニ相続ス、是ヨリ代々女舞ヲ以テ職業トス、尤家法ノ来歴別紙由緒書ニ記之畢ヌ、尤別家女舞トス政氏三女ナリ、せん事後ニ桐尾上ト改ム—政道大橋金大夫／舞大夫　政氏長男ナリ（以下後掲Ｅ参照）——吉広＊（以下男子系譜は後掲）

（左に政氏の三女せんこと桐尾上の系譜を別掲する）

——桐尾上政氏娘せん、桐ヲ以テ氏トス／尾上ト改名ス／江戸糀町五丁目舞大夫桐大蔵太夫門人ト成リ、彼家ノ舞伝受シ、我家古流ノ舞ニ加へ、以テ桐尾上ノ舞ヲ開キ、之ヲ以テ家名相続ス、尤大橋家ト別成ル事ナリ、寛文元年二月江戸木挽町ニテ桐大蔵櫓ヲ上、桐尾上興行ス——桐尾上女舞大輔／（朱）［代々女子ヲ以テ家ヲ継ク］——桐尾上女舞大輔／（朱）［桐家代々女子ヲ以テ表トス、分家シテ大橋家トハ別ナリ］——桐尾上女舞大輔——桐尾上　女舞大輔——桐尾上女舞大輔（注。「桐尾上女舞大輔」は四代続く）——桐尾上女舞大輔——桐尾上義友ノ四女、林当ノ妹ナリ／女舞大輔／明治ノ始メ御一新ニ付、女舞大輔御廃シニ相成候、依之尾上名籍ヲ廃シ、大橋輔太郎方同居トナルナリ／尤桐座芝居狂言座ノ儀ハ古来ノ儘、有之也（以下記載なし）

（＊大橋大夫男子の系譜）

——＊吉広（再掲）大橋四郎次／音曲舞太夫／古来北条家ヨリ引続キ小田原御城附トシテ代々御祝儀ノ舞大夫職ニテ家名相続シ来リ、先御城主大久保相模守様ヨリ猶又当御領主稲葉美濃守様御代々御祝儀ノ度毎ニ歌舞幷ニ桐尾上ノ舞等、櫓ヲ上ケテ晴天十日ノ興行致候事、御免許ナリ、尤其他勧進舞歌舞興行、常ニ勝手次第タリ——広長大橋四郎治／音曲舞太夫／（後掲Ｆ参照）——善通大橋太郎左衛門／音曲舞太夫／（朱）［御領主様目出度事有之候節ハ、御祝儀舞トシテ桐座ニ於テ舞興行幷芝居興行晴天廿日ツヽ、相勤候、尤舞ノ儀ハ始メ三日ノ間ナリ］——嘉重大橋四郎治／音

曲舞太夫──嘉周──嘉久大橋四郎治／音曲舞太夫──義友（後掲G参照）／音曲舞太夫　大橋四郎治（中略）──
林当義友長男／幼名輔太郎／（以下略）

【割注一覧】

A　右大将頼朝公所望ニ因テ、八幡宮社殿ニ於テ「静」ニ舞ヲ仰付ラル、其節意ノ装束トシテ水干、大口、幷翁ノ面、黒女ノ面、舞ノ太刀一振、御書等ヲ賜ル、即チ水干ノ模様、桐ナリ、…（静の）子、女子ナリ、親子諸共桑原善広ニ預ケラル、後「静」病死ス、女子三才ニシテ又死ス、因テ右ノ舞装束書物等悉ク善広ニ賜フ即チ相伝ナリ

B　天文十四年三月廿日（北条）氏康公蒙貴命ヲ於小田原ニ鎮守松原大明神社ニ於テ法楽ノ舞仰付ラレ…氏政公ヨリ諱ノ一字ヲ賜リ、…政義ト号ス、天正十四年氏政公御息女玉方武州玉縄ノ城主北条氏勝公御室ナリ、因テ玉縄御方ヨリ歌舞御懇望ニ附、政義為被官、依之従玉縄御方御朱印ヲ賜フ、天正十六戊子年十二月十八日、武州鉢形ノ城主北条氏邦公、御伝馬五疋御朱印ヲ賜フ、御子氏明公ヨリ御墨印ヲ賜フ、右悉伝来ナリ、天正十八庚寅年十一月廿三日武州玉縄城主北条左衛門氏勝公御領分巡回歌舞興行御免、賜御墨印子孫伝来ナリ

C　慶長十九年寅年九月十六日、富田領北条左兵衛佐氏重公ヨリ御墨印ヲ賜フ、伝来ナリ

D　寛永七年三月、江戸木挽町ニ於テ舞興行致候也／明暦三年堺町ニ於テ興行致候／万治元年正月、又芝浜町ニ於テ興行致候

E　父政氏古来記有之、大橋氏先祖菅原家筑前国以来舞家ナリ、爰ニ越前国幸若家ト旧縁アルヲ以テ、此度彼家因縁ノ女舞ニ習ヒ、古来鎌倉ノ由縁ヲ以テ女舞ヲ始ムト云／茲ニ因テ政氏、娘せん分家シテ女舞家ヲ建テ、越前国幸若小八郎次男ヲ以テ聟トシ、桐家ヲ起スナリ、故ニ幸若家トハ重縁ニナルナリ、金大夫歌舞、関東八州ノ内所々へ巡回興

行御免ニ付、勝手次第諸所興行致候
F　（朱）［演劇ヲ以テ芝居ト云ヘル事、案スルニ昔ハ都而軍ノ真似ヲ以テ其出立ヲナシ、平家物語或ハ一ノ谷古戦場様ノ古事ヲ以テ興行ス、因テ戦場ノ意ヲ以テ芝居ト云カ、云々］
G　代々足柄下郡荻窪村字寺町ニ居住ス、舞台ハ屋敷内ニ在リ、表間九間半、奥行十七間ノ小家ナリ、門口ニ常ニ櫓ヲ上ケ、桐座ト云

善光に見るように古くからの鶴岡八幡宮との繋がりを言い立て、Aにあるように静御前の舞装束（「越前幸若門弟小田原音曲舞太夫大橋四郎治桐尾上由緒之事」［笹野堅『幸若舞曲集』序説所収］）にはこの他に「瓔珞」を挙げ、これらは寛政二年の火事により焼失したという）を受領したなどと述べるのは、かれらの舞がそもそも「女舞」であることを主張するための手段といえよう。このことは既に寛文の「桐家古来譜」にも見える。また、嘉永が越中に赴き、桃井播磨守に属したとするのは幸若丸、後の直詮の祖父直常に従ったとして、古くから幸若との繋がりを言おうとする意図が見えるのも興味深いがこのことも後述するように、「桐家古来譜」にそのような記述がある。

5　北条一族と大橋大夫

大橋氏が史料に現れるのは、天正一四年（一五三六）八月、嘉義改め政義が鎌倉大船の玉縄城主北条氏勝の被官となったという文書である。『由緒書』によれば氏勝の内室から「歌舞懇望ニ附」とある（割注B参照）。奥方の強い意向で氏政に仕えていた治部左衛門政義が招致されたものという。苗字を桑原から大橋に改めたのはかれの先代からとする。このこと、史料にはこうある。[10]

彼まいく〵ちふさえもん、玉なわさま御ひくわんに候あひた、東郡中におゐて、よこあいひぶん有間敷候。若ひふ

ん申ことのこれあるニおゐてハ、御印判をさきとして可申上　候者也。仍如件／丙戌八月廿日（朱印）／大はし／
ちふさへもん（相州文書）

地図に見るように玉縄城は小田原から東へ約三〇キロ、鎌倉のすぐ近くに位置し、関東平野の入口を扼するための要の城として重視され、代々北条氏の親族が守っていた。城跡は現在学校敷地となっているが、土塁や土壇の一部が残存する。丙戌は天正一四年（一五八六）、小田原落城の四年前である。天正六年に父氏繁が没すると氏勝が跡を継いで玉縄城主となった。この文書は「舞々」、つまり幸若舞を舞う舞大夫としての大橋治部左衛門に宛てた朱印状であって、他の舞々には（城での上演には）一切口を挟ませないと強い口調で言い切っているのが注目される。

その二年後には北条氏配下の鉢形城《はちがた》（現埼玉県寄居町所在、地図参照）にあった北条氏邦が大橋舞大夫を呼び寄せた（割注B参照）。その便宜を供すえうために既に玉縄城にいたはずの大夫に対して鉢形城まで五頭の伝馬を各宿に調達させることを保証した文書が残る。すなわち

伝馬五疋可出候、鉢形へ被召寄、まい〳〵ニ被下、可除一里一銭者也、仍如件／戊子（天正一六年）／　十二月十八日　□（朱印判）奉之／宗悦／小田原より／鉢形迄宿中（相州文書）

鉢形城は関東西部を押さえる重要な城であって、当時は氏政の弟氏邦（母は今川氏親の女）が守っていた。今も荒川を天然の要害として設けられた広大な城域には多くの曲輪、空堀、土塁が良く残っている。玉縄からは北へ九十キロ以上も離れた地である。

さて周知のように天正一八年（一五九〇）七月、豊臣秀吉の率いる二〇万余の大軍の前に小田原城は陥落し、北条氏政・氏照兄弟は切腹、氏政の息男は高野山へ放逐となって落着した。こういう中で玉縄城主北条氏勝は守備していた山中城が落ちると小田原城の加勢には加わらず、玉縄城に帰り、ここに籠ったが、徳川家康の開城勧告を受け入れ

て降伏した。この帰順によって氏勝は下総岩富（弥富とも）城（現佐倉市内）を与えられ、一万石の大名となった。慶長一六年（一六一一）三月に岩富で死去している。

すると、次の文書は小田原落城の年、岩富に移って直ぐに大橋治部左衛門政義に与えられたものということになる。すなわち

我ゝ知行分似合之勧進可致之候、無相違者也、仍如件／弥富領／氏勝（花押）／十一月廿三日／舞ゝ／治部左衛門殿（相州文書）

新たに氏勝の所領となった下総弥富（岩富）村周辺において、領内どこでも舞勧進をすることを許すというものである。すると、戦乱の地であった小田原を離れ、大橋治部左衛門はただちに氏勝に従って下総に来たということになる。岩富城跡は標高五〇メートルほどの平山城で、一千坪ほどの主郭は高さ一・五メートル弱の土塁で囲まれている。平野の中の小高い山だから眺望は良い。

氏勝は慶長一六年（一六一一）三月、岩富城で没する（『寛永諸家系図伝』）。位牌と墓碑は近隣にある菩提寺、宝金剛寺に存する。なおこの寺には寺宝として氏勝所用椀と伝わる朱塗りの椀が大小四口秘蔵されており、どの椀にも北条氏の三つ鱗紋が金で描かれている。

『由緒書』割注B・Cはこのような史料の存在によって正しいことが担保されるであろう。

氏勝のあとを継いだ者は氏重であるが、かれは保科忠直の息男であったのを家康と秀忠の命によって、慶長一六年、一七歳の時に氏勝の養子となった（同右系図伝）。氏勝没後の九月、叙任を受けて、冬に至って下総岩富から下野富田城に移された（二九八頁、割注C参照）。

その三年後、氏重は次のような文書を大橋六兵衛（嘉時、『由緒書』による）に与えている。

如前〻之我等家中江出入致似相之勧進可致之候、無相違者也／富田領／慶長十九／寅（コノ字、異体字）／九月十六日　氏重（花押）／大橋六兵衛との（相州文書）

新たな支配地富田周辺でも適宜、勧進舞を舞っても構わないということを約したものである。富田城跡は平城で、栃木市大平地区にあり（地図参照）、現在は住宅地として開発されていて、昔日を想像させるものはあまりない。ただ、比高六、七メートル、幅一〇メートルもあるかと思われる土塁の一部（一箇所に堀切）が土手のようになって約八〇メートルほど残っており、付近には本丸、馬場、追手などの小字がある。大橋六兵衛の舞がこの下野南部の地でも舞われたことであろうが、どこで、どのような曲を舞ったのかは文書は何も語らない。ただし系図によれば彼は病身であったため娘・くらに相伝したという。

次の文書も氏重領での舞であろうという（系図参照）。

小田原金大夫と中舞大夫参候間、望村ニてハまわせ聞せ可被申候、恐々謹言／十月（後藤氏著書にはは「十一月」とあるが「十月」の誤植か）十一日　山川作十郎／重政（花押）／村々名主中（相州文書）

『由緒書』によればこの金大夫は大橋政道。この文書について『風土記稿』は「按ずるに重政は氏重の家人ならん。望む村と云は舞々を所望の村と云事」と説明する。年号はないが、氏重とすればかれは元和五年（一六一九）、遠江久野城に移されるから（『寛政重修諸家譜』）、文書は一六一〇年代に発給されたものと考えられる。大橋家旧蔵文書にはこれ以降の氏重に関わるものはないということなれば、大橋金大夫は氏重転封を機に慶長末年から元和に掛けてのころ、故郷の小田原に帰り、そこで活動するようになったものと思われる。以上の史料から考えれば、桑原、後に大橋を称する舞大夫は「北条氏」自体に抱えられたり保護されたりしていたのではなく、北条家の特定の人物の庇護を受けていたということになろう。つまり家に従う芸能者ではなく人に従う者であったといえるのである。

第二節　小田原桐座の成立

1　桐座の女性

ところで政義の子嘉時を注して『由緒書』は注目すべき記事を載せる。すなわち「六兵衛嘉時病身ニ附、相伝歌舞、娘「くら」ニ相譲リ、古来ノ伝悉ク相伝シ畢、是ヨリ女舞相勤候ナリ」とあって、このときから「女舞」の家が始まったとある。そして、嘉時には男子がいなかったため、自身の甥を娘と娶せ、政氏として家名を継がせ、銀太夫と称せしめたが、芸はくらとの間の娘「せん」に伝え、以来「代々女舞ヲ以テ職業ト」したというのである。

嘉時の娘「くら」が小田原「女舞」の始まりであるということは、嘉時の代まで男性によって保持されてきた舞（一往幸若舞と考えておく）は、この女性によってこれからは受け伝えられることになったわけである。「くら」の舞はその娘「せん」に伝えられ、せんは「後ニ桐尾上ト改ム」とあり、せんは大橋ではなく「桐尾上《きりおのえ》」を称するようになったという。年代は明記していないが近世初期、前後の文脈からすれば寛永明暦以降のこととしているようである。なぜ「桐」かは、別項にて考察する。

政氏については、『風土記稿』は「元禄七年別家し、後、田村八大夫配下に属し神事舞大夫となれり」とある。この記述は大橋系図にはない。この記載に従えば男子系統は神楽や獅子舞、あるいは神事儀礼を行う宗教的芸能者となり、女子系統は「女舞」（詳細は後に述べる）の伝承者として家を存続させるという、いわば大橋家は分業形式をとるようになったという理解がまずは可能かと思われる。しかし近代になってまとめられた系図では「神事舞大夫」の言葉を使っていない。それは「城附き舞大夫」であったという矜持からであったのかあるいはそういう記述を好まない意思があったのかは不明である。ただし、天十郎のように神事舞太夫の仕事だけに従事していたのではないようである（後述）。政氏の子政道は「金大夫歌舞関東八州ノ内所々へ巡回興行御免」というからその歌舞伎の具体的興行様態は分からないものの、役者をまとめる力量があったと言うべく、小田原に江戸の役者を呼び寄せることもできたであろうし、小田原桐座の経営に携わっていた可能性もあろう。

2　越前幸若との関係

くらと政氏の子、政道（大橋金大夫）の項、（割注E参照）「古来鎌倉ノ由縁ヲ以テ女舞ヲ始ム」というのは静御前の装束等を拝領したと称する記述に合わせたものであろうが、その女舞は幸若に由来するとしていることには注目せざるを得ない。すなわち「政氏娘せん、分家シテ女舞家ヲ建テ、越前国幸若小八郎次男ヲ以テ聟トシ、桐家ヲ起スナリ。故ニ幸若家トハ重縁ニナルナリ。」とある箇所である。

亭主の政道は関東各地に歌舞伎芝居の巡業に出る一方、妻のせんは小田原で女舞を創出した。大橋家の伝承としては、この「せん」がいわばキーパーソンと認識されていた。せんは、「幸若小八郎次男」を婿に迎えて桐家という別家をたてたという意味をどのように考えるか。史実としてよいのかどうかはにわかには判断しがたい。小八郎の次男といえば時代的には幸若小八郎安林（寛文六年没）あたりの子であろうか。しかしどの小八郎家系図にもそれらしき人物は見当たらない。ただし幸若家は一族としては、大橋家と全く接点がないわけでもない。「幸若八郎九郎家系図」の一本（笹野『幸若舞曲集』序説所収）に、幸若重信（寛文一一年八月没）の子、直政の弟の一人かと思われる人物に「斎藤彦右衛門」[12]を挙げて、かれは島原の乱にて活躍し、「其以後北条出羽守殿へ被召抱、出羽殿身体相果候後、新庄越前守殿へ罷出（後略）」と注している。北条出羽守は北条氏重と考えられ、前述したように氏重が富田城にいた慶長一九年、大橋政道の祖父六兵衛義時（嘉時）は勧進舞を許可されているのである。これを見れば「旧縁」があるといえようが、家系が異なる点があり、詳細未詳としなければならない。かように、「桐尾上」の女舞代々は、越前幸若家の流れを汲むものだと主張するのである。

第三節　江戸桐座について

1　江戸桐座の活動

桐座は江戸歌舞伎市村座の控櫓であった。控櫓は本櫓が事故や不祥事があったときに代わって歌舞伎の興行をする権利を有する座である。この座は天明、寛政、文化年間には実際に市村座に代わって大歌舞伎を興行した実績があるが、初見は『歌舞伎年表』の寛永七年（一六三〇）の記事であものの、史料の上で興行が明らかであるのは一七世紀末である。即ち『松平大和守日記』元禄六年（一六九三）五月六日の条、奥州白河の桜町で芝居興行があり、歩行目付磯部弥惣右衛門の持ち帰った番付に、「神勅名劔巻乙女、小次郎／利兵衛、瀬平次」「のふやつしあつもり小内蔵／金弥」「舞あたか大蔵／九郎右衛門」などとあり、「役者覚」として、「女舞太夫　桐大蔵」「能大夫　同小内蔵」「狂言女太夫　桐乙女」という者たちがいた記す。

桜町には城下の神仏混淆の大社、鹿島神社の御旅所があり、その場所での宮地芝居であったものか。役者に、桐大蔵のほか、桐乙女、桐小内蔵なる名が見え、彼らは幸若舞「安宅」の他、能や狂言も演じていたらしいことをうかがわせる（女舞と狂言の上演については後述）。江戸桐座の地方巡業の一端（注の後に記した〈付記〉も参照されたい）を示していよう。なお、『白河市史』がこの「女舞太夫」を「幕府が寛永六年以来禁止している女歌舞伎であった」としているのは問題がある。[13]

2　桐尾上と江戸桐座

さて大橋家の系図に、「せん」は「桐ヲ以テ氏トス、尾上ト改名ス」とある後に、重要な記事を載せている。その箇所は「江戸糀町五丁目舞太夫桐大蔵大夫門人ト成リ、彼家ノ舞伝受シ、我家古流ノ舞ニ加ヘ以テ桐尾上ノ舞ヲ開キ之ヲ以テ家名存続ス」とあるところである。桐大（内）蔵大夫は歌舞伎役者で、桐座の女舞大夫であった。つまり「せん」は、彼女の夫から幸若舞を受け継ぐとともに江戸の桐大蔵からは「彼家ノ舞」すなわち歌舞伎踊りやかれらが伝えてきた幸若歌謡のごときものであろうか、それを伝えられ、それを小田原の舞大夫として伝えてきた、「古流ノ舞」（北条時代から伝えてきた舞、幸若もあったであろうか）といわばコラボさせて「桐尾上ノ舞」、「桐尾上の女舞」(14)というものを創始したと説くのである。されば桐大蔵に入門したことによってせんは「桐」を名乗ることを許されたと解される。

「寛文元年二月桐大蔵櫓ヲ上桐尾上興行ス」の割注は別筆のように思われる。なぜなら『歌舞伎年表』（第一巻）には、寛文元年三月に桐大蔵が木挽町での芝居の免許を得たものの、他座とのトラブルがあって、八月になって間口七間、奥行一〇間のスペースでの興行となったと記されてあり、桐尾上のことは全く触れていないからである。

ところで『歌舞伎年表』（第一巻）寛永七年（一六三〇）の項に「桐大蔵、幸若與大夫、中橋《(ママ)》にて興行。男女打交り故、女子を除き男子ばかりにて興行可致旨、申渡さる」とある。推測するに、桐大蔵は女性であったが故に男女共演は許可されず、男性たる「幸若與太夫」だけで興行したということであろう。かれらは(15)「舞」の役者であったと考えられる。桐大蔵がなにゆえ幸若舞の大夫と共演しようとしたのか。それは「桐長桐の家譜」に次項のように掲載されることから理解すべきかと思われる。

3　江戸桐座の系譜

桐長桐の家譜（笹野堅『幸若舞曲集』序説、四一頁）

∴　幸若與大夫越前幸若小八郎弟子／伊豆大湯（ママ）村住　與惣《二代目》大夫與大夫実子——忠八與惣大夫弟／後法体直実

ト改―五右衛門《四代目》忠八子―重右衛門五右衛門弟／男子無之―女子長桐重右衛門女／是ヨリ女子ニテ代々相続―犬桐長桐女―板桐《八代目》男子無之―桐大内《九代目》桐大内蔵板桐女幼名千桐／御当地江罷出寛文年於木挽町芝居興行―大内蔵《十一代目》大内蔵娘―忠八大内蔵子、幼名犬松／当事周甫ト云―長桐十二　代周甫娘／大内蔵事―桐長桐今般於茅屋町従当庚辰霜月／朔日歌舞伎大芝居興行（五・六・七代不記）

桐座の系図は『安永撰要類集』（第二十八）にも載っており、右とは多少の異同がある。すなわち以下の如くである（国立国会図書館デジタルアーカイブズ資料による）。

∴　先祖　幸岩與太夫越前幸若小八郎弟子／伊豆国大場村住　―與惣大夫《二代目》與大夫実子―忠八《三代目》與大夫弟／後法体真盛ト改―五右衛門《四代目》忠八実子―重右衛門《五代目》五右衛門実子／男子無之女子長桐《六代目》重右衛門実娘／才兵衛妻／是ヨリ女子而代々相続―犬桐《七代目》才兵衛実娘／治郎兵衛妻―坂桐《八代目》治郎兵衛実娘／治郎右衛門妻―桐大内蔵《九代目》治郎右衛門実娘幼名千桐／忠八妻／御当地ニ罷出寛文年中於木挽町芝居興行―大内蔵《十代目》忠八実子／示兵衛妻／是ヨリ旅芝居興行―大内蔵《十一代目》又兵衛実娘寛保元酉年／八月廿四日死／夫忠八延享三寅年十一月廿日死／橘町壱丁目住居女子無之―忠八忠八実子（ママ）幼名犬松／当時周甫ト改―長《十二代目大内蔵事》　桐周甫実娘／安永四未年正月四日十五歳ニ而死―当／長桐周甫次女当辰七才

明和期までの系図であるが、こちらの方が詳細で、誤りも少ないようである（犬松の父は大内蔵の間違いかというところもあるが）。例えば鼻祖を「幸岩」とするのは後述する、幸松・幸若を合わせた姓という伝承に合致するし、伊豆大場《だいば》村という表記は正しい。十代目の大内蔵の注に「是ヨリ旅芝居興行」と記するのは、一七世紀末〜一八世紀初めぐらいからであろうか、江戸桐座は地方巡業で切り抜けていたことを示す文言として貴重な資料である。熊谷での興行（本章第四節参照）もこの延長線上で理解できるのではないか。天明四年時点では後嗣は七歳であったとすることではどちらも共通する。ともあれ、江戸桐座は元来越前幸若小八郎の弟子であった幸岩與大夫をそのルーツとする「女舞」を標榜する座であることを主張しているのである。

『歌舞伎年代記』所載の天明四年（一七八四）一一月、江戸茅屋町で興行した「座元桐長桐」の「桐氏家譜」にも、系図が載る。[16] 祖先は「幸岩與太夫」（ママ）として、「越前国幸岩小八郎弟子／伊豆国大場村ノ住」と注し、「元祖與太夫（ママ）至天明四年二百四十五年二成」とある。幸岩小八郎は幸若小八郎かと思われるが、その弟子であった「幸岩與太夫」は伊豆大場の住とする。大場《だいば》村は現在三島市内、（地図参照）伊豆一宮三島神社とゆかり深い大場神社がある地である。

幸岩與太夫の謂われに関しては、『改正三河後風土記』（第六巻）にこのようなエピソードを載せている。すなわち、天文一四年[17]のこと、松平広忠（家康の父）が深酔い乱心をした岩松八弥なる家臣に斬り懸かられた。居合わせた家臣が何とか打ち止め、その息子も誅せられた。しかし岩松氏は新田氏の末葉ゆえ、幼い孫は助命され、「桃井の末孫に幸若小八郎とて舞大夫のありける、其弟子に下され、幸岩とよばしむ。是本苗の岩と幸若の幸を合せて称せしなり。（中略）成長して与太夫といひ、其子与三太夫が時にいたり」家光のお伽衆に加えられ舞々を許され、その子忠八郎も舞々の大夫となったというものである（愛知県図書館本による）。同話は柏崎永以『古老茶話』（上）（寛保・延享ころ編纂）にもあり（服部幸造氏示教）、また『武徳編年集成』（元文五年成、木村高敦編）天文一四年三月一九日条にもみえる。かなり知られた説話だったのだろう。この伝承に従うなら祖先の苗字は「幸岩」であるべきであろう。

このように、江戸桐座もまた幸若家との繋がりを説いていることに注目したい。與太夫が住んでいたという伊豆大場村は、小田原の舞大夫天十郎の祖が住んでいたと伝える伊豆四日町とはわずか数キロしか離れていない。三島神社信仰圏で、北条氏の支配圏でもあるが、北伊豆地域に幸若の流れを主張する舞の者が本貫の地をそこに求めようとする何らかの力があったのであろうか。考えてみたいことである。

第四節　「女舞」の芸態と演目

1　江戸桐座の女舞と歌舞伎興行

天明四年（一七八四）霜月の大歌舞伎興行では桐長桐は自身の絵姿を描出している（資料16参照。笹野堅は勝川春章筆という）。頭には天冠を被り、狩衣装束のような衣装を着け、太刀を佩き、右手に中啓を持っている。背後には松が描かれ、そこには「謡物《うたいもの》／馬揃《うまぞろへ》／那須與市《なすのよいち》／大鼓一挺《おほつゞミいつてう》」とある。「馬揃」はいうまでもなく幸若舞の祝言曲として知られる。頼朝の挙兵に味方する武士は続々と集まり、数百騎の名馬が次々と披露されて賞賛されるというもの(18)。「那須與市」も幸若舞で、例の扇の的の物語であって、見事的を射落とし、諸将賞賛する中、所領を宛がう文書を持って所知入りするという祝言的内容である。「謡物」というからおそらくはこの二曲の祝言部分の歌謡であったのだろう。

こういう演目を「大鼓一挺」を使ってリズムをとりながら舞うということであれば、これはまさしく幸若舞の芸態そのものといっていいだろう。曲亭馬琴は「天明四年桐長桐（中略）馬揃とやらんいふ狂言をしたり。天冠狩衣大口のいでたちにて大鼓一挺にてうたひまへり。これいにしへ女舞の遺風なるべし」としている（「著作堂一夕話」下巻『日本随筆大成』第五巻所収）。現在福岡県みやま市大江に伝存する幸若舞もまた、「家元」の打つ（小）鼓を唯一の楽器として演者は謡いつつ（あるいは語りつつ）舞を舞う。これらを考えてみれば桐長桐は座元として幸若舞の祝言曲を舞っていたことは確かである。

ただし楽器と装束は異なる。大江では現在、小鼓であるが、桐座ではより高く響く大鼓（おおつづみ、おおかわ）を用いている。女舞ではそれを特徴としたかとも考えられる。装束で、烏帽子の代わりに天冠を着けるのは能（羽衣など）や題目立《だいもくたて》（弁財天）でみられるように天女、女神の象徴とされるから、女舞の舞手は女性であることを示そうとしたものか。ただこの天明の興行のときに演じたのは誰であったかは分からない。というのは、天明四年一一月に記された「桐座　定」には「座元長桐幼年ニ付／後見　周甫」とあるからである。周甫は一二代桐長桐の父と系図（三〇七頁参照）にはあり、町医であったとする。幼年の長桐が舞ったのかどうかは不明（『安永撰要類集』には、天明四年時点で長桐は七歳）。

ところで曲亭馬琴「著作堂一夕話」にある女舞は、馬琴によってこのように認識されていた。すなわち、

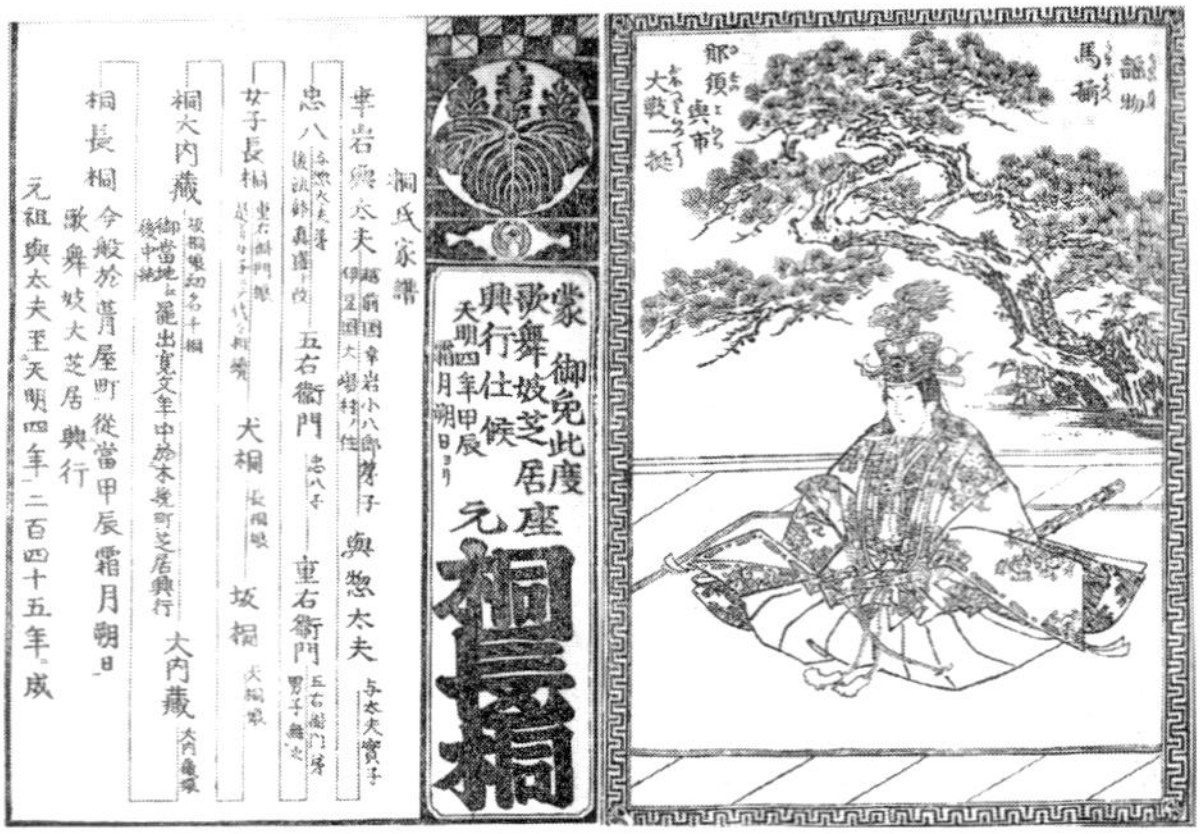

資料16　桐長桐の舞台姿と系図（『歌舞伎年代記』所収）

慶長のころ桐屋（ママ）大蔵、笠屋三勝女舞大頭の座元なり云々、これは平家物語、盛衰記等のおもむきをうたひものにつくり、大鼓にあはせてこれをまふ、舞の打扮は天冠をいたゞき狩衣を穿、大口をはく、これを女舞大頭と名づく、（中略）笠屋　新勝、同万勝、同春勝などいふ女あり、みな寛文のころまでの女舞也（以下略）

大頭の一派笠屋の舞も近世には女舞として幸若舞を演じていた。これは中世の女舞々、女房舞、女曲舞の流れに繋がるものと考えてよいだろう。大頭系の女舞であろうと幸若の流れと称する女舞であろうと、彼女たちは一様に大鼓に合わせ天冠を被って舞っていたということである。

なお『人倫訓蒙図彙』にも、「近世女舞ありて天冠を戴き、水干に大口を着し、拍子をなす、左右は男にて大紋烏帽子を着して脇を称す」などとある。女舞の装束としてはこのようなものが定型であったようである。宮本圭造氏によれば「天冠は、元和初期にはまだ見られず、（中略）江戸中期には天冠姿の女舞太夫イメージが定着する」という。(19)『守貞漫稿』（三十一巻）には江戸の芝居小屋に「天くわんの舞／大夫三かつ仕候」などという看板が見えるが（本章第六節参照、室木弥太郎氏は貞享頃の絵かとする。(20) これは女舞笠屋三勝の宣伝である。なお絵とともに詳細は後述する。

さて、天明四年一一月一三日から市村座に代わって桐座が櫓を立て大歌舞伎上演を開始したのであったが、出し物は『歌舞伎年表』によれば「重重重《じゅうにひとえ》小町桜」、「積恋雪関戸」、次いで「長桐披露」として、謡物『馬揃・那須與市・桜木踊』があったという。そして翁・千歳・三番叟の式三番が舞われたが、全て能と同じ形態であったとする。同『年表』には「謡物」の芸態について次のように記している

『囃子日記』謡ひもの「那須與市馬揃」と申す。太鼓（ママ）一挺に御座候。三番叟済んで花道より、下羽より、下り羽にて、狩衣大口、天冠にて、附ケ太刀を帯び、中啓を持ち、本舞台葛桶に腰掛ける。下り羽打上る。仕手より少々下へ毛氈を敷き、長上下にて太鼓（ママ）を持ち、楽屋より出て、それより「馬揃」の一挺あり。三代目田中佐太郎　勤之。右佐太郎相勤候ハ、太古木挽町へ桐大蔵興行の節、一挺を打ちし者西村弥平次、弥平次ハ右佐太郎の先祖なり。（以下略）

「謡ひ物」とあるから、これも両曲の歌謡部分を謡ったものか。楽器は、「つづみ」ではなく、「太鼓」を使ったとあるが、天冠を被った桐長桐の絵姿の説明には「那須與市《なすのよいち》／大鼓一挺《おおつゞみいつてう》」としているから、「おおかわ（大鼓）」であろう。右同書に載る「桐長桐の由来」に、「家の芸ハ馬揃那須與市と申す謡物なり」ということから、この二曲は「家の芸」として大切に伝承されてきた、シンボリックなレパートリーであることがわかる。次項を見れば、この二曲を、

弟子入りしてきた小田原桐家（大橋）に伝えたと考えることができよう。勝川筆の舞姿は「那須與市」と書かれている。天冠を被り、中啓を開いて水平に持ち、大口を穿いている。ただ、先に挙げた『著作堂一夕話』には、「女舞大頭」の舞に、「岩戸開」「天地拍子」「羅生門」という「伝受の舞」があったと記している（為永一蝶『歌舞妓事始』には「岩戸開或はしいだ天地拍子羅生門」とある）。詳細は不明だがこれらも謡物であったか。

2　江戸桐座と熊谷

江戸の桐座は市村座の控櫓という位置づけ上、役者を抱えていた。江戸での歌舞伎大芝居興行がない時期は宮地芝居《みやちしばい》（神社境内などで小屋がけをして開帳、勧進と称して随時芝居を打つ。正保の笠屋三勝の如し）を行ったり、地方巡業をしたりして芸を磨いていたのである。この桐座も、小田原桐座同様、幸若舞の流れを汲む座を称して、女舞太夫が歌舞伎芝居の前にはおそらく祝言の舞を舞っていたであろう。「男女入り交じり」芝居でなければ幕府は制禁を加えてはいなかったとされる。(21)

ここで桐大蔵に関する注目すべき記述がある。尾張藩士天野信景《さだかげ》の『塩尻』巻七五にはこうある。

武州熊谷の西、新堀といふ里に古しへより舞女ありて、上にもゆるされて伝馬等たまはりて東都に出、他邦にもゆく。其行粧おごれるていたらく、大家の婦人の如し。青漆の乗物に乗り、対の挟箱、織物のゆたん（割注、蒔絵／桐菊）の長刀を先に立て、槍持せたる者を供とす（割注、是は其夫なり）其名を代々桐大蔵と称し、甚富祐也。梨園の少年及び戯芸者数多扶持し置て、所々戯場を開き利を得（割注、京大坂江戸の開場主と同じ。（中略）此夏卯四月木曽路をのぼりし友のしたしく見しとてかたるも、いと異様なる事どもなり。

天野が友人から聞いたのは卯の年とあるから正徳元年（一七一一）、あるいは享保八年（一七二三）ぐらいであったろうか、そのころ熊谷の西の新堀《にいぼり》には桐大蔵という舞女が「古しへより」いたというのである。それも夫を伴っていたという。これはどう解釈すればいいのか。「戯芸者数多」抱えた桐座が大芝居を興行できない時期には熊谷あたりで「戯場」を開いて宮地芝居を行い、大いに「利を得」ていたというのであろうか。『歌舞伎年表』所収「市村座沿革誌」に「桐長桐の由来」が載っているが、それには、寛文年中に木挽町にて大芝居を興行した後は中絶して「関東筋在々へ罷出、芝居を相勤」めたとあることに照応しているか。前掲『安永撰安類集』所載の江戸桐座系図に「十代目桐大内蔵」が「旅芝居興行」を始めたとある記事はそれを証するであろうか。ここでいう「桐大蔵」は、先の「桐氏家譜」に徴していえば、桐長桐よりも二代ほど遡る女舞太夫のことになろうか。江戸市中ならともかくなぜ熊谷なのかということも未詳である。新堀には天神社があり、村高五百石、化政期の戸数は八〇戸であった（日本地名大辞典・埼玉県）。この村にある新義真言宗大正寺観音は広い信仰圏をもち、戦前までは縁日には多くの参詣者で賑わったという[22]。かような立地環境での興行であっただろうか。因みに、新堀村は小田原桐尾上の曾祖父大橋治部左衛門に対して伝馬と朱印を与えた北条氏邦の居城鉢形城までは数キロの地である。

第五節　小田原桐座と女舞

1　「女舞」のありよう

『風土記稿』は小田原桐座の有様について詳細に興味深い記事を載せている。少し長いが関係分を引用する。

中古冷泉家より職業の事尋ありし時、呈せし答書の案、今にあり、（原文、以下割書であるが本文として引く）曰、（中略）女舞太夫《ママ》桐尾上、年十六歳、髪すべらかし冠もの瓔珞、小太刀鍔木瓜、鞘黒塗、木瓜散し金蒔絵、水干紫地秋野無紋紗、大口赤地錦八ツ藤の散し、大鼓一挺、男一人年六十斗、熨斗目素襖、黒侍烏帽子、小サ刀柄絲不同、謡物日本紀、又淡路嶋共唱、此他謡物数多御座候、大方平家物語を抜出したる類に御座候、名目、「与市」、「奥田」、

「馬揃」、其品多御座候故、書上不申候、右女舞之義、北条家在城の時より女にて代々相続仕、城主吉事有之時、為祝儀舞興行仕候（以下本文）小田原城主の嘉儀ある毎に音曲舞を興行するを例とす（以下割書）宅地の後に、八間半二十五間の舞台楽屋桟鋪等あり、興行の日は、桐尾上、烏帽子水干にて舞台に出、床机に踞し、相伝の謡歌を謡ふ、傍に頒白の老叟、素襖侍烏帽子にて太鼓を打、是に和す、是を尾上の舞と名づく、別に舞蹈するにあらず（以下本文）其日は小田原より監使あり、又時々此舞台にて歌舞伎狂言を興行する事あり、其初日には監使を請、必尾上舞をなして後狂言を興行せり、門前に櫓台あり、歌舞妓興行の時は櫓上に紺地に桐の紋及御城附女舞太夫　桐尾上と染出せし幕を引けり[23]（以下略）

冷泉家が何の理由で「職業の事」を質問したのかは分からないが、まず、桐尾上の舞装束に注意すれば江戸桐座の舞太夫のそれに相似的であることは言を俟たないであろう。異なる点もあり、江戸桐座の女舞では天冠を被るとあるのに対し、小田原では「冠もの（「かぶりもの」の意か）」に瓔珞（がついたもの）のほかに、「城主吉事」の際の舞では「烏帽子」姿とする。両用、使い分けていたらしい。舞太夫の舞に合わせて老人が一人鼓を打つありさまや、舞手は「別に舞蹈するにあらず」いう芸態などは現在の福岡県みやま市大江の幸若舞上演の様子を彷彿とさせるものがある。ただし打楽器は、小鼓ではなく「太鼓」としている（「大鼓」の誤植かも知れないが）。

演目として「淡路嶋」なる曲（「日本記」の別称か）をあげているのは珍しいというべきであろう。「（那須）与市」「馬揃」の祝言的曲を演じたとあるが、これは江戸桐座での上演曲と同じ曲である。桐座の基本曲として江戸から小田原桐座に伝えられたか。「奥田」は未詳[24]。右の二曲の内容に対応するものとすればやはり祝言曲であったか。小田原桐座の後裔の人たちはこの他にどのような幸若舞テキストを伝えていたかは分からないものの、波線部にあるように「其品多御座候故書上不申候」というのであるから、伝承曲は相当「多」くあったと思われる。中でも祝言曲は例えば城主の元服、叙位任官、婚姻、子息誕生、古稀祝賀等々、何か「城主に吉事」があるとその都度城に呼ばれて祝言の幸若舞として披露したものである。まさに『桐尾上由緒之事』にいうように、「御城附之舞太夫」の面目躍如たるものがある。

前掲桐座の『由緒書』の善通の朱書割書に「御祝儀舞トシテ桐座ニ於テ舞興行并芝居興行、晴天廿日ツヽ、相勤候、尤舞ノ儀ハ始メ三日ノ間ナリ」とあるように、祝いの舞は開演三日間のみ行い、後は歌舞伎を晴天日二〇日を限って興行（祝賀の時は野外上演であったようだ）するような形態であった。大橋政氏は元禄一六年（一七〇三）に神事舞大夫になっているから、それ以降の祝賀舞は、証する史料に欠けるが、もっぱら桐尾上を称する女舞であったのではないか。

桐座の座名については引用箇所の前にこのような記述がある。「せんと云もの、女舞太夫桐大蔵（割書）江戸糀町に住せり（本文）の門人となり、其譲を得て桐を以て号とす」というのである。つまり江戸の桐座から「せん」が座名を譲られたのだとしている。もしそうであるならば小田原桐座は江戸桐座の「暖簾分け」であるということができよう（桐の紋もそうである）。しかしながら、寛文六年（一六六六）八月の奥付がある「寛文元年（中略）大橋政氏江戸表へ出稼ぎ芝居興行控」（金太夫政道筆）[25]によれば、「桐大蔵と共に木挽町に於て桐座名目の櫓を上げ歌舞伎芝居興行」というが、『歌舞伎年表』には桐大蔵が櫓を上げたとはあっても小田原桐座のことには全く触れていない。あるいはまた「其名目を以後彼地へ売渡し、別に小田原へ引移り（中略）尤も彼地は常出張座にて櫓を分け候のみ也」などとある文言は右とは異なる言説であって、客観的にそれを証する史料が他になく、にわかに信じうる内容ではないと言わざるを得ない。

資料17Ａ　明治末ごろの桐座（松隈匡輔『小田原の史実と伝説・桐座』1920年刊、所載）

資料17Ｂ　嘉永二年桐尾上興行引札（荒河純「小田原桐座について」小田原史談243より）

2　桐座の芝居小屋

この桐座は舞台、すなわち専用の劇場（定芝居）を持っており、ここで歌舞伎を興行することがあったようである。前節に引用の『風土記稿』には「宅地の後に、八間半二十五間の舞台楽屋桟舗等あり」とあるのがそれで、そこでの初日には必ず「尾上の舞」を演じたとあるから、歌舞伎上演に先だって座長たる女舞大夫が右に見える、いくつかの幸若舞を演じたものであろう。装束などは中世のそれとは異なっていたとしても、装いを新たにした「近世風幸若舞」[26]とでもいえるような形で江戸期を通じて生き延びていたということができる。服部幸造氏が明らかにしたように、幸若舞詞章は浄瑠璃、歌舞伎の中でさりげなく有効に使われているほか、江戸初期以降、読み物として「舞の本」は絵入りで出版され、版を重ねていたから、幸若舞のストーリーや詞章は人口に膾炙しており、そういう観点から見れば近世になっても幸若舞は存外一般に身近な存在であったということができるだろう。

歌舞伎を演じる役者はどのように集まっていたのかは具体的な資料に欠けるが、江戸の歌舞伎役者が地方巡業したり、上方歌舞伎の役者が江戸下りの途中上演することもあった。東海道筋の芝居小屋としては名高かったという。あるいはまた江戸の桐座が来演する場合もあったとされる。それは既述のように桐座が東北を巡演したり、熊谷で上演したりしていた事実を考えてもそのようなことは往々にしてあったことだろう。歌舞伎の役者が常時小田原に滞在していたということではなかったのではないか。。女舞桐尾上がいわば「名代」（興行権所有者）として小田原で芝居小屋桐座を守っていたと考えられる。資料17Bの引札の絵は出羽・面箱と烏帽子姿の桐尾上であろうか。

資料18Ａ　桐大内蔵墓碑・正面
（小田原市長安寺所在）

資料18Ｂ　桐大内蔵墓碑・側面

ところで小田原市寺町所在の日蓮宗長安寺には「桐大蔵」の墓碑がある（資料18Ａ・Ｂ参照）。大橋氏の墓域にある舟形の墓には

「妙法　元禄十六癸未暦／　積善院妙慶霊／十一月二十三日」「（側面）俗名　桐大内蔵」としてある。元禄小田原地震（一七〇三年一一月二三日発生）の時、女舞太夫桐大内蔵が亡くなったという記録があるというから[27]、偶々小田原桐座で上演していた江戸桐座の大夫（『安永撰要類集』所載の系図に従えば十代目桐大内蔵か。「是ヨリ旅芝居興行」と注するからである）が地震の犠牲になったのは史実である。江戸と小田原の両桐座の交流はかなり頻繁にあった可能性がある。ちなみに歌舞伎劇場としての桐座は資料17Ａに見るように明治末期ごろまで存続したという[28]。

第六節　女舞と他の芸能との関係

前節に引用した『風土記稿』には小田原桐座は「時々此舞台にて歌舞伎狂言を興行する事あり」という文言が見える。これは明らかに「歌舞伎芝居」の上演としてよろしかろう。だが、第三節に引用した、元禄六年五月の『松平大和守日記』には江戸桐座は女舞の外に、「狂言女太夫　桐乙女」なる者を挙げている。この「狂言」は、「歌舞伎狂言」ではなく、次の段落で示すような理由で能狂言の役者と考えていいのではないか。江戸桐座では女舞とともに狂言も演じられていたようであって、それは名前からすれば女性狂言役者が担っていたということになる。また、「のふ（能）やつしあつもり」とあるから、これは能の「敦盛」の「やつし事」を桐大内蔵が演じたということであろうか、具体的にはどのような演技であるかは不明。桐座はさまざまな芸能を演じうる役者を揃えていたことになる。女舞のみでは客を呼べないという経営的判断が働いていたと思われる。

女舞が狂言と并演された例は早く『多聞院日記』元亀二年（一五七一）四月一三日条に「極楽房勧進ノ女舞・狂言在之」と見えるが、「この頃多くの芸能の間に、狂言を挟むという手法が一般的になってきた」とされている[29]。『隔蓂記』の寛永～寛文年間の記録には幸若舞と狂言の相互上演がかなり見られる。例えば明暦三年（一六五七）一〇月二

資料19　芝居小屋の看板（『守貞漫稿』31編より）

九日条には「於仙洞、小勝太夫立舞被仰付也、女太夫也、和田宴、志田、高館三番也、一番之内三段而其間々狂言三番充有之也」とあるごとく、女舞三曲に挟み込まれるように狂言三曲が演じられている。

こういう上演形式は男性の舞大夫の場合でも同じであった。同記慶安元年（一六四八）一〇月九日条には「大頭流舞兵大夫」が舞を「五段」演じた際、「舞之一段々々之間狂言数番有之、少年共狂言仕也（後略）」とあるように、少年による狂言上演であったことを記るしている。[30] さらにいえば狂言に転じた舞大夫もあった。すなわち「私先祖笠屋三勝儀は、正保二酉年中、芝明神於社地、狂言座芝居興行御免被成下置、難有数年来相続仕来候処云々」（大田南畝『半日閑話』）とあるように、「大頭舞之系図」の笠屋三右衛門の子孫かとされる江戸の笠屋が狂言座を組織していたことが知られる。

同時上演は狂言にとどまらない。『石橋家家乗』延宝八年（一六八〇）九月二八日条に、芝神明にての芸能として「舞大夫シンカツ／曲腰越　籠抜滝山玉之丞／十四歳　浄瑠璃七大夫曲酒顛童子　三段キリ狂言義盛／江口操」と記るされる如く、笠屋新勝（非幸若系の舞大夫）の幸若舞は、一四歳の少年の曲芸や浄瑠璃、狂言とともに演じられるのである。[31] また奈良においても、笠屋の女舞は延宝天和期に、狂言や「勧進芝居」の名とともに記録されている（『奈良町興行記録』・『御用部屋日記』。三三九頁〜三四〇頁の年表参照）。『近世風俗志』（『守貞漫稿』）三十一編雑劇上に掲載の、貞享頃の江戸の芝居小屋かとされる絵には、芝居小屋の看板に「天くわんの舞大夫／三かつ仕候」「平これもち千種の花見」「なり平もちくひ」「金平六条通三番続」などとあり、招きには「かさやこかつ」「笠屋三勝」「かさやしん勝」の名が見える（『京都御役所向大概覚書』にも、「女舞笠屋三勝」「女舞笠屋新勝」の名がある）。最初の看板は笠屋舞大夫が天冠を被って行う女舞（幸若舞であろうが曲名不明）、次は歌舞伎、次は狂言、最後は浄瑠璃である。このように一種のバラエティーショーの中に女舞が組み込まれている有様がよく分かる絵といえる。こういう中では役者同士の垣根も低かったことだろう。これを見ても、近世の「非幸若流の幸若舞」は、特に都会地では新しい粧いを獲得しなければ生きてはいけなかったに違いない。それが女舞という生き方であり、天冠を被るという出で立ちであり、他の芸能との共存の策であったと思われる。幸若流の役者たちはこのような交流はなかったが（宮本氏も「女舞が幸若大夫の舞曲と決定的に異なるのは舞曲の間に狂言を演じていたという点である」という）[32]、それはかれらが多く知行地をたまわった幕臣となって閉鎖的となり、テキストはおろか舞も将軍や一部の大名・旗本など以外は一般には見せないなかでは、そのような生き残り策を考える必要がなかったことによるものであろう。桐座は関東にあって「幸若の弟子」「幸若から聟取り」などと主張しているのは、関東の地では伝承に基づくそのような系図を作成してオーソライズすることはそれなりに有効であると判断されたからに他ならない。しかし実際は女舞は先述のように歌舞伎上演とは密接に繋がっているのであって、その点では幸若流の流れとは言っているものの、桐座の舞は笠屋舞などの非幸若流の行き方と大きく変わるところはないということができる[33]。

第七節　女舞の画証資料

文正元年（一四六六）の美濃国から来た、「容顔尤美麗」な「女曲舞」（後法興院記四月一六日条）や同月の「女房舞」（同記）、応永一六年（一四〇九）、加賀の女二人による「女舞」（教言卿記、三月一一日条）など、女性によって舞われる舞（曲舞）は早く一五世紀から記録に見えるが、一六世紀に入ると宮廷や寺社等で女舞の記録は相当多くなる。しかし、曲舞（時代的にはいわゆる幸若舞であったかとおもわれるが）を演じたことは記されても、その内容を記したものとしては、例えば天正七年（一五七九）四月、宮廷で「女ばうまい」があって、「兵庫の築島」「和田酒盛」などを演じたとか、文禄二年（一五九三）閏九月、「江戸女舞々」が松平家忠の下総上代《かじろ》の館に来て「伏見常盤」「芳野落」「持氏」を舞ったなどという記事が見えるぐらいであり、演目についての資料は少ない。しかし彼女たちの出で立ち、舞台装束は前述引用文献に文字資料として残っている他、絵画化されたものもいくつかはある。

近世中期、江戸桐座の女舞の図は第四節に掲げたとおりだし（資料15参照）、小田原のそれは『風土記稿』の記述を見てきた。第五節の資料17Bによれば左の人物は桐尾上と思われるが、天冠ではなく烏帽子を被っている。桐尾上のかぶり物は両様あったようである。それでは近世初期の上方での女舞の姿はどうであったのか、画像資料をいささか検討してみたいと思う。宮本圭造氏が紹介した『資勝卿記』元和八年（一六二二）正月一八日の条にはかくある。

露払ハ十才計ノ女子、又女ノツレ・ワキ出テ一節舞也イルカ（注。入鹿カ）、次大夫吉松小結烏帽子、赤文シャノ上下、モヱキチノキンランノ大口ヲ着申候セナカ三所ニ文アリ、ワキハ入道、釈ノカモ燕尾ニスワウヲ着ス、下ニ大口ヲキコミニスル也、ツレハカミヲサケ、モヱキ　キシャノカミ、セナカニ文アリ、下大口ヲ着ル也、一番「大職冠、二番「静」大夫赤キンラン大　口、モヱキノ上、三番「和田酒盛」赤上ニ下ハ白大口也、大夫二番ヨリカミヲ

資料20　静嘉堂文庫美術館蔵「四条河原遊楽図屏風」（静嘉堂文庫イメージアーカイブ／DNP Partcom）

サクル也

これによれば吉松大夫は烏帽子を着用している。一七世紀前半ではまだ天冠ではない。大夫とワキ、ツレの三人舞であり、大頭系の舞と考えられる。ワキの入道とは男性であったろうか。能のように大口が着用されたようである。赤い紋紗の袴を穿き、大口は萌葱地の金襴などとあるからなかなかにきらびやかである。このような装束で「大職冠」、「静」、「和田酒盛」という幸若舞を演じるのであるから、観客に斬新な印象を与えたことだろう。

また、宮本氏は静嘉堂文庫美術館蔵「四条河原遊楽図」（寛永初年ごろの光景とされる）左隻第二扇の図様について、これは従来説かれたような若衆による能上演ではなくて「舞」の興行であるとした(34)（資料20）。若衆髷を結った男装の女性が中啓を持って舞台を移動しており、その後には同じく中啓を持った人物が二人座す（一人は侍烏帽子姿）。その後方左側には鼓を持った人物が少し見える。鼓は人物の下部に見えるから、大鼓であろう。その右の者は笛を吹いているようにも見え、首を傾げている。幸若舞であるとすればふたりが座し、一人が舞う姿は、ツメのシーンを描い

資料21　ボストン美術館蔵「四条河原遊楽図」Fenollosa-Weld Collection 11.4592 Photograph © 2017 Museum of Fine Arts, Boston. All rights reserved. ／ distributed by AMF-DNPartcom】

たものか。

同氏はボストン美術館蔵「四条河原遊楽図」屏風の絵も紹介したが(35)、それには天冠を被り、太刀を佩いた大夫らしき女性が中啓を開いて立ち、歩み出そうとし、両脇には若衆髷姿の女性が左手に中啓を持って座している。その後には毛氈が敷かれ、足下に鼓（大鼓と思われる）を置いて床几に座った女性（もうひとり鼓を右手に、腰をかがめて毛氈に乗りかかっている女性も見える）、毛氈の右手にはただ一人男性が座しており、頭巾姿で笛のようのものを立ててもっている。笛と鼓の演奏による舞上演ということであろう。シテ・ツキが座して大夫が歩み出そうとしているから、これも右同様ツメの曲節で舞われるところのようである。笛というメロディー楽器も活躍したらしいことは注意してよい。煌びやかで賑わしい女舞の有様は、およそ現代伝承されている幸若舞のイメージとは距離感のあるものである。さらに同氏は写真には掲出していないが、この小屋の幕に注目

資料22Ａ　ケルン東洋美術館蔵「諸礼づくし絵巻」(『秘蔵　日本美術大観』8、1992、講談社刊より)

資料22Ｂ　同「諸礼づくし絵巻」

して、書かれている文字は従来解されている「しせんまい」にあらずして「しゅんまつ」と読むべきとした（裏文字になっている）[36]。『舜旧記』元和六年八月二二日条に「四条河原勧進女舞春松大夫也」とあって、この日は「伏見常盤」などを舞っている、その大夫であるとした[37]。

　山路氏の挙げた資料をも検討しておきたい。それは一七世紀中頃成立とされる、ケルン東洋美術館蔵「諸礼づくし絵巻」である（資料22Ａ）。その第三紙に「女舞」として解説されている（田沢裕貴氏による）画像は、確かに女舞であろうと思われる。山路氏はこの絵を、確定できないがとしつつ、「おそらく明暦以降に活躍する笠屋流の女大夫が、天冠を戴く姿で登場したのではないであろうか[38]」という。これも三人舞だから非幸若系ということになるが、大夫が中央で中啓を開いて大口姿の左足を挙げているのが動的である。これは反閇《へんばい》を踏む仕草と考えられ、曲節符で言えばこれもやはりツメの箇所を描いたもののようにも見える。ただし大夫の両脇にいる侍烏帽子の人物は男性で、中啓を持って立ち姿に描かれるが、この男性二人はシテとワキを勤めているようである。現在大江幸若舞の演出ではシテ・の二人はツメの曲節においては舞台後方で控える。大夫ともども前に出るのはフシの曲節においてである。しかしその時は大夫は反閇を踏まない。この図からはツメかフシかいずれかは決め難い。しかし、同絵巻の第七紙に見える「舞」の絵柄（資料22Ｂ）を田澤氏は「幸若舞」として解説しているのはいかがであろうか。ツメの反閇のようではあるが、足の上がりかたからは小歌踊りのようでもある。小鼓と笛という楽器も、近世風といえばいえるが、幸若と断定するにはやや躊躇われる画像である。

　福岡県みやま市大江の幸若舞ではツメのところでは大夫一人が舞台上を∞の字形に舞い、シテ、ワキ両名は舞台奥に前向きに立って控えている（シテは開扇）。近世前期には既にこの絵のような演出形態であったという資料として貴重である。また、舞台後方には鼓方が座すが、左脇に抱えるものは明らかに「大鼓《おおかわ》」である。これが後の桐長桐の舞

資料23　大江の幸若舞（ツメを舞う大夫〈中央〉左はシテ、右に鼓手。ワキは写っていない）

資料24　『新色五巻書』二之巻挿絵

まで引き継がれて「鼓一挺」という表現となっていくのであろう。リズム楽器の大鼓が時代的なものなのか、地域的なものなのか、すなわち九州に伝存した幸若舞で使われる楽器は小鼓であるのは時代と地域の違いによるものかは不明としなければならない。ケルン美術館資料の「女舞」には笛座が描かれていない。これも演出の違いかも知れない。

さらに、浮世草子『新色五巻書《しんしきごかんしょ》』二之巻の挿絵を挙げておきたい（資料24）。当該書は西沢一風作、元禄一一年（一六九八）八月刊で、五巻五冊から成る。この本の構成は好色のために身を果たした男女の実話を五巻にまとめたもので、その第二巻は女舞笠屋三勝と赤根屋半七の千日前心中を描いている。有名な心中事件で、当時既に歌舞伎で上演され、祭文にも唄われた。挿絵を見ると、天冠に大口姿、右手に中啓を持った三勝が左右に男役者を従えて舞う姿が描かれる。曲節符でいえばフシのところか。大江の舞では三人の舞い手が時に華やかにユニゾンで謡いながら揃って前進後退する所作が繰り返されるところである。元禄期の女舞の状況をある程度反映した絵であろうと考えられる。但し現在大江の舞では三人は左右に大きく袖を広げて前進後退をする。「男女入り交じり」の舞台となっているが、舞であれば、あるいは上方であるから許容されているのかも知れない。

おわりに

先に挙げた天冠を着して舞う桐長桐や笠屋舞に至るまでは、舞そのものを始め、舞装束、楽器などに至るまで、さまざまな工夫をして、幸若舞の「近世化」が計られたということである。近世、越前幸若家の者たちは幕臣として幸若舞を継承するが、非幸若流系の「幸若舞」の演じ手は男性たちは笠屋千勝、笠屋四郎五郎などのように歌舞伎役者になる者が出る一方、桐座や笠屋三勝・新勝らのように幸若舞を変容させながら時代に合わせて「女舞」として近世を生き延びてもいったと考えられる。なかには福岡県大江における近世中期から現代に至る主として農民による大頭系幸若舞の継承と地域の鎮守社や周辺集落での上演の実績があり、加賀・甲斐その他の地での不定期上演があったことは報告されているものの、これらは男性による「幸若舞」（幸若流、非幸若流を問わず）上演であった。女性たちはこれらとは別に近世風に粧いを新たにした「華麗な幸若舞」を、伝承曲は多くはなかったかも知れないが、受け継いで、歌舞伎や狂言その他の芸能とともに近世末期まで、共存してきたのである。中世人が貴賤群集した「容顔美麗な女曲舞」の一種のリバート（先祖返り）という評価ができるかも知れない。

注

（1）後藤淑『中世的芸能の研究』所収「舞々幸若考」（一九六〇年一〇月、明善堂書店）

（2）「本来は鶴岡八幡宮の掃除散所として中世期以来の系譜をもつ舞々と思われる」とする。（山路興造「相模の舞々」、『近世芸能の胎動』二〇一〇年六月、八木書店、三九四頁〜三九五頁）
林淳氏は『風土記稿』を引いて、鶴若家家は「近世には古家家《ふるやけ》（注。平塚新宿の古屋市太夫）とともに鶴岡八幡宮の祭礼では社役を勤め、毎年麦三石を給付されていたという（「相模国の舞大夫集団の展開」（愛知学院大学文学部紀要28、一九九九年）

（3）「古新宿町　舞大夫　天十郎／十左右衛門　是は先規ゟ松原大明神祭礼相勤候ニ付、御役御免罷成候。天十郎父助十郎儀相模守様（大久保忠隣）ゟ直垂致拝領、于今所持仕罷在候、此外北条家ゟ之証文七通所持仕候、天十郎口上書有り（以下略）」（『神奈川県史』史料編九近世（6）所収、「貞享三年四月　小田原町明細書上」

（4）北条氏略系図（山口博『北条氏康と東国の戦国世界』〈二〇〇四年一一月、夢工房〉を基とし、一部改変）

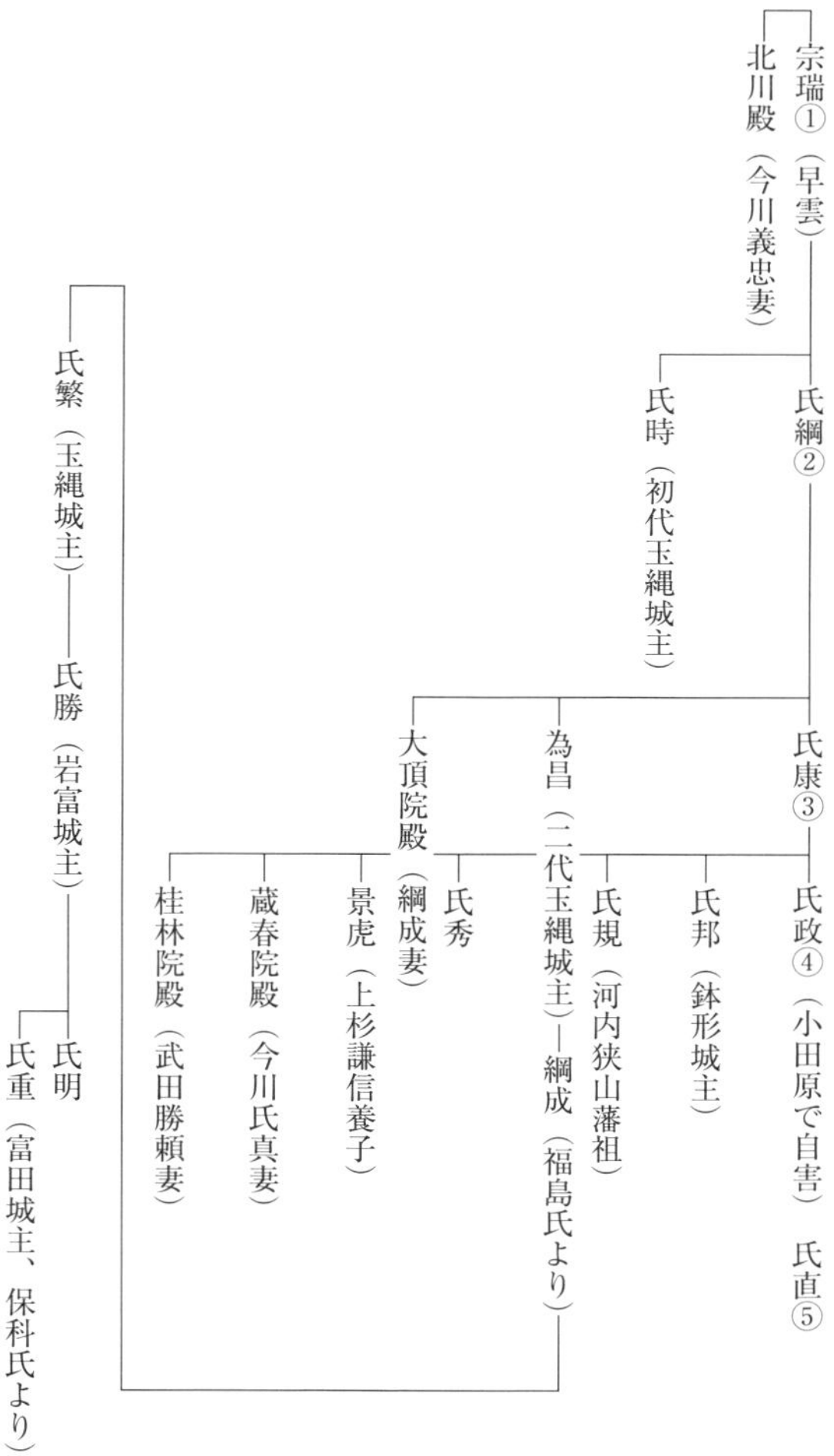

（5）後藤淑前掲書一六九頁

（6）湯山学氏は、『異本小田原記』を引いて、天文二一年（一五五二）、北条氏康（北条氏　三代目）が下総結城政勝と小田原で対面した際、本光寺で天十郎に舞を舞せ御馳走したという。（『相模国の中世史』（増補版）二〇一三年五月、岩田書院、四三七頁）

（7）林淳前掲論文。ただし山本吉左右氏は、情報収集も大きな役割だったとする（「藪睨みの見た花田清輝」（『花田清

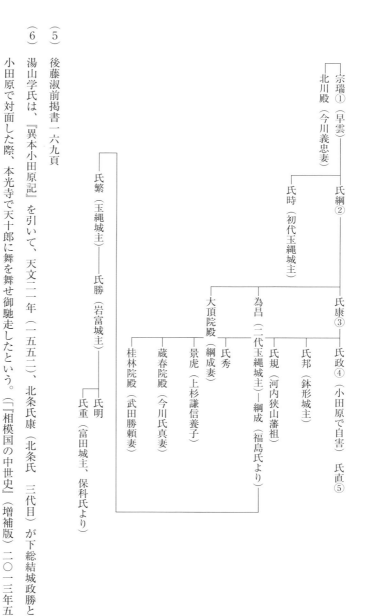

輝全集』第九巻月報8）

（8）拙稿「甲斐・一宮浅間社」とその芸能環境について―幸若舞上演を中心に―」（伝承文学研究六五号、二〇一六年八月）でも述べたところである。

（9）「神奈川県史研究」九号、一九七〇年一二月。桐座についての本格的研究としては早く木村錦花「小田原桐座の発見」（『神奈川県文化財調査報告』21、一九五四年一二月」）がある。また、内藤浩誉「芸能者の由緒と伝承―桐大内蔵にまつわる事象をめぐって―（伝承文化研究9、二〇一〇年七月）は系図の伝承面の特色を捉えて論じる。

（10）荒河純氏はこれを北条氏繁の後室、氏勝の母（七曲殿）とする（小田原史談二四二号、二〇一五年四月、「小田原桐座について（一）」）。なお同氏は他にも小田原桐座についての論文を積極的に公にしており、注目される（「小田原桐座について―由緒書きの件等を中心に―（二）（三）（四）（五）」（小田原史談二四一、二四二、二四三、二四五。二〇一五年～二〇一六年）

（11）藤沢靖介氏によれば神事舞太夫の家職として、大黒の像を配る、獅子舞を以て竈祓いをする、祭礼にあたり神事舞・神楽舞をする、月待ち・日待ち祈祷をする、絵馬札を配る、数珠占・口寄せをする等を挙げている。また、神事舞太夫が近世において曲舞その他の舞を舞ったり門付け、大道芸を演じたという記録はないという（「民間宗教者・　芸能民と『賤民』―舞々＝神事舞太夫と民間宗教者統制の研究から―」解放研究12、一九九九年三月）。

（12）服部幸造「幸若大夫の来歴」（『中世文学と隣接諸学7、中世の芸能と文芸』二〇一二年五月、竹林舍、所収）に同人の福井藩における履歴が示されている。

（13）『白河市史』（第二編藩政時代）七三一頁。

ところで桐大蔵が元禄期に興行したことは知られるところであるが、天野文雄氏のご示教によってそれよりも一八年早く、延宝三年八月に遠く弘前で五日間の勧進興行をした記録があることを知った（津軽家文書所収『弘前藩庁日記』）。桐座の活発な活動に注目したい。なお後掲の（付記）をも参照されたい。

(14) 木村錦花はいう。「尾上の舞は幸若を正格（ママ）に伝えたものではない。謡う調と詞曲に重きを措《ママ》いて、舞を二の次にして居たのは幸若の遺風であるが、然うした単調な素樸な武張った幸若を、尾上が多少軟化させたとも考えられる」（出典は注９に同じ）

(15) 笹野堅『幸若舞曲集』序説、四四頁

(16) 「家譜」の右を細長く区切って、大きく「蒙御免此度／歌舞妓芝居／興行仕候／天明四年甲辰／霜月朔日ヨリ　座元（横書き）桐長桐」と掲げ、その上部には五七の桐紋を大きく、鶴の丸紋を小さく描く。鶴の丸の由緒は分からないが、桐紋は幸若（桃井）紋である（ただし幸若は五三の桐）。なお須田敦夫『日本劇場史の研究』（一九六六、相模書房）に桐座と幸若、曲目、家紋等について述べる（二五四～二六六頁）。

(17) 天明四年に興行した桐長桐の「家譜」には「元祖與太夫至天明四年二百四十五年ニ成」とある。二四五年前は天文六年であるが、この事件が起こったとする天文一四年　とは八年の齟齬があるものの、ほぼ「正しい」計算といえる。

(18) 軍事パレードとしての「馬揃え」は既に『信長公記』天正九年二月の内裏でのそれがよく知られるが、『江戸幕府日記』（明暦年録）明暦二年九月四日条に舞の仰せがあって、「馬揃」（幸若八郎九郎・脇　権八郎）が「浜出」「日本記」とともに演じられて　いる。

(19) 『上方能楽史の研究』所収「近世芸能をめぐる諸問題」（二〇〇五年二月、和泉書院刊）六三七頁

(20) 『中世近世日本芸能史の研究』（一九九二年二月、和泉書院）四〇頁

(21) 山路興造『近世芸能の胎動』(二〇一〇年六月、八木書店、)二七二頁
(22) 『熊谷市史』別編I(二〇一四年三月、同市教育委員会編)三八二頁
(23) 松隈匡輔によれば、最後の桐尾上の舞を実見した大橋家のひとりはこのように語ったという。「太鼓小鼓笛など、全然能がかりで、舞は之も能と同じだと言はれてをる。従って冷泉家への答書とは全く異り、また装束も桐の紋の水干などは用ひず、小刀一本に金襴の水干(下略)」(小田原の史実と伝説六号、一九二〇年)。
(24) 近世中期、甲斐・市川大門で上演された幸若舞「ヲクタ丸」「奥大丸」はこれと同 じものであったか。拙稿「甲斐・一宮浅間社とその芸能環境について—幸若舞上演を中心に—」(伝承文学研究六五号、二〇一六年八月)参照。「馬揃」については、服部幸造氏はこの曲や「大職冠」「堀川」にみられる「馬ぼめ」は「詞章そのものが声聞師芸からうけついだものであるのかどうかは判断できないが、まさに麻原(注。美子)氏の言われる『呪的機能』を持ったことばと言うべきであろう」(同氏『語りもの文学叢説—聞く語り・読む語り—』(二〇〇一年五月、三弥井書店)三〇三頁)という。
(25) 『神奈川県史』(各論編三)一〇一四頁
(26) 服部幸造「浄瑠璃に見る『曲舞』」(伝承文学研究六三号、二〇一四年八月)
(27) 『神奈川県史』(各論編三)一〇三〇頁
(28) 小田原桐座は、安政末年から万延初めのわずか半年だけだったが横浜港でも座を開いた実績があることが報告されている。(荒河純「小田原桐座の開港地横浜進出について」〈藝能史研究二〇七号、二〇一四年一〇月〉)
(29) 山路興造前掲書三六一頁
(30) 宮本圭造氏は「大坂の大頭流男舞兵太夫の上演でも間狂言が演じられており、大頭流の舞曲では、女舞・男舞の別

を問わず、間狂言が盛んにおこなわれていたらしい」という（宮本前掲書六三八頁）。柴田幸子氏は「大頭流、傘（ママ）流では伝来の幸若舞の形　態の中に新しい狂言を取り込み、幸若舞の活性化を図っていると見てよいだろう」「舞の途中に入れられた狂言も、（中略）大頭、笠、女舞には、新しい息吹を入れて変化させようという様子が窺える」とコメントする（柴田『幸若歌謡の研究』（二〇一三年九月、新典社）二五〇頁、二五四頁。

歌舞伎との関係については、宮本氏は「女舞の一座から出て歌舞伎の座に加わった役者もいた（中略）女舞と歌舞伎との相互乗り入れは、江戸前期以来、相当頻繁に行われた　とみられる」（同書六四〇頁）と説いている。

（31）この状況を室木弥太郎氏はこのように述べる。「舞と浄瑠璃は持ちつ持たれつで興行されたとみえる。（中略）（舞は）単独で興行することはとてもできなかったのであろう」（『中世／近世日本芸能史の研究』（一九九二年一二月、風間書房）四〇頁

（32）宮本、前掲書六三七頁

（33）これらとは置かれた芸能環境は異なるが、私がかつて論じた甲斐一宮浅間社における幸若舞上演の場では、幸若を演じる者たちは歌舞伎も演じ、能・狂言、それに囃子方にも携わるといった、「マルチタレント」ぶりをみたところである。ここでも、芸能ジャンルの垣根は極めて低かったといえる（第２章第三節３「氏子による幸若舞の奉納、上演」参照）。

（34）宮本圭造『上方能楽史の研究』所収「近世芸能をめぐる諸問題」（二〇〇五年二月、和泉書院）六二六頁

（35）同書六二九頁

（36）宮本、前掲書六二八頁

（37）下坂守「『四条河原』芝居地に関する一考察」（藝能史研究二一五号、二〇一六年一〇月）は近世初期、当該地での

芝居をする場所についての緻密な論考で参考になる。

(38) 山路、前掲書三七四頁

(39) 藤井奈都子「加賀藩における舞々をめぐって―『豊嶋安右衛門言上書』を中心に―」(藝能史研究第一一一号、一九九〇年一〇月)および前掲拙稿二編　上多津太郎「羽咋郡上田村の舞々」(加能民俗一九五〇年四月)

(付記) 阿部幹男氏から、延宝二年九月に江戸の「桐弥市右衛門」が盛岡に来たり、三年三月まで藩内に滞留していたことも示教された(盛岡藩家老日記「雑書」)。延宝二年の弘前での興行、元禄の白河における桐大蔵の興行記録と併せ考えると、延宝のころかれらは主に奥州を巡業していた可能性もあろう。このことと東北地方各地に残る農村歌舞伎との関連は未詳である。

小田原・江戸桐座及び女舞等関連記事年表（抄）

一四六六（文正1）	京都にて美濃の女曲舞、容顔美麗、舞拍子言語道断、見物群衆、男舞露払、十四五児舞一番、女舞一番、立合舞（後法興院記4・16）
一四七七（文明9）	元女曲舞座にいた真禅なる尼、禁裏で曲舞を舞う（実隆・閏1・12）
一四九〇（延徳2）	禁裏にて越前から来た女曲舞あり、女二人男一人（実隆・後法興院記8・1）
	京曇花院にて女曲舞（蔭涼軒日録8・13）
一五〇二（文亀2）	京にて童形並びに女房の曲舞（後法興院記3・16）
	禁裏にて摂津の女房と児、大口・水干姿相舞（宣胤卿記3・21）
一五一六（永正13）	細川右京兆の女中招請の女曲舞（尚通公記9・30）
一五二〇（永正17）	禁裏にて女曲舞、夕霧の子朝霧、年二五・六（二水記9・12）
	千本焔魔堂にて朝霧の舞、今日より始む（二水記9・18）
一五二一（大永1）	禁裏にて朝霧の舞（二水記4・19）
一五二三（大永3）	桑原五郎左衛門、相州小田原に住む（大橋系図・神奈川県史）
一五二八（大永8）	北条氏綱、舞々天十郎に四日町の屋敷を安堵し、舞々らから役銭を徴収することを命ず（相州文書、但し偽文書の疑いもあり）
一五三三（天文2）	夕霧なる女房の勧進舞、両三人同道（言継卿記8・4）
一五三八（天文7）	平塚の鶴若太夫、鎌倉鶴岡八幡宮に獅子舞を奉納（相州文書）
一五三九（天文8）	桐長桐の先祖、幸岩與太夫はこのころの人とす（座元・桐氏家譜）
	京にて夕霧大夫の舞（親俊日記3・6）
一五四〇（天文9）	桑原五郎左衛門、北条氏綱の鶴岡八幡宮造営に際し法楽舞を勧める
一五四二（天文11）	桑原五郎左衛門、氏綱の命により鶴岡八幡にて法楽舞（大橋系図）

一五四五（天文14）	京にて夕霧太夫、張市、彦四郎の舞（尊鎮親王日記7・18） 大橋嘉義、北条氏康の命により松原明神法楽舞を勤める（大橋系図） 同年大橋嘉義、北条氏政の一字を賜って政義と名乗る（〃）
一五五三（天文22）	北条氏、客来の節、天十郎に舞を舞うように命じる（相州文書） 天十郎、甲州武田氏から伝馬三頭を与えられ甲府で舞を舞う（〃）
一五五四（天文23）	北条・武田・今川、互いに娘を送ることで三国同盟成立（3月）
一五五五（天文24）	北条氏、天十郎大夫に相模国内のいたか・唱門師類を取り締まり、役銭を徴収すべき事を命ず（相州文書）
一五六四（永禄7）	天十郎、元服に際し北条綱秀より「秀」字を賜う（天十郎大夫文書） （＊北条綱秀、未詳）
一五七一（元亀2）	奈良極楽坊にて勧進の女舞、狂言を挟んで上演（多門院日記4・13）
一五七二（元亀3）	禁裏にて春きりと命名された女房舞（お湯殿上日記　閏1・28）
一五七三（天正1）	北条氏政妹、武田勝頼に嫁す
一五七五（天正3）	玉縄城主北条綱成、天十郎に対し、いたか唱門師支配を承認（相州）
一五七六（天正4）	禁中女房舞、北近江の者5人、脇・ツレ男、鼓打烏帽子着用、露払張良・所知入・高館・伏見常磐・十番切舞う（曲名初出）（言継卿記3・4）（言経卿記、同日の条にはアタカの名あり）
一五七七（天正5）	禁中にて女房舞五番（お湯殿の上の日記4・26）
一五七八（天正6）	奈良元興寺極楽坊にて女舞（多門院日記3・1 ,3・5） 奈良紀寺天王社にて女舞（多門院日記3・7）
一五七九（天正7）	禁中女房舞、兵庫の築島・和田酒盛・継信忠信（お湯殿日記4・5）
一五八〇（天正8）	元興寺極楽坊にて女舞（多門院日記4・13）
一五八六（天正14）	大橋治部左衛門、舞にて玉縄城主北条氏勝の被官となる（相州文書）一五八八（天正16）大橋治部、鉢形城主北条氏邦から伝馬五頭を賜って赴く（相州文書）

一五九〇（天正18）	7月、小田原の北条氏直、秀吉に降伏、氏政・氏照自害 北条氏勝の拠る玉縄城開城降参、8月、家康江戸城に入る 11／23弥富城主北条氏勝、舞々大橋治部に勧進を許す（相州文書） 弥富城の北条氏明（氏勝の子）も同様の許可文書発行（年月不詳）
一五九三（文禄2）	江戸女舞、下総上代の松平家忠の館に来て伏見常磐・芳野落・持氏を舞う（家忠日記閏9・14））
一六一〇（慶長15）	女舞大夫よしまつ、京都御霊社にて勧進興行（孝亮宿禰日次記2・3）
一六一四（慶長19）	冨田城主北条氏重、大橋六兵衛に対し、勧進することを許す （この年以降）氏重、小田原金大夫（大橋金大夫カ）に舞を舞しむ（相州文書） 小田原城、大久保忠世・忠隣が嗣ぐも改易、一時廃城
一六一五（元和元）	春日社にて18歳の女太夫、曲舞法楽（春日社司祐範記8・28）
一六一七（元和3）	常磐なる女太夫、舞7番を舞う（土御門泰重卿記4・20） 女舞太夫、舞八番、始めは大職冠、ツレ女、ワキ男（泰重卿記5・12）
一六二〇（元和6）	大覚寺浄勝院にて女舞、八嶋末（舜旧記7・7） 女舞春松大夫、四条河原で「曾我」「十番切」「伏見常葉」勧進興行（舜旧記8・22）
一六二一（元和7）	「第一無双美女」女大夫吉松、春日社にて静（胎内サガシ、春日社司延通記）・文学を舞う（春日社司祐範記4・18）
一六二二（元和8）	女舞吉松太夫、日野光慶邸にて10歳女子露払、女ツレ入道のワキで入鹿、太夫、烏帽子着して大職冠・静・和田酒盛を舞う　装束詳細に記録（資勝卿記1・18）
一六二六（寛永3）	京にて勝大夫（女舞か）、景清下を舞う（舜旧記3・18） 今宮旅所にて女太夫春松の勧進舞（孝亮宿禰日次記8・8）
一六二七（寛永4）	京にて勝大夫の舞、大職冠・敦盛（舜旧記4・19） 京にて勝大夫の舞、新曲・入鹿・笈探（舜旧記4・29） 京にて勝大夫の舞、（夜討?）曾我・十番切（舜旧記5・10）

一六二九（寛永6）	相州小田原駅、大蔵の芝居男女打ち交りの興行差止めらる（『戯場年表』）女性だけの舞上演は禁じられずか一六三〇（寛永7）桐大蔵、幸若（岩）与太夫江戸中橋にて興行、但し男子のみにて（歌舞伎年表） 江戸木挽町にて舞の興行（劇場桐座由緒書）
一六三二（寛永9）	稲葉正勝、真岡より小田原に転封、舞の大橋銀太夫を召し寄せる（寛永期カ） 京にて勝大夫の舞あり（舜旧記3・17）
一六三六（寛永13）	鹿苑院主鳳林承章、江戸にて女舞美橘《みきち》の舞を見る（隔蓂記11・27）
一六四〇（寛永17）	稲葉美濃守に嫡子誕生により大橋銀太夫祝賀の舞（桐家古来譜）
一六四二（寛永19）	この年、金沢にて女舞吉松の立舞（三壺聞書）
一六四五（正保2）	女舞笠屋三勝、江戸芝神明社にて興行、宮芝居の初め（歌舞伎年表） 「笠屋三勝儀は正保二酉年中、芝明神於社地、狂言座芝居興行御免被成下置云々」（半日閑話、狂言師三勝訴状） このころ笠屋三勝・桐大内蔵、能、からくりの座、江戸木挽町で興行していたか（守貞漫稿所引享保十一年書上）
一六四六（正保3）	三勝芝居にて女を交えて興行、吟味の上座主入牢（歌舞伎年表）
一六四八（慶安1）	幸若大夫の子、「盲女之舞」、「新玉」「八嶋」を舞う（隔蓂記11・29）
一六五一（慶安4）	幸若太夫の盲目の娘、新曲・八島を舞う（隔蓂記11・29）
一六五六（明暦2）	稲葉美濃守老中就任祝賀のため大橋銀太夫舞う（桐家古来譜）
一六五七（明暦3）	仙洞にて女舞小勝太夫立舞仰付、和田宴・志田・高館、狂言を舞の間に挟み演ず、物まねの友男・三郎衛門も（隔蓂記10・29） 同年、大橋政氏、小田原城主稲葉丹後守叙任祝賀のため舞・芝居興行（神奈川県史所引金大夫正道筆大橋政氏江戸表へ出稼芝居興行控）同年大橋政氏、江戸堺町にて勧進歌舞伎興行（同上）

一六五八（明暦４）	内藤摂州邸にて「かつ」がしそん、「三かつ」舞う（大和守日記４・１）
一六五八（万治１）	三勝の舞、内藤摂津守屋敷にて（大和守日記） 同年、大橋政氏、江戸浜松町にて勧進歌舞伎興行（神奈川県史所引芝居興行控）、芝浜町にて興行（劇場桐座由緒書）
一六六〇（万治３）	参考：対馬において祇園会で猿楽なき時は幸若舞奉納との記事（藤家文書祇園会御神事御能の覚）
一六六一（寛文１）	江戸佐竹修理邸にて三かつが芝居の者来て女方などをする、どうけ、舞の座三左衛門、都伝内座の者など参加（大和守日記、７・21） 桐大蔵、江戸木挽町にて興行（劇場年表） 同年、大橋正道、江戸木挽町にて桐大蔵桐座の櫓を上げ歌舞伎上演（神奈川県史所引芝居興行控） 「（京）今宮（御旅所）に舞女小勝か芝居をミる」（季吟日記９・10）
一六六三（寛文３）	女舞大夫大橋くら没（神奈川県史）
一六六六（寛文６）	この年既に小田原には劇場「桐座」は存在したか（神奈川県史） 京にて笠屋三勝・新勝、名代を許される（京四条河原諸名題改帳） 江戸の歌舞伎役者橋本千勝の名（寛文六年頃刊『難野郎古たゝみ』）
一六六七（寛文７）	橋本千勝は笠屋千勝が改名して人気が出る（同年刊『野郎大仏師』）
一六六八（寛文８）	奈良川久保町にて女舞、正月16日から晦日まで（奈良町奉行記録）
一六七二（寛文12）	奈良油坂町にて女舞、３月３日より17日まで（奈良町興行記録） 笠屋三勝・小勝・五郎四郎・五郎左衛門ら11月21日より長崎馬込聖徳寺下浜辺にて興行（長崎市史引用歌舞伎年表）→笠屋五郎四郎、 元禄５，６年の「役者大鑑」等に出る上方役者。
一六七四（延宝２）	江戸桐弥市右衛門盛岡滞在（延宝三年三月まで）（盛岡藩家老日記）
一六七五（延宝３）	桐大蔵なる女舞一座弘前にて５日間の勧進興行（弘前藩庁日記８・15）
一六七七（延宝５）	奈良油坂町蓮長寺にて女舞、５月７日より（奈良町興行記録）

一六七八（延宝6）	奈良奥芝町にて女舞、名代笠屋新勝。正月12日より21日まで（奈良町興行記録） 奈良油坂蓮長寺にて女舞、3月6日より20まで（奈良町興行記録） 「かさや小勝其外狂言師とも来ル」於大和宇陀神戸神社（御用部屋日記3・22） 奈良蓮長寺にて笠屋三勝の女舞（二条憲乗事要聚3・5）興行記録）
一六七九（延宝7）	奈良油坂町蓮長寺にて女舞、正月16日より2月朔日まで（奈良町 奈良宇陀観音堂勧進芝居と笠屋新勝・笠屋三勝の名（御用部屋日記）
一六八〇（延宝8）	シンカツ、江戸芝明神にて腰越を滝山玉之丞14歳籠抜（幸若か奇術か不明）、七大夫浄瑠璃、狂言とともに演ず（石橋家家乗9・28） 奈良舟橋町にて女舞、4月5日より16日まで（奈良町興行記録）
一六八一（天和元）	奈良蓮長寺にて女舞カサヤ舞、群衆する（二条憲乗事要聚7・25）
一六八四（貞享1）	「大かしら」舞の座を上方に立て、江戸に出て芝神明にて舞を舞う（幸若八郎九郎家由緒書、貞享1年成立）→延宝8のシンカツか 勝女、堀川夜討・和泉ケ城を舞う（松之助歌舞伎もあり）（家乗）
一六八六（貞享3）	大久保氏、再度小田原城主となる（以降、幕末まで）
一六八八（貞享5）	京都かさや三右衛門女舞、1月14日から24日（奈良町興行記録）
一六八九（元禄2）	京にて「女舞かふき」あり（平田職央日記7・19）
一六九〇（元禄3）	女舞みのや三勝演じる　宮島の市にて興行（府内藩記録） 女舞、「馬の曲」を演じる・豊後府中浜の市にて、女大夫みのや三勝脇同小勘、女大夫尾上作弥、脇同ゆきへ、一座45人（府内藩記録7・3）一六九三（元禄6）女舞桐大蔵、奥州白河にて興行（松平大和守日記）（桐大蔵記録初見） 松平大和守直矩、元禄6年より白河藩主、同8年没 （元禄享保ころか、女舞桐大蔵、武蔵熊谷にありという）（塩尻75）

	北野七本松勧進興行、女舞大夫笠屋新勝（三右衛門嫁）万勝（姑）（延宝7年の三右衛門は先代か）（平田職央日記2・15）
一六九四（元禄7）	大橋政氏、家職を娘せんに譲る（相模国風土記稿）
	北野に新勝・小勝女舞、トガセ（富樫？）、後狂言（平田職央日記9・2）
一六九五（元禄8）	笠屋三勝赤根屋半七千日寺心中を遂げる（12・7）
一六九八（元禄11）	女舞笠屋三勝の心中事件の小説化（『新色五巻書』同年刊）
	三勝の舞の番組、静・敦盛・志田・高館・夜討曾我（『新色五巻書』）
一七〇〇（元禄13）	京女舞の小勝、「年に一度づゝ名古屋へ芝居しに」（浮世草子『御義経記』元禄13年刊）
一七〇三（元禄16）	大橋政氏、神事舞太夫となる（相模国風土記稿）
	桐大内蔵、小田原にて没（11月）墓碑は市内長安寺に
一七〇五（宝永2）	奈良にて「舞芝居」4月17日から26日まで、名代布留社舞大夫兵四郎（奈良町興行記録）
一七〇六（宝永3）	京の舞大夫「笠や新勝」名代買い主「舞芝居」（歌舞伎混合芝居か）、5月27日から7月8日（奈良町興行記録、但し寛文6年の新勝の3代目か）
一七一三（正徳3）	京の女舞名代に大頭柏木・笠屋三勝・笠屋新勝・吉かつ・たち屋おくにの5人の名あり（名代改帳）
一七一六（正徳6）	この年以降、大橋四郎次、桐尾上を称する（相模国風土記稿）
一七二〇（享保5）	木挽町は昔より芝居地とする中で舞座笠屋三勝・同桐大蔵の名がある（歌舞伎年表）
一七二二（享保7）	筑後大江伝来最古のテキスト「八島」書写
一七三四（享保19）	桐大蔵代人忠八、桐座は越前幸若の流れを汲むとして本櫓創設を願い出る（→中村・市村・森田座以外は不許可と申し渡さる）
一七四二（寛保2）	京都宮地芝居仲間として笠屋新太夫を挙ぐ（歌舞妓事始）
一七八四（天明4）	桐座桐長桐、市村座に代わって11月、茅屋町にて歌舞伎大芝居（桐長桐家譜）
一七八七（天明7）	筑後大江村松尾平三郎、系図装束直伝正本を受く
一七九三（寛政5）	桐座、市村座に代わる（歌舞伎年表）

一八一六（文化13）	市村座、桐座と交代するも不入り。同14年まで継続（由緒）
一八四一（天保12）	この年8月まで祝儀の節は小田原城にて勧進・歌舞伎上演（神奈川県史）
一八四三（天保14）	大橋四郎治、甲府亀屋座と接触（同人覚書）
一八四七（弘化4）	大橋四郎治、旧来どおり勧進歌舞伎興行を願出、許可（大橋系図）一八八一（明治14）大橋林当、『戯場桐座由緒書』書上
一八五二（安政6）	横浜港にて小田原桐座を開く（万延三年〈一八六〇〉まで半年間存続）。

第9章　甲斐で書写された幸若舞テキスト

第一節　幸若舞「敦盛」の新出テキスト

幸若舞（曲舞）のテキスト（舞の本）の写本は揃い本としては第1章で挙げられたように、文禄年間のもの、あるぃは元和年間の写本、非揃い本では永禄や天正年間の写本など、古いものは少なくない。それらに比すればここに提示するテキストは近年世に出たもので、江戸時代中期の書写にかかり、書写年代は比較的新しい。しかも「敦盛」一曲を収めるのみで、今のところツレ本が見当たらないという本であって、さしたる特色はないように見える。しかしながらこの四〇丁ほどの薄い冊子を子細に調べてみると、これは単に「敦盛」の詞章を提供するにとどまらず、実は意外にも豊富な情報が内蔵されている本なのである。

まず当該本の書誌を記す（資料25A・B参照）。寸法は縦二六センチ×横一六・八センチ。半紙本よりやや大きい。濃鳶色原表紙、左に題簽「敦盛舞　全」（一七・四センチ×五・一センチ）を付す。注意したいのは端作り題の下に「大頭流」と記することである。丁数は全三九丁。用紙楮紙、袋綴じ。半丁あたりの行数八行、一行一八字～二二字程度。時に付訓がある。漢字の読みの他、「高〳〵に」の読みに「タツカラカニ」（「たっからかに」の意）と付すなど、発音上の注意にまで及ぶことがある。ゴマ点はないが（ごく一部にあり）、ところどころ音曲符（ф、「、zなど。繁閑あり）、曲節符、句点が朱筆でつけられている。行間には「イキ次」（息継ぎ）のような謳う上での注意も散見される。ただしこれらは本文とは別筆のように見える。当該本は極めて実践的なテキストということができよう。

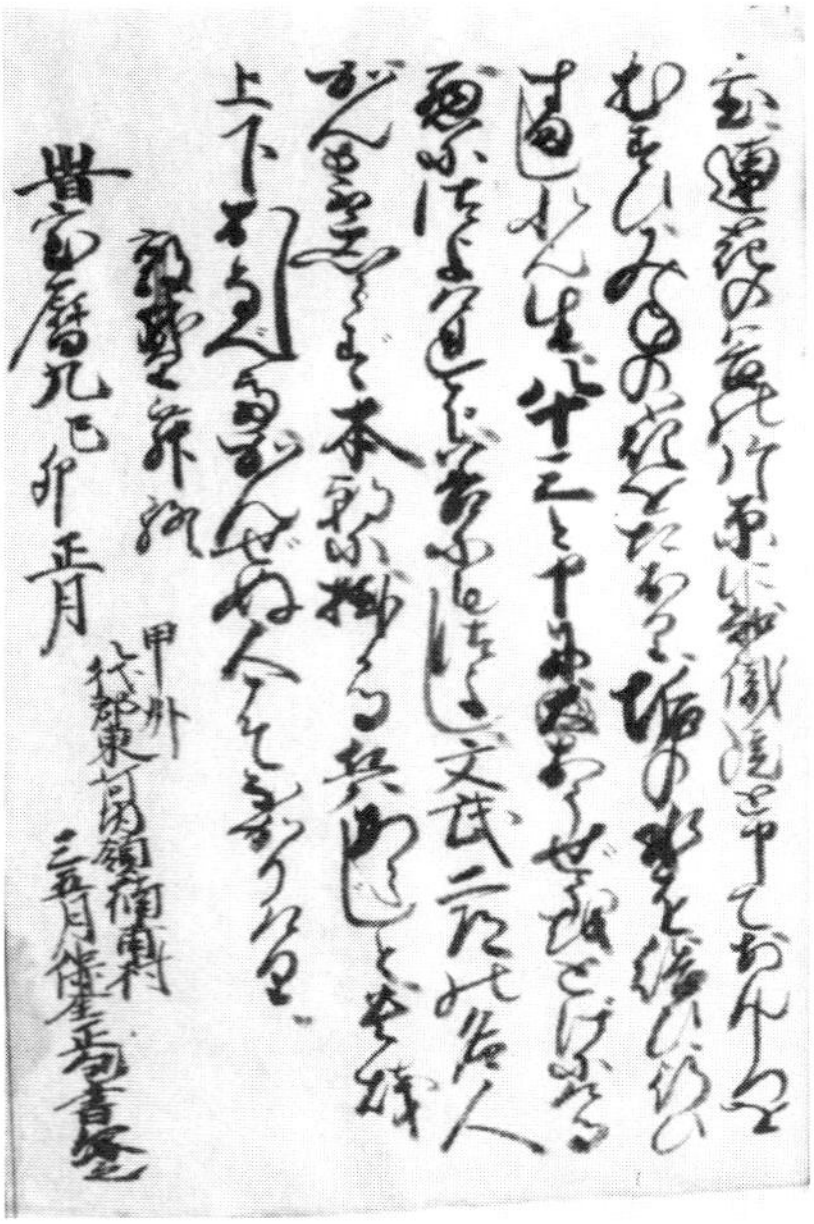

資料25A　宝暦本本文末尾

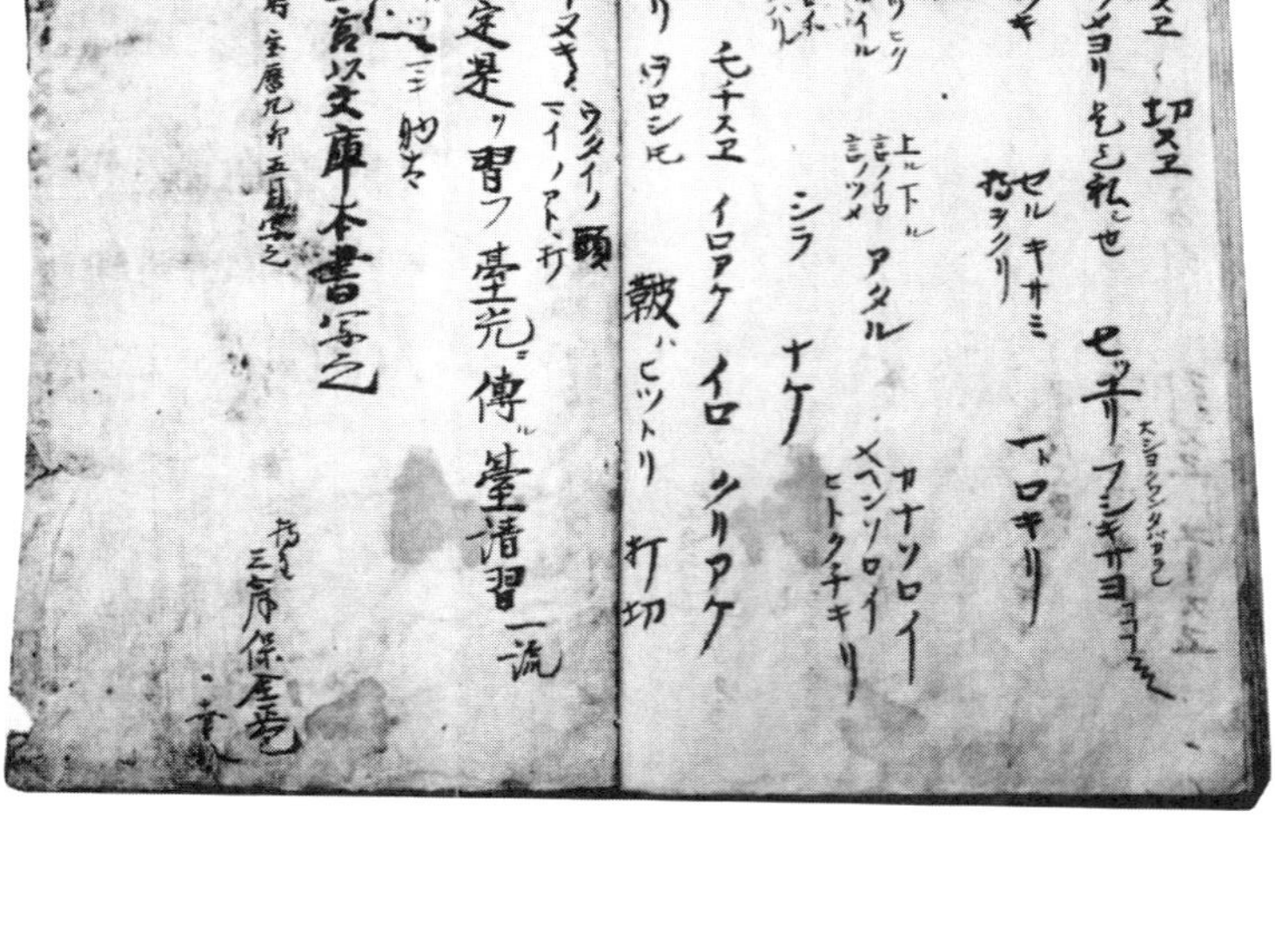

資料25B　宝暦本巻尾

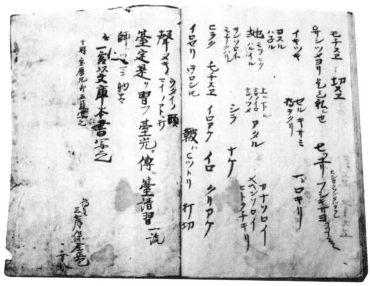

次に当該本の構成要素を見ると、「敦盛」詞章は一丁から二六丁までであって、二七丁から三二丁は歌謡の抜き出して、出典未詳歌謡の他、「那須与市」「志田」「高館」「たいしょくわん」「ゆりわか」の歌謡が掲げられている。二、三箇所を抜き出した曲もある。三四丁から三六丁までは「日本記」として一曲分を掲げるが、幸若「日本記」とは一部類似するところはあるものの、詞章は大きく異なる。いわば「異本日本記」とでもいうべき本文である。三七丁から三九丁までは「大頭舞聲節習」として、四〇数種類の曲節符を記し、そのうち一〇数種の曲節については実例をつけて簡単な解説を加えている。

第二節　書写者について

さて右のテキストが提供する「情報」について、具体的に述べていきたい。まず、テキスト自身が「大頭流」と名乗る[1]本というのは極めて珍しいだろう。流派意識が定着した時代性を表しているのか、別に他の理由があるのかはわからない。また書写者と書写年月日、場所を明記することにも十分の注意を向けなければならない。

すなわち二六丁（オ）、本文末尾には「敦盛舞終／時に（この部分異体字）宝暦九己夘年正月　甲州／八代郡東河内領楠甫村／三五月保全正包書写之」とあり、さらに二六丁（ウ）には「持主／三五月幸八正久」と記する。これを読み解けば、宝暦九年は一七五九年であるが、この年正月、甲斐楠甫村（現在の山梨県西八代郡市川三郷町楠甫）に住む三五月保全正包なる人物によって書写されたテキストを、同姓幸八正久が保持していたことを示すものとなろう。

現在の楠甫集落は富士川の東岸にあり、身延線甲斐岩間駅から直線距離で一・四キロほどの地、約百戸ほどからなる農村である（『甲斐国志』文化一一年には「戸八十三、口四百八」とある）。集落の入り口に諏訪神社（伊勢神明社と合祀）がある。ここの境内隅に放置されていた灯籠の竿に、「三五月瀬兵衛」なる名が刻まれていた。当神社棟札に

「名主望月源兵衛」とあり（元文四年奉納）、「楠甫村諸色明細帳」（元文四年幕府代官所提出）には「東河内領楠甫村／名主瀬兵衛」とある（『六郷町誌』）ことから、当地では望月氏は「三五月」とも表記されることがあったということが分かる。されば書写者は一般的な表記では「望月保全」ということができよう。

かれがどのような理由で「敦盛」を写したかは不明である。しかし彼の存在は確認することができる。楠甫集落には聚福山善應寺という曹洞宗の寺院がある。応安四年（一三七一）草創と伝え、運慶作とされる如意輪観音を本尊とするこの近郷近在きっての名刹である。大伽藍を擁していたものの嘉永五年に回禄に遭い、多くの什物を失った。しかし幸にも檀家過去帳は残っている。それには、「安永二／癸巳四月良山孝医居士　同所幸八父／保全事」という記述があった。これはまさしく書写者三五月保全正包の没年を記したものであり、当該本の「持主」幸八はその息子であった。戒名から推測するに当村在住の医師であったか。幸八の名は寛政三年（一七九一）十一月の「村定覚」に「長百姓幸八」と見え、甲斐では長百姓は名主補佐役とされたから、保全・幸八父子は村の指導者層であったといえる。安永二年は一七七三年ゆえ三五月保全は「敦盛」を写した一四年後に没し、善應寺に葬られたということになる。

幸若舞テキストは、今まで書写地が判明しているものでは肥後・筑後・長門・大和・越前・加賀・尾張など、ほとんどが西日本か東海地方であった。当該本のように東国、それも江戸以外の地でで写されたものは今まで出現していなかった。その上筆写者名が示され、親本の来歴も、次節に述べるようにある程度明らかにしうることは珍しいことといわねばなるまい。

第三節　一宮浅間社について

裏表紙見返し（四〇丁オモテが見返しに貼り付けられている）には、次のような文言が見える。「塁定是ヲ習フ塁光ニ伝ル臺清習一流／師ハツ□（虫損。「ル」カ）マキ助太／一宮以文庫本書写之／于時宝暦九夘五月写之／持主／三五月保全正包／〃（同姓の意）幸八」というものである。「臺」は「臺」の異体字である。舞の伝承を示したかと思われる人名だが、彼らはいったい何者か。この疑問を解く鍵は「一宮文庫」にあった。甲斐一宮は東八代郡の浅間《あさま》神社であるが、西八代郡市川大門字高田にも一宮浅間《あさま》神社がある（資料10写真参照）。貞観年間、富士山噴火をきっかけに創建されたという伝承をもつ。楠甫の北東約七キロの地にある。実はこの神社の宮司に、前記の人物がいたことが確認された。すなわち同神社所蔵の「一宮浅間神社伴家系図」（近年まとめられたもの。詳細系図は第2章第三節の注参照）によれば、江戸初期から中期の宮司は以下のように記されている（一部省略）。「（上略）一瀬上総守臺定　慶長十年〈一六〇六〉—寛永元年〈一六二四〉相続—寛文四年〈一六六四〉死去　一瀬一馬伴臺光　寛永七年〈一六三〇〉出生—万治二年〈一六五九〉相続—元禄七年〈一六九四〉死去　青嶋（「養子」と注する）権守伴臺清（—〈ママ〉貞享四年〈一六八七〉相続—宝暦三年〈一七五三〉死去青嶋権守伴臺延　元禄二年〈一六八九〉出生明和元年〈一七六四〉死去　青嶋大和守伴家堅　享保十八年〈一七三三〉出生—明和元年〈一七六四〉相続—明和二年〈一七六五〉死去　青嶋（注「養子」）摂津守臺和　安永四年〈一七七五〉相続—寛政十二年〈一八〇〇〉死去」（以下略、一部表記改変）

テキストに載る臺定は慶長一〇年生まれで、寛永元年に宮司を継ぎ、寛文四年に五八歳で没した人、臺光は寛永七年生まれ、万治二年継承、元禄七年に六四歳で没した人となる。次の臺清の生年は不明だが、臺光存命中の貞享四年に継承し、宝暦三年に六六歳で没したと考えられる。次の代の臺延の継承年は記されないものの、臺清の没する宝暦三年までに受け継がれたであろう。家堅は臺延が没すると直ぐ継承したようである。

そうすると、先述の舞の伝承経路は、このように読める。舞は一宮浅間神社宮司一瀬臺定が習ったものを一瀬臺光に伝え、青嶋臺清が「一流」（大頭流のことか）を習った、（臺清の、カ）師はツ□マキ助太である、と。来歴未詳の舞の師匠某姓助太という者がいて、甲斐市川大門の一宮浅間神社で宮司に教授していたことを示すと解される。ただ、臺清の師匠が某姓助太とするならば祖父臺定は別人から伝授されたことになる。習得した舞はおそらく「敦盛」にとどまらず、「一宮文庫」にはその他の舞のテキストも所蔵されていたかと推測されるが、現在の神社には文庫も資料も一切ない。

三五月保全が「敦盛」を書写したのは宝暦九年、その五年前に青嶋臺清は没しているから、次の宮司臺延の許可を得て、一宮文庫の本を借り出して書写したと考えられる。問題はなぜ三五月保全がこのテキストを写したか、宮司とはどのような関わりがあったのかということであるが、遺憾ながらその点はいまだ詳らかにし得ない。ただ、後述するように宮司臺清は楠甫の諏訪神社にまで来て、神道講義をするようなことがあったようだから、その事実から何かが見えるかも知れない。

第四節　一宮浅間社と芸能について

第2章第三節で詳説したように一宮浅間神社に秘蔵される文書に全七冊から成る編年体の記録がある。神社では『一宮浅間宮帳』とされ、略して『宮帳《みやちょう》』と呼ばれる。縦二八・七センチ、横二六・〇センチ、七冊目のみ二五センチ×一七センチ。表紙は濃紺か黒褐色、一〜四冊目には後補かと思われる題簽には「（一）宮浅間（宮帳カ）」などとあるが、破損していて読めない。五、六、七冊目題簽には「年中行事帳　第五」「年中行事六之巻」「年中行事巻七」とある。

巻一は天文ごろからの年中行事、その他神社や国内の事件事項が記載されるが、原本からの抄出のように見える部分もある。巻二あたりから記事は詳細になってくる。巻尾に「一宮文庫本」と記載されているので、神社の記録収蔵所としてこの名があったことが分かる。この筆者は先の青嶋臺清（タカキヨとでも読むカ）。巻一巻頭に「古キ昔ノ旧記乱世久カユヱニ亡ヒ或ハ焼失今近ク書伝ル帳或ハ言伝ヲ集記之」とあるようにかれは旧記を整理し、もって神社の祭祀を正確に記録し、言い伝えなども書き留めようとしたものである。記事は巻七・寛延三年（一七四九）八月で終わっている。

臺清が宮司を継いだ貞享四年以降（巻二）が非常に詳細に記録されている。神事、祭祀祭礼儀礼はもとより、氏子の動向、天候、事件、災害、天変地異等々この地方あるいは甲斐国に関わるニュースのような事項も多く記録されており、歴史的にも民俗的にも宗教史的も大いに有用な史料といえる。本稿に関してはその芸能資料としての有用性である。特に宝永年間以降、記事の終わる寛延まで、実に多様な芸能が当社あるいは末社などで行われていたことが知られる。すなわち人形劇、歌舞伎、能、狂言、幸若舞、説経、獅子舞、太々神楽等々である。これらの事実について、これまで芸能史研究の立場からは論じられていなかった。(2)

貞享四年（一六八七）一二月、臺清は一宮浅間宮宮司に就くために京都の吉田家（当時の神祇権大副兼敬カ）に赴き「諸行事裁許状」を受けて、座敷で「大職冠」を舞ったとある。これは京都での宮司自身の舞の記録であるが、幸若舞をかれは習得していたということになろう。また「敦盛」については寛保元年（一七四一）四月九日、一宮浅間宮神幸祭(3)の節、シテ（依田）勘助、ワキ（岸本）勘七にて舞い、また翌日には「ユリ若大臣」をこの二人が舞ったとある。依田勘助と同孫四郎とは「舞、二十八番章節ヲ極ル、音曲ノ上手ナリ」とも記される。一八世紀前半のこの時代、一宮浅間宮の氏子たちのなかには二八番もの舞を習得し、「音曲ノ上手」と賞賛される者が出現していたことになる（「敦盛」は享保一七年〈一七三二〉にも奉納されている。宮司の出演はない）。因みに同日、舞の後に三番叟も氏子によって奉納されている。

第五節　テキスト詞章について

先述のように、端作り題に「大頭流」とある、その意味を考えてみたい。幸若舞テキスト詞章は知られるように、大別して越前幸若系と大頭系の二系統がある。詞章の振幅は、例外はあるものの、概して大きくはない。前者は近世に幕臣化してその管理下におかれた越前幸若家三家のテキスト詞章、後者は主に京都の町衆によって支えられ、室町時代物語や「舞の本」版本の本文などに使われた詞章である。ところで本章で紹介した本（宝暦本と称しておく）は、果たして大頭系の本文を有しているのかを検証したい。(4)

1　大頭系諸本との親疎について

（例1）

・宝暦本（以下「宝本」）寒ン竹クのやうちやうを、内里に忘れさせ給へは、若上郎のかなしさハ、捨ても御出有ならば、さまでの事わ有間敷を、かつうハ此笛を捨てたらんする事

・大頭左兵衛本（以下「左本」）かむちくのやうでうを。たいりにわすれさせ給ひ。捨ても御出あるならはさまての事はあるましきを。わか上らふのかなしさはかつうは此笛をわすれたらんする事を

・大江本（以下「江本」）かんちくのやうちやうを内裏にわすれさせ給ひ若ぢやうろうのかなしさはすて丶も御出有ならはさまでの事のあるまじきをかつうは此笛を忘れたらん事ともを

・関大平川家本（以下「関本」）かんちくのやうちやうを内裏にわすれさせ給ひ　若上臈のかなしさはすて丶も御出有ならばさまでの事のあるまじきをかつうは此笛を忘れたらん事共を

・版本　かんちくのやうてうを大裡にわすれさせ給ひわか上らうのかなしさはすてゝも御いてあるならはさまての事のあるましきをかつうはこのふえをわすれたらんする事を

・上山（文禄）本（以下「上本」）寒竹のやうてうを内裏に忘れさせ給ひ若上臈のかなしさハ捨ても御出有ならハさまての事ハ（「の」ミセケチ、「ハ」と正す）有ましきをかつうハこの笛を忘れたらん事を

＊参考：幸若系毛利家本（以下「毛本」）漢竹の陽調を内裏に忘れさせたまひ、捨ても御出有ならハ、さまでの事の有間敷を、若上臈のかなしさは、且は此笛をわすれたらん事ともを（一門のなをりとおほしめし取にかへらせ給ひ）

傍線部、宝本は左本を除いた大頭系諸本と同じ位置に置かれている。左本は幸若系の位置に同じであるが、敦盛は若年による判断能力の未熟さによって笛を捨てて逃げることをしなかったと残念がるのが大頭系諸本である。しかし幸若系では一門の名誉を思っての行動に向けて述べられ、より抽象化されている。左本は幸若系本文を取り込んでいると考えられる。

（例2）

・宝本　ようばいとうりの左右の小手、白檀琢の臑当に、A獅子牡丹のはいだてし、糸ひ脅威の鎧の、巳の時と暉を、わたかみ取て引立

・左本　やうばいたうりのさうのこて。びやくたむみがきのすねあて。Bくまのかはのもみたひ。白かねにてへりかねわたし。あくちたかにふむこうたり。Aし、にほたむのはいたてし。糸ひおとしのよろひの。みのときとかゝやくを。わたかみつかむて

・江本　楊梅桃李の左右の小手白檀みかきの臑当B熊の皮のも（ママ）足袋白かねにてへりかね渡しあくちたか

にふんかふたるA獅子に牡丹の佩楯し糸火威の鎧を綿噛つかんて引立

・秋本（秋月文庫本）やうばいたうりのさうのこて。びやくだんみがきのすねあて。Bくまのかはのもみたひ。しろがねにてへりかねやつて。あぐちたかにふんごうたり。Aし丶にぼたんのはいたてし。いとひおどしのよろひの。みのときとか丶やくを。わたかみつかんてひつたて。

・関本　やうはいとうりのさうのこて　ひやくたんみかきのすねあてAし丶にぼたんのはいたてしとひおどしのよろひみの時とか丶やきしを　わたかみつかんてひつたて

・版本　やうはいとうりのさうの小手ひやくたんみかきのすねあてにAし丶にほたんのはいたてしいとひおとしの鎧のみの時とか丶やくをわたかみとつてひつたて

・上山本　やうはいとうりの左右のこてひやくたんみかきのすねあてにAし丶にほたんのはいたてし糸日おとしのよろひの巳の時とか丶やくをわたかみとつて引立

＊参考　毛本　楊梅桃李のさうのこて、びやくだんみがきのすねあてに、A獅子に牡丹のわいだてし、いとひをどしの鎧の、巳の時とか丶やくを草摺ながにざっくと

宝本のように傍線部Bをもたず、Aをこの位置に置き、「わたがみ取って…」と続けるのは大頭系諸本のうち関本、版本、上本である。毛本にもBはないが、後続の文が異なる。

（例3）

・宝本　コトハ（中略）…A有時連生、心の内に思ふよふ、…上人に御暇申サシB蔦の藤笈肩にかけ、頼者には竹の杖、黒谷をまだ夜を籠めて出凫か

・左本　コトハ（中略）…上人に御暇を申。くろだにをまだ夜を籠めて立出

・江本　（この部分欠丁）
・秋本　……上人に御いとまを申　Bつたのふぢおひかたにかけ　くろだにをまだよをこめてたちいて
・関本　…Aある時れいしやう心の内に思ふよふ　…上人にも御いとま申　Bつたのふち笛（ママ）かたにかけ
たのむものは竹の杖　黒谷をまた夜をこめていて給ふ
・版本　…Aあるときれんしやうこゝろのうちに思ふやう…上人に御いとま申Bつたのふちおひかたにかけ　たのむものは竹のつえ　黒谷をまた夜をこめていてけるか
・文本　〽…A有時れんしやう心のうちにおもふやう…上人に御いとま申〽Bつたのふちおひかたにかけ頼物ハ竹の杖〽またよをこめて黒谷をいて給ふ
＊参考　毛本　言…A有時蓮性思ふやう、…上人にいとま申、B頼む物とては竹の杖、黒谷にまだよをこめて立出る

これも大頭系諸本のうち関本、版本、上山本のみが傍線部A・Bをもっている。幸若系のBは簡略形かと思われる。掲出の例以外でも同様の傾向が見られることから、宝暦本は大頭系、特に版本・上山本（村上學氏による分類では文禄本系甲）や関大本（同じく文禄本系丙）に近い本文を有するテキストだと考えられるのである。

ただし、宝暦本独自の句も散見される。その例のひとつを示す。

2　宝暦本の独自詞章について

・宝本　言A熊谷余りの御いたわしさに、御死骸おかなたこなたに…またBめてのしころの引合に、何やらん巻物一巻候得けり
・左本　コトハA熊谷なみだをとゞめ。御しがいをかなたこなたへ…又Bめての脇を見てあれば。まき物一くは

ん有

・江本　コトハA熊谷涙をとゝめ　御骸を彼方此方へ…又何かはしらす巻物一巻おはしますを

・秋本　くまかへなみたをとゞめ。御しがいをかなたこなたへ…Bめてのわきを見てあれは。まきもの一くわんあり

・関本　コトハ〽A熊谷泪をとゞめ。御しかひをこなたかなたに…B又めてのわきを見てあれは巻物一巻おわします

・阪本　Aくまかへなみたをとゝめ御しかいをこなたかなたへ…又Bめてのわきを見てあれはまきもの一くわんおはします

・上本　〽A熊谷泪をとゝめ　御しかいをかなたこなたへ…又Bめての脇をいてあれハ巻物一巻おはします

＊参考　毛本　詞A泪をながし、御死骸を彼方此方へ…B又妻手の御脇に巻物一巻候けり

傍線部、他の本は幸若系も含め、熊谷の涙を語るが、宝暦本のみA・ともに別の句を入れている。

このほか例示はしないが、敦盛の遺骸を平家方に届けたとき、平家方から使いの雑色に、義経が送ったのかと問われて、大頭系、幸若系が、雑色は「門脇殿へ」（毛本「門脇殿の御内なる伊賀の平内左衛門殿へ」）と言うばかりだったとするところを、宝暦本は「伊賀の平内左衛門の丞殿へ」と申したとある。

右の例の他に、文節単位では独自本文が散見される。

3　曲節符について

二、三句程度のずれはあっても基本的には大頭系本に添う節付けであるといえる。ただ、注意したい点もある。たとえば熊谷からの書状を読む場面は、宝本では「家長文を仕れ読物ガヽリ承り候迚…ヨミ物ツメ直実謹て申云々」とある。

この箇所は、左本は傍線部はそれぞれ「下イロカヽル」「上状」と記される。江本は「サシカヽル」のみで「読み物」などの指示はない。因みに毛本は「カヽルイロ」「ヨミ物」。カカルはフシへの導入として謡われるやや旋律のある曲節であるが、大江では書状の部分は全てこれで通していたようである（他のテキストには曲節符の記入はない）。宝本にはツメともあるから、書状はリズム主体のテンポの良い謡い語りであったらしい。現在、福岡県大江で伝承される舞のツメは舞台を∞の形に回り、反閇を踏みながら謡う。

節付けの相違する箇所をあと一例挙げる。熊谷が武蔵長井庄を宛行われることになって郎等共が喜ぶところである。宝本「熊谷其返事に及ずクセ泪の隙より」とあるところ、左本は「下クトキ熊谷何とか思ひけむ。涙のひまより」とある。江本は「中イロ熊谷其返事に及すし涙の隙よりも」（毛本「熊谷イロ御返事にをよばず。泪の隙よりも」）とあるごとく、クドキもしくはイロとなっている部分が宝本はクセの曲節符がついている。ここは出家を決意し、歌を詠じ、コトバに繋がっていく大事な箇所である。クセは現在、大江では使われていないが、クドキやイロに対応するような音楽的特色を持った曲節であったようである。クドキは『醒睡笑』七には「幸若の舞を聞き、さて〳〵おもしろのふしやくどきや」とあるように、「おもしろ」い聞き所とされていたから、クセもゆったりとした曲調で三人の演者が合唱する「フシ」に準じた曲節であったと考えられる。宝本は他の大頭系テキストにない、そのような曲節をもっていたことに注目したい。クセは宝本付載の「大頭舞聲節習」には見えない。

以上述べたことをまとめれば、「大頭流」と主張する宝暦本は、確かに大頭系本文ではあり、なかでも揃い本では最古の上山本（文禄本）や版本（寛永版）（以上文禄本系甲に分類）、関大本（文禄本系丙に分類）に近い詞章をもっている本であった。しかし宝暦本独自の句も少なからずあり、曲節は、他の本に完全に同じものはなかった。「大頭流」と冒頭に掲げる、このような性質のテキストが甲斐に留まったのは、一体いかなる理由によるものか。まだそれを証する資料は見いだし得ていない。

今は、この一冊のテキストの存在が多くの疑問を生んでしまっているという状態である。すなわち楠甫村住人の三五月（望月）保全がなにゆえ幸若舞テキストを写したのか、舞を舞うためと思われるさまざまな書き入れは何を意味しているのか。書写者自身が書き入れて舞を舞ったのか、あるいはかかる実践的テキストというべき「一宮文庫」本を単に書写しただけであったのか。「敦盛」以外のテキストも文庫には蔵されていたのか。また、青嶋埜清にいたる一宮浅間社宮司に舞を伝授した者はどのような素姓の者なのか、すべて今後の課題である。

注

（1）「幸若流」の用例は天文二〇年（一五五〇）に既に見える（「幸若流ノ舞ノ上手」『陰徳太平記』）が、これに対応した「大頭流」の名がいつから存在したかは未詳。

（2）西田かほる氏（近世史）から偶々当該文書の翻刻を見せていただいたことからこれら　宮司の存在を知るに至った。翻刻は『市川大門町一宮浅間宮帳』と題され、「市川大門町　郷土資料集6」として二〇〇〇年三月に合併前の同町教育委員会から刊行されたもの。ただし本文は一種の校訂本文というべく、漢字カタカナ交じりの原文は漢字平仮名交じりに直され、仮名（漢字）は適宜漢字（仮名に宛てられたり送り仮名を付されたりしており、誤読も散見される。取り扱いには注意が必要である。

なお、西田氏に「江戸時代中期の神事芸能について―『市川大門町一宮浅間帳』から」という論文（「山梨県立女子短大地域研究」第三号、二〇〇三年九月）がある。近世宗教史研究の立場から神事芸能を年次ごとにまとめたものであるが、これが当該資料についての最初の報告である。

（3）毎年四月辰の日に田祭があり、若宮八幡宮（旧中巨摩郡大井村所在）へ神輿渡御すること。騎馬武者揃えがあり、近郷近在からの参拝者が多かったという。現在は廃絶。

（4）幸若舞諸本についての基本的な分類はかつて麻原美子氏によって示されたものが現在定説となっているが（同氏『幸若舞曲考』参照）、ここではそれに修正を加えた村上學「幸若舞曲の諸本」（『幸若舞曲研究　別巻』二〇〇四年六月、三弥井書店、所収）に拠った。

第10章　キリシタン資料と幸若舞テキスト

第一節　キリシタンが採用した幸若舞テキスト

『日葡辞書』(Vocabvlario da Lingoa de Iapam) もロドリゲス (Ioão Rodriguez) の編になる『日本大文典』(Arte de Lingoa de Iapam) も、いずれも一七世紀初頭に長崎神学校 (Nangasaqi no Collegio) で刊行されたものである。笹野堅『幸若舞曲集』序説にはこれらの中に引用された「舞」の詞章が各曲ごとに整理され、列挙されているが、著者が関心をもったことは、かれら宣教師たちが日本語学習に資するために参照した幸若舞詞章が果たしてどのようなテキストであったか、そして現存幸若舞諸本のどれと最も近似するかということであった。これに対するひとつの解答は、既に麻原美子氏によって与えられた。[(1)] すなわち、氏は1、両系統 (筆者注。幸若・大頭両流) に共通した詞章　2、両系統にない詞章 (要約・簡略化)　3、大頭流特有の詞章　4、越前幸若流の詞章　の以上四項目をたてての調査の結果、1と2が大部分を占めるものの、3も若干認められ、4は見当たらなかったとし、「両辞書引用の詞章は大頭系を中心としていると一応結論を下すことができるかと思う。そしてその大頭系本文は筑後に下った一座にものと見ることができよう」とした。著者の調べたところでも、引用詞章の系統に関しては、二、三の疑問点を除いては大頭系であるとしても瑕疵を有さないようにおもわれた。しかし、それが大頭系であるとしても、何故に「筑後に下った一座のもの」でなければならぬのか、その理由を明確にする材料を発見することができなかった。氏は福岡県瀬高町 (現みやま市) 大江所伝の「大頭舞之系図」を吟味された松田修氏の「天正十年前後筑後定着説」に「賛意を表」し、その

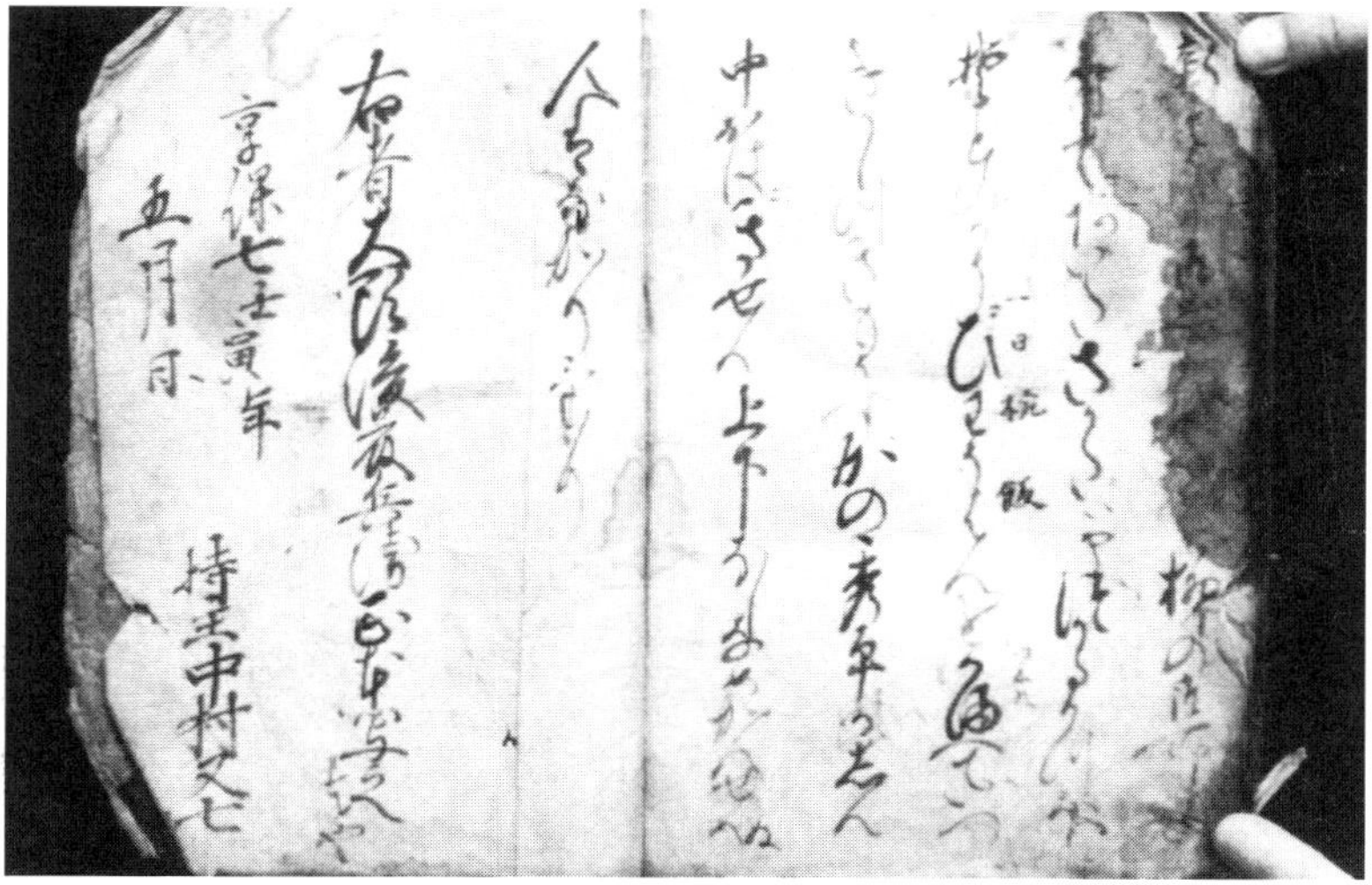

資料26　大江本最古のテキスト「八島」（享保七年写）

「補強証拠ともなる一、二の事」のひとつとして、右のキリシタン資料を挙げたのであるが、それらの引用する舞の詞章が「筑後に下った一座のもの」（すなわちそれが現在の大江の舞の祖という前提であるが）とは必ずしもいえないのではないか、松田説への「補強証拠」たりうるかは保留にせざるを得ないと考えている（資料26は天正一〇年から一四〇年度大江で写された本）。

この章では、キリシタン資料所引舞曲詞章が天正期に筑後に下って大江の舞の祖となった大頭流の詞章であるとは必ずしもいえぬことを中心に、現存大頭系テキストを検討して、宣教師たちが九州の地で斟酌した（或は九州でないかもしれない）舞の素姓について推測してみたい。大頭の舞の者が筑後に投じられたいきさつは第2章第二節参照。

第二節　『日葡辞書』と『大文典』が引用する幸若舞

『日葡辞書』（以下『日葡』と称す）およびロドリゲスの『日本大文典』（以下『大文典』と称す）には都合一三曲が引用されているが、引用された詞章が大頭系であるという前提（それを再確認する作業は、ここでは行わない）から、大頭左兵衛本に所収の次の八曲のうち七曲について、調べてみたい。すなわち、「伊吹」「馬揃」「山中常盤」「四国落」「富樫」「笈捜（北国落）」「高館」「新曲」である。また、幸若舞諸本には大頭系では大頭本、上山本、大江本、京大本、版本を、幸若系では東大本、藤井氏一本他を用いた。

キリシタン資料所引の舞曲詞章が「筑後に下った一座のもの」と限定しようとするならば、大江本と最も近似することを指摘しなければならないであろう。なぜなら、「大江幸若舞保存会」に伝来の『大頭舞之系図』には大沢次助幸次なる「京町人」が「天正十年（壬午）筑後山下城主蒲池兵庫頭鑑連」（松田修氏は「鎮運」であるとする）の招きによって京より下ったが、これが当国において大頭流が流布する「濫觴」となったとあるからである（第2章第二節参照）。大江に今、命脈を保っている「舞」の芸統が右のごとくなれば、その詞章も、「天正十年」以来伝承されてきたものとまずは看做すこととなろう。

大江本と関わりの深い詞章がないわけではない。たとえば『大文典』の「富樫の舞」では

1、Tǒgocuua <u>fitono cocoromo guchide</u> matçuni nauo tçuquru fitomo gozanai.

右の個所、大頭本、上山本、版本では、

さむ候当国は坂をへたてこなた、くさふかき遠国にて(A)かほとのまつに名付る人も候はす（表記は最初に挙げた本による。以下同然）

とあるが、大江本・京大本には(A)の個所に「人の心もぐちにして」の一句が入り、傍線部に対応する。しかし、このような例を数多く指摘することは困難である。むしろ、「大江本に近似しない」例のほうが、よほど多く目につくのである。次にいくつかの例をあげてみよう。

2、Benqei Togaxiuo chǒdo nirǒde……（『日葡』所引「富樫」）

大頭本以下、幸若系諸本に至るまでここは「大の眼にかとをたてとがしをはつたとにらんで」（版本は前半部欠）とあるところ、ひとり大江本のみは「いかにのふ富樫殿いせんよりは」という異文になっている。

3、Aimachi tcuru tocoroni, carera quiǒdai vtare tçuruga, ……（『大文典』所引「高館」）

大頭、上山、京大の各本「相侍る所にかれら兄弟はうたれぬ」とある。大江本、版本は傍線部を「二人」と言い替えており、前三本の方が近いといえよう。(2)

4、Ichiyano yadono nasaqueni reino votomo mǒxite……（『大文典』所引「笈捜」）

傍線部に対応する句を有するのは大頭、京大の二本のみで、それらは「山伏共に具足たべ。一夜の御宿の情に。ていの殿の御供し」とあるに対し、大江本を始め、上山本、版本は「山伏達ニも道具たべていの殿の御供申」となっていて、傍線部に対応する句を欠く（ただし伝小八郎本は「一夜の宿の情に山ふし共に具足たへ亭の御供つかうまつり」とある。倒置されているが「山ふし云々」を省略したとみることもできる。

5、Icani vaga quimi quioximexi sǒraye.（『大文典』所引「富樫」）

ここは義経一行を捕えるため、富樫が砦を設けているとの情報を得た弁慶が一人で敵状視察に赴くところで、大頭本によると

コトハ弁慶心におもふやう。（中略）其儀にて有ならはなにかし一人打越。とがしが城の躰を見はやとおもひ。君の御前にまいり。いかにわかきみ聞しめされ候へ。先それかし一人とかしがたちへ打越。城の躰を見てまいらんと申す。判官きこしめされて（後略）

とある個所の、傍線部に当たる（京大本も少し異文があるが大略同じ）。ところが、大江本はここでも上山本や板本と同様、右の対応句を欠き、「此よしかく（現行「と」アリ）申上る。判官聞召て云々」と続く。つまり、弁慶が義経に

Fẽji, uru, ita. ヘンジ, ズル, ジタ（変じ, ずる, じた）変化する, または, 姿や服装などを取りかえる. 例, Fŏguan yamabuxino sugatani fenji Foccocuuo saite cudaraxeraruru.（判官山伏の姿に変じ北国を指いて下らせらるる）*Tog.*（富樫）1) 判官殿（*Fonguandono*）2)は山伏（*Yamabuxi*）の服装に着かえて, 北の地方へと下った. ¶ Yacusocuuo fenzuru.（約束を変ずる）約束を破る. ¶ Cocoroga fenzuru.（心が変ずる）意志や意図を変える. ¶ Irouo fenzuru.（色を変ずる）顔色を変える.
※ 1) '去程に判官山伏の姿をまなび, 下らせ給ひける程に'（幸若舞曲, 富樫）に当たる.

資料27 『邦訳日葡辞書』「ヘンジ、ズル、ジタ」の項

言上するさいには反復のくどさを嫌って「此よし」で済ませる方向をとっているのである。『大文典』の拠った舞曲正本はおそらく大頭本などと同じようにこのあと、「某一人云々」の文が続いていたのであろう。

6、Fŏguan yamabuxino sugatani fenji Foccocuuo saite cudaraxeraruru.（『日葡』所引「富樫」）（資料27）

「富樫」の冒頭である。大江本によると

去間判官殿下らせ給ひけるほとに加賀国あたかの松に程なくつかせ給ひ云々

となっていて、傍線部に対応する句はない。これは伝小八郎本や京大一本に非常に近い表現である。これに対し、大江本以外の大頭系諸本は

去程に判官山伏の姿をまなんて下らせ給ひける程にⒶ加賀の国に聞えたるあたかの松に程なく付せ給ふ（上山本による。大頭、京大各本、Ⓐに「十三日と申には」の一句が入る他はほぼ同文）

のごとくになっていて、波線部の表現を多少変えたのが傍線部といえよう。これを見ても、所引詞章が少くとも大江本もしくはその祖本的テキストに拠っているのでないことだけは確かである。

7、Macotoni nantono susumede gozaru monouo（『大文典』所引「笈捜」）

（大頭）誠にしゆせうや候。南都のすすめにて御座有けるを……

（上山）真に南都のすすめにて御座有けるを……

（大江）是ハ誠の正観（ママ）進ニて御座ありけるを……

（京　大）あらしゆしやうや候誠に是ハ南都のすすめにて御座有けるを……
（　版　）まことに是は南都のすすめにて御座ありけるを……
（伝小八）（あら殊勝や誠になんとのすすめにて御座有けるを……）
（内　閣）（あらしゆせうやまことに南都のすすめにて御座有けるを……）

右の一覧をみてもわかるとおり、大江本だけの異文を有しており現存テキスト（明治四三年松尾真太平秋真写）で比較する限り、所引詞章から遠ざかっている。この場合は、大頭系では上山本が最も近いといえよう。

詳細には、他にも所引詞章の非大江本的性格を見いだすことができるが、右の2〜7の諸例をひとわたりながめただけでも、これら二種類のキリシタン関連書に引かれた幸若舞詞章が現行大江本の系統には連続せざることの根拠になるだろう。すなわち、イエズス会宣教師たちの見聞した「舞」というのは、大江の舞の遠祖たる「筑後に下った一座」のそれではなかったのではないかと推定されることになる。

しからば一体、現存諸本中、どの本と最も深くかかわりあっているのか、それについて次に考えてみる。

第三節　現存テキストに見られない詞章

前節の例の、4と5を1に重ね合わせてみると、所引詞章に最も接近しているのは京大本で、次いで大頭本なのではないかと、ひとまず考えられる。さらに次の例。

8、（上略）coconi fitotçuno nanto ari.（『大文典』所引「富樫」）

傍線部、大江本・版本では「ふしぎ」、大頭本・京大本・上山本では「難所」（当時の発音はナンジョ）とあって、後者に近い。ナントはあるいは「難途」なのかもしれない。

9、Ima mata Suzuquidonoga vongusocu ichiriǒ tamauatte xẽgiǒ mangiǒno govonnimo cayemajijto isami yorocǒda cotoyo.（『大文典』所引「高舘」）

大頭本によるとこの部分は

今又鈴木殿かお具足一両給つて千町万町の御恩にかへしとよろこふする事のゆゆしさよ。

とある。ところが京大本はCが「にも」、Eが「よろこふたる」となっていて、より一層引用詞章に近づく形をとっているのである。一方、上山本はAが「只今」、Bが「給ハりて」とあり、大江本はDが「しかじ」、Fが「心ね」とあって、それぞれ、大頭本よりもさらに離れた形になっている。8・9を加えて、京大本とのかなりこまかな点に至るまでの関わりをいえるのではあるまいか。

しかし、右の推定は前に断ったごとく、「ひとまずは」という条件付である。というわけは、次のような事例もあるからである。『大文典』所引「高館」で

10、Ara vomoxirono Sudzuqui quiǒdaiga caxxexita yǒoya?

のところが、大頭系諸本すべて「あら面白と鈴木兄弟かかつせむしたるやうや」とあるのに、京大本だけは「（上略）したる合戦や」とあって、倒置されている。だから、ここでは京大本だけが引用詞章とすこし離れる形をとっている。

大頭本よりも京大本に必ずしも全ての引用詞章が近いとはいえぬことは、こまかなところではあるが、次の

11、（上略）gofenni coreuo torasuruzo.（『大文典』所引「高館」）

の傍線部は大頭本のみが「とらするそ」とあって、諸本の「とらするとて」よりも『大文典』よりになっているのをみてもわかる。これはむしろ逆のケースである。

「伊吹」は京大本には収載されず（大江本にもなし）、これらとの比較はできないが、参考のために掲出すると、

12、（上略）sagari matccuno atari yori Yoxitomoni voi vocure saxerareta.（『大文典』所引「伊吹」）

は大頭本の「さがり松のあたりより。御父義朝におひおくれさせ給ひ」に対応するが、上山本・版本には波線部なく、この三本の中では大頭本に一致する、また、同曲

13、Yoritomo votonaxiyacani vŏoxeraruru yŏoua,……（後略）（『大文典』所引「伊吹」）

のところは大頭本の「頼朝おとなしやかに仰けるやうは」に近く、このことは上山本・板本の「よりともおとなしやかにのたまひけるハ」と比べることによってわかる。だから、京大本との強い結びつきを指摘できる箇所（曲ではない）がかなり重要な位置を占めてはいるものの、その一斑をもって、断じることはむずかしい。

次は大頭本・京大本にはなく、他の本に対応語句を見い出せる例である。

14、Saru aida Yoritomo Morinacauo mexite vŏoxequeruua.（『大文典』所引「鷹揃への舞（現「馬揃」）

（大　頭）（京　大）　頼朝の御前に盛長を召され―
（上　山）　さる間………［ナシ］…………
（　版　）　さるあいだ…［ナシ］…………
（伝小八）　去　間………［ナシ］…………めして仰けるハ

右の五本（大江本は伝存せず）のうち後三本の方に、明らかに近く、とりわけ、伝小八郎本とは、ほぼ一致する。当該本は大頭系詞章をもかなり採りこんだ本[3]であることを考えれば、さほど奇異なこととするには当らないだろう。この曲は大頭・京大本以外の本に拠っているといえるだろう。なぜなら、『大文典』の編集スタッフが冒頭に存しないつなぎ句「さるあいだ」なる一句をわざわざ付加して引用したとはないだろうと考えられるからである。

15、Mino casa quita tabiutoga futaridzurede touru.（『大文典』所引「伊吹」）

（大　頭）　みのかさきたるおとこ二人つれてとをりしを

（上　山）　みのかさきたる旅人の二人つれて都方へのほりしを

（　版　）　みのかさきたる旅人の二人つれて京のかたへとをりしを

（伝小八）　二人連たる旅人の京のかたへのぼりしを

伝小八郎本はここでは東大本などの幸若系詞章となっていて、『大文典』からは遠ざかっている。そこで前三本をみると、「みのかさ」「二人づれ」は共通、「旅人」「通る」に異同があることになる。大頭本の「おとこ」を「旅人」に置きかえれば所引詞章に一致するわけで、版本の「京のかたへ」の一句を省略して引用したとみるよりも、むしろ、上山本・版本系の「旅人」を含む別の本（つまり「おとこ」の代りに「旅人」とある形）に拠っているとみたほうがいいと考えられる例である。ただし前述のように、京大本は本曲を収めていないから、ことによるとこれには右のごとき詞章がそのままあったのかもしれない。

「第三の本」の存在は「山中常盤」において明らかに予想されることをかつて述べた。[4]『大文典』所引「山中」の都合八個所のうち、上山本に一致する所は六個所もある一方、上山本には全く記述がなく、大頭本のみに存する「遊君どもをすゑならべうったりまふたりかうじやうに。うへなき者のあそひとてあふどめいて酒をぞのふたりける」という一節を『大文典』が引いている事実から、この曲の場合、上山本的本文をベースに大頭本系詞章も含んだ、別種の本に拠っているのではないかと推測されるのである。ただしこの曲も京大本や大江本、版本には含まれず、決定的なことはいえない。これほどまで多く上山本詞章に一致する曲は他に見当たらず、特殊な例であるとはいえる。

第四節　伝存しない本文をもつ幸若舞

以上、ロドリゲス『日本大文典』や『日葡辞書』の引用する舞曲詞章は、「筑後に下った一座のもの」（それが現在の大江の舞を指すのならば）とは必ずしもいえないことを、引用詞章の非大江本的性格を中心に述べてきた。(5) 多くの本を座右において引用したとは思えないから、さればいったいどの本ともっとも深い関わりをもっているかといえば、これは一概に推断を下すことのできないものの、強いていうならば、京大本的性格を有する本文に、大頭本、上山本、場合によっては版本や伝小八郎本などに見られる詞章をいくらかずつ含みこんだ、「今は失なわれた本文系統」の舞曲台本を参照しながら、適宜に取捨選択して引用したのではないかといわざるを得ない。そういえば笹野氏も指摘した（前掲書）ように、『大文典』に引用された「新曲」の詞章は現存の正本には見当らないものであった。これも別種の「新曲」があったのだろうことを想定させる。

キリシタン資料に引かれた舞曲詞章が大頭流詞章であることはまちがいないとしても、大江に定着した大頭舞のそれではないとすれば、これはどう解釈すべきであろうか。

天正期には、『上井覚兼日記』にみられるように、南九州の地には系統未詳ながら幸若一派の舞が盛んに行なわれていた。これは、ひとり島津家だけではなく、九州各地に蟠踞する大名たちもまた、それぞれの政治的思惑と文化的上昇を企図して舞々の連中を呼び寄せていた。筑後山下城主蒲池氏もそれらの中の一人として、大頭舞を呼んだと思われる。そうだとすれば、何も筑後に下った舞の者のもつ詞章に限定する必要はなかろう。肥前、肥後、豊後のあたりにも舞々がいた可能性はある。かれらのうちのどれかのグループが都からもたらしたテキストが右に述べたような性格をもつ本文であったのかも知れないし、あるいはまた、宣教師、もしくは日本人イルマン自身が、都で盛んであった大頭流の詞章を、上洛の折に手に入れた、とも考えられるが、ただこれは憶測以上のものではない。

これらの疑点は中世末期における九州各地での幸若舞の様子が史料的にもう少し明らかにされれば（寛文期長崎での笠屋の興行のごとき）解明の契機となるでろう。後考に俟ちたい。[6]

注

（1）「幸若舞の流派とその詞章」（「国語と国文学」一九七五年七月号）

（付記1）近年では　柴田幸子『幸若歌謡の研究』〈二〇一三年、新典社〉の中で「キリシタン資料と幸若歌謡」として歌謡の用例が述べられており、また、パトリック・シュウェマー「ヴァチカン図書館蔵バレト写本の福音書朗読集と幸若舞」軍記と語り物53、二〇一七年三月）は多くの新知見を提供していて、注目される。なお幸若系の毛利家本については本論文執筆時、調査されていなかったため参看していない。

（2）「reino votomoは、ていの御伴、から出て居り、それは出居の殿の御伴の誤脱か」（土井忠生注訳『日本大文典』五五頁、注）とされる。

（3）拙稿「幸若舞曲『満仲』の諸本をめぐって」（伝承文学研究二〇号・一九七七年八月）

（4）拙稿「山中常盤―古浄瑠璃と舞曲とのかかわりをめぐって」（静岡女子短大紀要二三号・一九七七年三月）

（5）大江本は大頭流末裔を名乗っていても、大頭左兵衛本とは系統を異にしており、上山本系の詞章が多い。大江本は脱文の多い本であるが、上山本で脱文の所は大抵大江本でも欠けており、詞章の古さを物語るのかもしれない。今後、大江本調査をすすめるうえで、右の事実を踏まえ、大江の舞は、はたして蒲池氏の招いた舞の者の末なのかどうか等々、考究すべき問題は多い。（『幸若舞曲研究』第一巻（一九七九年四月、三弥井書店）の「大江本の性格」

（服部幸造氏と著者の共稿）をも参照されたい）。

（6）　本書第8章末尾掲載の「年表」参照

（付記2）　ロドリゲス『日本小文典』（ARTE BRENE DA LINGOA IAPOA）巻3、「『外典』という文書もしくは文体について」の項にはこのようにある。「『舞』の文体は流れるようで、いとも丁寧、優雅であり、話し言葉と書き言葉とのまじりあう、談話体にほかならないから、誰もがこの文体を理解する。（中略）初学者たちはこの文体から学習を始めるのがよい」（日埜博司訳）と述べている。「舞」が日本語学習を始める（começsar）のに適するという評価に注目したい。布教手段として幸若舞テキストは重視されていたのである「キリシタン版舞の本」存在の可能性を考えてもみたくなる。

初出文献（原題）一覧

序　書き下ろし

第1章　幸若舞の形成

語り物の展開―幸若舞曲の成立―（『講座日本の伝承文学3〈物語〉の世界』三弥井書店、一九九五年一〇月）

第2章　幸若舞芸能集団の活動

第一節　1　書き下ろし　2　徳賞寺と敦賀幸若家（『若狭美浜町誌』第四巻、二〇〇八年三月）

第二節　①『大頭舞之系図』が語るもの―九州への流入と伝播のあり方（『講座日本の伝承文学8　在地伝承の世界〈西日本〉』三弥井書店、二〇〇〇年三月）②『大頭舞之系図』をめぐって（天理図書館善本叢書月報70号、一九八五年一一月）

第三節　甲斐一宮浅間社とその芸能環境について―幸若舞上演を中心に―（伝承文学研究二〇一六年八月）

第3章　幸若舞作品の構成

舞曲の構成についての一試論―共有モティーフと詞章をとおして（『幸若舞曲研究』第二巻、一九八一年二月、三弥井書店）

第4章　『平家物語』と幸若舞作品

幸若舞曲の時代性と普遍性―「敦盛」に即して―（『中世文学と隣接諸学』第七巻〈中世の芸能と文芸〉二〇一二年五月、竹林舎）

第5章　『曾我物語』と幸若舞作品
和田酒盛譚の構成と展開―曾我物語から歌舞伎まで―（『伝承文学の視界』一九八四年一〇月、三弥井書店）

第6章　戦国軍記と幸若舞
舞曲「『三木』の成立とその構成」（『幸若舞曲研究』第五巻、一九八七年一二月、三弥井書店）

第7章　古浄瑠璃等と幸若舞
①舞曲・説経・古浄瑠璃のあいだ―「鎌田」を例にして（『阿部源三先生退官記念国語学国文学論文集』静岡女子短大国文科、一九七九年一二月）②舞曲から古浄瑠璃へ―その諸本論的考察〈清重〉の場合（「静岡女子短期大学紀要」二六号、一九七九年三月）③「山中常盤」―古浄瑠璃と舞曲とのかかわりをめぐって（「静岡女子短期大学紀要」二三号、一九七七年三月）④芸能と伝承―能・幸若舞・神楽―（「国文学解釈と教材の研究」48-11、二〇〇三年九月）

第8章　「女舞」と幸若舞の変容
「女舞」と小田原・江戸の桐座―近世幸若舞のゆくえ―（「伝承文学研究」六六、二〇一七年八月）

第9章　甲斐で書写された幸若舞テキスト（「中世文学」第六一号、二〇一六年六月）

第10章　キリシタン資料と幸若舞テキストキリシタン資料所引の舞曲詞章の系統（「静岡国文学」第一集、一九七七年一二月）

あとがき

一九六九年末頃だったかと思う。大学院での畏友故美濃部重克氏から誘いを受けた。それは奈良教育大学の吾郷寅之進先生の研究室で十数人が幸若舞を輪読しているから来てみないかというものだった。そこで、早速参加させていただくことになったのが、そもそも幸若舞との長いつきあいの始まりであった。参加の皆さんの専門は説話文学、中世歌謡、室町物語、軍記物、さらには古代文学から国語学等々広範囲に亘っていた。幸若舞の曲を各人が少しずつ分担して注釈を加え、典拠を論じ、諸本異同を検討するなど、それぞれの専門を生かしながら作品をトータルに捉えようとする熱意と意欲とに溢れた、エネルギッシュな研究会であった。

毎回Ｂ４用紙十枚以上の資料が発表者から用意され（電子リコピーであった）、それを巡っての談論風発、已むところを知らずといった様相だったから、私は当初は驚嘆し怖気づいたものだった。しかしやがて感嘆し、引き込まれていった。私は大学院に入ってから本格的に国文学を学んだ者だったので、この会（のち伝承文学研究会関西例会となる）での試練・鍛錬はまたとない学問の場となった。まことにありがたい経験だったと思う。会場はその後立命館大学（広小路、衣笠）へと移るうちに幸若舞輪読は終了し、その成果は『幸若舞曲研究』全十巻別巻一巻（三弥井書店刊）にまとめられた。私も何曲かの註釈と何本かの論文を書かせていただいたが、読み返すたびにあの切磋琢磨の時間が甦ってくる。今は研究会は京都キャンパスプラザ（最近は中京大学でも）で行われているが、私はいまだにそこに通っている。思えば半世紀に垂んとする「通学」である。

右の叢書を編集するためにはまずは諸本の蒐集をしなければならないということになり、カメラと三脚を担いで各地の文庫、図書館におじゃました。特に防府市の毛利報公会博物館や甘木市（現朝倉市）の秋月郷土館秋月文庫の訪書は思い出深い。当時研究会仲間から「四人組」などと呼ばれていた、田中文雅、服部幸造、美濃部重克の各氏と私とは大江幸若舞を見学したり撮影行を共にしたりしたが、中でも秋月文庫本は料紙も墨も薄く撮影条件も厳しくて、プリントすると文字は使い物にならないことが分かり、その後さらに二回の追加撮影を経てようやく翻刻が可能になったということもあった。毛利博物館の重厚な雰囲気と手にずしりとくる四〇冊余の鳥の子用紙のテキストの圧倒的存在感も忘れがたい。本書において煩瑣に過ぎるほどにテキストに拘った理由は種々あるが、こういう訪書経験も与っていると言える。

幸若舞研究を志すならば全国で唯一動態保存されている福岡県瀬高町（現みやま市）大江の幸若舞を見学する必要があると考え、最初に現地を訪れたのは一九七五年一月二〇日、例年大江天満宮で幸若舞が奉納される日だった。大江は田園のただ中にある。入り組んだ集落の道を通って訪ねた先はその頃幸若舞保存会会長（家元）をされていた松尾馨さん宅だった。重い入口の大戸を開けると土間があった。来意を告げると部屋に上げてくださったうえ、代々継承してこられた文書や装束そして二〇数冊のテキストを出してくださった。舞が始まる正午までの時間、どんな話しをしたのかはおおかた忘れてしまったが、テキストの写真はとりあえず何冊か撮影許可をいただいて、享保写本の「八島」、宝暦写本の「静」などを夢中で写したことは覚えている。そのあとで、舞堂で実際に舞われる幸若舞を初めて見たのである。ここにおいて、紙上の文字で読んでいるだけだった「幸若舞」が、現実に舞われる、語られる芸能として現前したのである。そのことによって初めて、大げさに言えば、中世が実感できたと感じたのであった。その感動は大きく、その日の最初の上演曲は「夜討曾我」だったと思うが、八ミリムービーで撮影していて、カセットフィルムを交換するのも忘れて、見入っていたので、途中、映像が欠けてしまうという事態にもなった。

その後福田晃先生始め研究会の方々も毎年のように大江に通われ、おそらく同じ経験をされたことだろう。私は一九九〇年代末ごろまでほぼ毎年、一月には大江詣でをしていたから、大江の方々にはすっかり懇意にしていただいた。特に本書第2章第二節は、大江の皆さんのご援助があってのものである。

本書はこれまで学会誌や研究会機関誌、各種の研究叢書に寄稿した論文を主体とし、一書になすに当たってはその題名と著者の主張とに合うように構成を考えたものである。ただし、発表時期は一、二年前であったり、古くは三、四〇年以前であったりする。私の発表以後に公にされた他の研究者の成果は当然反映されていない。全面的な改稿も考慮したが、研究史的な意味もまた帯びるであろうと思い、誤植等の訂正、表記・表現の修正を施すなどの他は基本的に大きな変改を加えていない。しかし必要に応じて「(付記)」としてそれ以後の参考文献を挙げたところもある。それも繁閑差があり網羅的ではない点、ご海容願いたい。

伝承文学研究会を主宰してこられた福田晃先生から「幸若舞の本を早くまとめるべきです」というご忠告をいただいて既に十数年以上が経ってしまった。今やっと課題の提出にこぎ着けたように思っているものの、締め切りはとうに済んでいるのかも知れない。だが、今般の上梓に当たっては暖かいご助言と誘掖、出版のご推薦をたまわった。心から厚く御礼申し上げます。また、京都、名古屋そして東京の伝承文学研究会の方々、中世文学会の方々にも数多くのことを教えていただいた。各地の図書館・文書館・神社・寺院のお世話にもなった。さらに今回も三弥井書店の吉田智恵さんには格段のお世話になった。いずれも記して深謝申し上げます。

本書の要旨の翻訳は、英語訳はパトリック・シュウェマー(Patrick Schwemmer)氏(武蔵大学専任講師)、中国語訳はスン・ヤンホァ(孫艶華)氏(中国准陰師範学院教授)、韓国語訳はキム・チャンフェ(金賛會)氏(立命館アジア太平洋大学教授)のお三方にお願いをした。ご多忙の中ご承引下さった各位に対して深甚なる謝意を表します。

本書は平成三十年度（独立行政法人）日本学術振興会科学研究費補助金（研究成果公開促進費〈学術図書〉）（課題番号18HP5049）の交付を受けたものである。

二〇一八年五月　大凧の舞う浜松祭の日に

須田悦生

「기리좌 (桐座)」라고 하는 가부키 극장에서는「온나마이(女舞)」라고 하는 예능이 상연되었던 기록과 그림이 보인다. 상연하는 연목이 확실히「고와카마이」예능 그대로이며, 북의 타악기로 리듬을 취하는 것도 같다. 그러나 배우는 여성이며, 춤추는형태나 모습은 전래의「고와카마이」와 전혀 다르다. 17세기의 풍속을 그린 병풍속 그림에는 관을 쓰고, 선명한 의복으로 몸을 감싸며, 허리에는 칼을 꽂는, 말하자면 남장의 미인이 노래하면서 춤추는 모습이 그려져 있다. 이것은 중세의「고와카마이」가 근세 풍으로 변용된 모습이라 할 수 있다. 즉 "새로운「고와카마이」는「가부키」극의 공연 전에 출연(오프닝)함으로써 신경지를 개척했다 할 수 있다.화려한 의상으로「구세마이」라는 춤을 춘 중세 여성으로서, 말하자면 조상으로의회귀인 것 같다.「온나마이」는「가부키」뿐만 아니라, 칸사이 지방에서는「교겐」으로도 경연했다는 기록이 보인다.「고와카마이」는 쇠퇴한 것이 아니라, 근세라고 하는 시대에 맞추어 변용되어,「온나마이」라는 형태로 재탄생하였다.「온나마이」는 19 세기말 경까지 존속했다는 기록이 있다.

한편, 근세에 남성이 연기하고 있었던「고와카마이」는 에도막부 내와 큐슈지방일각(현재의 후쿠오카현 미야마시)에서의 상연은 알려져 있었지만, 최근 발견된 18세기의 역사 자료에 따르면 가이지방(현재의 야마나시현)에서도 많은 농민과 상공업자들이 신사 제례 때에「고와카마이」를 연기함과 동시에「노」와「교겐」도연기했다고 한다. 그들은 무사를 닮은 순수한 의상을 입고 있어서 ,「온나마이」와는 그 모습이 사뭇 달랐을 것이다. 이처럼 근세의「고와카마이」는 연기하는 사람의 성별에 따라 그 모습과 형태가 달랐다고 할 수 있다.

이와 같은 이유로「고와카마이」에 대한「통설」은 수정되어야 한다는 점을 주장하고자 한다. 이 외에도「고와카마이」의 텍스트(대본)에 관한 제작 방법, 전승형태와 이동 형태 등에 대해, 본서에서는 면밀한 조사 결과에 입각하여 저자의 견해를 상세히 논술했다.

본서의 한국어 요지

일본 중세의 대표적인 예능은「노 (能)」(「사루가쿠노」라고도 함),「교겐 (狂言)」및「고와카마이 (幸若舞)」이다. 「노」와「교겐」은 연극이고,「고와카마이」는 입으로 구술하는 구송예능이다. 어느 쪽도 귀족, 무사로부터 서민에게 이르기까지 절대적 지지를 얻었다. 그러나「노」와「교겐」은 현재 국내외에서 널리 수용되고 있는 것에 비해,「고와카마이」는 일본 규슈지역의 시골마을에서만 전승되고 있을 뿐이다.「고와카마이」의 영락은 이미 17세기부터 시작되었다는 것이 학계의 통설이지만, 그러한 통설은 재검토해야 한다는 것을 주장한 장을본서의 요지로 하겠다.

「고와카마이」라고 하는 예능은 14세기경에 출현해, 당시는「구세마이 (曲舞)」로 불리어졌고, 유명한 신사, 절의 연기와, 신불의 가호 등을 짧은 이야기로만들어, 거기에 마디를 붙이고 노래하면서 춤을 추는 예능이었다. 남녀의 춤추는 자가 있었지만, 특히 젊은 여성이 화려한 의상을 두르고 축제 등이 열리는 장소에서춤을 출 경우, 많은 구경꾼이 모여 들었다는 기록이 남아있다. 15세기 후반부터 16세기경이 되면「고와카마이」의 형태가 바뀐다. 주로 중세의 전쟁물을 제재로 한장편 텍스트가 잇달아 제작되어, 남성 연기자가 칼을 꽂고 무사와 같은 의상을 입고, 일정한 마디를 붙인 이야기를 구송하면서 소박한 춤을 추는 형태의 예능이 된다. 16세기의 전국시대에는 무사의 예능으로서 많은 애호를 받았다. 그러나 17세기에 이르러「가부키 (歌舞伎)」를 비롯하여 예능의 종류가 늘어나면서 급속히 쇠퇴하게 된다.「고와카마이」배우의 일부는 에도(나중의 도쿄)에 막부를 수립한 토쿠가와 (徳川) 집안의 가신이 되고, 상급 무사에게만 감상할 수 있게 하면서 간신히 그 명맥을 유지했으며, 그 밖의 사람들은 거의 모두가 가부키 배우가 되었다. 그러면서「고와카마이」는 많은 일본인에게 잊혀버린 예능으로서 일반적으로 인식되었다.

그런데 근세(17세기 – 19세기 후반) 시대에 에도와 오다와라에 있던

另一方面，众所周知，近世时期男性表演的幸若舞曾在江户幕府内部及九州的一个角落（现福冈县miyama市）上演。近来发现的18世纪的史料记载：在甲斐地区（现山梨县），许多农民、手工业者及商人在神社祭奠之际与幸若舞同时表演能和狂言。他们身着近似于武士的朴素着装，那一定与女舞的服饰不同吧。可以认为，近世的幸若舞因表演者性别的不同而姿态各异。

基于以上理由，笔者认为需修正对于幸若舞的“普遍共识”。此外，关于幸若舞词章的制作方法、传承方式及异同等，本书依据调查结果详细地论述了笔者的观点。

关于本书的要点

日本中世的艺能以能（亦称“猿乐能”）、狂言和幸若舞为代表。能和狂言属戏剧，幸若舞则是说唱艺术。三者深受贵族、武士乃至普通百姓的喜爱。即便在现代，能和狂言在国内外也被广泛受容。与此相对，幸若舞仅在九州的僻壤得以传承。学界普遍认为幸若舞的衰败始于17世纪。本书的要点在于提议对这种“共识”进行匡正。

幸若舞始于14世纪，当时被称为“曲舞”，系将著名神社寺庙的历史及对神佛的感谢编成简短的故事，配上节奏，边唱边舞的艺能。据记载，舞者既有男性也有女性。特别是在祭奠时，年轻女性身着华丽服装起舞，会聚集许多观众。从15世纪后半期至16世纪，幸若舞的形态发生变化。依据中世的战争故事鸿篇巨制的词章大量诞生，幸若舞演变为主要以男性佩刀并身着武士服装，一边说唱带有一定节奏的故事一边跳质朴的舞蹈的艺能。16世纪的战国时代，幸若舞作为武士的艺能深受喜爱。进入17世纪，以歌舞伎为首的新艺能登场，艺能种类变得繁多，从而导致幸若舞急速衰微。幸若舞的部分演员成为在江户（后改名为东京）建立幕府的德川氏的家臣，仅为上层武士表演才得以延续。其他的演员则转行表演歌舞伎。一般认为，自此幸若舞淡出日本大众视野。

但是，有纪录和绘画为证，在近世（17−19世纪后半期）的江户和小田原名为“桐座”的歌舞伎剧场曾上演叫做“女舞”的艺能。上演的正是幸若舞的曲目，用鼓打拍的方式与幸若舞如出一辙。但是，演员是女性，舞姿与以前的幸若舞判若两样。在描绘17世纪风俗的屏风画中有身着艳丽服装，戴冠佩刀，女扮男装边唱边舞的画面。可以说这是中世的幸若舞向近世风格的转化。一言以蔽之，“新形式的幸若舞”作为歌舞伎的垫场戏开辟了新的境地，是向身着华丽衣装舞“曲舞”的中世女性的“返祖”现象。有记录可查，女舞不仅与歌舞伎，在关西地区也曾与狂言同台竞技。概而言之，幸若舞并非衰败，而是顺应近世的时代潮流实现了华丽转身，以女舞的形式赋予了幸若舞新的生命。据记载，女舞一直存续至19世纪末期。

warrior costume rather than the colorful version seen in the ladies' ballads, but this constitutes yet another forgotten continuation of the kōwaka.

In this book, I argue that we must revise our understanding of the kōwaka ballad. I also discuss processes of composition, transmission, and variation of ballad texts, based on my research in original sources preserved in various regional archives.

curiosity seen only by elite bureaucrats. Others became kabuki actors, and so on. In this way, the kōwaka was completely forgotten—or so the traditional narrative goes.

But in fact, throughout the early modern period (ca. 1600–1850) there was for example a traveling theatre in Edo and Odawara called the Kiri-za, or The Paulownia, from which we have textual and pictorial records of a performing art called onna-mai, or lady ballads. The pieces performed were precisely those of the kōwaka repertory, and an hourglass-shaped tsuzumi drum was used to keep rhythm just as in the kōwaka. However, the bard was a woman, and she was dressed rather differently from a kōwaka bard: in paintings of scenes from seventeenth-century life, the lady bards playfully cross-dress as men, wearing court caps, colorful robes, and swords at their hips. We should situate this ballad tradition as a continuation of the kōwaka into the early modern period, where it settled into the role of an opening act for the kabuki. In a way, the kōwaka returned to its roots in the medieval kusemai, in which female bards were central. Moreover, in records from western Japan we see the new lady ballads sharing the stage not only with the kabuki but also with the kyōgen comic theatre. The kōwaka did not die but rather was reborn for a new era in a new form: the onna-mai, for which performance records exist right down to the late nineteenth century.

Meanwhile, kōwaka ballads performed by men also survived in the early modernity, albeit only within the confines of Edo Castle and in one corner of Kyūshū (Ōe, in modern Miyama City, Fukuoka Prefecture)—or so we thought. A recently-discovered eighteenth-century document shows that many commoners in Kai Province (modern Yamanashi Prefecture) performed kōwaka ballads together with noh and kyōgen plays. Presumably these performers used somber

About This Book

Any list of the performing arts of medieval Japan (ca. 1200–1600) must start with noh, kyōgen, and the kōwaka ballad. Noh and kyōgen are theatrical traditions, while the kōwaka is an oral narrative, but all three received the enthusiastic patronage of all classes of medieval society, from the imperial court to the warrior class to the common people. In the present day, however, whereas noh and kyōgen have an immense following both in Japan and abroad, the kōwaka ballad only survives in a remote village on the southern island of Kyūshū. Common consensus dates the decline of the kōwaka to the seventeenth century, but the chapters of this book each challenge this received narrative in various ways.

The roots of the kōwaka lie in the fourteenth-century kusemai, a performing art involving dances and short stories in verse about gods and buddhas and their various holy sites. There were performers of both genders, but the records we have of very well-attended performances tend to be festivals at which young women wore gorgeous costumes and danced. From the mid-fifteenth to the sixteenth century, ballad performance changes: many long pieces adapted from medieval war chronicles were composed for performance by male bards wearing swords, dressed as warriors, and chanting their stories in plain verse while doing austere step dances. It was in this form that the kōwaka was beloved by the warlords of Japan's age of civil war, but with the birth of all sorts of lively new performing arts like kabuki in the seventeenth century, the long, somber stories of the kōwaka rapidly fell out of fashion. Some kōwaka bards were given stipends by the Tokugawa shoguns, who kept their art alive as a

曲　名　索　引

索引凡例

・この索引は本書の本文から採録した語句についての索引である。
・曲名索引は幸若舞（＊を付す。存疑曲も含む）、能・狂言曲のほか、歌舞伎などの演目を採録した。
・事項索引は各種史資料、古典作品などのほか、歴史的事象や芸能文化に関する語句を採録した。
・曲名や史資料名に異称がある場合は一般的な名称で立項してまとめることとしたが、原則を外れて個別に立項した語句もある。
・頁内に複数回見られる採録対象語句は当該頁に一つと数えた。

あ

か

さ

た

な

は

ま

や

ら

わ

事 項 索 引

あ

か

さ

た

な

は

著者略歴

須田悦生（すだ　えつお）
1942年福井県美浜町に生まれる
大阪外国語大学（現大阪大学外国語学部）卒業
大阪大学大学院文学研究科国文学専攻修士課程修了
（県立）静岡女子短期大学助教授、静岡県立大学短期大学部教授、静岡文化芸術大学教授、同大学特任教授を経て現在静岡県立大学名誉教授
専門分野　日本中世文学　日本芸能史

主な著書等

『幸若舞曲研究』全10巻及び別巻（共著）（三弥井書店、1979年～2004年）
『寛永版舞の本』（共著）（三弥井書店、1990年）
『若狭猿楽の研究』（単著）（三弥井書店、1992年）（第25回日本演劇学会河竹賞受賞）
『講座日本の伝承文学6　芸能伝承の世界』（共著）（三弥井書店、1999年）
『軍記文学研究叢書12　軍記語りと芸能』（共著）（汲古書院、2000年）
『若狭美浜町誌』全12巻（監修・共同執筆）（同町刊、2001年～2011年）
『伝承の「場」を歩く』（単著）（三弥井書店、2008年）
『中世文学と隣接諸学7　中世の芸能と文芸』（共著）（竹林舎、2012年）

幸若舞の展開―芸能伝承の諸相―

平成30年10月31日　初版発行

定価はカバーに表示してあります。

発行者　吉田栄治
発行所　株式会社 三弥井書店
〒108-0073東京都港区三田3－2－39
電話03－3452－8069
振替00190－8－21125

ISBN978-4-8382-3342-7 C3091　製版・印刷　エーヴィスシステムズ